हैरी पॉटर

और

शापित संतान

खंड एक और दो

नाट्य पटकथा

WIZARDING WORLD

जे. के. रोलिंग

की मौलिक नई कहानी पर आधारित

जॉन टिफ़ैनी और जैक थॉर्न

जैक थॉर्न का नया नाटक

सोनिया फ़्राइडमैन प्रॉडक्शन्स, कॉलिन कैलेंडर
और हैरी पॉटर थिएट्रिकल प्रॉडक्शन्स द्वारा
पहली बार प्रस्तुत एवं मंचित

मूल वेस्ट एंड मंचन की
आधिकारिक पटकथा

हैरी पॉटर

और
शापित संतान

खंड एक और दो

नाट्य पटकथा

अनुवाद : डॉ. सुधीर दीक्षित

BLOOMSBURY

NEW DELHI LONDON OXFORD NEW YORK SYDNEY

BLOOMSBURY INDIA
Bloomsbury Publishing India Pvt. Ltd
Second Floor, LSC Building No. 4, DDA Complex, Pocket C – 6 & 7,
Vasant Kunj, New Delhi 110070

BLOOMSBURY, BLOOMSBURY INDIA and
the Diana logo are trademarks of Bloomsbury Publishing Plc

First published in print in Great Britain in 2016 by Little, Brown

Hindi translation of *Harry Potter and The Cursed Child*
First published in Hindi, 2019

Typeset co-ordination by TranslationPanacea, Pune
Translated from English to Hindi by Dr. Sudhir Dixit

ISBN: 978-93-88134-40-8

2 4 6 8 10 9 7 5 3 1

Printed and bound in India by Manipal Technologies Limited, Manipal

www.wearelumos.org
www.pottermore.com
www.bloomsbury.com

अनुक्रम

समर्पण

जे.के. रोलिंग

जैक थॉर्न को
जो मेरी दुनिया में आए
और सुंदर काम किए

जॉन टिफ़ैनी

जो, लुइस, मैक्स, सनी और मर्ले को... ये सभी जादूगर हैं...

जैक थॉर्न

इलियट थॉर्न को, जन्म 7 अप्रैल 2016।
जब हम रिहर्सल करते थे, तो वह किलकारियाँ भरता था।

पटकथा पढ़ने संबंधी चर्चा

निर्देशक जॉन टिफ़ैनी
और
नाटककार जैक थॉर्न का वार्तालाप

जैक

मैंने जो पहला नाटक पढ़ा, वह था जोसफ़ एंड द अमेज़िंग टेक्नीकलर ड्रीमकोट। मैं तब प्राइमरी स्कूल में पढ़ता था और बहुत रोमांचित था। मुझे अच्छे से याद नहीं है, लेकिन मुझे लगता है कि मैंने इसे मुख्यतः इसलिए पढ़ा था, क्योंकि मैं इसमें अपनी पंक्तियाँ तलाश रहा था। हाँ, मैं एक शैतान बच्चा था और हाँ, मैं जोसफ़ की भूमिका निभाने वाला था। मैंने जो अगला नाटक पढ़ा, वह था द सिल्वर स्वोर्ड, जो इयान सेरेलियर की मशहूर पुस्तक का मंचीय रूपांतरण था। इसमें मेरी मुख्य भूमिका नहीं थी – मैं सोचता हूँ कि मैंने 'तीसरे लड़के' या ऐसी ही कोई छोटी सी भूमिका निभाई थी। मैं ईडेक बालिकी का किरदार निभाना चाहता था। ईडेक की भूमिका के लिए मैं कुछ भी दे सकता था, लेकिन दुखद रूप से तब तक मेरा अभिनय करियर ढलान पर था और समाप्ति के बिंदु पर था। मैं नौ साल का था।

जॉन

मैंने जो पहली पटकथा पढ़ी, वह थी ऑलिवर! तब मैं नौ साल का था (इतनी छोटी उम्र में भी मुझे स्पष्ट अहसास था कि विस्मयादिबोधक चिह्न का मतलब था कि यह नाटक संगीतमय था – ऑलिवर ... गानों के साथ!)। मुझे हडर्सफ़ील्ड अमेच्योर ऑपरेटिक सोसायटी के 1981 के मंचन में अनाथ ऑलिवर की भूमिका में लिया गया। मुझे याद नहीं है कि मैंने अपने लहज़े को बदलने की कोई कोशिश की हो, इसलिए हमारा मंचन डिकेन्स के मूल पात्र का अजीब काल्पनिक मंचन था, जिसमें ऑलिवर की माँ उसे जन्म देने के लिए वेस्ट यॉर्कशायर के एक अनाथालय तक जाती है। आपकी ही तरह मैंने भी अपनी

पंक्तियों की तलाश में ही पटकथा पढ़ी थी। मुझे याद है कि मैं ख़ास तौर पर एक पीला हाइलाइटर पेन ख़रीदने गया था, ताकि मैं अपनी पटकथा में ऑलिवर की पंक्तियों को हाइलाइट कर सकूँ, जैसा मैंने अपने साथी पात्रों को करते देखा था। ज़ाहिर है, मैं सोचता था कि यह एक अनुभवी कलाकार की निशानी है। बाद में जाकर आर्टफुल डॉजर ने मुझे बताया कि मुझे अपनी पंक्तियों को हाइलाइट ही नहीं करना था, बल्कि उन्हें याद भी करना था। इस तरह नाटक पढ़ने के मेरे सबक़ शुरू हुए।

जैक

काश मैंने आपका ऑलिवर देखा होता। और आपकी हाइलाइट की हुई पटकथा भी। मैं हमेशा से आपकी साफ़–सुथरी भूरी निर्देशक नोटबुकों का प्रशंसक रहा हूँ। मेरी पटकथाएँ हमेशा मुड़ी हुई और ऐसे नोट्स से भरी रहती हैं, जिन्हें पढ़ना मुश्किल होता है।

तो आप क्या सोचते हैं कि पटकथाओं को कैसे पढ़ना चाहिए? वे कैसे पढ़ी जा सकती हैं? जब मैं प्रकाशन के लिए मंच निर्देश लिखने की कोशिश कर रहा था – हमारे शुरू करने से पहले की आपाधापी के अंतिम कुछ सप्ताहों में – तो मैं इस बारे में सचमुच चिंतित हो गया। मुझे याद है कि रिहर्सल में हम पटकथा के बहुत सारे टुकड़े हटा देते थे, क्योंकि अभिनेता बिना कोशिश के सिर्फ़ एक निगाह से किसी चीज़ को व्यक्त कर देते थे, इसलिए मेरी लिखी पंक्तियों की ज़रूरत ही नहीं रह जाती थी। यह पटकथा अभिनेताओं के एक ख़ास समूह के लिए लिखी गई थी, लेकिन दूसरों को भी तो वे भूमिकाएँ निभानी थीं। पाठक को पात्रों की कल्पना करनी होती है, जिस तरह कि निर्देशक को होती है। जब आप किसी पटकथा को पहली बार पढ़ते हैं, तो आपको किसकी तलाश होती है?

जॉन

निर्देशक के रूप में जब आप किसी नई पटकथा को पहली बार पढ़ते हैं, तो वह बहुत क़ीमती अनुभव होता है। यह वह सबसे क़रीबी अनुभव होता है, जो आपके दर्शकों के अनुभव से मेल खाता है, जो पहली बार पटकथा का मंचन देख रहे हों। पूरी पटकथा पढ़ने से हमें उस कहानी, इसके पात्रों और नाटककार की विषयवस्तु की समझ

मिलनी चाहिए। पटकथा हमें हँसा या रुला सकती है। यह हमें कहानी के आनंद में बहा सकती है और इसके पात्रों के कष्ट से हमें गहरी निराशा भी महसूस करा सकती है। पटकथा पूरे मंचन और एक ऐसे अनुभव की ओर ले जाती है, जिसे दर्शकों तक पहुँचाया जा सके।

नाटककार के रूप में पटकथा लिखते समय आप इस पूर्ण अनुभव में से कितने की कल्पना करते हैं? क्या आप बोल–बोल कर पात्रों की पंक्तियाँ टाइप करते हैं?

जैक

मैं इससे भी बुरा करता हूँ, मैं उनकी तरह हरकतें भी करता हूँ। जब आप किसी मशहूर कॉफ़ी शॉप और सैंडविच रिटेलर में यह काम करें, तो बहुत से लोग अजीब निगाहों से देखने लगते हैं। मैं ख़ुद को पात्रों की तरह भावभंगिमा करते और संप्रेषण करते हुए पाता हूँ। यह बहुत शर्मसार करने वाला होता है।

इस ख़ास पटकथा को लिखने की प्रक्रिया के बारे में शायद सबसे रोचक चीज़ यह थी कि मैंने अभिनेताओं के साथ जितना समय गुज़ारा, उतना पहले कभी नहीं गुज़ारा था – कभी भी। कई सप्ताहों की वर्कशॉप और फिर कई सप्ताहों की रिहर्सल के दौरान हम सभी इतने ज़्यादा समय तक उन कमरों में इकट्ठे रहे, हम सभी, डिजाइन टीम से लेकर साउंड टीम और लाइट टीम तक। मैं नहीं सोचता कि हममें से किसी को भी ऐसा अनुभव पहले हुआ था – मैं सोचता हूँ कि कुल मिलाकर शायद यह लगभग आठ महीने का समय रहा होगा। आप पूछेंगे कि इसका सृजन पर क्या प्रभाव पड़ा? मुझे विश्वास है कि इस वजह से यह बहुत बेहतर हुआ, लेकिन इससे भी ज़्यादा बड़ी बात, क्या आप सोचते हैं कि इससे हमने जो किया, उसका लहज़ा बदला?

जॉन

मुझे यह सुनकर बहुत अच्छा लगा कि आप कैफ़े में बैठकर अपने नाटक के पात्रों की तरह बुदबुदाते और चेहरा बनाते हैं! मैं सोचता हूँ कि शायद आपको यह काम दर्शकों के सामने करना चाहिए, जैक। यह प्रदर्शन की एक अनूठी शैली लगती है। हम इसका प्रदर्शन कर सकते हैं। मैं कर्स्ड चाइल्ड के अभिनेताओं को जानता हूँ और मैं सबसे आगे की क़तार वाली सीटें बुक कराऊँगा। नहीं? अच्छा तो फिर ठीक है...

मैं निश्चित रूप से सोचता हूँ कि हमने वर्कशॉप और रिहर्सल में जो इतना सारा समय इकट्ठे बिताया, उसका हमारे सृजन पर सकारात्मक प्रभाव पड़ा। पूरी प्रक्रिया अब भी तस्वीर की तरह साफ़ और दिल में समाई हुई है। 2014 की शुरुआत में जो के साथ कहानी के बारे में शुरुआती बैठकों से लेकर 2016 की गर्मियों तक, जब दर्शकों ने हमारा पहला मंचन देखा, तब तक इतने सारे अभिनेताओं, सृजनशील लोगों, कलाकारों, प्रोड्यूसर्स, प्रॉडक्शन और टेक्निकल टीमें रही हैं, जिन्होंने इस नाटक में योगदान दिया। यही वह मुख्य कारण है, जिस वजह से मैंने प्रकाशित पटकथा में उन सभी के नाम शामिल करने पर ज़ोर दिया। इसीलिए प्रकाशित पटकथा किसी थिएटर में मंच देखने के पूरे अनुभव का सिर्फ़ द्वार हो सकती है।

तो इस पटकथा के लेखक के रूप में आपको क्या लगता है कि इस नाटक को पढ़ने वाले लोगों की कल्पना के भीतर क्या होता है, जो अब तक इसका मंचन नहीं देख पाए हैं?

जैक

मैं सोचता हूँ कि इस प्रश्न का जवाब देना मुश्किल है। जिस दिन नाटक का मंचन होने वाला था, उसके एक दिन पहले मैंने एक ट्वीट किया था, 'मैं चाहूँगा कि लोग इसे देखें, नाटक देखना पढ़ने से बेहतर होता है – नाटक शीट म्यूज़िक की तरह होते हैं, जिनका मक़सद गायन होता है और हमारे पास बियॉन्स जैसे बहुत ही शानदार पात्र और समूह है।' तो शायद यही जवाब है : कि वे अभिनय जगत के बियॉन्स की कल्पना करें – भावनात्मक और परानुभूतिपूर्ण दिग्गज – जो अपनी सूक्ष्मता और गरिमा से हर पंक्ति में जान डाल देते हैं (क्योंकि यही वास्तविकता है, हमारे पात्र असाधारण हैं) – और स्टेज, गतिविधि, पोशाक, प्रकाश–व्यवस्था तथा वीडियो व ध्वनि सभी कमाल के हैं।

या शायद मैं बस यह उम्मीद करता हूँ कि पाठक इसे उसी तरह पढ़ पाएँगे, जिस तरह मैंने इसे लिखा था – एक कंधे पर जो और दूसरे पर जॉन आप – हर पंक्ति में उस भावनात्मक सच्चाई को व्यक्त करने की पूरी कोशिश करते हुए, जो हैरी पॉटर की पुस्तकों में रहती है। ज़ाहिर है, मुश्किल चीज़ पंक्तियों के बीच छिपे संदेश हैं, जिस

तरह निगाहें भावनात्मक संदेश देती हैं और पटकथा में आंतरिक एकालाप को सचमुच पकड़ना असंभव होता है। गद्य में आप यह लिख सकते हैं कि कोई कैसा महसूस करता है और मंचन करते समय पात्र आंतरिक एकालाप को अपने चेहरे से बयां कर सकते हैं। इसके अलावा मंच पर बहुत सारे जादुई करतब होते हैं, जिन्हें मैं नहीं बता सकता, क्योंकि इससे नाटक देखने का मज़ा ख़राब हो जाएगा और जैमी हैरिसन (इल्यूज़न्स और मैजिक) को मैजिक सर्कल से बाहर निकाल दिया जाएगा! शायद पाठक अपने दिमाग़ के भीतर इसका मंचन कर सकते हैं? शायद वे भी मेरे जितने सिरफिरे हो सकते हैं और किसी कैफ़े में बैठकर सारी भूमिकाओं का अभिनय कर सकते हैं? आपको क्या लगता है, लोगों को इसे कैसे पढ़ना चाहिए?

जॉन

जैसा आपने कहा, गद्य में आप आंतरिक एकालाप के ज़रिये यह सच्चाई बता सकते हैं कि कोई कैसा महसूस करता है और आप समृद्ध वर्णन के ज़रिये दृश्यात्मक विवरण भी दे सकते हैं, जबकि हमारे पास अभिनेता और सृजनात्मक सहयोगी होते हैं, जो इन बातों को मंच पर सजीव करने के लिए हमारे साथ काम करते हैं। फिर भी, हम अक्सर अपने दर्शकों की सामूहिक कल्पना पर निर्भर करते हैं कि वे कहानी के किसी ख़ास पल को पूर्ण सफलता तक पहुँचा दें। यह भी एक कारण है कि मैं थिएटर को लेकर इतना जोशीला हूँ; फ़िल्म में कंप्यूटर से उत्पन्न कल्पनाशीलता होती है, लेकिन हमारे पास दर्शकों की कल्पनाशीलता होती है। दोनों ही बेहद शक्तिशाली हैं।

मैं सोचता हूँ कि पाठक अपने दिमाग़ में पटकथा का मंचन करें, आपका यह विचार बहुत ही गजब का है। या बेडरूम में अपने जीवनसाथी के साथ। शायद इसके और हमारे दर्शकों की कल्पना के बीच एक संबंध है। हम कड़ी मेहनत करेंगे, ताकि जो भी *हैरी पॉटर एंड द कर्स्ड चाइल्ड* का हमारा मंच देखना चाहता हो, चाहे पैलेस थिएटर, लंदन में या किसी दूसरी जगह, वह ऐसा कर पाए। इस दौरान मैं हमारे पाठकों की कल्पना में हो रहे उन असंख्य मंचनों के बारे में रोमांचित हूँ, जो वे आपके नाटक को पढ़ते समय करते हैं।

Timestamp TK

खंड एक

खंड एक

अंक एक

अंक एक दृश्य एक

किंग्स क्रॉस

व्यस्त और भीड़ भरा स्टेशन। यहाँ ढेर सारे लोग हैं, जो कहीं जाने की कोशिश कर रहे हैं। हड़बड़ी और हुल्लड़ के बीच दो लदी हुई ट्रॉलियों के ऊपर दो बड़े पिंजरे खड़खड़ा रहे हैं। उन्हें दो लड़के जेम्स पॉटर *और* एल्बस पॉटर *धका रहे हैं। उनकी माँ* जिनी *पीछे–पीछे आ रही हैं। सैंतीस साल के* हैरी *के कंधों पर उसकी बेटी* लिली *है।*

एल्बस

डैडी। वह बार–बार वही बात बोलता रहता है।

हैरी

जेम्स, रहने दो।

जेम्स

मैंने तो सिर्फ़ इतना कहा था कि वह नागशक्ति में जा सकता है। और वह जा भी सकता है, इसलिए... *(अपने डैडी की गुस्से भरी निगाह देखकर)* कोई बात नहीं।

एल्बस *(अपनी मम्मी को देखते हुए)*

आप मुझे चिट्ठी लिखेंगी, है ना?

जिनी

तुम चाहो, तो हर दिन लिखेंगे।

एल्बस

नहीं। हर दिन नहीं। जेम्स कहता है कि ज़्यादातर विद्यार्थियों को घर से महीने में एक ही चिट्ठी आती है। मैं नहीं चाहता कि...

हैरी

हमने तुम्हारे भाई को पिछले साल हर सप्ताह तीन चिट्ठियाँ लिखी थीं।

एल्बस

क्या? जेम्स!

एल्बस जेम्स *को आरोप भरी निगाह से देखता है, जो दाँत निकालता है।*

जिनी

हाँ। तुम्हें अपने भाई की हर उस बात पर यक़ीन नहीं करना चाहिए, जो वह तुम्हें हॉगवर्ट्स के बारे में बताता है। वह बहुत मज़ाकिया है।

जेम्स

क्या अब हम जा सकते हैं?

एल्बस *ने अपने डैडी को देखा और फिर मम्मी को।*

जिनी

तुम्हें बस प्लेटफ़ॉर्म नौ और दस के बीच की दीवार में सीधे चलकर घुस जाना है।

लिली

मैं बहुत रोमांचित हूँ!

हैरी

रुकना नहीं और डरना मत कि तुम इससे टकरा जाओगे, यह बहुत महत्वपूर्ण है। अगर तुम घबरा रहे हो, तो सबसे अच्छा यही रहेगा कि तुम यह काम दौड़कर कर लो।

एल्बस

मैं तैयार हूँ।

हैरी और लिली अपने हाथ एल्बस की ट्रॉली पर रखते हैं – जिनी जेम्स की ट्रॉली के क़रीब पहुँच जाती है – और पूरा परिवार मिलकर बैरियर की तरफ़ तेज़ी से दौड़ लगाता है।

अंक एक **दृश्य दो**

प्लेटफ़ॉर्म पौने दस

जो हॉगवर्ट्स एक्सप्रेस से निकलते गहरे सफ़ेद धुएँ में ढँका हुआ है।

और यहाँ भी भीड़ है – लेकिन यहाँ शानदार सूट पहनकर नौकरी पर जाने वाले लोग नहीं हैं। यहाँ तो चोगा ओढ़े जादूगर और जादूगरनियाँ हैं, जिनमें से ज़्यादातर इस उधेड़बुन में हैं कि अपनी प्रिय संतानों से विदा कैसे लें।

एल्बस

लो आ गए।

लिली

वाह!

एल्बस

प्लेटफ़ॉर्म पौने दस।

लिली

वे कहाँ हैं? क्या वे आ गए हैं? शायद वे नहीं आए हैं?

हैरी अँगुली से रॉन, हर्माइनी *और उनकी बेटी* रोज़ *की तरफ़ इशारा करता है।* लिली *तेज़ी से उनकी तरफ़ दौड़ पड़ती है।*

रॉन अंकल। रॉन अंकल!!!

रॉन *उनकी तरफ़ मुड़ता है। जब* लिली *दौड़ती हुई उसके क़रीब पहुँचती है, तो वह उसे बाँहों में उठा लेता है।*

रॉन

तुम पॉटर परिवार में मुझे सबसे पसंद हो।

लिली

क्या आपको मेरी चाल पता चली?

रॉन

क्या तुम्हें वीज़्लीज़ की विज़ार्ड व्हीज़ेस की प्रमाणित नाक–चुराने वाली साँस का पता है?

रोज़

मम्मी! डैडी एक बार फिर वही लचर चीज़ कर रहे हैं।

हर्माइनी

तुम कहती हो लचर, वो कहते हैं लाजवाब, मैं कहती हूँ... बीच में कहीं।

रॉन

ठहरो। मुझे इस... हवा को चबाने दो। और अब यह आसान मामला है... अगर मेरे पास से लहसुन की थोड़ी गंध आए, तो माफ़ करना...

वह लिली के चेहरे पर साँस छोड़ता है। वह खिलखिलाती है।

लिली

आपके मुँह से दलिये की गंध आ रही है।

रॉन

अकड़म–बकड़म! छोटी लड़की, इस बात के लिए तैयार हो जाओ कि अब तुम कोई गंध नहीं सूँघ पाओगी...

वह उसकी नाक को ऊपर उठाता है।

लिली

मेरी नाक कहाँ है?

रॉन

अहा!

उसका हाथ ख़ाली है। यह एक लचर करतब है। हर कोई इसके लचरपन पर ख़ुश होता है।

लिली

आप अनाड़ी हैं।

एल्बस

एक बार फिर हर कोई हमें ही घूरे जा रहा है।

रॉन

मेरी वजह से! मैं बहुत ही मशहूर हूँ। नाक के मेरे प्रयोग बड़े ही लोकप्रिय हैं!

हर्माइनी

निश्चित रूप से उनमें कुछ बात तो है।

हैरी

गाड़ी ठीक से पार्क कर दी?

रॉन

हाँ, कर दी। हर्माइनी को तो यक़ीन नहीं था कि मैं मगलू ड्राइविंग टेस्ट पास कर सकता हूँ, है ना? उसे लग रहा था कि मुझे टेस्ट लेने वाले पर जादू करना पड़ेगा।

हर्माइनी

मैंने ऐसा कुछ नहीं सोचा था, मुझे तुम पर पूरा भरोसा है।

रोज़

और मुझे पूरा भरोसा है कि डैडी ने टेस्ट लेने वाले पर जादू किया था।

रॉन

ओए!

एल्बस

डैडी...

एल्बस हैरी *का चोगा खींचता है।* हैरी *नीचे देखता है।*

क्या आप सोचते हैं – अगर मुझे – अगर मुझे नागशक्ति में रख दिया गया...

हैरी

तो इसमें क्या ग़लत है?

एल्बस

नागशक्ति नाग का दल है, काले जादू का दल... यह बहादुर जादूगरों का दल या हाउस नहीं है।

हैरी

एल्बस सीवियरस, तुम्हारा नाम हॉगवर्ट्स के दो हेडमास्टरों के नाम पर रखा गया है। उनमें से एक नागशक्ति में थे और वे संभवतः सबसे बहादुर इंसान थे, जिनसे मैं कभी मिला हूँ।

एल्बस

लेकिन मान लो...

हैरी

अगर यह तुम्हारे लिए महत्वपूर्ण है, तो चुनने वाली टोपी *तुम्हारी* भावनाओं को ध्यान में रखेगी।

एल्बस

सचमुच?

हैरी

उसने मेरे साथ यही किया था।

यह एक ऐसी बात है, जो उसने पहले कभी नहीं कही थी, इसलिए यह उसके दिमाग़ के आस–पास एक पल तक गूँजती है।

हॉगवर्ट्स जाकर तुम कुछ बन जाओगे, एल्बस। मेरा तुमसे वादा है, वहाँ डरने वाली कोई बात नहीं है।

जेम्स *(तीखेपन से)*

थेस्ट्राल्स के सिवा। थेस्ट्राल्स से बच कर रहना।

एल्बस

मैं तो सोचता था कि वे अदृश्य होते हैं!

हैरी

अपने प्रोफ़ेसरों की सुनो, जेम्स की *बात मत* सुनो और हाँ, मज़े करना मत भूलना। अब अगर तुम यह नहीं चाहते कि ट्रेन तुम्हें छोड़कर चली जाए, तो तुम्हें इसमें बैठ जाना चाहिए...

लिली

मैं ट्रेन के पीछे–पीछे दौड़ लगाऊँगी।

जिनी

लिली, सीधी तरह से वापस आ जाओ।

हर्माइनी

रोज़। नेविल को हमारा प्यार देना मत भूलना।

रोज़

मम्मी, मैं किसी प्रोफ़ेसर को प्यार कैसे दे सकती हूँ!

रोज़ *ट्रेन की तरफ़ चल देती है। इसके बाद* एल्बस *मुड़कर आख़िरी बार* जिनी *और* हैरी *के गले लगता है, फिर* रोज़ *के पीछे–पीछे चला जाता है।*

एल्बस

तो फिर ठीक है। विदा।

वह ट्रेन में चढ़ जाता है। हर्माइनी, जिनी, रॉन *और* हैरी *खड़े–खड़े ट्रेन को देखते रहते हैं – जब प्लेटफ़ॉर्म पर सीटियाँ बजती हैं।*

जिनी

वे ठीक–ठाक रहेंगे, है ना?

हर्माइनी

हॉगवट्र्स बहुत बड़ी जगह है।

रॉन

बड़ी। अद्भुत। भोजन से भरपूर। मैं वहाँ दोबारा लौटने के लिए कुछ भी देने को तैयार हूँ।

हैरी

अजीब बात है, अल चिंता कर रहा था कि कहीं उसे नागशक्ति में न रख दिया जाए।

हर्माइनी

यह तो कुछ भी नहीं है! रोज़ को तो यह चिंता खाए जा रही है कि वह क्विडिच स्कोरिंग का रिकॉर्ड पहले साल तोड़ेगी या दूसरे साल। और वह कितनी जल्दी अपने ओ.डब्ल्यू.एल. अर्जित कर सकती है!

रॉन

क्या पता उसमें इतनी महत्वाकांक्षा कहाँ से आई है?

जिनी

और तुम कैसा महसूस करोगे हैरी, अगर अल को – अगर उसे नागशक्ति में चुन लिया गया?

रॉन

जानती हो जिनी, हम हमेशा सोचते थे कि तुम नागशक्ति में चुनी जा सकती हो।

जिनी

क्या?

रॉन

सच्ची, फ़्रेड और जॉर्ज ने इस बात पर शर्त भी लगवाई थी।

हर्माइनी

हम चलें? लोग हमें देख रहे हैं।

जिनी

जब तुम तीनों साथ होते हो, तो लोग हमेशा देखते हैं। और जब तुम अलग होते हो, तब भी देखते हैं।

चारों चले जाते हैं। जिनी हैरी को रोकती है।

हैरी... वह ठीक–ठाक तो रहेगा, है ना?

हैरी

क्यों नहीं, बिलकुल ठीक–ठाक रहेगा।

अंक एक दृश्य तीन

हॉगवट्र्स एक्सप्रेस

एल्बस *और* रोज़ *ट्रेन के डिब्बे में चलते हैं। एक दहशत में, तो दूसरा रोमांच में।*

विपरीत दिशा से ट्रॉली वाली जादूगरनी *अपनी ट्रॉली धकाती हुई क़रीब आती है।*

ट्रॉली वाली जादूगरनी

प्यारे बच्चो, ट्रॉली में से कुछ चाहिए? कद्दू की कचौड़ी? चॉकलेट मेंढक? कड़ाही केक?

रोज़ *(चॉकलेट मेंढकों पर* एल्बस *की हसरत भरी निगाह को पकड़ लेती है)*

अल। हमें पूरा ध्यान केंद्रित करना चाहिए।

एल्बस

किस बात पर पूरा ध्यान केंद्रित करना चाहिए?

रोज़

इस बात पर कि हम किसे अपना दोस्त बनाते हैं। याद है, मेरे मम्मी–डैडी हॉगवट्र्स एक्सप्रेस की अपनी पहली यात्रा में ही तुम्हारे डैडी से मिले थे...

एल्बस

तो हमें इस वक़्त यह चुनना है कि हम ज़िंदगी भर किसके दोस्त रहेंगे? बहुत डरावना ख़्याल है।

रोज़

नहीं, नहीं, देखो यह तो रोमांचक है। मैं ग्रेंजर–वीज़्ली हूँ, तुम पॉटर हो – हर कोई हमसे दोस्ती करना चाहेगा, इसलिए हम जिसे चाहें, उसे चुन सकते हैं।

एल्बस

तो हम यह फ़ैसला कैसे करें – किस कम्पार्टमेंट में जाना है...

रोज़

हम सभी पर नज़र डाल लेते हैं और फिर फ़ैसला करते हैं।

एल्बस एक कम्पार्टमेंट का दरवाज़ा खोलता है – अंदर सुनहरे बालों वाला एक लड़का स्कॉर्पियस *अकेला बैठा है – बाक़ी कम्पार्टमेंट ख़ाली है।* एल्बस *मुस्कुराता है।* स्कॉर्पियस *भी पलटकर मुस्कुराता है।*

एल्बस

हाय! क्या यह कम्पार्टमेंट...

स्कॉर्पियस

यह ख़ाली है। मेरे सिवा कोई नहीं है।

एल्बस

बेहतरीन। तो हम बस – थोड़ी देर के लिए – अंदर आ जाएँ – अगर कोई दिक्क़त न हो?

स्कॉर्पियस

कोई दिक्क़त नहीं है। हाय।

एल्बस

एल्बस। अल। मैं – मेरा नाम एल्बस है...

स्कॉर्पियस

हाय स्कॉर्पियस। मेरा मतलब है, मैं स्कॉर्पियस हूँ। तुम एल्बस हो। मैं स्कॉर्पियस हूँ। और तुम शायद...

रोज़ *का चेहरा हर पल ज़्यादा भावहीन होता जा रहा है।*

रोज़

रोज़।

स्कॉर्पियस

हाय रोज़। क्या तुम मेरी झाग वाली गोली पसंद करोगी?

रोज़

मैंने अभी–अभी नाश्ता किया है, धन्यवाद।

स्कॉर्पियस

मेरे पास झटका–ओ–मटका, नटखट मिर्च और कुछ जेली घोंघे भी हैं। मम्मी का विचार – वे कहती हैं *(गाते हुए)*, 'टॉफ़ी हमेशा दोस्त बनाने में मदद करती है' *(उसे अहसास होता है कि इसे गाकर उसने ग़लत किया था)*। शायद ग़लत विचार था।

एल्बस

मैं थोड़ी लूँगा... मम्मी मुझे टॉफ़ी नहीं खाने देतीं। तुम किससे शुरुआत करने की सलाह दोगे?

रोज़ स्कॉर्पियस *से नज़रें बचाकर* एल्बस *को टहोका मारती है।*

स्कॉर्पियस

आसान है। मैंने हमेशा नटखट मिर्च को टॉफ़ियों की महारानी माना है। ये पिपरमिंट वाली टॉफ़ी है, जिसे खाते ही कान में से धुआँ निकलने लगता है।

एल्बस

शानदार, तो फिर मैं यही – (रोज़ *एक बार फिर उसे टहोका मारती है।)* रोज़, तुम मुझे क्यों मार रही हो?

रोज़

मैं तुम्हें मार नहीं रही हूँ।

एल्बस

तुम मार रही हो और इससे दर्द होता है।

स्कॉर्पियस *का चेहरा उतर जाता है।*

स्कॉर्पियस

वह तुम्हें मेरी वजह से मार रही है।

एल्बस

क्या?

स्कॉर्पियस

सुनो, मैं जानता हूँ कि तुम कौन हो, इसलिए यह शायद सही रहेगा कि तुम भी जान लो कि मैं कौन हूँ।

एल्बस

इस बात से तुम्हारा क्या मतलब है कि तुम जानते हो कि मैं कौन हूँ?

स्कॉर्पियस

तुम एल्बस पॉटर हो। यह रोज़ ग्रेंजर–वीज़्ली है। और मैं स्कॉर्पियस मैल्फ़ॉय हूँ। मेरे माता–पिता एस्टोरिया और ड्रेको मैल्फ़ॉय थे। हमारे माता–पिता – उनकी आपस में नहीं बनती थी।

रोज़

बात तुमने बड़ी नफ़ासत से कही है। तुम्हारे मम्मी–डैडी प्राणभक्षी हैं!

स्कॉर्पियस *(अपमानित)*

डैडी थे – लेकिन मम्मी नहीं थीं।

रोज़ दूसरी तरफ़ देखने लगती है और स्कॉर्पियस समझ जाता है कि उसने ऐसा क्यों किया।

मैं अफ़वाह के बारे में जानता हूँ, लेकिन यह झूठ है।

एल्बस असहज रोज़ और मायूस स्कॉर्पियस को बारी–बारी से देखता है।

एल्बस

अफ़वाह – क्या है?

स्कॉर्पियस

अफ़वाह यह है कि मेरे माता–पिता संतान पैदा नहीं कर सकते थे। मैल्फ़ॉय वंश का अंत न हो जाए, इस डर से मेरे डैडी और दादाजी शक्तिशाली वारिस पाने के लिए इतने बेताब थे कि उन्होंने... कि उन्होंने मेरी मम्मी को वापस भेजने के लिए टाइम–टर्नर यानी काल–परिवर्तक का इस्तेमाल किया–

एल्बस

कहाँ भेजने के लिए?

रोज़

एल्बस, अफ़वाह यह है कि ये वोल्डेमॉर्ट का बेटा है।

एक भयंकर, असहज ख़ामोशी।

यह शायद बकवास है। मेरा मतलब है... देखो तो सही, तुम्हारे पास एक नाक है।

तनाव थोड़ा तितर–बितर हो जाता है, स्कॉर्पियस हँसता है, करुण रूप से कृतज्ञ।

स्कॉर्पियस

और यह मेरे डैडी जैसी है! मुझे उनकी नाक, उनके बाल और उनका नाम मिला है। वैसे यह कोई बेहतरीन चीज़ नहीं है। मेरा मतलब है – पिता–पुत्र वाले मतभेद तो हैं। लेकिन, कुल मिलाकर मैं शैतानी शहंशाह के बेटे के बजाय मैल्फ़ॉय होना ज़्यादा पसंद करूँगा।

स्कॉर्पियस *व* एल्बस *एक–दूसरे को देखते हैं और उनके बीच किसी तरह के संदेश का आदान–प्रदान होता है।*

रोज़

हाँ, अच्छा, हमें शायद कहीं और चलकर बैठना चाहिए। चलो एल्बस।

एल्बस *गहराई से सोच रहा है।*

एल्बस

नहीं (रोज़ *की निगाह से बचते हुए)*, मैं यहीं ठीक हूँ। तुग जाओ...

रोज़

एल्बस। मैं इंतज़ार नहीं करूँगी।

एल्बस

और मैं तुमसे इंतज़ार की उम्मीद भी नहीं करूँगा। लेकिन मैं यहीं रुक रहा हूँ।

रोज़ *एक पल तक उसे देखती है और फिर कम्पार्टमेंट से बाहर चली जाती है।*

रोज़

अच्छी बात है!

स्कॉर्पियस *और* एल्बस *रह जाते हैं – एक–दूसरे की तरफ़ देखते हुए – अनिश्चय में।*

स्कॉर्पियस

धन्यवाद।

एल्बस

नहीं। नहीं। मैं तुम्हारे लिए नहीं रुका हूँ, मैं तो तुम्हारी टॉफ़ियों के लिए रुका हूँ।

स्कॉर्पियस

वह काफ़ी खूँख़ार है।

एल्बस

हाँ। माफ़ करना।

स्कॉर्पियस

नहीं, मुझे यह पसंद है। तुम्हें एल्बस पसंद है या अल?

स्कॉर्पियस *दाँत निकाल कर हँसता है और दो टॉफ़ियाँ अपने मुँह में डालता है।*

एल्बस *(सोचता है)*

एल्बस।

स्कॉर्पियस *(जब उसके कानों से धुआँ निकलता है)*

एल्बस, मेरी टॉफ़ियों की ख़ातिर रुकने के लिए धन्यवाद!

एल्बस *(हँसते हुए)*

वाह।

अंक एक **दृश्य चार**

समय बीतने की याद दिलाने वाला दृश्य

और अब हम समय बदलने के एक कभी नहींजादुई –संसार में दाख़िल होते हैं। और यह दृश्य जादू के बारे में है।

जब हम संसारों के बीच छलाँग लगाते हैं, तो तीव्र परिवर्तन होते हैं, कोई अकेले दृश्य नहीं हैं, बल्कि अंश या टुकड़े हैं, जो समय की निरंतर प्रगति को दिखाते हैं।

शुरुआत में हम हॉगवट्र्स के भीतर हैं, बड़े हॉल में, और हर कोई एल्बस के चारों ओर नाच रहा है।

पॉली चैपमैन

एल्बस पॉटर।

कार्ल जेंकिन्स

पॉटर। हमारे साथ।

यैन फ़्रेडरिक्स

उसे उनके जैसे बाल मिले हैं। उसके बाल तो बिलकुल उन्हीं जैसे हैं।

रोज़

और वो मेरा कज़िन है। *(जब वे मुड़ते हैं।)* रोज़ ग्रेंजर–वीज़्ली। सभी से मिलकर अच्छा लगा।

चुनने वाली टोपी *विद्यार्थियों के बीच घूमती है और वे अपने–अपने दल में चले जाते हैं।*

यह जल्द ही दिख जाता है कि टोपी रोज़ के पास आ रही है, जो तनाव में अपने भाग्य का इंतज़ार कर रही है।

चुनने वाली टोपी

मैंने किया है सदियों ये काम
बैठी हूँ मैं हर विद्यार्थी के सिर पर
उसके विचारों को मैंने पढ़ा है
क्योंकि मैं चुनने वाली मशहूर टोपी हूँ।

मैंने लंबों को चुना है, मैंने नाटों को चुना है
मैंने हर अच्छी–बुरी परिस्थिति में यह काम किया है
इसलिए मुझे पहनो और तुम जान जाओगे
कि तुम्हें किस दल में रहना चाहिए...
रोज़ ग्रेंजर–वीज़्ली।

टोपी रोज़ के सिर पर आ जाती है।

गरुड़द्वार!

रोज़ के क़रीब आते वक़्त गरुड़द्वार के विद्यार्थी हर्षध्वनि करते हैं।

रोज़

डम्बलडोर को धन्यवाद।

स्कॉर्पियस चुनने वाली टोपी की गुस्सैल निगाह तले रोज़ की जगह लेने के लिए दौड़ता है।

चुनने वाली टोपी

स्कॉर्पियस मैल्फ़ॉय।

टोपी स्कॉर्पियस के सिर पर रख दी जाती है।

नागशक्ति!

स्कॉर्पियस को यही उम्मीद थी, वह सिर हिलाता है और आधा मुस्कुराता है। उसके पास पहुँचते वक़्त नागशक्ति के विद्यार्थी हर्षध्वनि करते हैं।

पॉली चैपमैन

हाँ, यह बिलकुल सही हुआ।

एल्बस तेज़ी से चलकर मंच के सामने की ओर आता है।

चुनने वाली टोपी

एल्बस पॉटर।

टोपी एल्बस के सिर पर रखी जाती है – और इस बार इसे ज़्यादा समय लगता है – मानो टोपी भी असमंजस में हो।

नागशक्ति!

ख़ामोशी छा जाती है।
पूरी, गहरी ख़ामोशी।
जो गिरती है, थोड़ा कसमसाती है और नुक़सानदेह है।

पॉली चैपमैन

नागशक्ति?

क्रेग बाउकर जूनियर

वाह! पॉटर! नागशक्ति में।

एल्बस *अनिश्चित भाव में देखता है।* स्कॉर्पियस *ख़ुशी से झूम उठता है और मुस्कुराकर उसकी तरफ़ देखकर चिल्लाता है।*

स्कॉर्पियस

तुम मेरे पास खड़े हो सकते हो!

एल्बस *(पूरी तरह से व्याकुल)*

ठीक है। हाँ।

यैन फ़्रेडरिक्स

मुझे लगता है कि इसके बाल हैरी जैसे इतने भी नहीं हैं।

रोज़

एल्बस? लेकिन यह तो ग़लत है, एल्बस। ऐसा नहीं होना चाहिए था।

और अचानक मैडम हूच *के साथ झाड़ू पर उड़ने की कक्षा शुरू हो जाती है।*

मैडम हूच

चलो, तुम सब किसका इंतज़ार कर रहे हो? सब अपनी–अपनी झाड़ू के पास खड़े हो जाओ। चलो, जल्दी करो।

सभी बच्चे फटाफट अपनी–अपनी झाड़ू के पास खड़े हो जाते हैं।

अपनी–अपनी झाड़ू के ऊपर अपने हाथ ले जाओ और कहो, 'ऊपर!'

सभी विद्यार्थी

ऊपर!

रोज़ और यैन की झाड़ुएँ तैरकर उनके हाथों में आ जाती हैं।

रोज़ और यैन

हाँ!

मैडम हूच

चलो जल्दी करो, मेरे पास काम से जी चुराने वालों के लिए कोई वक़्त नहीं है। पूरे दिल से 'ऊपर,' 'ऊपर' कहो।

सभी विद्यार्थी (*रोज़ और यैन को छोड़कर*)

ऊपर!

स्कॉर्पियस समेत सबकी झाड़ुएँ ऊपर उठ जाती हैं। सिर्फ़ एल्बस अपनी झाड़ू के साथ फ़र्श पर रह जाता है।

सभी विद्यार्थी (*रोज़, यैन और एल्बस को छोड़कर*)

हाँ!

एल्बस

ऊपर। ऊपर। ऊपर।

मगर उसकी झाड़ू नहीं हिलती है। एक मिलीमीटर भी नहीं। वह इसे अविश्वास और हताशा से घूरता है। बाक़ी विद्यार्थी ही–ही कर हँसते हैं।

पॉली चैपमैन

हे भगवान, कितना अपमानजनक है! सच्ची, यह तो अपने पिता जैसा बिलकुल नहीं है, है ना?

कार्ल जेंकिन्स

एल्बस पॉटर, नागशक्ति का नाकारा विद्यार्थी।

मैडम हूच

ठीक है। बच्चो। अब उड़ना शुरू करो।

फिर अचानक जाने कहाँ से हैरी एल्बस के पास आ जाता है, जब पूरे मंच पर धुआँ फैल जाता है। हम दोबारा प्लेटफ़ॉर्म पौने दस पर पहुँच जाते हैं और समय आगे बढ़ चुका है। एल्बस अब एक साल ज़्यादा बड़ा हो चुका है (हैरी भी, लेकिन यह उतना साफ़ नज़र नहीं आता)।

एल्बस

डैडी, मैं चाहता हूँ कि आप – क्या आप मुझसे थोड़ी दूर खड़े रहेंगे।

हैरी *(दिलचस्पी से)*

क्या सेकंड–इयर के बच्चों को डैडी के साथ देखा जाना पसंद नहीं होता?

एक अति आतुर जादूगर *उनके आस–पास चक्कर लगाता है।*

एल्बस

नहीं। बात बस यह है – आप *आप हो* और – और मैं मैं हूँ और –

हैरी

लोग बस देख ही तो रहे हैं, ठीक है? लोग देखते हैं। और वे मुझे देख रहे हैं, तुम्हें नहीं।

अति आतुर जादूगर हैरी *के सामने दस्तख़त करने के लिए कुछ बढ़ाता है – हैरी दस्तख़त कर देता है।*

एल्बस

हैरी पॉटर और उनके निराशाजनक बेटे को।

हैरी

इसका क्या मतलब है?

एल्बस

हैरी पॉटर और उनके नागशक्ति वाले बेटे को।

जेम्स *अपना बैग उठाकर तेज़ी से उनके पास से गुज़रता है।*

जेम्स

लहराने वाले नागशक्ति, अपनी फुफकार बंद करो, ट्रेन पर चढ़ने का समय हो चुका है।

हैरी

इसकी ज़रूरत नहीं है, जेम्स।

जेम्स *(जा चुका है)*

क्रिसमस पर मिलते हैं, डैडी।

हैरी *चिंता से* एल्बस *को देखता है।*

हैरी

अल–

एल्बस

मेरा नाम अल नहीं, एल्बस है।

हैरी

क्या दूसरे बच्चे चिढ़ा रहे हैं? क्या यह बात है? देखो, अगर तुम कुछ ज़्यादा दोस्त बनाने की कोशिश करो, तो अच्छा रहेगा – हर्माइनी और रॉन के बिना मैं हॉगवर्ट्स में नहीं बच पाता, मैं दुनिया में भी नहीं बच पाता।

एल्बस

लेकिन मुझे रॉन और हर्माइनी की ज़रूरत नहीं है – मेरे पास – मेरे पास एक दोस्त है स्कॉर्पियस। मैं जानता हूँ कि वो आपको पसंद नहीं है, लेकिन मुझे बस उसी की ज़रूरत है।

हैरी

देखो, अगर तुम ख़ुश हो, तो मेरे लिए इतना ही काफ़ी है।

एल्बस

आपको मुझे स्टेशन लाने की ज़रूरत नहीं थी, डैडी।

> एल्बस *अपना सूटकेस उठाता है और तेज़ी से दूर जाता है।*

हैरी

लेकिन मैं यहाँ आना *चाहता था...*

> *मगर तब तक* एल्बस *जा चुका है।* ड्रेको मैल्फ़ॉय *भीड़ में से निकलकर* हैरी *के पास आता है। उसका चोगा आदर्श है और उसकी सुनहरी पोनीटेल सही जगह पर है।*

ड्रेको

मुझे एक अहसान चाहिए।

हैरी

ड्रेको।

ड्रेको

ये अफ़वाहें – कि मेरे बेटे का असली पिता कौन है – ये ख़त्म होने का नाम ही नहीं ले रही हैं। हॉगवर्ट्स के विद्यार्थी स्कॉर्पियस

को बेरहमी से चिढ़ाते हैं – अगर मंत्रालय एक बयान जारी करके यह ऐलान कर दे कि रहस्य विभाग वाली लड़ाई में सारे काल–परिवर्तक नष्ट हो गए थे...

हैरी

ड्रेको, ये अफ़वाहें अपने आप ख़त्म हो जाएँगी – लोग दूसरी बातें करने लगेंगे।

ड्रेको

मेरा बेटा परेशान है और – एस्टोरिया की तबियत भी कुछ समय से ठीक नहीं है – इसलिए स्कॉर्पियस को वह पूरा समर्थन मिलना चाहिए, जो हम उसे दे सकते हैं।

हैरी

अगर तुम अफ़वाह का जवाब दोगे, तो उसे और बढ़ावा मिलेगा। वोल्डेमॉर्ट की एक संतान है, यह अफ़वाह तो बरसों से उड़ रही है। स्कॉर्पियस पहला शख़्स नहीं है, जिसके बारे में अफ़वाह फैली है। तुम्हारी और हमारी दोनों की ख़ातिर मंत्रालय को इससे दूर रहना चाहिए।

ड्रेको *की त्योरी चढ़ जाती है और वह खिन्न नज़र आता है, जब मंच साफ़ होता है और* रोज़ *तथा* एल्बस *अपने–अपने सूटकेस के साथ तैयार खड़े दिखते हैं।*

एल्बस

ट्रेन चलते ही तुम मुझसे बात मत करना।

रोज़

मैं जानती हूँ। हमें बस परिवार वालों के सामने नाटक करना है।

स्कॉर्पियस *दौड़ता है – बड़ी उम्मीद और उससे भी बड़े सूटकेस के साथ।*

स्कॉर्पियस *(आशा भरे स्वर में)*

हाय रोज़।

रोज़ *(निर्णयात्मक)*

विदा एल्बस।

स्कॉर्पियस *(अब भी उम्मीद भरे स्वर में)*

वह नरम हो रही है।

और अचानक हम बड़े हॉल में पहुँच चुके हैं। प्रोफ़ेसर मैक्गॉनेगल *सामने खड़ी हैं और उनके चेहरे पर चौड़ी सी मुस्कान खिली है।*

प्रोफ़ेसर मैक्गॉनेगल

और मुझे गरुड़द्वार की क्विडिच टीम की सबसे नई सदस्य का ऐलान करते हुए ख़ुशी हो रही है – हमारी – *(उन्हें अहसास होता है कि वे पक्षपाती नहीं दिख सकतीं)* – तुम्हारी बेहतरीन नई धावक – रोज़ ग्रेंजर–वीज़्ली।

हॉल हर्षध्वनि से गूँज उठता है। बाक़ी सबके साथ स्कॉर्पियस *भी ताली बजाता है।*

एल्बस

उसके लिए तुम क्यों ताली बजा रहे हो? हम क्विडिच से नफ़रत करते हैं और वह दूसरे हाउस के लिए खेल रही है।

स्कॉर्पियस

वह तुम्हारी कज़िन है, एल्बस।

एल्बस

क्या तुम सोचते हो कि वह मेरे लिए भी ताली बजाएगी?

स्कॉर्पियस

मैं तो सोचता हूँ कि वह कमाल की है।

विद्यार्थी एक बार फिर एल्बस *को घेरे हैं, जब अचानक जादुई काढ़ों की कक्षा शुरू हो जाती है।*

पॉली चैपमैन

एल्बस पॉटर। बकवास। जब वह सीढ़ियाँ चढ़ता है, तो तस्वीरें तक मुँह फेर लेती हैं।

एल्बस *एक काढ़े पर झुका हुआ है।*

एल्बस

और हम क्या मिलाएँ – द्विशृँगी का सींग?

कार्ल जेंकिन्स

मैं तो कहता हूँ कि उसे और वोल्डेमॉर्ट के बेटे को अकेला छोड़ दो।

एल्बस

सैलेमेंडर छिपकली का थोड़ा सा ख़ून...

काढ़े में ज़ोरदार विस्फोट होता है।

स्कॉर्पियस

ठीक है। यह किस चीज़ से ठीक हो सकता है? हमें क्या बदलना चाहिए?

एल्बस

सब कुछ।

समय आगे बढ़ जाता है – एल्बस की आँखें ज़्यादा स्याह होती जाती हैं, उसका चेहरा ज़्यादा पीला होता जाता है। वह अब भी आकर्षक है, लेकिन वह इसे स्वीकार न करने की कोशिश कर रहा है।

और अचानक वह एक बार फिर अपने डैडी के साथ प्लेटफ़ॉर्म पौने दस पर है – जो अपने बेटे (और ख़ुद) को यह बताने की कोशिश कर रहे हैं कि सब कुछ ठीक है। दोनों की उम्र एक साल बढ़ गई है।

हैरी

तीसरा साल। बड़ा साल। यह रहा तुम्हारा हॉग्समीड की अनुमति वाला फ़ॉर्म।

एल्बस

मुझे हॉग्समीड से नफ़रत है।

हैरी

तुम किसी ऐसी जगह से कैसे नफ़रत कर सकते हो, जहाँ तुम कभी गए ही नहीं?

एल्बस

क्योंकि मैं जानता हूँ कि वहाँ हॉगवर्ट्स के विद्यार्थियों की भीड़ होगी।

एल्बस उस फ़ॉर्म वाले क़ागज़ की पुड़िया बनाता है।

हैरी

बस एक बार करके तो देखो – चलो – यह हनीड्यूक्स में मज़े करने का सुनहरा मौक़ा है और तुम्हारी मम्मी को पता भी नहीं चलेगा – नहीं एल्बस, ऐसी जुर्रत मत करना।

एल्बस *(अपनी छड़ी दिखाते हुए)*

प्रज्वलन!

क़ागज़ का गोला जलने लगता है और मंच के पार चला जाता है।

हैरी

कितना मूर्खतापूर्ण काम किया!

एल्बस

दरअसल मुझे उम्मीद नहीं थी कि यह मंत्र काम करेगा। मैं इस मंत्र में बहुत बुरा हूँ।

हैरी

अल – एल्बस, मैं उल्लू भेजकर प्रोफ़ेसर मैक्गॉनेगल से पत्र–व्यवहार कर रहा हूँ – वे कहती हैं कि तुम ख़ुद को अलग–थलग रखते हो – तुम कक्षा में सहयोग नहीं करते – तुम चिड़चिड़े हो – तुम –

एल्बस

तो आप चाहते क्या हैं कि मैं क्या करूँ? जादू से ख़ुद को लोकप्रिय बना लूँ? जादू से ख़ुद को नए हाउस में पहुँचा दूँ? रूपांतरण करके बेहतर विद्यार्थी में बदल जाऊँ? डैडी, बस एक मंत्र पढ़ दो और मुझे वैसा बना दो, जैसा आप मुझे देखना चाहते हो, ठीक है? यह हम दोनों के लिए बेहतर रहेगा। अब चलना है। ट्रेन पकड़ना है। दोस्त को ढूँढ़ना है।

एल्बस दौड़कर स्कॉर्पियस *के पास जाता है, जो अपने सूटकेस पर बैठा है – संसार के प्रति स्तब्ध।*

(आनंदित) स्कॉर्पियस...

(चिंतित) स्कॉर्पियस... तुम ठीक तो हो?

स्कॉर्पियस *कुछ नहीं कहता।* एल्बस *अपने दोस्त की आँखों को पढ़ने की कोशिश करता है।*

तुम्हारी मम्मी? क्या हालत पहले से ज़्यादा ख़राब है?

स्कॉर्पियस

सबसे बुरी हालत, जो हो सकती है।

एल्बस स्कॉर्पियस *के बग़ल में बैठ जाता है।*

एल्बस

मुझे लगा था कि तुम उल्लू भेजोगे...

स्कॉर्पियस

मैं यह नहीं सोच पाया कि क्या कहूँ।

एल्बस

और अब मैं नहीं सोच पा रहा हूँ कि क्या कहूँ...

स्कॉर्पियस

कुछ मत कहो।

एल्बस

क्या कोई चीज़ है...?

स्कॉर्पियस

अंत्येष्टि में आना।

एल्बस

ज़ाहिर है।

स्कॉर्पियस

और मेरे अच्छे दोस्त बनना।

और अचानक चुनने वाली टोपी *मंच के बीच में आती है और हम बड़े हॉल में लौट आते हैं।*

चुनने वाली टोपी

क्या तुम्हें डर है कि तुम क्या सुनोगे?
डर है कि मैं वह नाम लूँगी, जिसका तुम्हें डर है?
नागशक्ति नहीं! गरुड़द्वार नहीं!
मेहनतकश नहीं! चीलघात नहीं!
चिंता मत करो, बच्ची, मैं अपना काम जानती हूँ,
अगर पहले तुम्हारे आँसू दिखेंगे, तो बाद में हँसी दिखेगी।
लिली पॉटर। **गरुड़द्वार!**

लिली

हाँ!

एल्बस

बेहतरीन।

स्कॉर्पियस

क्या तुम सचमुच सोचते थे कि वह हमारे दल में आएगी? पॉटर परिवार के लोग नागशक्ति में नहीं आते हैं।

एल्बस

मैं तो आया हूँ।

जब वह पृष्ठभूमि में घुलने की कोशिश करता है, तो दूसरे विद्यार्थी हँसने लगते हैं। वह उन सभी की तरफ़ ऊपर देखता है।

मैंने नहीं चुना था, तुम जानते तो हो। मैंने नहीं चुना था कि मैं उनका बेटा बनूँ।

अंक एक **दृश्य पाँच**

जादू मंत्रालय, हैरी का ऑफ़िस

हर्माइनी हैरी के अस्त–व्यस्त ऑफ़िस में क़ागज़ों के ढेर के सामने बैठी है। वह क़ागज़ों को धीरे–धीरे छाँट रही है, पढ़ रही है और समझने की कोशिश कर रही है। हैरी तेज़ी से अंदर आता है। उसके गाल पर एक खरोंच से ख़ून बह रहा है। हर्माइनी पैने अंदाज़ में देखती है।

हर्माइनी

कैसा रहा?

हैरी *(मुस्कुराता है)*

ख़बर सच थी।

हर्माइनी

थियोडोर नॉट?

हैरी

हिरासत में है।

हर्माइनी

और काल–परिवर्तक?

हैरी काल–परिवर्तक दिखाता है। यह आकर्षक ढंग से चमक रहा है। हर्माइनी इसे देखकर दंग रह जाती है।

क्या यह असली है? क्या यह काम करता है? यह सिर्फ़ एक घंटे पीछे ले जाने वाला काल–परिवर्तक तो नहीं है – यह और पीछे तक जाता है?

हैरी

अभी हमें कुछ नहीं पता। मैं तो इसे वहीं तुरंत आज़माकर देखना चाहता था, लेकिन फिर मैंने ज़्यादा समझदार लोगों की सलाह मान ली।

हर्माइनी

तो अब यह हमारे पास है।

हैरी

और तुम्हें यक़ीन है कि तुम इसे सुरक्षित रखना चाहती हो?

हर्माइनी

मुझे नहीं लगता कि हमारे पास कोई दूसरा विकल्प है। इसे देखो। मेरे पास जो काल–परिवर्तक था, यह उससे बिलकुल अलग है।

हैरी *(शुष्कता से)*

ऐसा लगता है कि हमारे बचपन से अब तक जादूगरी ने काफ़ी तरक्की कर ली है।

हर्माइनी

ओह! तुम्हारी चोट से ख़ून बह रहा है।

हैरी आईने में चेहरा देखता है। वह अपने चोगे से घाव को थपथपाता है।

चिंता की कोई बात नहीं है, यह निशान के साथ सही रहेगा।

हैरी *(मुस्कुराते हुए)*

तुम मेरे ऑफ़िस में क्या कर रही हो, हर्माइनी?

हर्माइनी

मैं थियोडोर नॉट वाली ख़बर से चिंतित थी – सोचा, लगे हाथ चलकर यह भी देख लूँ कि क्या तुमने क़ागज़ी काम निबटाने का वादा पूरा कर लिया है।

हैरी

आह। पता चल ही गया होगा कि मैं ऐसा नहीं कर पाया।

हर्माइनी

नहीं। तुम नहीं कर पाए। हैरी, तुम इतनी अव्यवस्था में कोई काम कैसे कर सकते हो?

हैरी अपनी छड़ी लहराता है और तमाम क़ागज़ तथा पुस्तकें साफ़–सुथरी थप्पी में बदल जाती हैं। हैरी मुस्कुराता है।

हैरी

अब तो अस्त–व्यस्त नहीं है।

हर्माइनी

लेकिन अब भी नज़रअंदाज़ तो किया है। तुम जानते हो, यहाँ कोई दिलचस्प चीज़ हो सकती है... पहाड़ी दैत्य ग्रैपहॉर्न पर सवार होकर हंगरी के पार जा रहे हैं, पीठ पर पंख के टैटू वाले दानव यूनानी समुद्रों से जा रहे हैं और नरभेड़िये पूरी तरह भूमिगत हो गए हैं–

हैरी

बेहतरीन, तो हम वहीं चलते हैं। मैं टीम इकट्ठी कर लूँगा।

हर्माइनी

हैरी, मैं समझती हूँ। क़ागज़ी काम नीरस होता है...

हैरी

तुम्हारे लिए नहीं।

हर्माइनी

मुझे अपने ही क़ागज़ी काम से फ़ुरसत नहीं है। ये वे इंसान और जानवर हैं, जो जादूगरों के बड़े युद्धों में वोल्डेमॉर्ट की तरफ़ से लड़े थे। ये अँधेरे के साथी हैं। इन घटनाओं का संबंध उस काल–परिवर्तक से हो सकता है, जो हमने थियोडोर नॉट से ज़ब्त किया है। लेकिन अगर जादुई क़ानून अनुपालन प्रमुख अपनी फ़ाइलों को नहीं पढ़ रहा है –

हैरी

लेकिन मुझे इन्हें पढ़ने की ज़रूरत ही क्या है – मैं सबसे मिलता–जुलता रहता हूँ, महत्वपूर्ण बातें सुनता रहता हूँ। मैंने ही तो थियोडोर नॉट के काल–परिवर्तक के बारे में अफ़वाहें सुनी थीं और मैंने ही तो उन पर कार्यवाही की थी। दरअसल तुम्हें मुझे फटकारना नहीं चाहिए।

हर्माइनी हैरी *की तरफ़ देखती है – यह पेचीदा है।*

हर्माइनी

टॉफ़ी पसंद करोगे? रॉन को मत बताना।

हैरी

तुम विषय बदल रही हो।

हर्माइनी

हाँ, मैं सचमुच बदल रही हूँ। टॉफ़ी?

हैरी

नहीं ले सकता। इस समय शकर छोड़ी हुई है।

अंतराल।

जानती हो, तुम्हें इस चीज़ की लत लग सकती है?

हर्माइनी

मैं क्या कह सकती हूँ? मेरे मम्मी–डैडी दंत चिकित्सक थे। यह तय था कि मैं किसी न किसी समय तो बग़ावत करूँगी। चालीस साल की उम्र में बग़ावत थोड़ी देर से हुई है, लेकिन...*(वह अपने मित्र की ओर देखकर मुस्कुराती है)* देखो, तुमने अभी–अभी एक शानदार काम किया है। मैं तुम्हें कतई फटकार नहीं रही हूँ – मैं तो बस यह चाहती हूँ कि तुम कभी–कभार अपने क़ागज़ी कामकाज को देख लिया करो, बस इतना ही। इसे *जादू मंत्री* का हल्का सा – टहोका (हैरी *त्योरी चढ़ाता है)* – समझो।

हैरी उसके आख़िरी वाक्य के छिपे अर्थ को सुनता है; वह सिर हिलाता है।

जिनी कैसी है? एल्बस कैसा है?

हैरी

लगता है, मैं पिता की भूमिका में भी उतना ही अच्छा हूँ, जितना कि क़ागज़ी कामकाज में। रोज़ कैसी है? ह्यूगो कैसा है?

हर्माइनी *(मुस्कान के साथ)*

जानते हो, रॉन कहता है कि उसे लगता है मैं उससे ज़्यादा समय अपनी सेक्रेटरी ईथेल *(वह दूर इशारा करती है)* के साथ रहती हूँ। क्या तुम सोचते हो कि किसी मोड़ पर हमने विकल्प चुन लिया था – साल के बेहतरीन अभिभावक बनें या – मंत्रालय

के बेहतरीन अधिकारी बनें? अब जाओ। अपने परिवार के पास घर जाओ हैरी। हॉगवट्‌र्स एक्सप्रेस एक और साल के लिए जाने वाली है – जितना समय तुम्हारे पास बचा है, उसका आनंद लो – और फिर तरोताज़ा होकर यहाँ लौटो और इन फ़ाइलों को पढ़ो।

हैरी

तुम सचमुच सोचती हो कि इनमें कोई महत्वपूर्ण जानकारी हो सकती है?

हर्माइनी *(मुस्कान के साथ)*

हो सकती है। लेकिन अगर होती है, तो हम उससे जूझने का रास्ता खोज लेंगे, हैरी। हमने हमेशा खोजा है।

वह एक बार फिर मुस्कुराती है – अपने मुँह में एक टॉफ़ी डालती है और ऑफ़िस से चली जाती है। हैरी अकेला रह जाता है। वह अपना बैग पैक करता है। वह ऑफ़िस से बाहर निकलकर एक गलियारे में पहुँचता है। उसके कंधों पर संसार का बोझ है।

वह थका हुआ एक टेलीफ़ोन बॉक्स के अंदर जाता है। वह 62442 डायल करता है।

टेलीफ़ोन बॉक्स

विदा, हैरी पॉटर।

वह जादू मंत्रालय से दूर ऊपर की तरफ़ चढ़ता है।

अंक एक **दृश्य छह**

हैरी और जिनी पॉटर का घर

एल्बस सो नहीं पाता है। वह सीढ़ियों के ऊपर बैठा है। वह नीचे से आती आवाज़ें सुनता है। हैरी के दिखने से पहले ही हमें उसकी आवाज़ सुनाई दे जाती है। व्हीलचेयर में बैठा एक बुजुर्ग – एमॉस डिगोरी *– उसके साथ है।*

हैरी

एमॉस, मैं अच्छी तरह समझता हूँ – लेकिन मैं अभी–अभी घर लौटा हूँ और –

एमॉस

मैंने मंत्रालय में अपॉइंटमेंट लेने की कोशिश की थी। वे कहते हैं, 'आह, मि. डिगोरी, हम आपको अपॉइंटमेंट दे सकते हैं, देखिए, दो महीने बाद।' मैं इंतज़ार करता हूँ। बड़े धीरज के साथ।

हैरी

– और आधी रात को मेरे घर आ जाते हैं – जब मेरे बच्चे अपने नए साल के लिए स्कूल जाने की तैयारी कर रहे हैं – यह ठीक नहीं है।

एमॉस

दो महीने बीत जाते हैं। फिर मुझे एक उल्लू मिलता है, 'मि. डिगोरी, हमें बहुत अफ़सोस है, लेकिन मि. पॉटर किसी बहुत ज़रूरी काम से बाहर चले गए हैं। हम स्थिति को थोड़ा बदलने जा रहे हैं। देखिए, क्या दो महीने बाद का अपॉइंटमेंट चलेगा?' और यह सिलसिला बार–बार दोहराया जाता है, बार–बार.... तुम मुझसे मिलने से कतरा रहे हो।

हैरी

ज़ाहिर है, मैं ऐसा कुछ नहीं कर रहा हूँ। बात बस यह है कि जादुई क़ानून अनुपालन विभाग के मुखिया के नाते ज़िम्मेदारी –

एमॉस

बहुत सी चीज़ें हैं, जिनके लिए तुम ज़िम्मेदार हो।

हैरी

मैं समझा नहीं?

एमॉस

मेरा बेटा सेडरिक! सेडरिक याद है, या भूल गए?

हैरी *(सेडरिक की याद से उसे चोट पहुँचती है)*

हाँ, मुझे आपका बेटा याद है। उसकी क्षति –

एमॉस

वोल्डेमॉर्ट *तुम्हें* मारना चाहता था! मेरे बेटे को नहीं! तुमने ख़ुद मुझे उसकी कही बात बताई थी, 'दूसरे को मार डालो।' दूसरा। मेरा बेटा, मेरा सुंदर बेटा, दूसरा था।

हैरी

मि. डिगोरी, जैसा आप जानते हैं, सेडरिक का स्मारक बनाने की आपकी कोशिशों से मुझे सहानुभूति है, लेकिन –

एमॉस

स्मारक! मेरी स्मारक बनवाने में कोई रुचि नहीं है – अब नहीं है। मैं बूढ़ा हो चुका हूँ – बूढ़ा, मरता हुआ आदमी – और मैं यहाँ तुमसे – भीख माँगने आया हूँ कि तुम उसे दोबारा ज़िंदा करने में मेरी मदद करो।

हैरी हैरानी से ऊपर देखता है।

हैरी

ज़िंदा करने में? एमॉस, यह संभव नहीं है।

एमॉस

मंत्रालय के पास एक काल–परिवर्तक है, है ना?

हैरी

सभी काल–परिवर्तक नष्ट हो गए थे।

एमॉस

मैं यहाँ आधी रात को हड़बड़ी में इसलिए आया हूँ, क्योंकि मैंने अभी–अभी एक अफ़वाह सुनी है – एक विश्वसनीय अफ़वाह – कि मंत्रालय ने थियोडोर नॉट के पास से एक ग़ैर–क़ानूनी काल–परिवर्तक ज़ब्त किया है और इसे अपने पास सुरक्षित रख लिया है। जाँच के लिए। मुझे उस काल–परिवर्तक का इस्तेमाल करने दो। मुझे अपने बेटे को दोबारा ज़िंदा करने दो।

एक लंबा, गहरा मौन छा जाता है। हैरी को यह बेहद मुश्किल लगता है। हम देखते हैं, एल्बस सुनते हुए ज़्यादा क़रीब आ रहा है।

हैरी

एमॉस, समय के साथ छेड़छाड़? आप जानते हैं कि हम यह नहीं कर सकते।

एमॉस

बच्चा–जो–ज़िंदा–बच–गया की ख़ातिर कितने सारे लोग मरे हैं? मैं तो बस यह कह रहा हूँ कि तुम उनमें से एक को बचा लो।

इससे हैरी को चोट पहुँचती है। वह सोचता है। उसका चेहरा सख़्त हो जाता है।

हैरी

आपने जो भी सुना है – थियोडोर नॉट वाली कहानी मनगढ़ंत है, एमॉस। मुझे अफ़सोस है।

डेल्फ़ी

हलो।

एल्बस एक मील ऊपर उछलता है, जब डेल्फ़ी – लगभग बीस साल की दृढ़ और विचित्र दिखने वाली युवती – नज़र आती है, जो सीढ़ियों के पार उसे देख रही है।

ओह, सॉरी। चौंकाना नहीं चाहती थी। मैं ख़ुद सीढ़ियों पर छुपकर दूसरों की बातें सुनना पसंद करती थी। वहाँ बैठकर। इंतज़ार करती थी कि कोई दिलचस्प बात सुनाई दे जाए।

एल्बस

तुम कौन हो? क्योंकि यह एक तरह से मेरा घर है और...

डेल्फ़ी

देखो, मैं एक चोर हूँ। मैं तुम्हारा सब कुछ चुराने वाली हूँ। मुझे अपना सोना, अपनी छड़ी और चॉकलेट मेंढक दे दो! *(वह खूँख़ार दिखती है, लेकिन फिर मुस्कुरा देती है।)* या तो चोर हूँ या फिर मैं डेल्फ़िनी डिगोरी हूँ। *(वह सीढ़ियाँ चढ़ती है और हाथ बढ़ाती है।)* डेल्फ़ी। मैं उनकी – एमॉस – देखभाल करती हूँ। देखो, मैं कोशिश करती हूँ। *(वह एमॉस की तरफ़ इशारा करती है।)* और तुम कौन हो?

एल्बस *(उदास हँसी)*

एल्बस।

डेल्फ़ी

ज़ाहिर है! एल्बस पॉटर! तो हैरी तुम्हारे डैडी हैं? बहुत शानदार बात है, है ना?

एल्बस

दरअसल नहीं।

डेल्फ़ी

आह। क्या मैंने फिर से फटे में टाँग अड़ा दी? लोग स्कूल में मेरे बारे में यही कहते थे। डेल्फ़िनी डिगोरी – कोई ऐसा गड्ढा नहीं है, जिसे वह ख़ुद खोदकर उसमें नहीं समा सकती।

एल्बस

वे मेरे नाम को भी बहुत तोड़ते–मरोड़ते हैं।

अंतराल। वह उसे ग़ौर से देखती है।

एमॉस

डेल्फ़ी।

वह जाने को होती है और फिर झिझकती है। वह एल्बस की तरफ़ देखकर मुस्कुराती है।

डेल्फ़ी

हम अपने रिश्तेदारों को नहीं चुन सकते हैं। एमॉस सिर्फ़ मेरे मरीज़ ही नहीं, अंकल भी हैं। अपर फ़्लैजली में मेरे नौकरी करने

का एक कारण यह भी है। लेकिन इससे यह मुश्किल बन जाता है। अतीत में अटके लोगों के साथ रहना मुश्किल होता है, है ना?

एमॉस

डेल्फ़ी!

एल्बस

अपर फ़्लैजली?

डेल्फ़ी

सेंट ओसवाल्ड्स होम फ़ॉर ओल्ड विचेस एंड विज़ाड्र्स। कभी मिलने आना। अगर तुम चाहो।

एमॉस

डेल्फ़ी!

वह मुस्कुराती है और फिर सीढ़ियाँ उतर जाती है। वह उस कमरे में दाख़िल होती है, जिसमें एमॉस *और* हैरी *हैं।* एल्बस *उसे देखता है।*

डेल्फ़ी

हाँ, अंकल?

एमॉस

कभी महान रहे हैरी पॉटर से मिलो, जो अब मंत्रालय के पत्थरदिल अधिकारी बन चुके हैं। मैं आपको शांति में छोड़ता हूँ, सर। अगर आप शांति में रह सकें। डेल्फ़ी, मेरी कुर्सी...

डेल्फ़ी

जी, अंकल।

वह एमॉस *को कमरे से बाहर धकाकर ले जाती है।* हैरी *अकेला रह जाता है और एकाकी दिखता है।* एल्बस *सोचते हुए सावधानी से देखता है।*

अंक एक **दृश्य सात**

हैरी और जिनी पॉटर का घर, एल्बस का कमरा

एल्बस *पलंग पर बैठा है, जबकि लोग उसके दरवाज़े के बाहर आ–जा रहे हैं। बाहर की सतत गतिविधि के विपरीत अंदर शांति है। हमें* जेम्स *के गरजने की आवाज़ सुनाई देती है। (दूर से)।*

जिनी

जेम्स, मेहरबानी करके अपने बालों पर ध्यान देना छोड़ो और इस बिखरे कमरे को ठीक करो...

जेम्स

बालों पर ध्यान कैसे न दूँ? ये गुलाबी हो गए हैं! अब मुझे अपने अदृश्य चोगे का इस्तेमाल करना पड़ेगा!

जेम्स *दरवाज़े पर प्रकट होता है, उसके बाल गुलाबी हैं।*

जिनी

तुम्हारे डैडी ने वह चोगा तुम्हें इसलिए *नहीं* दिया था!

लिली

किसी ने मेरी जादुई काढ़ों की पुस्तक देखी है?

जिनी

लिली पॉटर, यह मत सोचना कि तुम कल यह पहनकर स्कूल जाओगी...

लिली एल्बस *के दरवाज़े पर प्रकट होती है। उसने परी पंख पहन रखे हैं, जो फड़फड़ा रहे हैं।*

लिली

मैं उनसे प्रेम करती हूँ। वे फड़फड़ाते हैं।

वह बाहर जाती है, जब हैरी एल्बस के दरवाज़े पर प्रकट होता है। वह अंदर झाँकता है।

हैरी

हाय।

उनके बीच एक अजीब सा मौन रहता है। जिनी चौखट पर नज़र आती है। वह अंदर देखती है कि क्या हो रहा है और एक पल रुकती है।

बस हॉगवट्र्स जाने से पहले तोहफ़े देने आया था – तोहफ़े – रॉन ने यह भेजा है...

एल्बस

ठीक है, प्रेम काढ़ा। ठीक है।

हैरी

मैं सोचता हूँ कि यह मज़ाक़ होगा – क्या पता। लिली को पादने वाले बौने मिले हैं, जेम्स को एक कंघी मिली है, जिसने उसके बाल गुलाबी कर दिए हैं। रॉन के तोहफ़े – देखो, तुम तो जानते ही हो, रॉन रॉन है?

हैरी एल्बस *का प्रेम काढ़ा उसके पलंग पर रख देता है।*

मैं भी – यह मेरी तरफ़ से है...

वह एक छोटा कंबल बढ़ाता है। जिनी इसकी तरफ़ देखती है – वह देखती है कि हैरी कोशिश कर रहा है और फिर धीमे से दूर चली जाती है।

एल्बस

पुराना कंबल?

हैरी

मैंने बहुत सोचा कि इस साल तुम्हें क्या दूँ। जेम्स– देखो, जेम्स के पास शुरू से ही अदृश्य चोगा है, और लिली – मैं जानता था कि उसे पंख पसंद आएँगे – लेकिन तुम। एल्बस, अब तुम चौदह साल के हो चुके हो और मैं चाहता था कि तुम्हें कोई ऐसी चीज़

दूँ – जिसका कुछ मतलब हो। यह – यह वह आख़िरी चीज़ है, जो मुझे मेरी मम्मी से मिली थी। इकलौती चीज़। मुझे इसमें लपेटकर डर्स्ली परिवार के पास भेजा गया था। मैंने सोचा था कि यह हमेशा के लिए खो गया था – लेकिन जब तुम्हारी पेटूनिया दादी की मृत्यु हुई, तो आश्चर्यजनक रूप से उनके सामान में डडली को यह छिपा मिल गया – और उसने भलमनसाहत से इसे मुझे भेज दिया और तभी से – देखो, जब भी मुझे क़िस्मत के सहारे की ज़रूरत होती है, मैं इसे छू लेता हूँ और इसे पकड़ने की कोशिश करता हूँ और मैं सोच रहा था कि क्या तुम...

एल्बस

मैं भी इसे छूना चाहूँगा? ठीक है। सही है। उम्मीद है कि इससे मेरी क़िस्मत अच्छी हो जाएगी। मुझे निश्चित रूप से इसकी ज़रूरत है।

वह कंबल को छूता है।

लेकिन इसे आप ही रखें।

हैरी

मैं सोचता हूँ – मुझे यक़ीन है – पेटूनिया मौसी चाहती थीं कि यह मेरे पास रहे, इसीलिए उन्होंने इसे अपने पास रखा और अब मैं चाहता हूँ कि इसे तुम अपने पास रखो। मैं अपनी माँ के बारे में ज़्यादा नहीं जानता हूँ – लेकिन मेरे ख़्याल से वे भी यही चाहतीं कि यह तुम्हारे पास रहे। और शायद मैं हैलोवीन की शाम को तुम्हारे – और इसके पास आ सकता हूँ। जिस रात उनकी मृत्यु हुई थी, मैं इसके पास रहना चाहता हूँ – और यह हम दोनों के लिए अच्छा हो सकता है...

एल्बस

सुनिए, अभी मुझे बहुत सी पैकिंग करना है। और बेशक आपके सिर पर भी मंत्रालय के बहुत से कामों का बोझ लदा होगा। इसलिए...

हैरी

एल्बस, मैं चाहता हूँ कि तुम यह कंबल अपने पास रखो।

एल्बस

और इसका क्या करूँ? परी पंख समझ में आते हैं, डैडी! अदृश्य चोगे भी समझ में आते हैं – लेकिन यह – वाक़ई?

हैरी थोड़ा निराश है। वह अपने बेटे को देखता है, उसके क़रीब पहुँचने के लिए बेताब है।

हैरी

तुम्हें पैकिंग करने में मदद चाहिए? मुझे हमेशा पैकिंग में मज़ा आता था। इसका मतलब था कि मैं प्रिविट ड्राइव से बाहर जा रहा हूँ और हॉगवर्ट्स लौट रहा हूँ। देखो... मैं जानता हूँ कि हॉगवर्ट्स तुम्हें पसंद नहीं है, लेकिन...

एल्बस

मैं जानता हूँ, वह आपके लिए संसार की सबसे अच्छी जगह है। बेचारा अनाथ लड़का, जिसे उसके डर्स्ली अंकल–आंटी सता रहे थे –

हैरी

एल्बस, प्लीज़ – क्या हम –

एल्बस

– जिसे उसका कज़िन डडली संताप दे रहा था और हॉगवर्ट्स ने उसे बचा लिया। डैडी, मैं यह सब जानता हूँ। वही पुरानी बकवास।

हैरी

मैं तुम्हारे जाल में नहीं फँसूँगा, एल्बस पॉटर।

एल्बस

बेचारा अनाथ लड़का, जिसने आगे चलकर हम सबको बचाया – मैं यह बात – पूरी जादूगर क़ौम की तरफ़ से कह सकता हूँ। हम आपकी बहादुरी के लिए बेहद कृतज्ञ हैं। अब मैं दंडवत प्रणाम करूँ या फिर सलाम से काम चल जाएगा?

हैरी

एल्बस, प्लीज़ – जानते हो, मुझे कभी कृतज्ञता नहीं चाहिए थी।

एल्बस

लेकिन हाल–फ़िलहाल तो मैं इसमें डूबा जा रहा हूँ – यह इस पुराने कंबल का तोहफ़ा होगा, जिसकी वजह से ऐसा हुआ होगा...

हैरी

पुराना कंबल?

एल्बस

आपने क्या सोचा था, क्या होगा? मैं आपके गले लग जाऊँगा। मैं आपसे कहूँगा कि मैं आपसे बहुत प्यार करता हूँ। क्या? क्या?

हैरी *(आख़िरकार आवेश में आते हुए)*

तुम जानते हो? मैं तुम्हारे दुखड़े की ज़िम्मेदारी उठाते–उठाते तंग आ चुका हूँ। कम से कम तुम्हारे पास डैडी तो हैं। क्योंकि मेरे पास नहीं थे, ठीक है?

एल्बस

और आप सोचते हैं कि यह बदक़िस्मती थी? मैं ऐसा नहीं सोचता।

हैरी

तो तुम मेरी मौत चाहते हो?

एल्बस

नहीं! मैं बस यह चाहता हूँ कि काश आप मेरे डैडी नहीं होते।

हैरी *(जैसे किसी साँड को लाल झंडा दिख गया हो)*

देखो, कई बार तो मेरे भी दिमाग़ में आता है कि काश तुम मेरे बेटे नहीं होते।

ख़ामोशी छा जाती है। एल्बस *सिर हिलाता है। अंतराल।* हैरी *को अहसास होता है कि वह क्या कह गया है।*

नहीं, मेरा यह मतलब नहीं था...

एल्बस

हाँ। आपका यही मतलब था।

हैरी

एल्बस, तुम मुझे उत्तेजित करने में माहिर हो...

एल्बस

आपका यही मतलब था डैडी, और सच कहूँ, तो इसके लिए मैं आपको दोष नहीं देता।

एक भयंकर ख़ामोशी।

अब शायद आपको मुझे अकेला छोड़ देना चाहिए।

हैरी

एल्बस, प्लीज़...

एल्बस *कंबल उठाता है और फेंक देता है। कंबल रॉन के प्रेम काढ़े से टकरा जाता है, जो पूरे कंबल और बिस्तर पर बिखर जाता है, इससे धुएँ का हल्का झोंका उठता है।*

एल्बस

तो मुझे न ख़ुशक़िस्मती मिली, न प्रेम।

एल्बस *कमरे के बाहर दौड़ जाता है।* हैरी *उसके पीछे जाता है।*

हैरी

एल्बस। एल्बस... प्लीज़

अंक एक **दृश्य आठ**

सपना, चट्टान–पर–झोंपड़ी

एक ***बड़ा धमाका।*** *फिर* ***ज़ोरदार धड़ाम।*** डडली डर्स्ली, पेटूनिया आंटी *और* वरनॉन अंकल *एक पलंग के पीछे झुके हैं।*

डडली डर्स्ली

मम्मी, मुझे यह पसंद नहीं है।

पेटूनिया आंटी

मैं जानती थी कि हमने यहाँ आकर ग़लती कर दी है। वरनॉन। वरनॉन। हम कहीं नहीं छुप सकते। लाइटहाउस भी बहुत दूर है!

एक और ***बड़ा धमाका।***

वरनॉन अंकल

ठहरो। ठहरो। यह जो भी है, यह अंदर नहीं आ रहा है।

पेटूनिया आंटी

हम शापित हैं! उसने हमें शाप दिया है! लड़के ने हमें शाप दिया है! *(छोटे हैरी को देखते हुए।)* यह सब तुम्हारी ग़लती है। अपने दड़बे में जाओ।

छोटा हैरी *चिहुँकता है, जब* वरनॉन अंकल *अपनी राइफ़ल निकालते हैं।*

वरनॉन अंकल

तुम जो भी हो, मैं तुम्हें चेतावनी दे रहा हूँ – मेरे पास हथियार है।

एक ***ज़ोरदार धमाका।*** *और दरवाज़े के क़ब्जे उखड़ जाते हैं।* हैग्रिड *दरवाज़े के बीच में खड़ा है। वह उन सभी को देखता है।*

हैग्रिड

कोई एक कप चाय पिलाएगा? सफ़र आसान नहीं था।

डडली डर्स्ली

उसे। तो। देखो।

वरनॉन अंकल

पीछे हटो। पीछे हटो। मेरे पीछे, पेटूनिया। मेरे पीछे, डर्स्ली। मैं जल्दी ही इस बजरबट्टू को देखता हूँ।

हैग्रिड

बजरबट्टू? *(वह वरनॉन अंकल की बंदूक को पकड़ता है।)* कुछ अरसे से इसे नहीं देखा था। *(वह बंदूक का एक सिरा मोड़ता है और उसकी गाँठ बना देता है।)* ऊह–आह। *(और फिर उसका ध्यान भटक जाता है। उसने छोटे हैरी को देख लिया है।)* हैरी पॉटर।

छोटा हैरी

हलो।

हैग्रिड

आख़िरी बार जब तुम्हें देखा था, तुम बहुत छोटे थे। तुम अपने डैडी जैसे दिखते हो, लेकिन तुम्हारी आँखें तुम्हारी मम्मी जैसी हैं।

छोटा हैरी

आप मेरे मम्मी–डैडी को जानते थे?

हैग्रिड

मेरा शिष्टाचार कहाँ गया? हैप्पी बर्थडे हैरी। हम तुम्हारे लिए कुछ लाए हैं – शायद कहीं रास्ते में हम इसके ऊपर बैठ गए होंगे, पर लगता है इसका स्वाद अच्छा ही होगा।

अपने कोट के अंदर से वह थोड़ा दबा हुआ चॉकलेट केक निकालता है, जिस पर हरी चाशनी में लिखा है हैप्पी बर्थडे हैरी।

छोटा हैरी

आप कौन हैं?

हैग्रिड *(हँसते हुए)*

सही बात है, हमने अपना परिचय तो दिया ही नहीं। हम रूबियस हैग्रिड हैं, हॉगवर्ट्स की चाबियों और मैदान के रखवाले। *(वह*

अपने चारों तरफ़ देखता है।) तो चाय के बारे में क्या ख़्याल है? वैसे, अगर तुम लोगों के पास कोई ज़्यादा ज़ोरदार चीज़ हो, तो हम उसके लिए भी मना नहीं करेंगे।

छोटा हैरी

हॉगकहाँ?

हैग्रिड

हॉगवट्र्स। वैसे तुम हॉगवट्र्स के बारे में तो सब कुछ जानते ही होगे।

छोटा हैरी

अररर – नहीं। सॉरी।

हैग्रिड

सॉरी? सॉरी तुम्हें नहीं, उन्हें कहना चाहिए! हम जानते थे कि तुम्हें चिट्ठियाँ नहीं मिल रही हैं, परंतु हमने यह कभी नहीं सोचा था कि तुमने हॉगवट्र्स का नाम भी नहीं सुना होगा, क़सम से! क्या तुमने कभी यह नहीं सोचा कि तुम्हारे मम्मी–डैडी ने यह सब कहाँ सीखा?

छोटा हैरी

क्या सीखा?

> हैग्रिड *ख़तरनाक अंदाज़ में* वरनॉन अंकल *की तरफ़ घूमता है।*

हैग्रिड

क्या इसका यह मतलब है कि इसे – इस बच्चे को! – किसी भी चीज़ के बारे में – **कुछ भी नहीं पता?**

वरनॉन अंकल

मैं आपको मना करता हूँ कि आप इस लड़के को कुछ भी न बताएँ!

छोटा हैरी

क्या न बताएँ?

> हैग्रिड वरनॉन अंकल *को देखता है और फिर* छोटे हैरी *को।*

हैग्रिड

हैरी – तुम एक जादूगर हो – तुमने हर चीज़ बदल दी थी। तुम पूरे संसार में सबसे मशहूर जादूगर हो।

और फिर कमरे के पीछे से और हर एक के पास फुसफुसाते हुए, शब्द गूँजे जो एक ऐसी आवाज़ में थे, जिसे समझने में ग़लती नहीं हो सकती थी। वोल्डेमॉर्ट *की आवाज़...*

हैऽऽरऽी पॉऽऽटऽऽऽर...

अंक एक **दृश्य नौ**

हैरी और जिनी पॉटर का घर, बेडरूम

हैरी *अचानक जाग जाता है। रात में गहरी साँसें लेता है।*

वह एक पल इंतज़ार करता है। ख़ुद को शांत करता है। और फिर उसे अपने माथे में गहरा दर्द महसूस होता है। अपने निशान में। उसके चारों तरफ़ काला जादू हिलोरें मारता है।

जिनी

हैरी...

हैरी

सब ठीक है। सो जाओ।

जिनी

प्रकाशित भव।

उसकी छड़ी से निकली रोशनी कमरे में भर जाती है। हैरी उसकी तरफ़ देखता है।

बुरा सपना?

हैरी

हाँ।

जिनी

किस बारे में?

हैरी

डर्स्ली परिवार – देखो यह शुरू तो वहीं हुआ था – लेकिन बाद में कुछ और बन गया।

अंतराल। जिनी उसकी तरफ़ देखती है – यह पता लगाने की कोशिश करती है कि वह कहाँ है।

जिनी

क्या नींद का काढ़ा चाहिए?

हैरी

नहीं। मैं ठीक हूँ। सो जाओ।

जिनी

तुम ठीक नहीं दिख रहे हो।

हैरी *कुछ नहीं बोलता है।*

(उसकी बेचैनी को देखते हुए) मुलाक़ात आसान नहीं रही होगी – एमॉस डिगोरी के साथ।

हैरी

गुस्से से तो मैं निबट सकता हूँ, लेकिन वे सही हैं, यह बात ज़्यादा मुश्किल है। एमॉस ने मेरी वजह से अपना बेटा खो दिया –

जिनी

यह तो ख़ुद को ख़ामख़्वाह दोष देना है –

हैरी

– और मैं कुछ भी नहीं कह सकता – मैं किसी से कुछ भी नहीं कह सकता – जब भी बोलता हूँ, ग़लत बात ही निकलती है।

जिनी *उसका इशारा समझ जाती है कि उसका इशारा किसकी तरफ़ है।*

जिनी

तो यह बात तुम्हें विचलित कर रही है? हॉगवट्र्स जाने से पहले वाली रात! यह कभी अच्छी रात नहीं होती, अगर आप वहाँ नहीं जाना चाहते हों। अल को कंबल देने की कोशिश। वैसे कोशिश अच्छी थी।

हैरी

इसके बाद सब गड़बड़ होता चला गया। मैंने कुछ ऐसी बातें कह दीं जिनी...

जिनी

मैंने सुन ली थीं।

हैरी

फिर भी तुम मुझसे बात कर रही हो?

जिनी

क्योंकि मैं जानती हूँ कि जब सही समय आएगा, तो तुम माफ़ी माँग लोगे। कि तुम्हारे कहने का सचमुच वह मतलब नहीं था। कि तुमने जो कहा उसमें दूसरी बातें छिपी थीं। तुम उसके साथ ईमानदार हो सकते हो हैरी... उसे बस इसी की ज़रूरत है।

हैरी

काश वह जेम्स या लिली जैसा होता।

जिनी *(शुष्कता से)*

शायद इतने ईमानदार भी नहीं।

हैरी

नहीं, मैं उसके बारे में एक भी चीज़ नहीं बदलना चाहता हूँ... लेकिन मैं उन लोगों को समझ सकता हूँ और...

जिनी

एल्बस अलग है और क्या यह अच्छी बात नहीं है। और वह समझ जाता है – तुम जानते हो – कि तुम कब अपनी हैरी पॉटर वाली भूमिका में आ रहे हो। वह तुम्हारा असली स्वरूप देखना चाहता है।

हैरी

'सत्य एक सुंदर और भयंकर चीज़ है, इसलिए इसके साथ बहुत सावधानी से पेश आना चाहिए।'

जिनी *उसकी तरफ़ देखती है, हैरानी से।*

डम्बलडोर।

जिनी

किसी बच्चे से यह कहना अजीब बात है।

हैरी

तब नहीं, जब आप यह मानते हों कि संसार को बचाने के लिए उस बच्चे को अपनी जान देनी होगी।

हैरी *एक बार फिर हाँफता है – और वह सब करता है, जो वह अपना माथा न छूने के लिए कर सकता था।*

जिनी

हैरी। क्या गड़बड़ है?

हैरी

ठीक हूँ। मैं ठीक हूँ। मैं तुम्हारी बात सुन रहा हूँ। मैं कोशिश करूँगा –

जिनी

क्या तुम्हारे निशान में दर्द हो रहा है?

हैरी

नहीं। नहीं। मैं ठीक हूँ। अब, अँधेरा करो और थोड़ा सो लेते हैं।

जिनी

हैरी। तुम्हारा निशान कब से नहीं दुखा था?

हैरी जिनी *की ओर मुड़ता है, उसका* चेहरा *सब कुछ कह देता है।*

हैरी

बाईस साल से।

अंक एक **दृश्य दस**

हॉगवर्ट्स एक्सप्रेस

एल्बस व्यस्त ट्रेन के बग़ल में तेज़ी से चलता है। उसने अपना सिर नीचे झुका रखा है, लोगों के ध्यान से बचने की कोशिश कर रहा है।

रोज़

एल्बस, मैं तुम्हें ही ढूँढ़ रही थी...

एल्बस

मुझे? क्यों?

रोज़ *अनिश्चय में है कि वह अपनी बात कैसे कहे।*

रोज़

एल्बस, चौथा साल शुरू हो रहा है और यह हमारे लिए एक नए साल की शुरुआत है। मैं चाहती हूँ कि हम एक बार फिर दोस्त बन जाएँ।

एल्बस

हम कभी दोस्त नहीं थे।

रोज़

कितनी कठोर बात कह दी! जब मैं छह साल की थी, तो तुम मेरे सबसे अच्छे दोस्त थे!

एल्बस

काफ़ी पुरानी बात है।

वह आगे जाना चाहता है, लेकिन वह उसे एक ख़ाली कम्पार्टमेंट में खींच लेती है।

रोज़

क्या तुमने अफ़वाहें सुनीं? मंत्रालय ने कुछ दिनों पहले बहुत बड़ा छापा मारा था। तुम्हारे डैडी ने बहुत बहादुरी दिखाई।

एल्बस

ऐसा क्यों है कि ऐसी बातें तुम्हें हमेशा पता चल जाती हैं और मुझे नहीं चलतीं?

रोज़

जिस जादूगर पर उन्होंने छापा मारा था – मेरे ख़्याल से उसका नाम थियोडोर नॉट था – उसके पास बहुत सारा सामान था, जो सभी तरह के क़ानूनों को तोड़ता था। एक ग़ैर–क़ानूनी काल–परिवर्तक भी था – जिसे देखकर सबकी सिट्टी–पिट्टी गुम हो गई और हवा निकल गई। और वह भी काफ़ी अच्छे क़िस्म का।

एल्बस रोज़ *को देखता है। उसके दिमाग़ में हर चीज़ सही जगह पर जम जाती है।*

एल्बस

काल–परिवर्तक? मेरे डैडी ने काल–परिवर्तक ज़ब्त कर लिया है?

रोज़

श्श्श! हाँ। मैं जानती हूँ। बेहतरीन, है ना?

एल्बस

पक्का?

रोज़

बिलकुल पक्का।

एल्बस

अब मुझे स्कॉर्पियस को ढूँढ़ना होगा।

वह ट्रेन में चलता है। रोज़ *पीछे–पीछे जाती है और वह अपनी बात कहने पर आमादा है।*

रोज़

एल्बस!

एल्बस *निर्णायक रूप से मुड़ता है।*

एल्बस

तुमसे किसने कहा कि मैं तुमसे बात करूँगा?

रोज़ *(कूदते हुए)*

ठीक है, शायद तुम्हारी मम्मी ने मेरे डैडी को उल्लू भेजा होगा – लेकिन सिर्फ़ इसलिए क्योंकि उन्हें तुम्हारी चिंता है। और मैं बस सोचती हूँ –

एल्बस

मुझे अकेला छोड़ दो, रोज़।

स्कॉर्पियस हमेशा वाले कम्पार्टमेंट में बैठा है। एल्बस पहले दाख़िल होता है, रोज़ अब भी उसका पीछा कर रही है।

स्कॉर्पियस

एल्बस! ओह हलो रोज़, तुम्हारे पास से किस चीज़ की ख़ुशबू आ रही है?

रोज़

मेरे पास से किस चीज़ की *ख़ुशबू आ रही है?*

स्कॉर्पियस

नहीं, मेरा मतलब था अच्छी ख़ुशबू। तुम्हारे पास से ताज़े फूलों और ताज़ी ब्रेड की मिली–जुली ख़ुशबू आ रही है।

रोज़

एल्बस, मैं यहाँ हूँ, ठीक है? अगर तुम्हें मेरी ज़रूरत हो।

स्कॉर्पियस *(हताशा में सफ़ाई देते हुए)*

मेरा मतलब है, अच्छी ब्रेड, ब्रेड... ब्रेड में क्या गड़बड़ है?

रोज़ दूर जाती है, अपना सिर हिलाती है।

रोज़

ब्रेड में क्या गड़बड़ है!

एल्बस

मैं तुम्हें हर जगह ढूँढ़ रहा था...

स्कॉर्पियस

और अब तुमने मुझे ढूँढ़ लिया है। वाह! जैसे मैं छुपा हुआ था। तुम तो जानते ही हो कि मैं... जल्दी आना क्यों पसंद करता हूँ।

लोगों के घूरने से बचने के लिए। उनके तानों से बचने के लिए। इसलिए ताकि वे मेरे संदूक पर 'वोल्डेमॉर्ट का बेटा' न लिख दें। यह कभी ख़त्म नहीं होता। वह सचमुच मुझे पसंद करती है, क्या सचमुच?

एल्बस अपने मित्र को गले लगाता है। ज़ोर से। वे एक पल के लिए गले मिलते हैं। स्कॉर्पियस इस बात से हैरान रह जाता है।

ठीक है। हलो। क्या हम पहले गले मिले हैं? क्या हम गले मिलते हैं?

दोनों लड़के अजीब तरीक़े से अलग होते हैं।

एल्बस

बस अजीब चौबीस घंटे गुज़रे हैं।

स्कॉर्पियस

उनमें क्या हुआ?

एल्बस

पूरी बात बाद में बताऊँगा। हमें इस ट्रेन से उतरना है।

दूर से सीटी की आवाज़ आती है। ट्रेन चलने लगती है।

स्कॉर्पियस

बहुत देर हो गई। ट्रेन चलने लगी है। हॉगवट्र्स ओहो!

एल्बस

तो फिर हमें चलती ट्रेन से उतरना होगा।

ट्रॉली वाली जादूगरनी

ट्रॉली से कुछ चाहिए, प्यारे बच्चो?

एल्बस एक खिड़की खोलता है और बाहर निकलने को होता है।

स्कॉर्पियस

चलने वाली जादुई ट्रेन।

ट्रॉली वाली जादूगरनी

कद्दू की कचौड़ी? कड़ाही केक?

स्कॉर्पियस

एल्बस सीवियरस पॉटर, अपनी आँखों से यह अजीब भाव हटा लो।

एल्बस

पहला सवाल। त्रिकोणीय जादूगरी टूर्नामेंट के बारे में तुम क्या जानते हो?

स्कॉर्पियस *(ख़ुशी से)*

ऊऊऊह, क्विज़! तीन स्कूल तीन चैंपियन चुनते हैं, जो कप जीतने के लिए तीन कामों में प्रतिस्पर्धा करते हैं। इसका किसी चीज़ से क्या लेना–देना है?

एल्बस

दरअसल तुम बहुत बड़े रट्टू तोते हो। क्या तुम यह बात जानते हो?

स्कॉर्पियस

हाँ–हुह।

एल्बस

दूसरा सवाल। त्रिकोणीय जादूगरी टूर्नामेंट बीस साल से ज़्यादा समय से क्यों नहीं हुआ है?

स्कॉर्पियस

पिछले टूर्नामेंट की आख़िरी प्रतिस्पर्धा में तुम्हारे डैडी और सेडरिक डिगोरी नाम का लड़का शामिल थे – उन्होंने मिलकर जीतने का फ़ैसला किया, लेकिन कप आवागमन–कुंजी था – और उसने उन्हें वोल्डेमॉर्ट के पास पहुँचा दिया। सेडरिक मारा गया। इसके तुरंत बाद ही उन्होंने टूर्नामेंट रद्द कर दिया।

एल्बस

बढ़िया। तीसरा सवाल। क्या सेडरिक का मरना ज़रूरी था? आसान सवाल, आसान जवाब : नहीं। वोल्डेमॉर्ट ने जो शब्द कहे थे, वे थे 'दूसरे लड़के को मार डालो।' दूसरा। वह सिर्फ़ इसलिए मरा, क्योंकि वह मेरे डैडी के साथ था और मेरे डैडी उसे नहीं बचा पाए – हम बचा सकते हैं। एक ग़लती हुई है और हम इसे

ठीक करने जा रहे हैं। हम काल–परिवर्तक का इस्तेमाल करने जा रहे हैं। हम उसे वापस ज़िंदा करने जा रहे हैं।

स्कॉर्पियस

एल्बस, स्पष्ट कारणों से, मैं काल–परिवर्तक को पसंद नहीं करता हूँ...

एल्बस

जब एमॉस डिगोरी ने मेरे डैडी से काल–परिवर्तक के बारे में पूछा था, तो उन्होंने सरासर इंकार करते हुए कहा था कि यह उनके पास नहीं है। उन्होंने उस बूढ़े आदमी से झूठ बोला, जो बस अपना बेटा वापस चाहता था – जो बस अपने बेटे से प्रेम करता था। और उन्होंने ऐसा इसलिए किया, क्योंकि उन्हें परवाह नहीं थी... क्योंकि उन्हें किसी की परवाह नहीं है। हर कोई डैडी के वीरतापूर्ण कामों की बात करता रहता है। लेकिन उन्होंने कुछ ग़लतियाँ भी की हैं। दरअसल, कुछ बड़ी ग़लतियाँ। मैं उनमें से एक ग़लती को सुधारना चाहता हूँ। मैं चाहता हूँ कि हम सेडरिक को बचा लें।

स्कॉर्पियस

लगता है, जिस चीज़ ने तुम्हारे दिमाग़ को जोड़ रखा था, वह हट गई है।

एल्बस

मैं यह काम करने जा रहा हूँ, स्कॉर्पियस। मुझे यह करना ही होगा। और मेरी ही तरह तुम भी जानते हो कि अगर तुम मेरे साथ नहीं चले, तो मैं सब गड़बड़ कर दूँगा। चलो।

वह मुस्कुराता है। और फिर ऊपर ग़ायब हो जाता है। स्कॉर्पियस *पल भर के लिए झिझकता है। वह मुँह बनाता है। लेकिन वह जानता है कि उसे क्या करना है – कि वह क्या करने वाला है – वह भी ऊपर होता है और* एल्बस *के पीछे ग़ायब हो जाता है।*

अंक एक **दृश्य ग्यारह**

हॉगवट्‌र्स एक्सप्रेस, छत

हवा चारों तरफ़ से सीटी बजाती है और हवा काफ़ी खूँखार है, दृढ़ एल्बस और दहशतज़दा स्कॉर्पियस ट्रेन की छत पर खड़े हैं।

स्कॉर्पियस

ठीक है, अब हम ट्रेन की छत पर आ गए हैं। यह तेज़ है! यह अनुभव डरावना है, बेहतरीन है। मुझे ऐसा लगता है, जैसे मैंने अपने बारे में बहुत कुछ सीखा है, तुम्हारे बारे में भी कुछ सीखा है, लेकिन –

एल्बस

जैसा मेरा अनुमान है, हम जल्दी ही पुल के पास पहुँच जाएँगे और वहाँ से सेंट ओसवाल्ड्‌स होम फ़ॉर ओल्ड विचेस एंड विज़ाड्‌र्स तक थोड़ी दूर ही पैदल चलना होगा...

स्कॉर्पियस

क्या? कहाँ? देखो, ज़िंदगी में पहली बार बग़ावत करने को लेकर मैं भी तुम्हारे जितना ही उत्साहित हूँ – हाँ – ट्रेन की छत – मज़े – लेकिन अब – ओह।

स्कॉर्पियस कोई ऐसी चीज़ देख लेता है, जो वह नहीं देखना चाहता।

एल्बस

अगर हमारे गद्‌दी मंत्र ने काम नहीं किया, तो पानी बहुत उपयोगी सहारा होगा।

स्कॉर्पियस

एल्बस। ट्रॉली वाली जादूगरनी।

एल्बस

तुम्हें सफ़र के लिए नाश्ता चाहिए?

स्कॉर्पियस

नहीं। एल्बस। ट्रॉली वाली जादूगरनी हमारी तरफ़ आ रही है।

एल्बस

नहीं, वह कैसे आ सकती है, हम ट्रेन की छत पर हैं...

स्कॉर्पियस एल्बस *को सही दिशा में इशारा करता है और अब वह भी* ट्रॉली वाली जादूगरनी *को* देख *सकता है, जो निर्लिप्त भाव से क़रीब आती है। अपनी ट्रॉली को धकाते हुए।*

ट्रॉली वाली जादूगरनी

ट्रॉली से कुछ चाहिए, प्यारे बच्चो? कद्दू की कचौड़ी? चॉकलेट मेंढक? कड़ाही केक?

एल्बस

ओह।

ट्रॉली वाली जादूगरनी

लोग मेरे बारे में ज़्यादा नहीं जानते हैं। वे मेरे कड़ाही केक ख़रीदते हैं – लेकिन वे दरअसल कभी मुझ पर ग़ौर नहीं करते हैं। मुझे याद नहीं है कि आख़िरी बार किसी ने कब मेरा नाम पूछा था।

एल्बस

आपका नाम क्या है?

ट्रॉली वाली जादूगरनी

मैं भूल गई हूँ। मैं तो तुम्हें बस इतना बता सकती हूँ कि जब हॉगवर्ट्स एक्सप्रेस पहली बार चली थी – तो ओट्टेलाइन गैम्बोल ने ख़ुद यह नौकरी मुझे दी थी...

स्कॉर्पियस

यह तो – एक सौ नब्बे साल पुरानी बात है। तुम यह काम एक सौ नब्बे साल से कर रही हो?

ट्रॉली वाली जादूगरनी

इन हाथों ने साठ लाख से ज़्यादा कद्दू की कचौड़ी बनाई हैं। मैं उनमें काफ़ी निपुण हो चुकी हूँ। लेकिन लोगों ने मेरी कद्दू की कचौड़ी की इस ख़ासियत पर ग़ौर नहीं किया है कि वे कितनी आसानी से किसी दूसरी चीज़ में बदल सकती हैं...

वह एक कद्दू की कचौड़ी उठाती है। वह इसे किसी हथगोले की तरह फेंकती है। इसमें विस्फोट हो जाता है।

और तुम्हें यक़ीन नहीं होगा कि मैं अपने चॉकलेट मेंढक से क्या कर सकती हूँ। कभी नहीं होगा। कभी नहीं। क्या मैंने किसी को उसकी मंज़िल पर पहुँचने से पहले इस ट्रेन से नीचे उतरने दिया है। कुछ ने कोशिश की है – सिरियस ब्लैक और उसके दोस्तो, फ़्रेड और जॉर्ज वीज़्ली ने। **सभी नाकाम रहे। क्योंकि यह ट्रेन – यह पसंद नहीं करती है कि लोग इससे बीच में उतरें...**

ट्रॉली वाली जादूगरनी *के हाथ बहुत नुकीली कीलों में बदल जाते हैं। वह मुस्कुराती है।*

तो कृपया बाक़ी यात्रा के लिए अपनी सीटों पर दोबारा बैठ जाओ।

एल्बस

तुमने सही कहा था, स्कॉर्पियस। यह ट्रेन जादुई है।

स्कॉर्पियस

इस पल मुझे सही होने में कोई मज़ा नहीं आ रहा है।

एल्बस

लेकिन मैं भी सही था – पुल के बारे में – वहाँ नीचे पानी है, गद्दी मंत्र को आज़माने का समय है।

स्कॉर्पियस

एल्बस, यह ख़राब विचार है।

एल्बस

ऐसा क्या? *(वह एक पल को झिझकता है, लेकिन फिर उसे अहसास होता है कि झिझकने का समय निकल चुका है।)* अब बहुत देर हो चुकी है। तीन। दो। एक। नरम–गद्दी!

वह कूदते हुए मंत्र पढ़ता है।

स्कॉर्पियस

एल्बस... एल्बस...

वह हताशा में अपने मित्र को नीचे देखता है। वह पास आती ट्रॉली वाली जादूगरनी को देखता है। जादूगरनी के बाल उड़ रहे हैं। उसकी कीलें ख़ास तौर पर नुकीली हैं।

देखो, हालाँकि आप मज़ेदार दिख रही हैं, लेकिन मुझे अपने दोस्त के पीछे जाना होगा।

वह अपनी नाक दबाता है, एल्बस के पीछे कूद जाता है और कूदते हुए मंत्र पढ़ता है।

नरम–गद्दी!

अंक एक **दृश्य बारह**

जादू मंत्रालय, भव्य मीटिंग रूम

मंच जादूगरों और जादूगरनियों से भरा हुआ है। वे उसी तरह धड़ाधड़ बात कर रहे हैं, जिस तरह सभी सच्चे जादूगर और जादूगरनियाँ कर सकते हैं। इन जादूगरों में जिनी, ड्रेको *और* रॉन *शामिल हैं। उनके ऊपर मंच पर* हर्माइनी *और* हैरी *हैं।*

हर्माइनी

ख़ामोश! ख़ामोश! क्या मुझे मंत्र पढ़कर ख़ामोशी हासिल करनी होगी? *(वह अपनी छड़ी का इस्तेमाल करके भीड़ को ख़ामोश करती है।)* अच्छी बात है। इस असाधारण महासभा में स्वागत है। मैं बहुत ख़ुश हूँ कि इतने सारे लोग आने में कामयाब हुए। जादुई संसार बहुत सालों से शांति में रह रहा है। बाईस साल हो चुके हैं, जब हमने हॉगवर्ट्स के युद्ध में वोल्डेमॉर्ट को हराया था और अब मुझे यह कहते हुए ख़ुशी हो रही है कि हमारी नई पीढ़ी ने केवल छुटपुट संघर्ष ही देखे हैं। अब तक। हैरी?

हैरी

वोल्डेमॉर्ट के साथी कुछ महीनों से सक्रिय हो गए हैं। हमने पीछा किया जब दैत्य यूरोप के पार जा रहे थे, दानव समुद्र पार कर रहे थे और नरभेड़िये – देखिए, मुझे यह कहते हुए अफ़सोस है कि कुछ सप्ताह पहले वे हमारी निगाहों से ओझल हो गए। हम नहीं जानते कि वे कहाँ जा रहे हैं या किसने उन्हें कहीं जाने के लिए प्रोत्साहित किया है – लेकिन हम इतना ज़रूर जानते हैं कि वे कहीं जा रहे हैं – और हम चिंतित हैं कि इसका न जाने

क्या मतलब होगा। इसलिए हम पूछ रहे हैं – क्या किसी ने कोई चीज़ देखी है? कोई चीज़ महसूस की है? अगर आप छड़ी उठा दें, तो हम हर एक की बात सुन लेंगे। प्रोफ़ेसर मैक्गॉनेगल – धन्यवाद।

प्रोफ़ेसर मैक्गॉनेगल

जब हम गर्मियों की छुट्टी से लौटे, तो ऐसा लग रहा था जैसे किसी ने हमारे काढ़ों के भंडार पर हाथ साफ़ किया है, लेकिन बहुत ज़्यादा काढ़े ग़ायब नहीं थे – बस बूमस्लैंग साँप की थोड़ी सी केंचुली और लेसविंग मक्खियाँ। प्रतिबंधित सामानों में से कुछ ग़ायब नहीं है। हमारा मानना है कि यह काम पीव्ज़ का होगा।

हर्माइनी

धन्यवाद, प्रोफ़ेसर। हम जाँच करेंगे। *(वह कमरे में चारों ओर देखती है।)* कोई और? अच्छी बात है, और – सबसे गंभीर – और यह वोल्डेमॉर्ट के जाने के बाद से कभी नहीं हुआ – हैरी के निशान में फिर से दर्द हो रहा है।

ड्रेको

वोल्डेमॉर्ट मर चुका है, वोल्डेमॉर्ट जा चुका है।

हर्माइनी

हाँ ड्रेको, वोल्डेमॉर्ट मर चुका है, लेकिन इन सारी बातों ने हमें यह सोचने पर मजबूर कर दिया है कि शायद वोल्डेमॉर्ट – या वोल्डेमॉर्ट का कोई अवशेष – लौट सकता है।

इस पर प्रतिक्रिया होती है।

हैरी

यह मुश्किल है। लेकिन इसे ख़ारिज करने के लिए हमें इस बारे में पूछताछ करनी होगी। शैतानी निशान वाले लोगों... आपको कुछ महसूस हुआ? ज़रा सी भी सनसनाहट?

ड्रेको

एक बार फिर शैतानी निशान वाले लोगों के ख़िलाफ़ पूर्वाग्रह रख रहे हो, पॉटर?

हर्माइनी

नहीं, ड्रेको। हैरी तो बस यह कहने की कोशिश कर रहा है –

ड्रेको

तुम जानती हो, यह किस बारे में है? हैरी बस अपना चेहरा अख़बारों में दोबारा देखना चाहता है। *दैनिक जादूगर* हर साल एक बार वोल्डेमॉर्ट की अफ़वाहें छापता रहता है –

हैरी

इनमें से कोई अफ़वाह मैंने शुरू नहीं की!

ड्रेको

क्या सचमुच? क्या तुम्हारी पत्नी दैनिक जादूगर का संपादन नहीं करती है?

जिनी *उसकी तरफ़ एक क़दम बढ़ाती है, उग्र होकर।*

जिनी

मैं तो बस खेल पृष्ठों का संपादन करती हूँ!

हर्माइनी

ड्रेको। हैरी ने इसकी ख़बर मंत्रालय को दी थी... और जादू मंत्री होने के नाते मैं –

ड्रेको

तुम जादू मंत्री सिर्फ़ इसीलिए बनी हो, क्योंकि तुम उसकी दोस्त हो।

जिनी रॉन *को पीछे रोक लेती है, जब वह* ड्रेको *पर झपटने वाला होता है।*

रॉन

तुम्हें अपने चेहरे पर तमाचा चाहिए?

ड्रेको

सच्चाई का सामना करो – उसकी शोहरत का असर तुम सब पर होता है। और कितना बेहतर रहेगा, अगर हर कोई पॉटर का नाम दोबारा फुसफुसाने लगे, *(हैरी की नक़ल करते हुए)* 'मेरे निशान में दर्द हो रहा है, मेरे निशान में दर्द हो रहा है'। और क्या आप जानते हैं, इस सबका क्या मतलब है – सभी अफ़वाह फैलाने वालों को एक बार फिर मेरे बेटे को बदनाम करने का मौक़ा मिल जाएगा और वे उसके जन्म के बारे में मूर्खतापूर्ण अफ़वाहें फैलाने लगेंगे।

हैरी

ड्रेको, कोई भी नहीं कह रहा है कि इसका स्कॉर्पियस से कोई लेना–देना है...

ड्रेको

देखो, मैं तो यह मानता हूँ कि यह पूरी मीटिंग नाटक है। और मैं जा रहा हूँ।

वह बाहर चला जाता है। दूसरे उसके पीछे जाने लगते हैं।

हर्माइनी

नहीं। यह सही नहीं है... लौट आएँ। हमें एक रणनीति बनाने की ज़रूरत है।

अंक एक **दृश्य तेरह**

सेंट ओसवाल्ड्स होम फ़ॉर ओल्ड विचेस एंड विज़ाड्‌र्स

हंगामा है। जादू है। यह सेंट ओसवाल्ड्स होम फ़ॉर ओल्ड विचेस एंड विज़ाड्‌र्स है और यह उतना ही कमाल का है, जितनी आप उम्मीद कर सकते हैं।

फ़्रेमों को जादू से ज़िंदा कर दिया जाता है, बुनाई के ऊन को मंत्र पढ़कर बेक़ाबू कर दिया जाता है और पुरुष नर्सों को नाचने पर मजबूर किया जाता है।

ये वे लोग हैं, जो अब किसी कारण से जादू करने के बोझ से आज़ाद हो चुके हैं – इसके बजाय ये जादूगर और जादूगरनियाँ मज़े के लिए जादू करते हैं। और वे बहुत मज़े करते हैं।

एल्बस और स्कॉर्पियस वहाँ आते हैं, अपने आस–पास देखते हैं, ख़ुश और – सच कहें तो – थोड़े घबराए हुए।

एल्बस *और* स्कॉर्पियस

उहँ, माफ़ कीजिए... माफ़ कीजिए। **माफ़ कीजिए!**

स्कॉर्पियस

ठीक है, तो यह जगह पगलाई हुई है।

एल्बस

हमें एमॉस डिगोरी से मिलना है।

अचानक पूरा सन्नाटा छा जाता है। हर कोई तुरंत स्थिर हो जाता है। और थोड़ा उदास भी।

ऊन वाली जादूगरनी

तुम लड़कों को उस बेकार बुड्ढे से क्या काम है?

डेल्फ़ी *एक मुस्कान के साथ प्रकट होती है।*

डेल्फ़ी

एल्बस? एल्बस! तुम आ गए? यह तो बहुत बढ़िया हुआ! चलकर एमॉस से हलो कर लो!

अंक एक **दृश्य चौदह**

सेंट ओसवाल्ड्स होम फ़ॉर ओल्ड विचेस एंड विज़ाड्र्स, एमॉस का कमरा

एमॉस स्कॉर्पियस *और* एल्बस *की तरफ़ चिड़चिड़ाहट से देखता है।* डेल्फ़ी *उन तीनों को देखती है।*

एमॉस

तो मैं यह बात सीधे समझ लेता हूँ। तुम किसी की बातचीत छुपकर सुनते हो – एक ऐसी बातचीत, जो तुम्हें छुपकर नहीं सुननी चाहिए थी – और तुम बिना किसी के उकसाए यह निर्णय लेते हो – दरअसल, बिना अनुमति के – कि तुम किसी दूसरे के काम में टाँग अड़ाओ और कसकर टाँग अड़ाओ।

एल्बस

मेरे डैडी ने आपसे झूठ बोला था – मैं जानता हूँ कि उन्होंने झूठ बोला था – उनके पास एक काल–परिवर्तक है।

एमॉस

ज़ाहिर है, उनके पास है। अब तुम जा सकते हो।

एल्बस

क्या? नहीं। हम यहाँ मदद करने आए हैं।

एमॉस

मदद? दो छोटे लड़के मेरे लिए क्या कर सकते हैं?

एल्बस

मेरे डैडी ने साबित कर दिया था कि जादुई संसार को बदलने के लिए बड़ा होने की ज़रूरत नहीं है।

एमॉस

तो मैं तुम्हें शामिल होने की अनुमति सिर्फ़ इसलिए दे दूँ, क्योंकि तुम पॉटर ख़ानदान के हो? अपने मशहूर पारिवारिक नाम पर भरोसा कर रहे हो, है ना?

एल्बस

नहीं!

एमॉस

वह पॉटर, जो नागशक्ति हाउस में है – हाँ, मैंने तुम्हारे बारे में पढ़ रखा है – और जो मैल्फ़ॉय लड़के के साथ मुझसे मिलने आता है – एक ऐसा मैल्फ़ॉय, जो वोल्डेमॉर्ट का बेटा भी हो सकता है? यह कैसे मान लिया जाए कि तुम काले जादू में शामिल नहीं हो?

एल्बस

लेकिन –

एमॉस

तुमने जो बताया, वह मुझे पहले से मालूम था, लेकिन फिर भी पुष्टि उपयोगी है। तुम्हारे डैडी ने झूठ बोला था। अब जाओ। तुम दोनों। और मेरा समय बर्बाद मत करो।

एल्बस *(शक्ति के साथ)*

नहीं, आपको मेरी बात सुननी पड़ेगी, आपने यह ख़ुद कहा था – मेरे डैडी के हाथ कितने खून से रँगे हुए हैं। इसे बदलने में मुझे अपनी मदद करने दें। उनकी एक ग़लती सुधारने में मेरी मदद करें। मेरा विश्वास करें।

एमॉस *(ऊँची आवाज़ में)*

क्या तुमने मेरी बात नहीं सुनी, लड़के? मेरे पास तुम पर भरोसा करने का कोई कारण नहीं है। इसलिए जाओ। अभी। वरना मैं तुम्हें जाने के लिए मजबूर कर दूँगा।

वह ख़तरनाक तरीक़े से अपनी छड़ी उठाता है। एल्बस छड़ी की तरफ़ देखता है – वह ढीला पड़ जाता है – एमॉस ने उसे परास्त कर दिया है।

स्कॉर्पियस

चलो दोस्त, अगर हम किसी चीज़ में अच्छे हैं, तो यह जानने में हैं कि कहाँ हमारी ज़रूरत नहीं है।

एल्बस जाना नहीं चाहता। स्कॉर्पियस उसका हाथ पकड़कर खींचता है। वह मुड़ता है और वे दूर जाने लगते हैं।

डेल्फ़ी

अंकल, आपको उन पर भरोसा करना चाहिए, इसके पीछे एक कारण है।

वे रुक जाते हैं।

वे एकमात्र लोग हैं, जिन्होंने स्वेच्छा से मदद करने का प्रस्ताव रखा है। वे आपके बेटे को आपके पास लाने के लिए बहादुरी से जोखिम उठाने को तैयार हैं। वास्तव में, मुझे पूरा भरोसा है कि उन्होंने तो यहाँ आकर भी जोखिम उठाया है...

एमॉस

हम सेडरिक की बात कर रहे हैं...

डेल्फ़ी

और – क्या आपने ख़ुद नहीं कहा था – कि हॉगवर्ट्स के भीतर किसी के होने से *बहुत* फ़ायदा होगा?

डेल्फ़ी एमॉस *के सिर के ऊपरी हिस्से को चूमती है।* एमॉस डेल्फ़ी *की तरफ़ देखता है और फिर मुड़कर लड़कों को देखता है।*

एमॉस

क्यों? तुम लोग ख़ुद को जोखिम में क्यों डालना चाहते हो? इसमें तुम्हारा क्या फ़ायदा है?

एल्बस

मैं जानता हूँ कि अवांछित या दूसरा बनना क्या होता है। आपके बेटे की जान नहीं जानी चाहिए थी, मि. डिगोरी। हम उसे लौटाने में आपकी मदद कर सकते हैं।

एमॉस *(आख़िरकार भावना दिखाते हुए)*

मेरा बेटा। – मेरा बेटा मेरे साथ हुई सबसे अच्छी चीज़ था – और तुम सही हो कि यह एक अन्याय था – भारी अन्याय – अगर तुम गंभीर हो...

एल्बस

हम बहुत गंभीर हैं।

एमॉस

यह काम ख़तरनाक होगा।

एल्बस

हम जानते हैं।

स्कॉर्पियस

क्या हम जानते हैं?

एमॉस

डेल्फ़ी – अगर तुम उनका साथ देने को तैयार हो तो?

डेल्फ़ी

अगर इससे आपको ख़ुशी मिलती है अंकल, तो मैं तैयार हूँ।

वह एल्बस की तरफ़ देखकर मुस्कुराती है, वह भी पलटकर मुस्कुराता है।

एमॉस

तुम यह समझते हो कि काल–परिवर्तक को हासिल करना जान जोखिम में डालने वाला काम है।

एल्बस

हम अपनी जान जोखिम में डालने को तैयार हैं।

स्कॉर्पियस

क्या सचमुच?

एमॉस *(संजीदगी से)*

मुझे उम्मीद है कि तुम्हारे अंदर इतनी कूवत होगी।

अंक एक **दृश्य पंद्रह**

हैरी और जिनी पॉटर का घर, किचन

हैरी, रॉन, हर्माइनी *और* जिनी *एक साथ बैठकर खाना खा रहे हैं।*

हर्माइनी

मैंने ड्रेको को बार–बार बताया है – मंत्रालय में कोई भी स्कॉर्पियस के बारे में कुछ नहीं बोल रहा है। अफ़वाहें हम नहीं फैला रहे हैं।

जिनी

जब एस्टोरिया गुज़री थी, तो मैंने उसे पत्र लिखकर पूछा था कि क्या हम उसके लिए कुछ कर सकते हैं। मैंने सोचा था कि शायद – चूँकि वह एल्बस का इतना अच्छा दोस्त है – शायद स्कॉर्पियस क्रिसमस की छुट्टियों में कुछ दिन हमारे यहाँ रुकने आना चाहे... मेरा उल्लू लौट आया, जिसके साथ एक वाक्य का पत्र था : 'अपने पति से कहना कि वह हमेशा–हमेशा के लिए मेरे बेटे के बारे में इन आरोपों का खंडन कर दे।'

हर्माइनी

वह एक ही बात पर अटका हुआ है।

जिनी

वह परेशान है – दुखी और परेशान।

रॉन

और मुझे उसकी पत्नी के गुज़रने का अफ़सोस है, लेकिन जब वह हर्माइनी पर आरोप लगाता है कि ... *(वह हैरी को देखता है)* वैसे हो सकता है यह कुछ भी न हो।

हर्माइनी

मतलब?

रॉन

हो सकता है कि दैत्य किसी पार्टी में जा रहे हों, दानव किसी शादी में जा रहे हों, तुम्हें बुरे सपने इसलिए आ रहे हों क्योंकि तुम एल्बस को लेकर चिंतित हो, और तुम्हारा निशान इसलिए दुख रहा हो, क्योंकि तुम बूढ़े हो रहे हो।

हैरी

बूढ़ा हो रहा हूँ? धन्यवाद, दोस्त।

रॉन

सच कहूँ, तो आजकल मैं जब भी बैठता हूँ, तो मेरे मुँह से 'उफ़' की आवाज़ निकल जाती है। 'उफ़।' और मेरे पैर – मुझे अपने पैरों में दिक्क़त हो रही है – मेरे पैर जो दर्द देते हैं, उसके बारे में तो मैं गीत लिख सकता हूँ – शायद तुम्हारा निशान भी ऐसा ही है।

जिनी

तुम बहुत बकवास करते हो।

रॉन

इसे मैं अपना विशेष हुनर मानता हूँ। वह और दौड़ते नाश्तों के मेरे प्रॉडक्ट्स। और तुम सबसे मेरा प्यार। किड़ीकाँप जिनी से भी।

जिनी

रोनाल्ड वीज़्ली, अगर तुम ठीक से नहीं रहोगे, तो मैं मम्मी को बता दूँगी।

रॉन

ऐसा मत करना।

हर्माइनी

अगर वोल्डेमॉर्ट का कोई हिस्सा किसी भी रूप में बचा हुआ है, तो हमें तैयार रहना चाहिए। और मुझे डर लग रहा है।

जिनी

मुझे भी डर लग रहा है।

रॉन

मुझे किसी चीज़ से डर नहीं लगता। मम्मी को छोड़कर।

हर्माइनी

हैरी, मैं यह बात दावे से कहती हूँ कि इस मामले में मैं कॉर्नेलियस फ़ज जैसी नहीं रहूँगी। मैं अपना सिर रेत में नहीं छिपाऊँगी। और मुझे परवाह नहीं है कि इससे ड्रेको मैल्फ़ॉय मुझे कितना नापसंद करता है।

रॉन

वैसे भी तुम्हें दरअसल कभी लोकप्रियता का शौक नहीं था, है ना?

हर्माइनी रॉन पर गुस्सैल निगाह डालती है और रॉन को मारना चाहती है, लेकिन रॉन रास्ते से हट जाता है।

चूक गईं।

जिनी रॉन को मुक्का मारती है। रॉन मुँह बनाता है।

पड़ा। बहुत तगड़ा पड़ा।

अचानक एक उल्लू कमरे में आ जाता है। यह नीचे की ओर उड़ता है और हैरी की प्लेट में एक चिट्ठी टपका देता है।

हर्माइनी

उल्लू इतनी देर से क्यों आया है?

हैरी *चिट्ठी खोलता है। हैरानी से।*

हैरी

प्रोफ़ेसर मैक्गॉनेगल की चिट्ठी है।

जिनी

इसमें क्या लिखा है?

हैरी *का चेहरा उतर जाता है।*

हैरी

जिनी, एल्बस – एल्बस और स्कॉर्पियस – वे स्कूल नहीं पहुँचे। वे लापता हैं!

अंक एक दृश्य सोलह

व्हाइटहॉल, तहख़ाना

स्कॉर्पियस, *जिसके अगल–बग़ल में एल्बस और डेल्फ़ी खड़े हैं, एक बोतल को कनखियों से देख रहा है।*

स्कॉर्पियस

तो हम इसे ले लें?

एल्बस

स्कॉर्पियस, क्या मुझे सचमुच तुम्हें – रट्टू तोते और काढ़ों के विशेषज्ञ को – यह बात समझानी होगी कि भेसबदल काढ़ा क्या करता है? डेल्फ़ी की बेहतरीन तैयारी की बदौलत हम यह काढ़ा पिएँगे, जिससे हमारा वेष बदल जाएगा और नए वेष में हम जादू मंत्रालय में दाख़िल हो जाएँगे।

स्कॉर्पियस

ठीक है, दो बातें पूछनी हैं। एक, क्या इसमें दर्द होता है?

डेल्फ़ी

बहुत – जितना मुझे पता है।

स्कॉर्पियस

धन्यवाद। पहले से पता होना अच्छी बात है। दूसरी बात – क्या तुममें से किसी को पता है कि भेसबदल काढ़े में किस चीज़ का स्वाद आता है? क्योंकि मैंने सुना है कि इसमें मछली जैसा स्वाद आता है और अगर ऐसा है, तो मुझे उलटी हो जाएगी। मछली मुझे रास नहीं आती है। कभी नहीं आई है। कभी नहीं आएगी।

डेल्फ़ी

चेतावनी देना अच्छा रहा। *(वह साँस लेती है और काढ़ा पी जाती है।)* इसमें मछली जैसा स्वाद नहीं है। *(उसका भेस बदलने लगता है। यह दर्दनाक है।)* दरअसल इसका स्वाद अच्छा है, हाँ। यह दर्दनाक है, लेकिन... *(वह ज़ोर से डकार लेती है।)* मैं अपनी बात वापस लेती हूँ। यह – थोड़ा – *(वह एक बार फिर डकार लेती है और* हर्माइनी *में बदल जाती है।)* थोड़ा – ज़ोरदार – मछली जैसा अवशेष है।

एल्बस

ठीक है, तो – वाह!

स्कॉर्पियस

मेरी तरफ़ से भी वाह!

डेल्फ़ी/हर्माइनी

यह सिर्फ़ महसूस ही नहीं होता है, बल्कि मेरी – मेरी आवाज़ भी हर्माइनी जैसी हो गई है! मेरी तरफ़ से भी वाह!

एल्बस

ठीक है। तो अब मेरी बारी।

स्कॉर्पियस

नहीं। किसी तरह से नहीं, दोस्त। अगर हम यह काम कर रहे हैं, तो हम इसे *(वह मुस्कुराते हुए जाना–पहचाना चश्मा लगा लेता है)* एक साथ कर रहे हैं।

एल्बस

तीन। दो। एक।

वे काढ़ा गटक लेते हैं।

नहीं, यह अच्छा है *(वह दर्द से भर जाता है)*। यह कम अच्छा है।

उन दोनों का ही रूप बदलने लगता है और यह दर्द भरा है।

एल्बस रॉन *में बदल जाता है और* स्कॉर्पियस हैरी *में।*

वे दोनों एक–दूसरे को देखते हैं। ख़ामोशी छा जाती है।

एल्बस/रॉन

यह थोड़ा विचित्र है, है ना?

स्कॉर्पियस/हैरी *(नाटकीय – वह सचमुच मज़े ले रहा है)*

अपने कमरे में जाओ। सीधे अपने कमरे में जाओ। तुम बहुत गंदे बेटे हो।

एल्बस/रॉन *(हँसते हुए)*

स्कॉर्पियस...

स्कॉर्पियस/हैरी *(अपना चोगा अपने कंधे पर उछालते हुए)*

यह तुम्हारा विचार था – कि मैं हैरी बनूँ और तुम रॉन बनो! मैं बस हँसी–मज़ाक़ करना चाहता था, इससे पहले कि हम... *(और फिर वह ज़ोर से डकार लेता है।)* ठीक है, तो यह बहुत ही बुरा है।

एल्बस/रॉन

जानते हो, वे इसे अच्छी तरह से छुपाते हैं, लेकिन रॉन अंकल का पेट बढ़ रहा है।

डेल्फ़ी/हर्माइनी

हमें चलना चाहिए – तुम्हें नहीं लगता क्या?

वे सड़क पर पहुँचते हैं। एक टेलीफ़ोन बूथ में जाते हैं। 62442 डायल करते हैं।

टेलीफ़ोन बूथ

स्वागत, हैरी पॉटर। स्वागत, हर्माइनी ग्रेंजर। स्वागत, रॉन वीज़्ली।

वे मुस्कुराते हैं, जब टेलीफ़ोन बॉक्स फ़र्श में ग़ायब हो जाता है।

अंक एक दृश्य सत्रह

जादू मंत्रालय, सभा कक्ष

हैरी, हर्माइनी, जिनी *और* ड्रेको *एक छोटे कमरे में चहलक़दमी कर रहे हैं। वे चारों चिंता में डूबे हैं।*

ड्रेको

क्या हमने पटरियों के आस–पास अच्छी तरह खोजबीन कर ली है?

हैरी

मेरे विभाग ने एक बार खोजबीन कर ली है और वे दोबारा कर रहे हैं।

ड्रेको

और ट्रॉली वाली जादूगरनी हमें कोई उपयोगी जानकारी नहीं दे पा रही है?

हर्माइनी

ट्रॉली वाली जादूगरनी तो आगबबूला है। वह बार–बार बोल रही है कि उसने ओट्टेलाइन गैम्बोल को नीचा दिखाया है। उसे विद्यार्थियों को हॉगवर्ट्स पहुँचाने के अपने रिकॉर्ड पर गर्व है।

जिनी

क्या मगलुओं द्वारा जादू की हरकतों का कोई मामला सामने आया है?

हर्माइनी

अब तक तो नहीं। मैंने मगलू प्रधानमंत्री को जानकारी दे दी है और वे गुमशुदा की एफ़आईआर जैसी चीज़ करवा रहे हैं। किसी मंत्र जैसा लगता है। लेकिन है नहीं।

ड्रेको

तो अब हम मगलुओं पर भरोसा कर रहे हैं कि वे हमारे बच्चे ढूँढ़कर हमें दें? कहीं हमने उन्हें हैरी के निशान के बारे में तो नहीं बता दिया?

जिस तरह का माहौल बन रहा है, हर्माइनी *उसे हल्का करने की कोशिश करती है।*

हर्माइनी

हम सिर्फ़ मगलुओं की मदद ले रहे हैं। और कौन जाने इसका हैरी के निशान से क्या संबंध हो, लेकिन हम निश्चित रूप से इस मामले को गंभीरता से ले रहे हैं। हमारे ऑरर इस वक़्त काले जादू से जुड़े हर व्यक्ति की जाँच–पड़ताल कर रहे हैं और –

ड्रेको

इसका संबंध प्राणभक्षियों से *नहीं* है।

हर्माइनी

मुझे नहीं लगता कि इस बात पर मुझे आप जितना भरोसा है...

ड्रेको

मुझे भरोसा नहीं है, मैं तो पूरी तरह सही बात कह रहा हूँ। आजकल काले जादू में किस तरह के मूर्ख लोग उतर आए हैं। मेरा बेटा मैल्फ़ॉय वंश का है, उनकी हिम्मत नहीं होगी।

हैरी

जब तक कि वहाँ कोई नई चीज़ न हो, कोई ऐसी चीज़ –

जिनी

मैं ड्रेको की बात से सहमत हूँ – अगर यह अपहरण है – तो एल्बस को ले जाने की बात तो समझ आती है, लेकिन उन दोनों को ले जाना...

हैरी जिनी *से निगाहें मिलाता है, यह स्पष्ट हो जाता है कि वह उसके मुँह से क्या सुनना चाहती है।*

ड्रेको

और मैंने स्कॉर्पियस में चाहे जो संस्कार भरने की कोशिश की हो, वह अगुआ होने के बजाय अनुयायी है। इसलिए बेशक एल्बस

ने ही उसे उस ट्रेन से उतारा होगा और अब मेरा सवाल यह है, वह उसे कहाँ ले जाएगा?

जिनी

हैरी, वे भाग गए हैं, तुम और मैं यह बात जानते हैं।

ड्रेको *इस बात पर ग़ौर करता है कि पति–पत्नी एक दूसरे को एकटक देख रहे हैं। वह समझ जाता है कि आँखों–आँखों में कोई बात बता दी गई है।*

ड्रेको

क्या तुम्हें? पता है? तुम कौन सी बात छुपा रहे हो?

ख़ामोशी छा जाती है।

तुम जो भी जानकारी छुपा रहे हो, मेरी सलाह है कि उसे इसी समय बता दो।

हैरी

परसों एल्बस और मेरे बीच बहस हुई थी।

ड्रेको

और...

हैरी *झिझकता है और फिर बहादुरी से* ड्रेको *से नज़रें मिलाता है।*

हैरी

और मैंने उससे कह दिया कि कई बार मैं सोचता हूँ कि काश वह मेरा बेटा न होता।

एक बार फिर ख़ामोशी छा जाती है। एक गहरी शक्तिशाली ख़ामोशी। और फिर ड्रेको हैरी *की तरफ़ एक ख़तरनाक क़दम उठाता है।*

ड्रेको

अगर स्कॉर्पियस को कुछ हुआ तो...

जिनी ड्रेको *और* हैरी *के बीच आ जाती है।*

जिनी

धमकियाँ मत दो ड्रेको, कृपया ऐसा मत करो।

ड्रेको *(गरजते हुए)*

मेरा बेटा खोया है!

जिनी *(उतनी ही गरजते हुए)*

मेरा भी!

ड्रेको जिनी *से निगाह मिलाता है। कमरे में सच्ची भावनाएँ हैं।*

ड्रेको *(होंठों को सिकोड़ते हुए, अपने पिता की तरह)*

अगर तुम्हें सोना चाहिए हो... तो मैल्फ़ॉय परिवार के पास जो भी है... वह मेरा एकमात्र वारिस है... वह मेरा – एकमात्र परिवार है।

हर्माइनी

मंत्रालय के भंडार में बहुत सा सोना जमा है, धन्यवाद ड्रेको।

ड्रेको *जाने लगता है। वह रुक जाता है। वह* हैरी *की तरफ़ देखता है।*

ड्रेको

हैरी पॉटर, मुझे परवाह नहीं है कि तुमने क्या किया था या तुमने किसे बचाया था, लेकिन मेरे परिवार पर तो तुम अटल शाप की तरह हो।

अंक एक दृश्य अठारह

जादू मंत्रालय, गलियारा

स्कॉर्पियस/हैरी

और तुम्हें यक़ीन है कि वह चीज़ यहीं है?

एक पहरेदार *पास से गुज़रता है।* स्कॉर्पियस/हैरी *और* डेल्फ़ी/हर्माइनी *अपनी भूमिका निभाने की कोशिश करते हैं।*

हाँ मंत्रीजी, मैं निश्चित रूप से सोचता हूँ कि इस मुद्दे पर मंत्रालय को लंबे समय तक सोच-विचार करना चाहिए, हाँ।

पहरेदार *(सिर हिलाते हुए)*

मंत्रीजी।

डेल्फ़ी/हर्माइनी

हम मिलकर इस पर विचार करते हैं।

पहरेदार *चला जाता है, वे राहत की साँस छोड़ते हैं।*

सत्य-द्रव के इस्तेमाल का विचार मेरे अंकल का था – मंत्रालय का एक अधिकारी मिलने आया था, जिसके पेय में हमने इसे मिला दिया था। उसने हमें बता दिया कि काल-परिवर्तक को सँभालकर रखा गया है और उसने हमें यह भी बता दिया कि कहाँ – ख़ुद जादू मंत्री के ऑफ़िस में।

वह एक दरवाज़े की तरफ़ इशारा करती है। अचानक उन्हें आवाज़ सुनाई देती है।

हर्माइनी (दूर से)

हैरी... हमें इस बारे में बात करनी चाहिए...

हैरी *(दूर से)*

बात करने के लिए कुछ है ही नहीं।

डेल्फ़ी/हर्माइनी

ओह नहीं।

एल्बस/रॉन

हर्माइनी। और डैडी।

तुरंत ही सब दहशत में आ जाते हैं।

स्कॉर्पियस/हैरी

ठीक है। छिपने की जगहें। कोई छिपने की जगह भी नहीं है। कोई अदृश्य सम्मोहन जानता है?

डेल्फ़ी/हर्माइनी

क्या हम – उनके ऑफ़िस में चलें?

एल्बस/रॉन

वे अपने ऑफ़िस में ही आ रही होंगी।

डेल्फ़ी/हर्माइनी

दूसरी कोई जगह नहीं है।

वह दरवाज़ा खोलने की कोशिश करती है। वह दोबारा कोशिश करती है।

हर्माइनी *(दूर से)*

अगर तुम मुझसे या जिनी से इस बारे में बात नहीं करोगे...

स्कॉर्पियस/हैरी

पीछे हटो। अलोहोमोरा!

वह दरवाज़े पर अपनी छड़ी तानता है। दरवाज़ा खुल जाता है। वह मुस्कुराता है – आनंदित।

एल्बस। उसे रोको। यह काम तुम्हें ही करना होगा।

हैरी *(दूर से)*

कहने के लिए है ही क्या?

एल्बस/रॉन

मैं। क्यों?

डेल्फ़ी / हर्माइनी

देखो, यह काम हम दोनों में से कोई नहीं कर सकता, है ना? जो दो लोग यहाँ आ रहे हैं, हम दोनों उन्हीं के वेष में हैं।

हर्माइनी *(दूर से)*

तुमने जो कहा था, वह सरासर ग़लत था – लेकिन – यहाँ इतनी सारी चीज़ें उलझी हुई हैं कि –

एल्बस / रॉन

लेकिन मैं नहीं कर सकता... मैं नहीं कर सकता...

हल्की सी हलचल होती है और फिर एल्बस / रॉन *अंत में दरवाज़े के बाहर खड़ा रहता है, जब* हर्माइनी *और* हैरी *दूर से दाख़िल होते हैं।*

हैरी

हर्माइनी, मैं तुम्हारी चिंता के लिए कृतज्ञ हूँ, लेकिन इसकी कोई ज़रूरत नहीं है –

हर्माइनी

रॉन?

एल्बस / रॉन

हैरान रह गईं!!!

हर्माइनी

तुम यहाँ क्या कर रहे हो?

एल्बस / रॉन

क्या किसी को अपनी पत्नी से मिलने के लिए बहाने की ज़रूरत पड़ती है?

वह हर्माइनी *को कसकर चूम लेता है।*

हैरी

मुझे जाना चाहिए...

हर्माइनी

हैरी। मेरा मुद्दा यह है कि ड्रेको जो भी कहता है – तुमने एल्बस से जो बातें कही हैं... मुझे नहीं लगता कि इस पर सोचते रहने से हममें से किसी का भी भला होगा...

एल्बस/रॉन

ओह, तुम उस बारे में बात कर रही हो, जो हैरी ने कहा था कि काश मैं – *(वह ख़ुद को सही करता है)* एल्बस उसका बेटा नहीं होता, तो अच्छा होता।

हर्माइनी

रॉन!

एल्बस/रॉन

मैं तो यह कहता हूँ कि छुपाकर रखने के बजाय सामने लाना बेहतर है...

हर्माइनी

वह समझ जाएगा... हम सब ऐसी बातें कह देते हैं, जो हम सचमुच नहीं सोचते। वह यह बात जानता है।

एल्बस/रॉन

लेकिन क्या हो, अगर हम कई बार ऐसी बातें कह दें, जो हम सचमुच सोचते हैं... तब क्या होगा?

हर्माइनी

रॉन, सच्ची, यह समय नहीं है।

एल्बस/रॉन

ज़ाहिर है, यह नहीं है। विदा डार्लिंग।

एल्बस/रॉन उसे जाते हुए देखता है और उम्मीद करता है कि वह अपने ऑफ़िस के पास से निकलकर दूर चली जाएगी। लेकिन ज़ाहिर है, वह ऐसा नहीं करती है। हर्माइनी दरवाज़े से अंदर जाए, इससे पहले उसे रोकने के लिए वह दौड़ता है। वह उसके सामने एक बार अड़ता है और फिर दूसरी बार आ जाता है। इसके लिए वह अपने कूल्हों को मटकाता है।

हर्माइनी

तुम मेरे ही ऑफ़िस में घुसने से मुझे क्यों रोक रहे हो?

एल्बस/रॉन

मैं। नहीं। रोक। रहा। हूँ।

वह एक बार फिर दरवाज़े की तरफ़ बढ़ती है, रॉन एक बार फिर बीच में आ जाता है।

हर्माइनी

तुम रोक रहे हो। मुझे मेरे कमरे में जाने दो, रॉन।

हर्माइनी *चकमा देकर पास से गुज़रने की कोशिश करती है।*

एल्बस / रॉन

चलो, एक और बच्चा पैदा करते हैं।

हर्माइनी

क्या?

एल्बस / रॉन

या अगर एक और बच्चा नहीं, तो लंबी छुट्टियाँ ही सही। मैं या तो बच्चा चाहता हूँ या फिर लंबी छुट्टियाँ और मैं इस बात पर ज़ोर देने वाला हूँ। प्रिये, क्या हम इस बारे में बाद में बात करें? शायद रिसती कड़ाही में पेय के साथ? तुमसे प्यार करता हूँ।

हर्माइनी *सोचती है, वह शंकालु अंदाज़ में उसे घूरती है और एक बार फिर अपने दरवाज़े को देखती है। वह नरम पड़ जाती है।*

हर्माइनी

अगर वहाँ एक और बदबूदार टिकिया हुई, तो भगवान भी तुम्हारी मदद नहीं कर पाएगा। ठीक है। वैसे भी हमें मगलुओं को ताज़ा जानकारी देनी है।

वह जाती है। हैरी उसके साथ बाहर जाता है।

एल्बस / रॉन *दरवाज़े की तरफ़ मुड़ता है। वह दोबारा अंदर आती है, इस बार अकेली।*

बच्चा – या – लंबी छुट्टियाँ? कई बार तो तुम्हारा दिमाग़ ख़राब हो जाता है, तुम्हें पता है?

एल्बस / रॉन

इसीलिए तो तुमने मुझसे शादी की थी, है ना? मेरे हँसी–मज़ाक़ का चुलबुला अंदाज़।

वह एक बार फिर बाहर जाती है। वह दरवाज़ा खोलने लगता है, लेकिन एक बार फिर वह दोबारा अंदर आ जाती है, वह दरवाज़ा कसकर बंद कर देता है।

हर्माइनी

मुझे मछली की गंध आ रही है। मैंने तुमसे कहा था कि मछली के सैंडविचों से दूर रहो।

एल्बस/रॉन

सही कहा था।

वह बाहर जाती है। वह जाँच करता है कि वह चली गई है और राहत उसके पूरे शरीर से टपकने लगती है, जब वह दरवाज़ा खोलता है।

अंक एक **दृश्य उन्नीस**

जादू मंत्रालय, हर्माइनी का ऑफ़िस

हर्माइनी *के ऑफ़िस के दरवाज़े के दूसरी तरफ़* स्कॉर्पियस/हैरी *और* डेल्फ़ी/हर्माइनी *इंतज़ार कर रहे हैं, तभी* एल्बस/रॉन *दाख़िल होता है – वह ढेर हो जाता है, थका हुआ।*

एल्बस/रॉन

यह सब बहुत अजीब है।

डेल्फ़ी/हर्माइनी

तुमने बहुत बढ़िया काम किया। अच्छी तरह रोका।

स्कॉर्पियस/हैरी

तुमने अपनी आंटी को लगभग पाँच सौ बार चूमा होगा। मुझे समझ नहीं आ रहा है कि इसके लिए तुम्हें शाबाशी दूँ या त्योरी चढ़ाऊँ।

एल्बस/रॉन

रॉन प्रेमी स्वभाव का है। मैं तो बस हर्माइनी का ध्यान भटका रहा था, स्कॉर्पियस। मैंने उनका ध्यान भटका दिया।

स्कॉर्पियस/हैरी

और फिर वह बात, जो तुम्हारे डैडी ने कही थी...

डेल्फ़ी/हर्माइनी

लड़को... वे लौट आएँगी – हमारे पास ज़्यादा समय नहीं है।

एल्बस/रॉन (*स्कॉर्पियस/हैरी से)*

तुमने सुना?

डेल्फ़ी / हर्माइनी

हर्माइनी काल–परिवर्तक को कहाँ छिपाएँगी? *(वह कमरे में चारों तरफ़ देखती है और उसे किताबों की अलमारियाँ नज़र आती हैं।)* किताबों की अलमारियों में छानबीन करते हैं।

वे खोजने लगते हैं। स्कॉर्पियस / हैरी *चिंता से अपने दोस्त को देखता है।*

स्कॉर्पियस / हैरी

तुमने मुझे बताया क्यों नहीं?

एल्बस / रॉन

मेरे डैडी कहते हैं कि काश मैं उनका बेटा न होता। यह बातचीत शुरू करने का अच्छा विषय तो नहीं है!

स्कॉर्पियस / हैरी *यह सोचता है कि क्या कहे।*

स्कॉर्पियस / हैरी

मैं जानता हूँ कि – वोल्डेमॉर्ट वाली अफ़वाह – सच नहीं है – और – तुम जानते हो – लेकिन मुझे लगता है, कई बार मेरे डैडी भी यही सोचते हैं : मैंने इसे कैसे पैदा कर दिया?

एल्बस / रॉन

मेरे डैडी से *फिर भी* बेहतर है। मुझे पूरा यक़ीन है, वे ज़्यादातर समय यही सोचते होंगे : मैं उसे कैसे लौटा सकता हूँ?

डेल्फ़ी / हर्माइनी स्कॉर्पियस / हैरी *को किताब की अलमारियों की तरफ़ खींचती है।*

डेल्फ़ी / हर्माइनी

शायद हमें सामने मौजूद मामले पर ध्यान केंद्रित करना चाहिए।

स्कॉर्पियस / हैरी

मेरा मुद्दा यह है – कोई तो कारण है – कि हम दोस्त हैं, एल्बस – कोई तो कारण है जिसकी बदौलत हम एक–दूसरे को मिले, है ना? और यह जो भी है – रोमांच...

फिर वह शेल्फ़ पर एक किताब देखता है, जिससे उसकी त्योरी चढ़ जाती है।

क्या तुमने इन शेल्फ़ों पर रखी किताबें देखीं? यहाँ तो कुछ बहुत ख़तरनाक किताबें हैं। प्रतिबंधित किताबें। शापित किताबें।

एल्बस / रॉन

मुश्किल भावनात्मक मुद्दों से स्कॉर्पियस को कैसे भटकाएँ? उसे लाइब्रेरी में ले जाएँ।

स्कॉर्पियस / हैरी

प्रतिबंधित खंड की सारी पुस्तकें हैं और इसके अलावा दूसरी पुस्तकें भी हैं। *जादू सबसे बुरा, पंद्रहवीं सदी के परम दुष्ट जादूगर। एक जादूगर की कविताएँ* – इसकी इजाज़त तो हॉगवर्ट्स में भी नहीं है!

एल्बस / रॉन

छायाएँ और आत्माएँ। जादू–टोने की कंटालिका मार्गदर्शिका।

डेल्फ़ी / हर्माइनी

वे काफ़ी बढ़िया हैं, है ना...

एल्बस / रॉन

दूधिया अग्नि का सच्चा इतिहास। सम्मोहन शाप और इसका दुरुपयोग कैसे करें।

स्कॉर्पियस / हैरी

और इधर देखो। वाह। *सिबिल ट्रिलोनी* की *मेरी आँखें और उनके पार कैसे देखें।* भविष्यकथन पर पुस्तक। हर्माइनी ग्रेंजर भविष्यकथन से नफ़रत करती हैं। यह रोचक है। यह एक खोज है...

वह पुस्तक को शेल्फ़ से खींचता है। और यह गिरकर खुल जाती है। और बोलती है।

किताब

पहला चौथा है, निराशाजनक निशान
यह पार्क्ड में मिलेगा, लेकिन पार्क में नहीं।

स्कॉर्पियस / हैरी

ठीक है। बोलने वाली पुस्तक। बड़ी अजीब बात है।

किताब

दूसरा दोपायों में कम सुंदर है। अनैतिक, बालों वाला, अंडे का रोग।

और तीसरा सैर भी है और चलने वाला मार्ग भी।

एल्बस/रॉन

यह एक पहेली है। यह हमें एक पहेली दे रही है।

किताब

शहर में एक मोड़, झील में एक फिसलन।

डेल्फ़ी/हर्माइनी

तुमने क्या किया?

स्कॉर्पियस/हैरी

मैंने, उह, मैंने एक पुस्तक खोली थी। एक ऐसी चीज़ – जो इस संसार में मेरे तमाम वर्षों में – कभी ख़ास ख़तरनाक काम नहीं रहा।

पुस्तकें हाथ बढ़ाकर एल्बस/रॉन को पकड़ने की कोशिश करती हैं। वह उनकी पकड़ से जैसे–तैसे बचता है।

एल्बस/रॉन

यह क्या है?

डेल्फ़ी/हर्माइनी *(रोमांचित स्वर में)*

उन्होंने इसे हथियारबंद कर दिया है। उन्होंने अपनी लाइब्रेरी को हथियारबंद कर दिया है। काल–परिवर्तक यहीं होगा। हम पहेली को सुलझा लेंगे, तो यह हमें मिल जाएगा।

एल्बस/रॉन

पहला चौथा है। आपको यह पार्क्ड में मिलेगा, लेकिन पार्क में नहीं।

ईडी – डीई –

स्कॉर्पियस/हैरी

दूसरा अंडे का रोग है, जो दोपायों में कम सुंदर है...

डेल्फ़ी/हर्माइनी *(भावुक अंदाज़ में)*

पुरुष! डि–मेन–टर्स यानी दमपिशाच। हमें दमपिशाचों पर पुस्तक खोजनी होगी। एल्बस! *(वह पुस्तक की अलमारी के पास जाती है और हैरान हो जाती है, जब यह उसे निगलने की कोशिश करती है।)*

एल्बस/रॉन अलमारी की तरफ़ दौड़ता है, लेकिन बहुत देर हो चुकी है, क्योंकि अलमारी डेल्फ़ी को पूरा निगल चुकी है।

एल्बस/रॉन

डेल्फ़ी! क्या हो रहा है?

स्कॉर्पियस/हैरी

ध्यान केंद्रित करो। वही करो जो उसने कहा था। दमपिशाचों पर पुस्तक खोजो और बहुत सावधान रहना।

एल्बस/रॉन

यहाँ। *दबंग दमपिशाच : अज़्काबान का इतिहास।*

पुस्तक उड़कर खुलती है और ख़तरनाक ढंग से स्कॉर्पियस/हैरी पर झपटती है, जिसे रास्ते से हटने के लिए उसे चकमा देना पड़ता है। वह किताब की एक अलमारी से कसकर टकराता है, जो उसे निगलने की कोशिश करती है।

पुस्तक

मैं एक पिंजरे में पैदा हुआ था
लेकिन इसे गुस्से से चकनाचूर कर दिया
मेरे भीतर के गॉन्ट ने
रिडल को उससे मुक्त किया
जो मेरी जान लेने वाला था।

एल्बस/रॉन

वोल्डेमॉर्ट।

डेल्फ़ी *अपने असली हुलिए में पुस्तकों से निकलती है।*

डेल्फ़ी

ज़्यादा तेज़ी से काम करो!

वह चीख़ती है, जब उसे दोबारा अंदर खींच लिया जाता है।

एल्बस/रॉन

डेल्फ़ी! डेल्फ़ी!

वह उसका हाथ पकड़ने की कोशिश करता है, लेकिन वह जा चुकी है।

स्कॉर्पियस/हैरी

वह अपने असली रूप में आ गई है – क्या तुमने ग़ौर किया?

एल्बस/रॉन

नहीं! क्योंकि मैं इस बारे में ज़्यादा चिंता कर रहा था कि किताब की अलमारी उसे निगल रही है! खोजो। कुछ भी। वोल्डेमॉर्ट पर कोई किताब।

उसे एक किताब मिल जाती है।

इसका शीर्षक है नागशक्ति का वारिस? क्या तुम्हें लगता है, यही है?

वह पुस्तक को शेल्फ़ से खींचता है, यह पलटकर उसे खींचती है। वह पुस्तक की अलमारी से जूझने की बेतहाशा कोशिश करता है, लेकिन अलमारी एल्बस/रॉन *को निगल लेती है।*

स्कॉर्पियस/हैरी

एल्बस? एल्बस!!

स्कॉर्पियस/हैरी *उसके पास पहुँच पाए, इससे पहले ही* एल्बस/रॉन *जा चुका है। वह एक पल के लिए सोचता है, शंका से भरा हुआ और फिर उसे अहसास होता है कि अब यह काम उसे ही पूरा करना है।*

ठीक है। वह नहीं। वोल्डेमॉर्ट। वोल्डेमॉर्ट। वोल्डेमॉर्ट।

वह अलमारियों पर नज़र दौड़ाता है।

मारवोलो : असली सच्चाई, यही होनी चाहिए...

वह इसे खींचता है। एक बार फिर यह दूर झूलती है, हल्का प्रकाश डालती है और पहले सुनी आवाज़ से ज़्यादा गहरी आवाज़ आती है।

किताब

मैं वह प्राणी हूँ, जिसे तुमने नहीं देखा है
मैं तुम हूँ। मैं मैं हूँ। गूँज अप्रत्याशित।
कई बार आगे, कई बार पीछे,
सतत साथी, क्योंकि हम जुड़े हुए हैं।

एल्बस किताबों से प्रकट होता है। अपने असली रूप में।

स्कॉर्पियस/हैरी

एल्बस...

वह उसे पकड़ने की कोशिश करता है, लेकिन अलमारी ज़्यादा शक्तिशाली साबित होती है।

एल्बस

नहीं। बस – **सो....चो।**

एल्बस को तेज़ी से किताब की अलमारी में खींच लिया जाता है।

स्कॉर्पियस/हैरी

लेकिन मैं नहीं कर सकता... अदृश्य गूँज, यह क्या है? मैं जिस एक चीज़ में अच्छा हूँ, वह है सोचना और जब मुझे सोचने की ज़रूरत है – तो मैं नहीं सोच पाता।

पुस्तकें उसे अपने अंदर खींच लेती हैं; वह शक्तिहीन है। यह दहशत भरा है।

ख़ामोशी। तीनों को ही अंदर खींच लिया गया है। कुछ नहीं बचता है।

फिर **धमाका** *– अलमारी से पुस्तकों का ढेर गिरता है – और स्कॉर्पियस दोबारा प्रकट होता है। पुस्तकों को एक तरफ़ धकाते हुए।*

स्कॉर्पियस

नहीं! तुम नहीं! सिबिल ट्रिलोनी। नहीं!!!

वह चारों तरफ़ देखता है, हारा हुआ, लेकिन ऊर्जा से भरा हुआ।

यह सब ग़लत है। एल्बस? क्या तुम मेरी आवाज़ सुन सकते हो? यह सब एक छोटे से काल–परिवर्तक के लिए। सोचो, स्कॉर्पियस। सोचो।

पुस्तकें उसे जकड़ने की कोशिश करती हैं, लेकिन वह उनकी पकड़ से बच जाता है।

सतत साथी। कई बार पीछे। कई बार आगे। ठहरो। मैं इसे चूक गया था। छाया। तुम एक छाया हो। *छायाएँ और आत्माएँ।* यही होनी चाहिए...

वह पुस्तकों की अलमारी पर चढ़ता है, ऊपर जाते–जाते यह दहशत भरा होता जाता है। यह उसके हर क़दम पर उसे पकड़ने की कोशिश करती है। वह शेल्फ़ से पुस्तक खींचता है। यह बाहर आ जाती है और आवाज़ तथा गहमागहमी अचानक थम हो जाती है।

क्या यही –

अचानक एक धमाका होता है और एल्बस *तथा* डेल्फ़ी *अलमारियों से निकलकर फ़र्श पर आ गिरते हैं।*

हमने इसे हरा दिया! हमने लाइब्रेरी को हरा दिया!

वह अपने हाथ विजय में उठाता है, जब एल्बस *चिंता से* डेल्फ़ी *को देखता है।*

एल्बस

डेल्फ़ी, तुम ठीक...?

डेल्फ़ी

वाह। क्या सैर थी!

एल्बस *उस पुस्तक पर ग़ौर करता है, जिसे* स्कॉर्पियस *अपने सीने से चिपकाए है।*

एल्बस

क्या यही है...? स्कॉर्पियस? उस पुस्तक के भीतर क्या है?

डेल्फ़ी

मैं सोचती हूँ कि हमें पता लगाना चाहिए, है ना?

स्कॉर्पियस *पुस्तक को खोलता है। इसके बीचोबीच में है एक घूमता हुआ काल–परिवर्तक।*

वाह!

स्कॉर्पियस

हमें काल–परिवर्तक मिल गया है – मैंने कभी नहीं सोचा था कि हम इतनी दूर तक पहुँच पाएँगे।

एल्बस

दोस्त, अब हमें जब यह मिल गया है, तो अगला क़दम है सेडरिक को बचाना। हमारी यात्रा अभी शुरू ही हुई है।

स्कॉर्पियस

अभी शुरू ही हुई है और हम अधमरे हो गए हैं। अच्छा है। यह बड़ी अच्छी यात्रा होगी।

फुसफुसाहटें गर्जना तक ऊपर उठती हैं। और अँधेरा छा जाता है।

मध्यांतर

खंड एक

अंक दो

अंक दो **दृश्य एक**

सपना, प्रिविट ड्राइव, सीढ़ियों के नीचे की अलमारी

सीढ़ियों के नीचे की अलमारी में सोया छोटा हैरी *बुरा सपना देख रहा है।*

वह हिलता–डुलता है, जब वह अपने आस–पास एक स्याह उपस्थिति महसूस करता है।

पेटूनिया आंटी *(मंच के बाहर से)*

हैरी। हैरी। ये बर्तन साफ़ नहीं हैं। **ये बर्तन नाक कटाने वाले हैं। हैरी पॉटर।** जाग जाओ।

छोटा हैरी *जागकर देखता है कि* पेटूनिया आंटी *उस पर झुकी हुई हैं।*

छोटा हैरी

पेटूनिया आंटी। कितना समय हो गया?

पेटूनिया आंटी

काफ़ी समय हो गया है। तुम जानते हो, जब हम तुम्हें रखने को राज़ी हुए थे, तो हमें उम्मीद थी कि हम तुम्हें सुधार सकते हैं – तुम्हें अच्छा इंसान बना सकते हैं। इसलिए हमें ख़ुद को ही दोष देना होगा कि तुम इतने निराशाजनक निकले।

छोटा हैरी

मैं कोशिश तो करता हूँ –

पेटूनिया आंटी

तो क्या? कोशिश करने का मतलब कामयाब होना नहीं है? काँच पर चिकनाई के धब्बे पड़े हैं। बर्तनों पर खरोंचों के निशान हैं। अब उठो और किचन में जाकर साफ़–सफ़ाई करो।

वह बिस्तर से उठता है। उसकी पैंट के नीचे गीलेपन का निशान है।

ओह नहीं। ओह नहीं। तुमने यह क्या किया? बिस्तर गीला कर दिया! एक बार फिर!

वे चादर खींचती हैं।

यह बर्दाश्त के बाहर है।

छोटा हैरी

मुझे... अफ़सोस है। लगता है, मैं बुरा सपना देख रहा था।

पेटूनिया आंटी

तुम गंदे लड़के। सिर्फ़ जानवर ही ख़ुद को गीला करते हैं। जानवर और गंदे छोटे लड़के।

छोटा हैरी

सपना मेरे मम्मी–डैडी के बारे में था। मुझे लगता है मैंने उन्हें देखा था – मुझे लगता है मैंने उन्हें मरते हुए देखा था।

पेटूनिया आंटी

और इसमें मेरी ज़रा भी रुचि क्यों होगी?

छोटा हैरी

एक आदमी था जो एडकावा एड – कुछ एकाब्रा – एड – जैसा कुछ चिल्ला रहा था – और साँप के फुफकारने की आवाज़ आई थी। मुझे अपनी मम्मी की चीख़ भी सुनाई दी थी।

पेटूनिया आंटी *ने ख़ुद को सँभालने के लिए पल भर का समय लिया।*

पेटूनिया आंटी

अगर तुम सचमुच उनकी मौत देख सकते, तो तुम्हें ब्रेक लगने और भीषण टक्कर की आवाज़ सुनाई देती। तुम्हारे मम्मी–डैडी की मौत कार दुर्घटना में हुई थी। तुम यह बात जानते हो। मुझे नहीं लगता कि तुम्हारी मम्मी को चीख़ने का भी समय मिला होगा। भगवान तुम्हें इससे ज़्यादा विवरणों से बचाए। अब ये चादर निकालो, किचन में जाओ और साफ़–सफ़ाई शुरू करो। मुझे यह बात तुमसे दोबारा न कहना पड़े।

वे एक धमाके के साथ बाहर जाती हैं।

और छोटा हैरी *चादर थामे पीछे रह जाता है।*

और मंच रूप बदलता है तथा पेड़ बड़े होते हैं, जब सपना बिलकुल ही अलग मोड़ ले लेता है।

अचानक पेड़ों के बीच से एल्बस *प्रकट होता है और* छोटे हैरी *की तरफ़* देखता है*।*

और फिर उसे तेज़ी से खींच लिया जाता है। सर्पभाषा फुसफुसाती है, जो पूरे थिएटर में गूँजती है।

वह आ रहा है। वह आ रहा है।

कुछ शब्द सुनाई देते हैं, जिनकी आवाज़ समझने में ग़लती नहीं हो सकती। वोल्डेमॉर्ट *की आवाज़...*

हैऽऽऽरी पॉऽऽऽऽटर...

अंक दो **दृश्य दो**

हैरी और जिनी पॉटर का घर, सीढ़ियाँ

हैरी अँधेरे में जागता है, वह गहरी साँसें ले रहा है। उसकी थकान स्पष्ट दिखती है, वह बहुत डरा हुआ दिख रहा है।

हैरी

प्रकाशित भव!

रोशनी से चौंककर जिनी *अंदर दाख़िल होती है।*

जिनी

सब ठीक है...?

हैरी

मैं सो रहा था।

जिनी

थे।

हैरी

तुम नहीं सो रही थीं। कोई – ख़बर? कोई उल्लू या...?

जिनी *उसकी तरफ़ देखती है, थकी हुई और डरी हुई।*

जिनी

कुछ नहीं।

हैरी

मैंने सपना देखा – मैं सीढ़ियों के नीचे था और फिर मुझे – मुझे उसकी – वोल्डेमॉर्ट की – आवाज़ बहुत साफ़ सुनाई दी।

जिनी

वोल्डेमॉर्ट?

हैरी

और फिर मैंने एल्बस को देखा। लाल कपड़ों में – वह डर्मस्ट्रैंग के कपड़ों में था।

जिनी

डर्मस्ट्रैंग के कपड़ों में?

हैरी *सोचता है*

हैरी

जिनी, मैं सोचता हूँ मुझे पता चल गया है कि वह कहाँ है...

अंक दो **दृश्य तीन**

हॉगवट्‌र्स, हेडमिस्ट्रेस का ऑफ़िस

हैरी *और* जिनी प्रोफ़ेसर मैक्गॉनेगल *के ऑफ़िस में खड़े हैं।*

प्रोफ़ेसर मैक्गॉनेगल

और हम नहीं जानते कि अँधेरे जंगल में कहाँ?

हैरी

मुझे इस तरह का सपना बरसों से कभी नहीं आया। लेकिन एल्बस वहाँ था। मैं जानता हूँ कि वह था।

जिनी

हमें खोजने का काम जल्द से जल्द शुरू करना चाहिए।

प्रोफ़ेसर मैक्गॉनेगल

मैं तुम लोगों को प्रोफ़ेसर लॉंगबॉटम दे सकती हूँ – उनका पौधों का ज्ञान उपयोगी हो सकता है – और –

अचानक चिमनी में गड़गड़ाहट होती है। प्रोफ़ेसर मैक्गॉनेगल *उस तरफ़ चिंता से देखती हैं। फिर* हर्माइनी *धड़धड़ाती हुई बाहर निकलती है।*

हर्माइनी

क्या यह सच है? क्या मैं मदद कर सकती हूँ?

प्रोफ़ेसर मैक्गॉनेगल

मंत्री जी – यह बहुत अनपेक्षित है...

जिनी

यह मेरी ग़लती हो सकती है – मैंने ही उन लोगों को *दैनिक*

जादूगर का आपातकालीन संस्करण निकालने के लिए राज़ी किया था। स्वयंसेवी भी माँगे थे।

प्रोफ़ेसर मैक्गॉनेगल

ठीक। बहुत समझदारी भरा काम। मुझे उम्मीद है... कुछ स्वयंसेवी आने वाले होंगे।

रॉन अंदर आता है। राख से ढँका हुआ। शोरबे के धब्बे वाली डिनर नैपकिन पहने हुए।

रॉन

क्या मैं कुछ चूक गया – मुझे यह समझ नहीं आया कि किस छू चिमनी तक यात्रा करनी है। किसी तरह किचन में पहुँच गया। (हर्माइनी *गुस्से में देखती है, जब वह नैपकिन को ख़ुद से दूर खींचता है।)* क्या?

अचानक चिमनी में एक और गड़गड़ाहट सुनाई देती है और ड्रेको तेज़ी से नीचे आता है, जिससे राख और धूल झड़ रही है।

हर व्यक्ति उसकी तरफ़ हैरानी से देखता है। वह खड़े होकर अपने कपड़ों से राख झाड़ता है।

ड्रेको

आपके फ़र्श के बारे में अफ़सोस है, मिनर्वा।

प्रोफ़ेसर मैक्गॉनेगल

मैं तो यही कहूँगी कि चिमनी लगवाना मेरी ग़लती थी।

हैरी

तुम्हें देखकर हैरानी हुई, ड्रेको। मैं तो सोचता था कि तुम्हें मेरे सपनों पर यक़ीन नहीं था।

ड्रेको

तुम्हारे सपनों पर तो नहीं है, लेकिन मुझे तुम्हारी क़िस्मत पर यक़ीन है। हैरी पॉटर हमेशा जहाँ रहता है, वहाँ बड़ी घटनाएँ होती हैं। और मुझे मेरा बेटा सही–सलामत चाहिए।

जिनी

तो फिर हम अँधेरे जंगल में चलकर उन दोनों को खोजते हैं।

अंक दो दृश्य चार

अँधेरे जंगल का किनारा

एल्बस *और* डेल्फ़ी *एक–दूसरे के सामने हैं, छड़ियाँ पकड़े हुए।*

एल्बस

निरस्त्र भव!

डेल्फ़ी *की छड़ी हवा में उड़ जाती है।*

डेल्फ़ी

अब तुमसे यह बन रहा है। तुम इसमें निपुण हो गए हो।

वह उससे अपनी छड़ी वापस ले लेती है।

निहायत सुसंस्कृत आवाज़ में।

'तुम बहुत निरस्त्र करने वाले युवक हो।'

एल्बस

निरस्त्र भव!

डेल्फ़ी *की छड़ी दोबारा उड़ जाती है।*

डेल्फ़ी

और हमारे पास एक विजेता है।

दोनों एक–दूसरे के हाथ पर ताली मारते हैं।

एल्बस

मैं मंत्रों में कभी बहुत अच्छा नहीं रहा।

स्कॉर्पियस *मंच के पीछे नज़र आता है। वह अपने दोस्त को एक लड़की से बात करते देखता है – और उसका एक हिस्सा इसे पसंद करता है और दूसरा हिस्सा पसंद नहीं करता।*

डेल्फ़ी

मैं भी अच्छी नहीं थी – लेकिन फिर अचानक कोई चीज़ सही हो गई। और तुम्हारे साथ भी यही होगा। ऐसी बात नहीं है कि मैं कोई महाजादूगरनी हूँ, लेकिन एल्बस पॉटर, मैं सोचती हूँ कि तुम महाजादूगर बन रहे हो।

एल्बस

तो तुम्हें मेरे आस–पास रहना चाहिए – मुझे ज़्यादा सिखाना चाहिए –

डेल्फ़ी

ज़ाहिर है, मैं तुम्हारे आस–पास ही रहूँगी, हम दोस्त हैं, है ना?

एल्बस

हाँ। हाँ। निश्चित रूप से दोस्त। निश्चित रूप से।

डेल्फ़ी

बेहतरीन। महारथी!

स्कॉर्पियस

महारथी मतलब?

स्कॉर्पियस *निर्णायक रूप से आगे क़दम रखता है।*

एल्बस

मंत्र सीख लिया। मेरा मतलब है, यह काफ़ी बुनियादी है, लेकिन मैंने – देखो, मैंने मंत्र सीख लिया।

स्कॉर्पियस *(अति–उत्साही, शामिल होने की कोशिश करते हुए)*

और मैंने स्कूल तक का अपना रास्ता ढूँढ़ लिया है। सुनो, क्या हमें पक्का है कि यह कारगर होगा...

डेल्फ़ी

हाँ!

एल्बस

ज़बर्दस्त योजना है। सेडरिक को मरने से बचाने की तरकीब यह है कि हमें उसे त्रिकोणीय जादूगरी टूर्नामेंट जीतने से रोकना होगा। अगर वह नहीं जीतेगा, तो वह नहीं मरेगा।

स्कॉर्पियस

मैं यह बात समझता हूँ, लेकिन...

एल्बस

इसलिए हमें पहले काम में उसके जीतने की संभावनाओं को बुरी तरह गड़बड़ाना है। पहला काम है ड्रैगन को पार करके सुनहरा अंडा लाना। सेडरिक ने ड्रैगन का ध्यान कैसे भटकाया था –

डेल्फ़ी *अपना हाथ हवा में रखती है।* एल्बस *मुस्कुराता है और उसकी तरफ़ इशारा करता है। दोनों की जोड़ी अब सचमुच अच्छी जम रही है।*

डिगोरी।

डेल्फ़ी

– चट्टान का रूप–परिवर्तन करके कुत्ता बना दिया था।

एल्बस

– देखो, अगर हम एक छोटा सा निरस्त्र भव कर देंगे, तो वह ऐसा नहीं कर पाएगा।

स्कॉर्पियस डेल्फ़ी–एल्बस *की जोड़ी से ख़ुश नहीं है।*

स्कॉर्पियस

ठीक है, दो बातें हैं। पहली बात, क्या हमें यह पक्का यक़ीन है कि ड्रैगन उसे नहीं मारेगा?

डेल्फ़ी

उसके पास हमेशा दो बातें होती हैं, है ना? ज़ाहिर है, यह नहीं मारेगा। यह हॉगवर्ट्स है। वे किसी चैंपियन को कोई नुक़सान नहीं होने देंगे।

स्कॉर्पियस

ठीक है, दूसरी *बात* – ज़्यादा अहम *बात* – हम यह जाने बिना जा रहे हैं कि क्या हम दोबारा वापस लौट सकते हैं। जो रोमांचक है। शायद हमें पहले बस – एक घंटे पीछे जाना चाहिए और फिर...

डेल्फ़ी

मुझे अफ़सोस है स्कॉर्पियस, लेकिन हमारे पास बर्बाद करने के लिए समय नहीं है। यहाँ स्कूल के इतने क़रीब इंतज़ार करना

बहुत ख़तरनाक है – मुझे यक़ीन है कि वे तुम्हें खोज रहे होंगे और...

एल्बस

वह सही कह रही है।

डेल्फ़ी

लो, अब तुम्हें ये पहनने होंगे –

वह दो बड़े पेपर बैग बाहर निकालती है। लड़कों ने उनमें से चोगे बाहर निकाले।

एल्बस

लेकिन ये तो डर्मस्ट्रैंग के चोगे हैं।

डेल्फ़ी

मेरे अंकल का विचार है। अगर तुम हॉगवर्ट्स के चोगे में रहोगे, तो लोग यह जानना चाहेंगे कि तुम कौन हो। लेकिन त्रिकोणीय जादूगरी टूर्नामेंट में दो और स्कूल भी हिस्सा ले रहे हैं – इसलिए अगर तुम डर्मस्ट्रैंग के चोगे में रहोगे – तो देखो, तुम पृष्ठभूमि में खो सकते हो, है ना?

एल्बस

अच्छा सोचा! ठहरो, तुम्हारे चोगे कहाँ हैं?

डेल्फ़ी

एल्बस, सुनकर अच्छा लगा, लेकिन मैं नहीं सोचती कि मैं विद्यार्थी होने का नाटक कर सकती हूँ, है ना? मैं तो बस पृष्ठभूमि में रहूँगी और नाटक करूँगी – उह, शायद मैं ड्रैगन के रखवालों का नाटक कर सकती हूँ। वैसे भी मंत्र पढ़ने का काम तो तुम्हें ही करना है।

स्कॉर्पियस उसकी तरफ़ देखता है और फिर एल्बस की तरफ़।

स्कॉर्पियस

तुम्हें साथ नहीं चलना चाहिए।

डेल्फ़ी

क्या?

स्कॉर्पियस

तुमने सही कहा। हमें मंत्र पढ़ने के लिए तुम्हारी ज़रूरत नहीं है। और अगर तुम विद्यार्थियों के चोगे नहीं पहन सकतीं – तो तुम बहुत बड़ा जोखिम बन जाओगी। अफ़सोस है डेल्फ़ी, तुम्हें हमारे साथ नहीं चलना चाहिए।

डेल्फ़ी

लेकिन मेरे चले बिना काम कैसे चलेगा – वह मेरा कज़िन है। एल्बस?

एल्बस

मेरे ख़्याल से वह सही कह रहा है। मुझे अफ़सोस है।

डेल्फ़ी

क्या?

एल्बस

हम गड़बड़ नहीं करेंगे।

डेल्फ़ी

लेकिन मेरे बिना – तुम लोग काल–परिवर्तक नहीं चला पाओगे।

स्कॉर्पियस

तुमने हमें काल–परिवर्तक का इस्तेमाल करना सिखा दिया है।

डेल्फ़ी *वाक़ई विचलित है।*

डेल्फ़ी

नहीं। मैं तुम्हें यह नहीं करने दूँगी...

एल्बस

तुमने अपने अंकल से कहा था कि वे हम पर भरोसा करें। अब तुम्हारी बारी है। स्कूल अब क़रीब है। हम तुम्हें यहीं छोड़ देते हैं।

डेल्फ़ी उन दोनों को देखती है और एक गहरी साँस लेती है। वह सिर हिलाती है और मुस्कुराती है।

डेल्फ़ी

तो जाओ। लेकिन – बस इतना याद रखना... आज तुम्हें एक ऐसा मौक़ा मिल रहा है, जो बहुत कम लोगों को मिलता है –

आज तुम्हें इतिहास बदलने का – समय को बदलने का मौक़ा मिल रहा है। लेकिन इस सबसे बढ़कर, आज तुम्हें एक बूढ़े आदमी को उसका बेटा वापस लौटाने का मौक़ा मिल रहा है।

वह मुस्कुराती है। वह एल्बस को देखती है। वह झुकती है और धीरे से उसके दोनों गाल चूम लेती है।

वह जंगल में दूर चली जाती है। एल्बस पीछे से उसे घूरता है।

स्कॉर्पियस

उसने मुझे नहीं चूमा – तुमने ध्यान दिया? *(वह अपने दोस्त को देखता है।)* तुम ठीक तो हो, एल्बस? तुम्हारा चेहरा थोड़ा पीला दिख रहा है। और लाल। पीला और लाल एक साथ।

एल्बस

चलो यह काम कर देते हैं।

अंक दो **दृश्य पाँच**

अँधेरा जंगल

जंगल ज़्यादा बड़ा, ज़्यादा घना नज़र आता है और पेड़ों के बीच – लोग खोज रहे हैं – खोए हुए जादूगर बच्चों की तलाश कर रहे हैं। लेकिन धीरे–धीरे लोग दूर चले जाते हैं और हैरी अकेला बचता है।

उसे कोई आवाज़ सुनाई देती है। वह दाईं ओर मुड़ता है।

हैरी

एल्बस? स्कॉर्पियस? एल्बस?

उसे खुरों की आवाज़ सुनाई देती है। हैरी चौंक जाता है। वह चारों तरफ़ देखता है कि आवाज़ किधर से आ रही है। अचानक बेन रोशनी में आगे आता है। वह शानदार दिखने वाला सेनटॉर है।

बेन

हैरी पॉटर।

हैरी

अच्छा लगा। तुम अब भी मुझे पहचानते हो, बेन।

बेन

तुम ज़्यादा बड़े हो गए हो।

हैरी

हाँ, वो तो है।

बेन

लेकिन ज़्यादा समझदार नहीं। क्योंकि तुम हमारी भूमि पर अनधिकृत रूप से आए हो।

हैरी

मैंने हमेशा सेनटॉरों का सम्मान किया है। हम शत्रु नहीं हैं। तुम हॉगवर्ट्स के युद्ध में बहादुरी से लड़े थे। और मैं तुम्हारे साथ लड़ा था।

बेन

मैंने अपना फ़र्ज़ निभाया था। लेकिन अपनी कौम की ख़ातिर और अपने सम्मान की ख़ातिर। तुम्हारी ख़ातिर नहीं। और युद्ध के बाद इस जंगल को सेनटॉर भूमि घोषित किया गया था। और अगर तुम हमारी भूमि पर हो – बिना अनुमति के – तो तुम हमारे शत्रु हो।

हैरी

मेरा बेटा लापता है, बेन। मुझे उसे खोजने में मदद चाहिए।

बेन

और वह यहाँ है? हमारे जंगल में?

हैरी

हाँ।

बेन

तब तो वह भी तुम्हारे जितना ही मूर्ख है।

हैरी

क्या तुम मेरी मदद कर सकते हो बेन?

एक अंतराल होता है। बेन दबंग अंदाज़ में हैरी को देखता है।

बेन

मैं तुम्हें उतना ही बता सकता हूँ, जितना मैं जानता हूँ... लेकिन मैं यह तुम्हारे फ़ायदे के लिए नहीं, बल्कि अपनी कौम के फ़ायदे के लिए बता रहा हूँ। सेनटॉर एक और युद्ध नहीं चाहते हैं।

हैरी

हम भी नहीं चाहते हैं। तुम क्या जानते हो?

बेन

मैंने तुम्हारे बेटे को देखा है, हैरी पॉटर। मैंने उसे तारों की गतिविधियों में देखा है।

हैरी

तुमने उसे तारों में देखा है?

बेन

मैं तुम्हें यह नहीं बता सकता कि वह कहाँ है। मैं तुम्हें यह नहीं बता सकता कि वह तुम्हें कैसे मिलेगा।

हैरी

लेकिन तुमने कुछ देखा है? तुमने कुछ भविष्य–पठन किया है?

बेन

तुम्हारे बेटे के आस–पास एक काला बादल है, एक ख़तरनाक काला बादल।

हैरी

एल्बस के आस–पास?

बेन

एक ऐसा काला बादल, जो हम सबको ख़तरे में डाल सकता है। तुम्हें तुम्हारा बेटा दोबारा मिल जाएगा, हैरी पॉटर। लेकिन हो सकता है कि इसके बाद तुम उसे हमेशा के लिए खो दो।

वह घोड़े के हिनहिनाने जैसी आवाज़ निकालता है – और फिर तेज़ी से दूर चला जाता है – पीछे हैरी को हैरान–परेशान छोड़कर। हैरी एक बार फिर तलाश करने लगता है – अब और भी उत्साह के साथ।

हैरी

एल्बस! एल्बस!

अंक दो दृश्य छह

अँधेरे जंगल का किनारा

स्कॉर्पियस व एल्बस एक कोने पर मुड़ते हैं और उन्हें पेड़ों के बीच एक दरार दिखती है...

एक ऐसी दरार जिसमें से दिख रही है... भव्य रोशनी...

स्कॉर्पियस

और वहाँ पर है...

एल्बस थूक गटकता है, जब वह इसे देखता है।

एल्बस

हॉगवट्‌र्स। इसे पहले कभी इस कोण से नहीं देखा।

स्कॉर्पियस

अब भी सिहरन होती है, है ना? जब तुम इसे देखते हो?

और पेड़ों के बीच से **हॉगवट्‌र्स** *दिखता है – उभरी हुई इमारतों और मीनारों का भव्य समूह।*

जिस पल मैंने इसके बारे में पहली बार सुना, मैं यहाँ आने को बेताब था। मेरा मतलब है, डैडी को वहाँ ज़्यादा मज़ा नहीं आया था, लेकिन उन्होंने इसका जो वर्णन किया था, वह मुझे पसंद आया... दस साल की उम्र से मैं हर सुबह सबसे पहले *दैनिक जादूगर* को पढ़ता था – इस यक़ीन के साथ कि यहाँ किसी तरह की बुरी घटना हो गई होगी – इस यक़ीन के साथ कि मैं यहाँ नहीं आ पाऊँगा।

एल्बस

और फिर तुम यहाँ आ ही गए और यह आख़िरकार भयंकर साबित हुआ।

स्कॉर्पियस

मेरे लिए नहीं।

एल्बस *सदमे में अपने दोस्त को देखता है।*

मैं तो बस इतना चाहता था कि हॉगवर्ट्स आऊँ और मेरा कोई साथी रहे, जिसके साथ मैं उत्पात करूँ। हैरी पॉटर की तरह। और मुझे उनका बेटा मिल गया। यह कितने सौभाग्य की बात है।

एल्बस

लेकिन मैं अपने डैडी जैसा कतई नहीं हूँ।

स्कॉर्पियस

तुम उनसे ज़्यादा अच्छे हो। तुम मेरे सबसे अच्छे दोस्त हो, एल्बस। और यह तो चरम सीमा का उत्पात है। जो बेहतरीन है, बस – इतना ज़रूर कहना चाहूँगा – मुझे यह मानने में कोई झिझक नहीं है – मैं थोड़ा सा – बस थोड़ा सा डर रहा हूँ।

एल्बस स्कॉर्पियस *को देखता है और मुस्कुराता है।*

एल्बस

तुम भी मेरे सबसे अच्छे दोस्त हो। और चिंता मत करो – हम जो करने जा रहे हैं, उसके बारे में मेरे मन में अच्छे भाव हैं।

हमें दूर से रॉन की आवाज़ सुनाई देती है – वह स्पष्ट रूप से क़रीब है।

रॉन

एल्बस? एल्बस!

एल्बस *उसकी ओर मुड़ता है,* डरा *हुआ।*

एल्बस

लेकिन हमें चलना होगा – अभी।

एल्बस स्कॉर्पियस से काल–परिवर्तक ले लेता है – वह उसे दबाता है और काल–परिवर्तक में कंपन होने लगता है, और फिर गतिविधि का तूफ़ान आ जाता है।

और इसके साथ मंच का रूप बदलने लगता है। दोनों लड़के इसकी ओर देखते हैं।

और रोशनी का एक भारी झोंका आता है। धमाके की आवाज़ें। और समय थम जाता है। और फिर यह घूमता है, थोड़ा सोचता है, और फिर पीछे की ओर जाने लगता है, पहलेपहल धीमे...

और फिर यह गति पकड़ लेता है।

अंक दो **दृश्य सात**

त्रिकोणीय जादूगरी टूर्नामेंट, अँधेरे जंगल का किनारा, 1994

अचानक हर चीज़ शोर में बदल जाती है, जब भीड़ एल्बस और स्कॉर्पियस को निगल लेती है।

और अचानक 'पृथ्वी के सबसे महान शोमैन' (उनके शब्द, हमारे नहीं) मंच पर हैं, उन्होंने ध्वनि–विस्तार मंत्र से अपनी आवाज़ ऊँची कर ली है, और... देखिए... उन्हें मज़ा आ रहा है।

लूडो बैगमैन

देवियो और सज्जनो, लड़को और लड़कियो, मैं आप सभी को – सबसे महान – सबसे शानदार – एक – और एकमात्र **त्रिकोणीय जादूगरी टूर्नामेंट** दे रहा हूँ।

एक ज़ोरदार हर्षध्वनि होती है।

अगर आप हॉगवट्र्स के हैं। तो मेरे लिए तालियाँ बजाएँ।

ज़ोरदार हर्षध्वनि होती है।

अगर आप डर्मस्ट्रैंग के हैं – तो मेरे लिए तालियाँ बजाएँ।

एक ज़ोरदार हर्षध्वनि होती है।

और अगर आप बाबैटन्स के हैं, तो मेरे लिए तालियाँ बजाएँ।

थोड़ी कमज़ोर हर्षध्वनि होती है।

वहाँ फ्रांसीसियों में उत्साह थोड़ा कम है।

स्कॉर्पियस *(मुस्कुराते हुए)*

इसने काम कर दिया है। ये लूडो बैगमैन हैं।

लूडो बैगमैन

और वे सभी यहाँ हैं। देवियो और सज्जनो – लड़को और लड़कियो – मैं आपके सामने पेश करता हूँ – जिसकी वजह से हम सब यहाँ हैं – **चैंपियन**। डर्मस्ट्रैंग के प्रतिनिधि, क्या भौंहें हैं, क्या चाल है, क्या लड़का है, ऐसा कुछ नहीं है जो वह अपनी जादुई झाड़ू पर नहीं कर सकता, यह विक्टर जुनूनी क्रम है।

स्कॉर्पियस और एल्बस *(जो अब सचमुच डर्मस्ट्रैंग के विद्यार्थी होने का नाटक करने लगे हैं)*

शाबाश जुनूनी क्रम। शाबाश जुनूनी क्रम।

लूडो बैगमैन

बाबैटन्स अकादमी से – फूलों जैसी फ्लर डेलाकोर है!

थोड़ी विनम्र करतल ध्वनि।

और हॉगवर्ट्स से एक नहीं, बल्कि दो विद्यार्थी हैं; जो सभी के दिलों पर राज करता है, वह सेडरिक सुंदर डिगोरी है।

भीड़ पगला जाती है।

और दूसरा – आप उसे जानते हैं वह लड़का जो ज़िंदा रहा, मैं उसे उस लड़के के रूप में जानता हूँ, जो हम सभी को हैरान करता रहता है...

एल्बस

मेरे डैडी।

लूडो बैगमैन

हाँ, यह हैरी बहादुर पॉटर है।

हर्षध्वनि होती है। ख़ास तौर पर भीड़ के कोने पर एक घबराई सी दिखने वाली लड़की ताली बजाती है – यह छोटी हर्माइनी है (जिसकी भूमिका रोज़ की भूमिका निभाने वाली अभिनेत्री निभा रही है)। यह स्पष्ट है कि हैरी के लिए हुई हर्षध्वनि सेडरिक के लिए हुई हर्षध्वनि से थोड़ी कम है।

और अब – कृपया सभी ख़ामोश हो जाएँ। पहला – काम मैं आपको बताता हूँ। सुनहरे अंडे को लाना। देवियो और सज्जनो,

लड़को और लड़कियो, मेरी बात सुनें – **मादा ड्रैगन** के घोंसले से। और **ड्रैगनों** का मार्गदर्शन कर रहे हैं – चार्ली वीज़्ली।

और हर्षध्वनि होती है।

छोटी हर्माइनी

अगर तुम्हें मेरे इतने क़रीब खड़े होना ही है, तो मैं चाहूँगी कि तुम मुझ पर इतनी ज़्यादा साँस मत छोड़ो।

स्कॉर्पियस

रोज़? तुम यहाँ क्या कर रही हो?

छोटी हर्माइनी

रोज़ कौन है? तुम्हारे लहज़े को क्या हुआ?

एल्बस *(बुरे लहज़े के साथ)*

माफ़ करना, हर्माइनी। उसने तुम्हें ग़लती से कोई और समझ लिया।

छोटी हर्माइनी

तुम्हें मेरा नाम कैसे मालूम?

लूडो बैगमैन

और अब बिना समय गँवाए हमें अपने पहले चैंपियन को सामने लाना है – जिनके सामने है स्वीडिश शॉर्ट–स्नाउट – **सेडरिक डिगोरी**!

ड्रैगन की गर्जना छोटी हर्माइनी *का ध्यान भटका देती है और* एल्बस *अपनी छड़ी तैयार रखता है।*

और सेडरिक डिगोरी मंच पर दाख़िल हो चुका है। और वह तैयार नज़र आता है। डरा हुआ लेकिन तैयार। वह इस तरफ़ बचता है। वह उस तरफ़ बचता है। जब वह सुरक्षा के लिए इधर–उधर होता है, तो लड़कियाँ आहें भरती हैं। वे एक सुर में चिल्लाती हैं : ड्रैगन महोदय हमारे डिगोरी को नुक़सान मत पहुँचाना।

स्कॉर्पियस *चिंतित नज़र आता है।*

स्कॉर्पियस

एल्बस, कुछ गड़बड़ हो रही है। काल–परिवर्तक हिलने लगा है।

टिकटिक जैसी आवाज़ आती है, एक लगातार, ख़तरनाक टिकटिक। यह काल–परिवर्तक से निकल रही है।

लूडो बैगमैन

और सेडरिक बाईं तरफ़ बचता है और दाईं तरफ़ गोता लगाता है – और वह अपनी छड़ी तैयार करता है – इस युवा, बहादुर, सुंदर लड़के की कमान में कौन सा तीर है –

एल्बस *(अपनी छड़ी उठाते हुए)*

निरस्त्र भव!

सेडरिक की छड़ी एल्बस के हाथ में पहुँच जाती है।

लूडो बैगमैन

– लेकिन नहीं, यह क्या हुआ? क्या यह काला जादू है या कोई बिलकुल ही अलग चीज़ है – सेडरिक डिगोरी निरस्त्र हो गया है –

स्कॉर्पियस

एल्बस, मैं सोचता हूँ कि काल–परिवर्तक – कोई चीज़ ग़लत हो गई है...

काल–परिवर्तक और भी तेज़ टिकटिक करने लगता है।

लूडो बैगमैन

डिगोरी के लिए सब कुछ गड़बड़ हो रहा है। यह उसके लिए इस काम का अंत हो सकता है। टूर्नामेंट का अंत।

स्कॉर्पियस एल्बस को जकड़ लेता है।

टिकटिक में तूफ़ान आ जाता है और एक कौंध चमकती है।

और समय वर्तमान पर लौट आता है, जबकि एल्बस दर्द में चिंघाड़ रहा है।

स्कॉर्पियस

एल्बस! क्या इससे तुम्हें चोट पहुँची? एल्बस, क्या तुम –

एल्बस

क्या हुआ?

स्कॉर्पियस

कोई सीमा ज़रूर होगी – काल–परिवर्तक में किसी तरह की *समय* सीमा होगी...

एल्बस

क्या तुम सोचते हो कि हमने यह कर दिया है? क्या तुम सोचते हो कि हमने कुछ बदल दिया है?

अचानक मंच पर चारों तरफ़ से चढ़ाई हो जाती है, जब हैरी, रॉन (जिसके बाल अब बग़ल से कढ़े हैं और जिसके कपड़ों का चयन ज़्यादा गंभीर हो गया है), जिनी और ड्रेको वहाँ आ जाते हैं। स्कॉर्पियस उन सभी को देखता है – और काल–परिवर्तक को अपनी जेब में खिसका लेता है। एल्बस उन सभी को थोड़ी सूनी निगाह से देखता है – वह काफ़ी दर्द में है।

रॉन

मैंने तुमसे कहा था। मैंने तुमसे कहा था कि मैंने उन्हें देखा था।

स्कॉर्पियस

मुझे लगता है कि हमें जल्द ही पता लग जाएगा।

एल्बस

हलो डैडी। क्या कोई गड़बड़ है?

हैरी अपने बेटे की तरफ़ अविश्वास से देखता है।

हैरी

हाँ। तुम यह कह सकते हो।

एल्बस फ़र्श पर गिर पड़ता है। हैरी और जिनी उसकी मदद करने के लिए दौड़ते हैं।

अंक दो दृश्य आठ

हॉगवर्ट्स, अस्पताल

एल्बस अस्पताल के पलंग पर सोया है। परेशानहाल हैरी उसके पास बैठा है। उनके ऊपर एक चिंतित, दयालु इंसान की तस्वीर है। तस्वीर उन दोनों पर सावधान निगाह रखे हुए है। हैरी अपनी आँखें मलता है, खड़ा होता है और कमरे में चारों ओर टहलता है, अपनी कमर सीधी करता है।

और फिर उसकी निगाहें तस्वीर से मिलती हैं। जो इस बात पर चौंक जाती है कि उसे देख लिया गया है। और हैरी भी आश्चर्य से पलटकर देखता है।

हैरी

प्रोफ़ेसर डम्बलडोर।

डम्बलडोर

गुड ईवनिंग, हैरी।

हैरी

मुझे आपकी कमी खलती है। कुछ समय से मैं जब भी हेडमिस्ट्रेस के ऑफ़िस गया हूँ, आपका फ़्रेम हमेशा ख़ाली मिला है।

डम्बलडोर

ओह देखो, मुझे कभी–कभार अपनी दूसरी तस्वीरों में जाना अच्छा लगता है। *(वे एल्बस को देखते हैं।)* क्या वह पूरी तरह ठीक हो जाएगा?

हैरी

वह चौबीस घंटे से बेहोश है, ज़्यादातर इसलिए ताकि मैडम पॉमफ़्री उसके हाथ को सही जोड़ सकें। वे कह रही थीं कि यह

सबसे अजीब चीज़ थी... ऐसा लग रहा था कि यह हाथ बीस साल पहले टूटा था और इसे 'सबसे विपरीत' दिशाओं में जमने की इजाज़त दी गई थी। वे कहती हैं कि वह ठीक हो जाएगा।

डम्बलडोर

मैं कल्पना कर सकता हूँ कि अपने बच्चे को दर्द में देखना बहुत मुश्किल होता है।

हैरी *ऊपर* डम्बलडोर *की तरफ़ देखता है और फिर नीचे* एल्बस *की ओर।*

हैरी

मैंने कभी नहीं पूछा कि जब मैंने उसका नाम आपके नाम पर रखा, तो आपको कैसा महसूस हुआ?

डम्बलडोर

सच कहूँ तो हैरी, यह बेचारे लड़के पर भारी बोझ रखने जैसा था।

हैरी

मुझे आपकी मदद चाहिए। मुझे आपकी सलाह चाहिए। बेन कहता है कि एल्बस ख़तरे में है। मैं अपने बेटे की रक्षा कैसे करूँ, डम्बलडोर?

डम्बलडोर

तुम मुझसे पूछते हो कि भयंकर ख़तरे से किसी लड़के की रक्षा कैसे करो? हम युवाओं को नुक़सान से सुरक्षित नहीं रख सकते। दर्द तो युवाओं की तक़दीर में होता है।

हैरी

तो मैं बस खड़ा-खड़ा देखता रहूँ?

डम्बलडोर

नहीं। तुम्हें उसे सिखाना चाहिए कि ज़िंदगी का सामना कैसे करना है।

हैरी

कैसे? वह सुनता ही नहीं है।

डम्बलडोर

शायद वह इंतज़ार कर रहा है कि तुम उसे स्पष्टता से देख लो।

हैरी त्योरियाँ चढ़ाता है और इसे पचाने की कोशिश करता है।

(संवेदनशीलता के साथ।) यह एक तस्वीर का शाप और वरदान है... बातें सुनना। स्कूल में, मंत्रालय में, मैं लोगों की बातें सुनता हूँ...

हैरी

मेरे बेटे और मेरे बारे में क्या गप्प हाँकी जा रही है?

डम्बलडोर

गप्प नहीं। चिंता। कि तुम दोनों में अनबन है। कि वह ज़िद्दी है। कि वह तुमसे नाराज़ है। मुझे यह लगने लगा है कि – शायद – उसके प्रेम में तुम अंधे हो गए हो।

हैरी

अंधा?

डम्बलडोर

हैरी, तुम्हें उसे उसी तरह देखना चाहिए, जैसा वह है। तुम्हें यह देखना चाहिए कि उसे किस चीज़ से चोट पहुँच रही है।

हैरी

क्या मैंने उसे उस तरह नहीं देखा, जैसा वह है? मेरे बेटे को कौन सी चीज़ चोट पहुँचा रही है? *(वह सोचता है।)* या फिर कोई व्यक्ति मेरे बेटे को चोट पहुँचा रहा है?

एल्बस *(अपनी नींद में बड़बड़ाता है)*

डैडी...

हैरी

यह काला बादल, यह कोई व्यक्ति है, है ना? कोई चीज़ नहीं है?

डम्बलडोर

सच कहूँ, तो क्या अब मेरी राय मायने रखती है? मैं बस रंग और स्मृति हूँ, हैरी, रंग और स्मृति। और मेरा कभी कोई बेटा नहीं था।

हैरी

लेकिन मुझे आपकी सलाह की ज़रूरत है।

एल्बस

डैडी?

हैरी एल्बस की तरफ़ देखता है और फिर पलटकर डम्बलडोर की तरफ़। लेकिन डम्बलडोर जा चुके हैं।

हैरी

नहीं, अब आप कहाँ चले गए?

एल्बस

हम अस्पताल में हैं?

हैरी अपना ध्यान दोबारा एल्बस की ओर मोड़ता है।

हैरी *(व्याकुल)*

हाँ। और तुम – तुम अच्छे हो जाओगे। मैडम पॉमफ़्री को समझ नहीं आया कि जल्दी ठीक होने के लिए तुम्हें क्या खाने की सलाह दें, इसलिए उन्होंने कह दिया कि तुम्हें बहुत सारी चॉकलेट खानी चाहिए। दरअसल मैं भी कुछ चॉकलेट खा लूँ, तो अच्छा होगा? मुझे तुम्हें कुछ बताना है और मैं नहीं सोचता कि यह तुम्हें पसंद आएगा।

एल्बस अपने डैडी की तरफ़ देखता है, उन्हें क्या कहना है? वह निर्णय लेता है कि लड़ाई नहीं करेगा।

एल्बस

ठीक है। मैं सोचता हूँ।

हैरी थोड़ी चॉकलेट लेता है। वह एक बड़ा टुकड़ा खाता है। एल्बस दुविधा में अपने डैडी को देखता है।

बेहतर?

हैरी

काफ़ी।

वह चॉकलेट अपने बेटे की ओर बढ़ाता है। एल्बस एक टुकड़ा लेता है। पिता–पुत्र साथ–साथ चॉकलेट खाते हैं।

अब हाथ कैसा महसूस होता है?

एल्बस अपना हाथ मोड़ता है।

एल्बस

बेहतरीन महसूस होता है।

हैरी *(नरमी से)*

तुम कहाँ गए थे, एल्बस? मैं तुम्हें बता नहीं सकता कि इससे हम पर क्या गुज़री – तुम्हारी मम्मी तो चिंता के मारे पगला गई थीं...

एल्बस ऊपर देखता है, वह एक नंबर का झूठा है।

एल्बस

हमने तय किया कि हम स्कूल नहीं जाएँगे। हमने सोचा कि हम नए सिरे से शुरुआत कर सकते हैं – मगलू संसार में – हमें पता चला कि हम ग़लत थे। हम हॉगवट्र्स लौट ही रहे थे, तभी हम आपको मिल गए।

हैरी

डर्मस्ट्रैंग के चोगों में?

एल्बस

चोगे ही तो... पूरी चीज़ थे – स्कॉर्पियस और मैंने – हमने नहीं सोचा।

हैरी

और क्यों... तुम भागे क्यों थे? मेरे कारण? मैंने जो कहा था, उसके कारण?

एल्बस

मैं नहीं जानता। हॉगवट्र्स दरअसल ख़ास सुखद जगह नहीं है, अगर आप इसके अनुरूप न हों।

हैरी

और क्या स्कॉर्पियस ने तुम्हें भागने के लिए – प्रोत्साहित किया था?

एल्बस

स्कॉर्पियस ने? नहीं तो।

हैरी एल्बस की तरफ़ देखता है, उसके आस–पास किसी काले बादल को देखने की कोशिश करता है, गहराई से सोचता है।

हैरी

मैं चाहता हूँ कि तुम स्कॉर्पियस मैल्फ़ॉय से दूर रहो।

एल्बस

क्या? स्कॉर्पियस से?

हैरी

मैं नहीं जानता कि तुम दोनों दोस्त बने ही कैसे, लेकिन तुम बन गए – और अब – मैं चाहता हूँ कि –

एल्बस

मेरा सबसे अच्छा दोस्त? मेरा इकलौता दोस्त?

हैरी

वह ख़तरनाक है।

एल्बस

स्कॉर्पियस? ख़तरनाक? क्या आप उससे मिले हो? डैडी, अगर आप सचमुच सोचते हैं कि वह वोल्डेमॉर्ट का बेटा है –

हैरी

मैं नहीं जानता कि वह कौन है, मैं तो बस इतना जानता हूँ कि तुम्हें उससे दूर रहना चाहिए। बेन ने मुझे बताया है –

एल्बस

बेन कौन है?

हैरी

एक सेनटॉर, जिसके पास भविष्यवाणी का अच्छा हुनर है। उसने कहा कि तुम्हारे आस–पास एक काला बादल है और –

एल्बस

एक काला बादल?

हैरी

और मेरे पास यह मानने का बहुत अच्छा कारण है कि काले जादू का दोबारा उदय हो रहा है और मुझे तुम्हें उससे सुरक्षित रखना है। उससे सुरक्षित रखना। स्कॉर्पियस से सुरक्षित रखना।

एल्बस *पल भर को झिझकता है और फिर उसका चेहरा तन जाता है।*

एल्बस

और अगर मैं ऐसा न करूँ? उससे दूर न रहूँ?

हैरी *अपने बेटे की तरफ़ देखता है, तेज़ी से सोचता है।*

हैरी

एक नक़्शा है। इसका इस्तेमाल वे लोग करते थे, जो प्रतिबंधित चीज़ें करना चाहते थे। अब हम इसका इस्तेमाल तुम पर निगाह रखने – हमेशा निगाह रखने के लिए करेंगे। प्रोफ़ेसर मैक्गॉनेगल तुम्हारी हर गतिविधि पर नज़र रखेंगी। जब भी तुम दोनों एक साथ दिखोगे – तो वे तुरंत वहाँ आ जाएँगी – जब भी तुम हॉगवर्ट्स से बाहर जाने की कोशिश करोगे – वे तुरंत आ जाएँगी। मैं उम्मीद करता हूँ कि तुम अपनी कक्षाओं में जाओगे, जिनमें से एक भी स्कॉर्पियस के साथ नहीं लगेंगी और बाक़ी समय तुम गरुड़द्वार के हॉल में रहोगे!

एल्बस

आप मुझे गरुड़द्वार में नहीं भेज सकते! मैं नागशक्ति में हूँ!

हैरी

एल्बस, खेल मत खेलो, तुम जानते हो कि तुम किस हाउस में हो। अगर उन्हें तुम स्कॉर्पियस के साथ दिखे – तो मैं तुम्हें एक मंत्र से ठीक कर दूँगा – जिससे मुझे तुम्हारी हर गतिविधि, हर बातचीत देखने–सुनने की अनुमति मिल जाएगी। इस दौरान मेरे विभाग में उसके असली पिता के बारे में जाँच शुरू हो जाएगी।

एल्बस *(रोते हुए)*

लेकिन डैडी – आप ऐसा नहीं कर सकते – यह ठीक नहीं...

हैरी

काफ़ी समय से मैं सोचता था कि मैं तुम्हारा पर्याप्त अच्छा पिता नहीं हूँ, क्योंकि तुम मुझे पसंद नहीं करते हो। अभी–अभी मुझे इस बात का अहसास हुआ है कि इस बात की कोई ज़रूरत नहीं है कि तुम मुझे पसंद करो। मुझे तो इस बात की ज़रूरत है कि तुम मेरा कहना मानो, क्योंकि मैं तुम्हारा पिता हूँ और मैं ज़्यादा जानता हूँ। मुझे अफ़सोस है, एल्बस। अब इसी तरीक़े से काम होगा।

अंक दो **दृश्य नौ**

हॉगवर्ट्स, सीढ़ियाँ

एल्बस हैरी *के पीछे मंच पर चलता है।*

एल्बस

अगर मैं भाग गया, तो? मैं भाग जाऊँगा।

हैरी

एल्बस, बिस्तर पर जाओ।

एल्बस

मैं दोबारा भाग जाऊँगा।

हैरी

नहीं। तुम नहीं भागोगे।

एल्बस

मैं भागूँगा – और इस बार मैं यह सुनिश्चित कर लूँगा कि रॉन अंकल हमें न खोज पाएँ।

रॉन

किसी ने मेरा नाम लिया?

> रॉन *एक सीढ़ी पर दाख़िल होता है, उसकी बग़ल से निकली माँग अब अति–आक्रामक है, उसके चोगे थोड़े छोटे हैं, उसके कपड़े अब प्रभावशाली अंदाज़ में गंभीर हैं।*

एल्बस

रॉन अंकल! डम्बलडोर का शुक्र है। अगर आपके किसी मज़ाक़ की कभी ज़रूरत थी, तो इसी समय है...

रॉन त्योरी चढ़ाता है, वह दुविधा में है।

रॉन

मज़ाक़? मुझे मज़ाक़ करना नहीं आता।

एल्बस

कैसे नहीं आता? आप तो जोक शॉप चलाते हैं।

रॉन *(अब बहुत ज़्यादा दुविधा में)*

जोक शॉप? देखो। मुझे ख़ुशी है कि मैंने तुम्हें खोज लिया... मैं थोड़ी टॉफ़ियाँ लेने जा रहा था – एक तरह से, जल्दी स्वस्थ होने की शुभकामना की, लेकिन ओह... दरअसल पद्मा – वह चीज़ों के बारे में – मुझसे ज़्यादा गहराई से सोचती है – और उसने सोचा, ज़्यादा अच्छा यह रहेगा कि तुम्हें स्कूल के लिए कोई उपयोगी चीज़ दी जाए। इसलिए हम तुम्हें – क़लमों का एक सेट दे रहे हैं। हाँ। हाँ। हाँ। इनकी तरफ़ देखो। शानदार हैं।

एल्बस

पद्मा कौन है?

हैरी एल्बस *को त्योरी चढ़ाकर देखता है।*

हैरी

तुम्हारी आंटी।

एल्बस

मेरी आंटी का नाम पद्मा है?

रॉन

(हैरी से) लगता है इसके दिमाग़ पर चकरघिन्नी सम्मोहन कर दिया गया है, है ना? *(एल्बस से)* मेरी पत्नी है पद्मा। तुम्हें याद है। तुम्हारे चेहरे के थोड़े ज़्यादा क़रीब से बात करती है, थोड़ी पिपरमिंट जैसी ख़ुशबू आती है। *(झुकता है।)* पद्मा, पंजू की माँ! *(हैरी से।)* इसीलिए तो मैं यहाँ पर हूँ, पंजू के कारण। वह एक बार फिर मुश्किल में फँस गया है। मैं तो बस एक भोंपू भेजना चाहता था, लेकिन पद्मा इस बात पर अड़ गई कि मैं ख़ुद यहाँ आऊँ। मैं नहीं जानता कि क्यों। वह बस मुझ पर हँसता है।

एल्बस

लेकिन... आपकी शादी तो हर्माइनी से हुई है।

अंतराल। रॉन को यह बात ज़रा भी समझ नहीं आती है।

रॉन

हर्माइनी से? नहीं। नहींहींहीं। मर्लिन की दाढ़ी।

हैरी

एल्बस तो यह भी भूल गया है कि उसे गरुड़द्वार में चुना गया था। बहुत आरामदेह।

रॉन

हाँ देखो, अफ़सोस है, लेकिन तुम गरुड़द्वार में हो।

एल्बस

लेकिन मुझे गरुड़द्वार में चुना कैसे गया?

रॉन

तुम्हें याद नहीं है, तुम्हीं ने तो चुनने वाली टोपी को इसके लिए मनाया था? पंजू ने तुमसे शर्त लगाई थी कि तुम गरुड़द्वार में नहीं जा सकते, चाहे तुम अपनी जान की बाज़ी लगा दो, इसलिए तुमने उसे नीचा दिखाने के लिए गरुड़द्वार को चुना। मैं तुम्हें दोष नहीं देता हूँ, *(शुष्कता से)* हम सभी कई बार उसके चेहरे की मुस्कान मिटाना चाहेंगे, है ना? *(दहशत में।)* मेहरबानी करके पद्मा को मत बताना कि मैंने ऐसा बोला था।

एल्बस

पंजू कौन है?

रॉन *और* हैरी एल्बस *को घूरते हैं।*

रॉन

बेड़ा गर्क हो, तुम वाक़ई होशोहवास में नहीं हो! वैसे भी जाना बेहतर है, इससे पहले कि मुझे कोई भोंपू मिले।

वह लड़खड़ाते हुए चलता है। वह रत्ती भर भी वैसा नहीं है, जैसा पहले था।

एल्बस

लेकिन यह तो... कुछ समझ नहीं आ रहा है।

हैरी

एल्बस, तुम जो भी नाटक कर रहे हो, वह कारगर नहीं हो रहा है। मैं अपना फ़ैसला नहीं बदलूँगा।

एल्बस

डैडी, आपके पास बस दो ही विकल्प हैं, या तो आप मुझे –

हैरी

नहीं, दो विकल्प तो तुम्हारे पास हैं, एल्बस। या तो तुम यह करो या फिर तुम गहरी – ज़्यादा गहरी – मुश्किल में फँस जाओगे, समझ गए?

स्कॉर्पियस *सीढ़ियों के दूसरे हिस्से पर प्रकट होता है। वह जब* एल्बस *को देखता है तो ख़ुश हो जाता है।*

स्कॉर्पियस

एल्बस? तुम ठीक हो। यह ज़बर्दस्त है।

हैरी स्कॉर्पियस *के पास से होकर उपेक्षापूर्ण अंदाज़ में चला जाता है।*

हैरी

वह पूरी तरह ठीक हो गया है। और हमें जाना है।

एल्बस स्कॉर्पियस *को देखता है और उसका दिल टूट जाता है। वह* स्कॉर्पियस *की हताशा भरी निगाह को नज़रअंदाज़ करते हुए अपने डैडी के पीछे चलता है।*

स्कॉर्पियस

तुम मुझसे नाराज़ हो? हो क्या रहा है?

एल्बस *रुकता है और* स्कॉर्पियस *की तरफ़ मुड़ता है।*

एल्बस

क्या यह कामयाब रहा? क्या इसमें से कुछ भी कामयाब रहा?

स्कॉर्पियस

नहीं... लेकिन, एल्बस –

हैरी

एल्बस। तुम पहेलियों में जो भी बक–बक कर रहे हो, उसे बंद कर दो, अभी। यह तुम्हारी आख़िरी चेतावनी है।

एल्बस अपने डैडी और अपने दोस्त के बीच बँट जाता है।

एल्बस

मैं नहीं कर सकता, ठीक है?

स्कॉर्पियस

तुम क्या नहीं कर सकते?

एल्बस

बस – हम एक–दूसरे के बिना ही ज़्यादा अच्छे रहेंगे, ठीक है?

स्कॉर्पियस एल्बस के पीछे से उसे जाते देखता रहता है। बेहद दुखी।

अंक दो **दृश्य दस**

हॉगवर्ट्स, हेडमिस्ट्रेस का ऑफ़िस

प्रोफ़ेसर मैक्गॉनेगल *बहुत दुखी हैं,* हैरी *उद्देश्यपूर्ण है,* जिनी *को पक्का नहीं पता कि उसे कैसा होना चाहिए।*

प्रोफ़ेसर मैक्गॉनेगल

मेरे ख़्याल से मानचित्र मंथन नक़्शे को इस तरह इस्तेमाल करने के लिए नहीं बनाया गया था।

हैरी

अगर आप उन दोनों को इकट्ठे देखें, तो फटाफट उनके पास पहुँचें और उन्हें तुरंत अलग कर दें।

प्रोफ़ेसर मैक्गॉनेगल

हैरी, क्या तुम्हें यक़ीन है कि यह सही निर्णय है? हालाँकि सेनटॉर्स की बुद्धिमत्ता पर शंका करने का कोई सवाल नहीं है, लेकिन बेन बहुत ही गुस्सैल है और ... हो सकता है कि उसने ग्रह–नक्षत्रों के नाम पर अपना उल्लू सीधा कर लिया हो।

हैरी

मुझे बेन पर भरोसा है। एल्बस को स्कॉर्पियस से दूर रहना ही होगा। उसकी ख़ातिर और दूसरों की ख़ातिर।

जिनी

मेरे ख़्याल से हैरी का मतलब यह है कि...

हैरी *(दोटूक स्वर में)*

प्रोफ़ेसर जानती हैं कि मेरा क्या मतलब है।

जिनी हैरी को देखती है। वह हैरान है कि वह उससे इस तरह बात कर रहा है।

प्रोफ़ेसर मैक्गॉनेगल

देश के सबसे बड़े जादूगरों तथा जादूगरनियों ने एल्बस की जाँच कर ली है और किसी को भी कोई जादू या शाप नहीं मिला।

हैरी

और डम्बलडोर – डम्बलडोर ने कहा था –

प्रोफ़ेसर मैक्गॉनेगल

क्या?

हैरी

उनकी तस्वीर ने। हमारी बात हुई थी। उन्होंने कुछ बातें कही थीं, जो समझदारी भरी लग रही थीं –

प्रोफ़ेसर मैक्गॉनेगल

डम्बलडोर मर चुके हैं, हैरी। और मैं तुम्हें पहले भी बता चुकी हूँ कि तस्वीरें उनके सजीव रूपों की आधी भी नहीं होती हैं।

हैरी

उन्होंने कहा था कि प्रेम ने मुझे अंधा कर दिया था।

प्रोफ़ेसर मैक्गॉनेगल

हेडमास्टर की तस्वीर बस एक यादगार है। यह मेरे निर्णयों के लिए सिर्फ़ एक समर्थन तंत्र है। जब मैंने यह पद सँभाला था, तो मुझे सलाह दी गई थी कि मैं तस्वीर को इंसान मानने की ग़लती न करूँ। और तुम्हें भी यही सलाह दी जानी चाहिए।

हैरी

लेकिन उनकी बात सही थी। मुझे अब समझ में आ रहा है।

प्रोफ़ेसर मैक्गॉनेगल

हैरी, तुम बहुत दबाव में रहे हो, एल्बस का लापता होना, उसकी तलाश, यह डर कि तुम्हारे निशान में होने वाले दर्द का क्या कारण है। लेकिन मेरी बात पर यक़ीन करो, तुम एक ग़लती कर रहे हो –

हैरी

एल्बस मुझे पहले भी पसंद नहीं करता था। शायद वह अब भी मुझे पसंद नहीं करेगा। लेकिन वह सुरक्षित रहेगा। बेहद सम्मान के साथ कहना चाहूँगा, मिनर्वा – आपके बच्चे नहीं हैं –

जिनी

हैरी!

हैरी

–इसलिए आप नहीं समझेंगी।

प्रोफ़ेसर मैक्गॉनेगल *(बहुत आहत)*

मुझे लगता है कि शिक्षक के पेशे में ज़िंदगी गुज़ारने के बाद –

हैरी

यह नक़्शा आपको हर पल की ख़बर देगा कि मेरा बेटा कहाँ है – मुझे उम्मीद है कि आप इसका इस्तेमाल करेंगी। और अगर मैंने सुना कि आप ऐसा नहीं करती हैं – तो मैं अपनी पूरी ताकत से इस स्कूल पर हल्ला बोल दूँगा – मंत्रालय की पूरी शक्ति के साथ – क्या आप समझ गईं?

प्रोफ़ेसर मैक्गॉनेगल *(इस अति कटु धमकी से चकराई हुईं)*

पूरी तरह से।

जिनी हैरी *को देखती है, हैरान है कि वह कैसा व्यवहार कर रहा है।* हैरी *पलटकर नहीं देखता है।*

अंक दो **दृश्य ग्यारह**

हॉगवर्ट्स, गुप्त कलाओं से रक्षा की क्लास

एल्बस *क्लास में दाख़िल होता है, थोड़े असमंजस में।*

हर्माइनी

ओह हाँ। हमारे ट्रेन के भगोड़े। आख़िरकार हमारे बीच आ गए।

एल्बस

हर्माइनी?

वह भौंचक्का दिखता है। हर्माइनी *क्लास के सामने खड़ी है।*

हर्माइनी

पॉटर, मेरे ख़्याल से मेरा नाम प्रोफ़ेसर ग्रेंजर है।

एल्बस

आप यहाँ क्या कर रही हो?

हर्माइनी

पढ़ा रही हूँ। अपने पापों का प्रायश्चित कर रही हूँ। तुम यहाँ क्या कर रहे हो? मुझे उम्मीद है कि पढ़ रहे हो।

एल्बस

लेकिन आप तो... आप तो... जादू मंत्री हैं।

हर्माइनी

एक बार फिर से सपने देखने लगे, पॉटर? आज हम पितृदेव सम्मोहन पढ़ने वाले हैं।

एल्बस *(चकित)*

आप हमारी गुप्त कलाओं से रक्षा की शिक्षक हैं?

विद्यार्थी खी–खी करने लगते हैं।

हर्माइनी

अब मेरा धीरज जवाब दे रहा है। मूर्खता के लिए गरुड़द्वार के दस पॉइंट काटे जाते हैं।

पॉली चैपमैन *(तिरस्कार से भरी हुई, खड़ी होती है)*

नहीं। नहीं। वह जान–बूझकर कर ऐसा रहा है। वह गरुड़द्वार से नफ़रत करता है और हर कोई यह बात जानता है।

हर्माइनी

पॉली चैपमैन, बैठ जाओ, वरना स्थिति और बिगड़ जाएगी। (पॉली *आह भरती है और फिर बैठ जाती है।)* और मैं सुझाव देती हूँ एल्बस कि तुम भी उसके साथ बैठ जाओ। और इस नाटक को ख़त्म करो।

एल्बस

लेकिन आप इतनी ओछी नहीं हैं।

हर्माइनी

और गरुड़द्वार के बीस पॉइंट काटे जाते हैं, ताकि एल्बस पॉटर को विश्वास हो जाए कि मैं इतनी ही ओछी हूँ।

यैन फ़्रेडरिक

एल्बस, अगर तुम इसी समय नहीं बैठे तो...

एल्बस *बैठ जाता है।*

एल्बस

क्या मैं कुछ कह सकता हूँ –

हर्माइनी

नहीं, तुम कुछ नहीं कह सकते। बस चुप रहो पॉटर, वरना तुम्हारे पास जो सीमित लोकप्रियता है, वह भी ख़त्म हो जाएगी। अब कौन मुझे बता सकता है कि पितृदेव क्या होता है? नहीं? एक भी नहीं। तुम्हारी क्लास तो सचमुच बहुत निराशाजनक है।

हर्माइनी *के होंठो पर पतली मुस्कान आती है। वह वाक़ई काफ़ी ओछी दिख रही है।*

एल्बस

नहीं। यह मूर्खतापूर्ण है। रोज़ कहाँ है? वह आपको बता देगी कि आप बकवास काम कर रही हैं।

हर्माइनी

रोज़ कौन है? तुम्हारी अदृश्य मित्र?

एल्बस

रोज़ ग्रेंजर–वीज़्ली! आपकी बेटी! *(उसे अहसास होता है।)* मगर. .. चूँकि आपकी और रॉन की शादी नहीं हुई है, इसलिए रोज़ –

खी–खी दोबारा होती है।

हर्माइनी

तुम्हारी यह जुर्रत! गरुड़द्वार के पचास पॉइंट काटे जाते हैं। और मैं तुम्हें आश्वस्त करती हूँ कि अगर किसी ने मुझे दोबारा टोका, तो अबकी बार सौ पॉइंट कट जाएँगे...

वह कमरे में घूरती है। कोई भी ज़रा सी भी हरकत नहीं करता है।

अच्छी बात है। पितृदेव एक जादुई सम्मोहन है। यह आपकी सबसे सकारात्मक भावनाओं का प्रक्षेपण है और यह उस पशु का आकार लेता है, जिसके साथ आपकी सबसे गहरी समानता होती है। यह प्रकाश का उपहार है। अगर आप पितृदेव उत्पन्न कर सकते हैं, तो आप संसार से अपनी रक्षा कर सकते हैं। और हममें से कुछ के मामले में इसकी आवश्यकता देर से नहीं, जल्दी ही पड़ सकती है।

अंक दो **दृश्य बारह**

हॉगवर्ट्स, सीढ़ियाँ

एल्बस सीढ़ियों पर ऊपर चलकर जाता है। चारों तरफ़ देखता है।

उसे कोई चीज़ नहीं दिखती है। वह चला जाता है। सीढ़ियाँ लगभग नृत्य करते हुए चलती हैं।

स्कॉर्पियस उसके पीछे प्रवेश करता है। उसे लगता है कि उसने एल्बस को देखा है, फिर उसे अहसास होता है कि वह वहाँ नहीं है।

वह फ़र्श पर निढाल बैठ जाता है, सीढ़ी चारों ओर चलती है।

मैडम हूच प्रवेश करती हैं और सीढ़ी पर ऊपर जाती हैं। ऊपर पहुँच कर वे स्कॉर्पियस को चलने का इशारा करती हैं।

वह ऐसा ही करता है। और वह झुका हुआ है – उसका निराशाजनक अकेलापन स्पष्ट है।

एल्बस प्रवेश करता है और एक सीढ़ी पर ऊपर जाता है।

स्कॉर्पियस प्रवेश करता है और दूसरी सीढ़ी पर ऊपर जाता है।

सीढ़ियाँ मिलती हैं। दोनों लड़के एक–दूसरे की तरफ़ देखते हैं।

पराजित और आशावादी – एक साथ।

और फिर एल्बस दूर देखता है और पल टूट जाता है और इसके साथ ही, संभवतः दोस्ती भी।

और अब सीढ़ियाँ अलग हो जाती हैं – दोनों एक–दूसरे की तरफ़ देखते हैं – एक ग्लानि से भरा – दूसरा दर्द से भरा – दोनों ही दुखी।

अंक दो **दृश्य तेरह**

हैरी और जिनी पॉटर का घर, किचन

जिनी *और* हैरी *एक–दूसरे को सतर्क निगाहों से देखते हैं। उनमें बहस होना तय है और दोनों ही यह बात जानते हैं।*

हैरी

यही सही निर्णय है।

जिनी

तुम्हें इस बात का पूरा विश्वास है।

हैरी

तुमने मुझसे कहा था कि मैं उसके साथ ईमानदार बनूँ, लेकिन दरअसल मुझे ख़ुद के साथ ईमानदार बनने की ज़रूरत थी, उस बात पर भरोसा करने की ज़रूरत थी, जो मेरा दिल मुझसे कह रहा था...

जिनी

हैरी, तुम्हारे पास अब तक के जादूगरों में सबसे अच्छा दिल है और मुझे यक़ीन नहीं है कि तुम्हारे दिल ने तुमसे यह करने को कहा था।

उन्हें दरवाज़े पर दस्तक सुनाई देती है।

दरवाज़े ने बचा लिया।

वह बाहर जाती है।

एक पल बाद ड्रेको *प्रवेश करता है, क्रोध से भरा, लेकिन वह इसे अच्छी तरह छिपा रहा है।*

ड्रेको

मैं ज़्यादा देर नहीं रुक सकता। मुझे ज़्यादा समय की ज़रूरत नहीं है।

हैरी

मैं क्या मदद कर सकता हूँ?

ड्रेको

मैं यहाँ तुम्हें विरोधी बनाने नहीं आया हूँ। लेकिन मेरा बेटा आँसुओं में डूबा है और मैं उसका पिता हूँ, इसलिए मैं यहाँ तुमसे पूछने आया हूँ कि तुम दो अच्छे दोस्तों को एक–दूसरे से दूर क्यों रख रहे हो।

हैरी

मैं उन्हें दूर नहीं रख रहा हूँ।

ड्रेको

तुमने स्कूल के टाइमटेबल बदल दिए, तुमने दोनों के शिक्षकों और एल्बस को धमकी दी है। क्यों?

हैरी *सावधानी से ड्रेको को देखता है और फिर मुड़ जाता है।*

हैरी

मुझे अपने बेटे की रक्षा करनी है।

ड्रेको

स्कॉर्पियस से?

हैरी

बेन ने मुझे बताया है कि वह मेरे बेटे के आस–पास अंधकार महसूस कर रहा है। मेरे बेटे के पास।

ड्रेको

तुम्हारे कहने का मतलब क्या है, पॉटर?

हैरी *मुड़ता है और ड्रेको को सीधे उसकी आँखों में झाँकता है।*

हैरी

क्या तुम्हें यक़ीन है... क्या तुम्हें पूरा यक़ीन है कि वह तुम्हारा ही बेटा है, ड्रेको?

घातक ख़ामोशी छा जाती है।

ड्रेको

अपने शब्द वापस लो... इसी समय।

लेकिन हैरी अपने शब्द वापस नहीं लेता। इस पर ड्रेको अपनी छड़ी बाहर निकाल लेता है।

हैरी

तुम यह नहीं करना चाहते।

ड्रेको

मैं चाहता हूँ।

हैरी

मैं तुम्हें चोट नहीं पहुँचाना चाहता, ड्रेको।

ड्रेको

कितनी दिलचस्प बात है, क्योंकि मैं तुम्हें चोट पहुँचाना चाहता हूँ।

दोनों आमने–सामने आते हैं। और फिर अपनी छड़ियाँ निकालते हैं।

ड्रेको और हैरी

निरस्त्र भव!

उनकी छड़ियाँ विकर्षित करती हैं और फिर अलग हो जाती हैं।

ड्रेको

धूम्रबंधन!

हैरी ड्रेको *की छड़ी से हुए धमाके से बचता है।*

हैरी

पगनर्तन!

ड्रेको ख़ुद को रास्ते से दूर फेंकता है।

हैरी

तुम्हारा अभ्यास लगातार चालू है, ड्रेको।

ड्रेको

और तुम्हारा अभ्यास छूट गया है, पॉटर। वृहददंतो!

हैरी *आख़िरी पल रास्ते से हटने में कामयाब हो जाता है।*

हैरी

गुदगुदीहास्यम्!

धमाके को रोकने के लिए ड्रेको एक कुर्सी का इस्तेमाल करता है।

ड्रेको

पृष्ठगमनो!

हैरी *हवा में घूमता हुआ जाता है।* ड्रेको *हँसता है।*

करते रहो, बुजुर्ग आदमी।

हैरी

हम एक ही उम्र के हैं, ड्रेको।

ड्रेको

लेकिन मैंने ख़ुद को ज़्यादा चुस्त रखा है।

हैरी

शरीरबंधन!

ड्रेको *कसकर बँध जाता है।*

ड्रेको

क्या तुम बस इतना ही कर सकते हो? मुक्तो!

ड्रेको *ख़ुद के बंधन खोल लेता है।*

उलट–पलट!

हैरी *को रास्ते से हटने के लिए छलाँग लगानी पड़ती है।*

उच्छलदेह! ओह, यह बहुत ही मज़ेदार है...

ड्रेको हैरी को टेबल पर ऊपर–नीचे उछालता है। और फिर जब हैरी लुढ़कने लगता है, तो ड्रेको कूदकर टेबल पर पहुँच जाता है– अपनी छड़ी तैयार करता है, लेकिन जब वह ऐसा करता है, तो हैरी एक मंत्र मार देता है...

हैरी

चक्षुबंधनो!

ड्रेको पर जैसे ही मंत्र पड़ता है, वह अपनी आँखों की पट्टी जादू से खोल लेता है।

दोनों आमने–सामने आते हैं – हैरी कुर्सी फेंकता है।

ड्रेको नीचे झुक जाता है और अपनी छड़ी से कुर्सी को धीमा कर देता है।

जिनी

मैं इस कमरे से सिर्फ़ तीन मिनट पहले गई थी!

वह किचन के झमेले को देखती है। वह हवा में झूलती कुर्सियों को देखती है। वह अपनी छड़ी से उन्हें दोबारा फ़र्श पर आने का संकेत करती है।

(शुष्क से भी शुष्क लहज़े में।) मैं क्या नहीं देख पाई?

अंक दो **दृश्य चौदह**

हॉगवर्ट्स, सीढ़ियाँ

स्कॉर्पियस *दुखी मन से सीढ़ियाँ उतरता है।*

डेल्फ़ी तेज़ी से चलती हुई दूसरी तरफ़ से अंदर आती है।

डेल्फ़ी

तो – तकनीकी दृष्टि से – मुझे यहाँ नहीं होना चाहिए।

स्कॉर्पियस

डेल्फ़ी?

डेल्फ़ी

दरअसल तकनीकी दृष्टि से मैं हमारे अभियान को जोखिम में डाल रही हूँ... जो मैं आम तौर पर... देखो, तुम यह बात जानते हो कि मैं स्वभाव से जोखिम लेने वालों में से नहीं हूँ। मैं कभी हॉगवर्ट्स में नहीं रही हूँ। यहाँ की सुरक्षा काफ़ी ढीली है, है ना? और इतनी सारी तस्वीरें हैं। और गलियारे। और भूत! एक अजीब से दिखने वाले आधे सिरकटे भूत ने मुझे बताया कि तुम कहाँ मिल सकते हो, क्या तुम इस बात पर यक़ीन कर सकते हो?

स्कॉर्पियस

तुम कभी हॉगवर्ट्स नहीं आई थीं?

डेल्फ़ी

मैं बचपन में – कुछ सालों तक – बीमार रही थी। दूसरे लोग यहाँ आए थे – मैं नहीं आ पाई।

स्कॉर्पियस

तुम बहुत बीमार थीं? अफ़सोस है, मुझे यह बात पता नहीं थी।

डेल्फ़ी

मैं इस बात का विज्ञापन नहीं करती हूँ – देखो, मैं चाहती हूँ कि मुझे बेचारा न माना जाए।

यह बात स्कॉर्पियस को समझ आ जाती है। वह कुछ कहने के लिए ऊपर देखता है, लेकिन डेल्फ़ी अचानक नीचे झुककर ओझल हो जाती है, जब एक विद्यार्थी पास से गुज़रता है। स्कॉर्पियस विद्यार्थी के गुज़रने तक सामान्य दिखने की कोशिश करता है।

क्या वे चले गए?

स्कॉर्पियस

डेल्फ़ी, शायद तुम्हारा यहाँ रहना बहुत ख़तरनाक है –

डेल्फ़ी

देखो – किसी न किसी को तो इस बारे में कुछ करना होगा।

स्कॉर्पियस

डेल्फ़ी, इसमें से कुछ भी कारगर नहीं रहा। काल–परिवर्तक के बावजूद हम समय को नहीं बदल पाए।

डेल्फ़ी

मुझे पता है। एल्बस ने मुझे उल्लू भेज दिया था। इतिहास की पुस्तकें बदलीं ज़रूर, लेकिन पर्याप्त नहीं – सेडरिक अब भी मरा हुआ है। दरअसल पहले काम की नाकाम कोशिश ने उसे दूसरे काम में जीतने के लिए ज़्यादा संकल्पवान बना दिया है।

स्कॉर्पियस

और रॉन तथा हर्माइनी पूरी तरह बदल गए हैं – और मैं अब तक समझ नहीं पाया हूँ कि क्यों।

डेल्फ़ी

इसीलिए सेडरिक को इंतज़ार करना पड़ा है। यह सब बहुत दुविधापूर्ण हो गया है और तुमने बिलकुल सही किया कि काल–परिवर्तक अपने पास रख लिया, स्कॉर्पियस। लेकिन मेरा मतलब यह था – किसी को तुम दोनों के बारे में कुछ करना चाहिए।

स्कॉर्पियस

ओह।

डेल्फ़ी

तुम बहुत पक्के दोस्त हो। उसके भेजे हर उल्लू में मुझे तुम्हारी कमी महसूस होती है। इसकी वजह से वह तबाह हो रहा है।

स्कॉर्पियस

लगता है उसे रोने के लिए एक कंधा मिल गया है। उसने अब तक तुम्हें कितने उल्लू भेजे हैं?

डेल्फ़ी *हल्के से मुस्कुराती है।*

माफ़ करना। यह – मेरा यह मतलब नहीं था – मैं तो बस – यह नहीं समझ पाता हूँ कि हो क्या रहा है। मैंने उससे मिलने की कोशिश की है, बात करने की कोशिश की है, लेकिन हर बार वह भाग जाता है।

डेल्फ़ी

जानते हो, जब मैं तुम्हारी उम्र की थी, तो मेरा कोई दोस्त नहीं था। मैं कोई दोस्त चाहती थी। बड़ी शिद्दत से। जब मैं बहुत छोटी थी, तो मैंने एक दोस्त ईजाद भी किया था, लेकिन –

स्कॉर्पियस

मेरे पास भी एक ऐसी ही थी। नाम था फ्लरी। हम गॉबस्टोन्स खेल के सही नियमों पर हुए झगड़े की वजह से अलग–अलग हुए थे।

डेल्फ़ी

एल्बस को तुम्हारी ज़रूरत है, स्कॉर्पियस। यह एक अद्भुत चीज़ है।

स्कॉर्पियस

वह मुझसे क्या चाहता है?

डेल्फ़ी

यही तो बात है। दोस्ती के बारे में। आप नहीं जानते कि सामने वाले को क्या चाहिए। आप तो बस इतना जानते हैं कि उसे यह चाहिए। उसे खोजो स्कॉर्पियस। तुम दोनों की जोड़ी बेहतरीन है।

अंक दो **दृश्य पंद्रह**

हैरी और जिनी पॉटर का घर, किचन

हैरी *और* ड्रेको *दूर–दूर बैठे हैं।* जिनी *उनके बीच खड़ी है।*

ड्रेको

तुम्हारे किचन के बारे में अफ़सोस है, जिनी।

जिनी

ओह, यह मेरा किचन नहीं है। ज़्यादातर खाना तो हैरी बनाता है।

ख़ामोशी।

ड्रेको *(यह उसके लिए मुश्किल है)*

मैं भी उससे बात नहीं कर पाता हूँ। स्कॉर्पियस से। ख़ास तौर पर जब से – एस्टोरिया गई है। मैं तो इस बारे में भी बात नहीं कर पाता कि उसके जाने का स्कॉर्पियस पर क्या असर हुआ है। मैं चाहे जितनी कोशिश कर लूँ, उस तक पहुँच ही नहीं पाता हूँ। तुम एल्बस से बात नहीं कर पाते हो। मैं स्कॉर्पियस से बात नहीं कर पाता हूँ। असल बात यही है। बात यह नहीं है कि मेरा बेटा बुरा है। देखो, तुम किसी घमंडी सेनटॉर की बात को चाहे जितना महत्वपूर्ण मानो, लेकिन तुम दोस्ती की शक्ति जानते हो।

हैरी

ड्रेको, तुम चाहे जो सोचते हो –

ड्रेको

उन लोगों के कारण मैं तुमसे जलता था – वीज़्ली और ग्रेंजर। मेरे पास थे –

जिनी

क्रैब और गॉइल।

ड्रेको

दो मूर्ख, जो झाड़ू के अगले और पिछले सिरे का फ़र्क़ भी नहीं जानते थे। तुम – तुम तीनों – जगमगाते थे, जानते हो? तुम एक–दूसरे को पसंद करते थे। तुम मज़े करते थे। मुझे इस मित्रता की वजह से तुमसे जितनी ईर्ष्या हुई है, उतनी किसी दूसरी चीज़ से नहीं हुई।

जिनी

मुझे भी ईर्ष्या होती थी।

हैरी जिनी की ओर देखता है, हैरानी से।

हैरी

मुझे उसकी रक्षा करना है –

ड्रेको

मेरे डैडी सोचते थे कि वे मेरी रक्षा कर रहे हैं। ज़्यादातर वक्त। लोग कहते हैं कि संतानों की परवरिश संसार का सबसे मुश्किल काम है – वे ग़लत कहते हैं – बड़े होना सबसे मुश्किल काम होता है। हम सब बस यह भूल जाते हैं कि यह कितना मुश्किल था।

हैरी इन शब्दों का प्रतिरोध करने की बहुत कोशिश करता है, लेकिन ये उसके दिल को छू जाते हैं।

ड्रेको

मैं सोचता हूँ कि इंसान को एक विकल्प चुनना होता है – एक निश्चित बिंदु पर – कि वह किस तरह का इंसान बनना चाहता है। और मैं तुम्हें बता देता हूँ कि उस वक़्त इंसान को किसी अभिभावक या दोस्त की ज़रूरत होती है। और अगर तब तक वह अपने अभिभावक से नफ़रत करने लगता है और उसके पास कोई दोस्त नहीं होता है... तो वह बिलकुल अकेला हो जाता है। और बिलकुल अकेला होना – यह बहुत मुश्किल होता है। मैं अकेला था। और इसने मुझे एक सचमुच अँधेरी जगह पर भेज दिया। लंबे समय तक। टॉम रिडल भी बिलकुल अकेला लड़का

था। तुम इसे नहीं समझ सकते हैरी, लेकिन मैं समझता हूँ – और मेरे ख़्याल से जिनी भी समझती है।

जिनी

ड्रेको की बात सही है।

हैरी जिनी *की तरफ़ देखता है।*

ड्रेको

टॉम रिडल अपनी अँधेरी जगह से बाहर नहीं निकल पाया। इसलिए टॉम रिडल लॉर्ड वोल्डेमॉर्ट बन गया। बेन ने जो काला बादल देखा था, शायद वह एल्बस का अकेलापन ही था। उसका दर्द। उसकी नफ़रत। अपने बेटे को मत गँवाओ। तुम्हें इसका अफ़सोस होगा। और उसे भी होगा। क्योंकि उसे तुम्हारी और स्कॉर्पियस की ज़रूरत है।

हैरी ड्रेको *की तरफ़ देखता है, वह सोचता है।*

वह बोलने के लिए मुँह खोलता है। वह सोचता है।

जिनी

हैरी। छू पाउडर तुम लाओगे या मैं लाऊँ?

अंक दो **दृश्य सोलह**

हॉगवट्र्स, लाइब्रेरी

स्कॉर्पियस *लाइब्रेरी में आता है। वह दाएँ–बाएँ देखता है। और फिर उसे* एल्बस *दिख जाता है। और* एल्बस *उसे देखता है।*

स्कॉर्पियस

हाय।

एल्बस

स्कॉर्पियस, मैं नहीं...

स्कॉर्पियस

मैं जानता हूँ। तुम अब गरुड़द्वार में हो। तुम अब मुझे देखना तक नहीं चाहते हो। लेकिन फिर भी मैं यहाँ हूँ। तुमसे बात कर रहा हूँ।

एल्बस

देखो, मैं बात नहीं कर सकता, इसलिए...

स्कॉर्पियस

तुम्हें करनी होगी। तुम सोचते हो कि जो भी हुआ है, तुम उस हर चीज़ को नज़रअंदाज़ कर सकते हो। क्या तुमने ग़ौर किया है कि दुनिया कितनी बदल गई है?

एल्बस

मैं जानता हूँ, ठीक है? रॉन विचित्र हो गए हैं। हर्माइनी प्रोफ़ेसर बन गई हैं, यह सब ग़लत है, लेकिन –

स्कॉर्पियस

और रोज़ का तो वजूद ही नहीं है–

एल्बस

मैं जानता हूँ। देखो, मैं हर चीज़ नहीं समझता हूँ, लेकिन तुम यहाँ नहीं रह सकते।

स्कॉर्पियस

– हमने जो किया था, उसकी वजह से रोज़ तो पैदा ही नहीं हो पाई। क्या तुम्हें याद है कि त्रिकोणीय जादूगरी टूर्नामेंट के यूल बॉल के बारे में क्या बताया गया था? चारों त्रिकोणीय चैंपियन अपने साथ एक जोड़ीदार को ले गए थे। तुम्हारे डैडी पार्वती पाटिल को ले गए थे, विक्टर क्रम –

एल्बस

हर्माइनी को ले गया था। और रॉन को जलन होने लगी और उसने मूर्खों जैसा बर्ताव किया।

स्कॉर्पियस

लेकिन नए इतिहास में उसने ऐसा नहीं किया। मैंने उनके बारे में रीटा स्कीटर की पुस्तक पढ़ी है। और यह बहुत अलग है। हर्माइनी को रॉन बॉल में ले गया था।

एल्बस

क्या?

पॉली चैपमैन

श्श्श्श!

स्कॉर्पियस पॉली *की तरफ़ देखता है और वह अपनी आवाज़ धीमी कर लेता है।*

स्कॉर्पियस

दोस्त की तरह। और उन्होंने दोस्ताना अंदाज़ में डांस किया, और यह अच्छा था। फिर उसने पद्मा पाटिल के साथ डांस किया और यह और भी अच्छा था, और उन्होंने डेटिंग शुरू कर दी। इसके बाद वह थोड़ा बदल गया और फिर उनकी शादी हो गई। इस दौरान हर्माइनी बन गईं –

एल्बस

–मनोरोगी।

स्कॉर्पियस

हर्माइनी को उस बॉल में क्रम के साथ जाना था – जानते हो, उसने ऐसा क्यों नहीं किया? क्योंकि उसे शक था कि पहले काम से पहले उसे डर्मस्ट्रैंग के जो दो लड़के मिले थे, उन्होंने किसी तरह सेडरिक की छड़ी ग़ायब कर दी थी। उसे यक़ीन था कि विक्टर के कहने पर हमने सेडरिक को पहले काम में नाकाम कराया था...

एल्बस

वाह!

स्कॉर्पियस

और क्रम के बिना रॉन को ईर्ष्या हुई ही नहीं और वह ईर्ष्या सबसे अहम बात थी, इसीलिए रॉन और हर्माइनी बहुत अच्छे दोस्त बने रहे, लेकिन उनमें कभी प्रेम नहीं हुआ – कभी शादी नहीं हुई – *कभी रोज़ नहीं हुई।*

एल्बस *तेज़ी से हिसाब लगाता है।*

एल्बस

तो इसीलिए डैडी इतने – क्या वे भी बदले हैं?

स्कॉर्पियस

मुझे पूरा यक़ीन है कि तुम्हारे डैडी बिलकुल वैसे ही हैं। जादुई क़ानून अनुपालन विभाग के प्रमुख। जिनी से विवाहित। तीन संतानें।

एल्बस

तो फिर वे इतने –

कमरे के पीछे की तरफ़ लाइब्रेरियन *आती है।*

स्कॉर्पियस

क्या तुमने मेरी बात सुनी, एल्बस? यह मामला तुमसे और तुम्हारे डैडी से ज़्यादा बड़ा है। प्रोफ़ेसर क्रोकर का नियम – कोई भी इंसान यात्री या समय को गंभीर नुक़सान पहुँचाए बिना जो अधिकतम दूरी तय करके पीछे लौट सकता है, वह पाँच घंटे की है। और हम कई साल पीछे गए थे। सबसे छोटा पल, सबसे छोटा

परिवर्तन भी लहरें पैदा करता है। और हमने – हमने सचमुच बुरी लहरें पैदा की हैं। हमने जो काम किया, उसकी वजह से रोज़ का तो कभी जन्म ही नहीं हुआ। रोज़।

लाइब्रेरियन

श्श्श्श्श!

एल्बस *तेज़ी से सोचता है।*

एल्बस

ठीक है, चलो लौटकर चलते हैं – हमने जो गड़बड़ी की है, उसे दुरुस्त करते हैं। सेडरिक और रोज़ को दोबारा लौटा लाते हैं।

स्कॉर्पियस

... यह ग़लत जवाब है।

एल्बस

तुम्हारे पास काल–परिवर्तक तो अब भी है, है ना? उसे कोई नहीं खोज पाया?

स्कॉर्पियस *अपनी जेब से काल–परिवर्तक निकालता है।*

स्कॉर्पियस

हाँ, लेकिन...

एल्बस *इसे उसके हाथ से झपटकर छीन लेता है।*

नहीं। ऐसा मत करो... एल्बस। क्या तुम यह नहीं समझते हो कि हालात कितने बिगड़ सकते हैं?

स्कॉर्पियस *काल–परिवर्तक पर झपटता है,* एल्बस *उसे धक्का देता है, वे अनाड़ियों की तरह कुश्ती करते हैं।*

एल्बस

हालात सही करने की ज़रूरत है, स्कॉर्पियस। सेडरिक को अब भी बचाने की ज़रूरत है। रोज़ को वापस लौटाने की ज़रूरत है। हम ज़्यादा सतर्क रहेंगे। क्रोकर ने चाहे जो कहा हो, मुझ पर भरोसा रखो, हम पर भरोसा रखो। हम इस बार इसे सही कर लेंगे।

स्कॉर्पियस

नहीं। हम नहीं करेंगे। इसे वापस लौटा दो, एल्बस! वापस लौटा दो!

एल्बस

मैं ऐसा नहीं कर सकता। यह बहुत महत्वपूर्ण है।

स्कॉर्पियस

हाँ, यह इतना ज़्यादा महत्वपूर्ण है कि हमारे वश की बात नहीं है। हम इस काम में अच्छे नहीं हैं। हम इसे ग़लत कर लेंगे।

एल्बस

कौन कह रहा है कि हम इसे ग़लत करेंगे?

स्कॉर्पियस

मैं कहता हूँ। क्योंकि *हम ऐसा ही करते हैं।* हम सब गड़बड़ कर देते हैं। हम हमेशा हारते हैं। हम हारने वाले लोग हैं, सच्चे और पूरी तरह पराजित। क्या तुम्हें अब तक इस बात का अहसास नहीं हुआ?

> एल्बस *आख़िरकार जीत जाता है और* स्कॉर्पियस *को ज़मीन पर दबा देता है।*

एल्बस

देखो, तुमसे मिलने से पहले मैं नहीं हारता था।

स्कॉर्पियस

एल्बस, तुम्हें अपने डैडी के सामने जो भी साबित करना हो – यह उसका तरीक़ा नहीं है –

एल्बस

मुझे अपने डैडी के सामने कुछ साबित नहीं करना है। मुझे रोज़ को बचाने के लिए सेडरिक को बचाना है। और शायद, अगर तुम मुझे पीछे न रोको, तो मैं इसकी सही कोशिश कर सकता हूँ।

स्कॉर्पियस

मेरे बिना? ओह बेचारा एल्बस पॉटर। उसके कंधे पर कितना सारा बोझ है। बेचारा एल्बस पॉटर। कितनी दुखद बात है।

एल्बस

तुम क्या कह रहे हो?

स्कॉर्पियस *(विस्फोट करते हुए)*

मेरी ज़िंदगी जीकर देखो! लोग तुम्हारी तरफ़ इसलिए देखते हैं, क्योंकि तुम्हारे डैडी मशहूर हैरी पॉटर हैं, जादूगरी के संसार के

मुक्तिदाता। लोग मेरी तरफ़ इसलिए देखते हैं, क्योंकि वे सोचते हैं कि वोल्डेमॉर्ट मेरा बाप है। वोल्डेमॉर्ट!

एल्बस

यह कैसी –

स्कॉर्पियस

क्या तुम ज़रा भी कल्पना कर सकते हो कि यह कैसा लगता होगा? क्या तुमने कभी इसकी कोशिश भी की है? नहीं। क्योंकि तुम अपनी नाक के आगे नहीं देख सकते। क्योंकि तुम अपने डैडी के साथ अपने मूर्खतापूर्ण मतभेद के आगे नहीं देख सकते। देखो, वे हमेशा हैरी पॉटर रहेंगे, है ना? और तुम हमेशा उनके बेटे रहोगे। और मैं जानता हूँ कि यह मुश्किल है और दूसरे बच्चे बहुत बुरे हैं, लेकिन तुम्हें इसके साथ रहना सीखना होगा, क्योंकि – इससे भी बदतर चीज़ें हैं, ठीक है?

अंतराल।

जब मुझे महसूस हुआ कि समय बदल गया है, तो पल भर के लिए मैं रोमांचित हुआ था। वह पल, जब मैंने सोचा था कि शायद मेरी मम्मी बीमार नहीं हुई होंगी। शायद मेरी मम्मी मरी नहीं होंगी। लेकिन नहीं, मुझे पता चला कि वे मर गई थीं। लोग मुझे अब भी वोल्डेमॉर्ट की संतान मानते हैं, जिसकी माँ चल बसी है और मैं उस लड़के को सहानुभूति दे रहा हूँ, जो कोई चीज़ लौटाता नहीं है। तो मुझे अफ़सोस है कि मैंने तुम्हारी ज़िंदगी तबाह कर दी, क्योंकि मैं तुम्हें बता देता हूँ – तुम्हें मेरी ज़िंदगी तबाह करने का मौक़ा नहीं मिलेगा – यह पहले ही तबाह थी। तुम बस इसे बेहतर नहीं बना पाए। क्योंकि तुम एक भयानक – सबसे भयानक – दोस्त हो।

एल्बस *इस बात को पचाता है। वह देखता है कि उसने अपने दोस्त के साथ क्या किया है।*

प्रोफ़ेसर मैक्गॉनेगल *(दूर से)*

एल्बस? एल्बस पॉटर। स्कॉर्पियस मैल्फ़ॉय। क्या तुम एक साथ वहाँ हो? क्योंकि मैं तुम्हें सलाह देती हूँ कि साथ मत रहो।

एल्बस स्कॉर्पियस की तरफ़ देखता है, वह अपने बैग से एक चोगा निकालता है।

एल्बस

जल्दी। हमें छिप जाना चाहिए।

स्कॉर्पियस

क्या?

एल्बस

स्कॉर्पियस, मेरी तरफ़ देखो।

स्कॉर्पियस

यह अदृश्य चोगा है? यह तो जेम्स का है?

एल्बस

अगर उन्होंने हमें ढूँढ़ लिया, तो वे हमें हमेशा के लिए अलग कर देंगी। प्लीज़। मैं नहीं समझता था। प्लीज़।

प्रोफ़ेसर मैक्गॉनेगल *(दूर से, उन्हें हर मौक़ा देते हुए)*

मैं अंदर आने वाली हूँ।

प्रोफ़ेसर मैक्गॉनेगल कमरे में आती हैं, उनके हाथ में नक़्शा है। लड़के चोगे के नीचे छिप जाते हैं। वे परेशानी में चारों तरफ़ देखती हैं।

वे कहाँ गए – मैं नक़्शा कभी नहीं चाहती थी और अब यह मेरे साथ चालें चल रहा है।

वे सोचती हैं। वे नक़्शे को दोबारा देखती हैं। वे समझ जाती हैं कि उन्हें कहाँ होना चाहिए। वे कमरे में चारों तरफ़ देखती हैं।

जब लड़के उनके पास से अदृश्य होकर गुज़रते हैं, तो नक़्शे के बिंदु हिलते हैं। प्रोफ़ेसर मैक्गॉनेगल देख लेती हैं कि वे किधर जा रहे हैं। वे उनका रास्ता रोकने की कोशिश करती हैं। लेकिन लड़के उनके पास से घूमकर निकल जाते हैं।

आख़िर एक पुस्तक गिरकर उन्हें बता देती है कि वे क्या कर रहे हैं (और चोगे का इस्तेमाल कर रहे हैं)।

तुम्हारे डैडी का चोगा।

वे एक बार फिर नक़्शा देखती हैं। वे लड़कों की तरफ़ देखती हैं। वे सोचती हैं। वे मन ही मन मुस्कुराती हैं।

अच्छी बात है! अगर मैंने तुम्हें नहीं देखा, तो तुम यहाँ नहीं हो।

वे बाहर चली जाती हैं। दोनों लड़के चोगा हटा देते हैं। वे एक पल ख़ामोशी में बैठते हैं।

एल्बस

हाँ, मैंने इसे जेम्स से चुरा लिया था। उससे चुराना बहुत आसान है। उसके संदूक का पासवर्ड वह तारीख़ है, जब उसे उसकी पहली झाड़ू मिली थी। मैंने पाया कि चोगे की बदौलत सताने वालों से बचना ज़्यादा आसान होता है।

स्कॉर्पियस *सिर हिलाता है।*

मुझे अफ़सोस है – तुम्हारी मम्मी के बारे में। मैं जानता हूँ कि हम उनके बारे में पर्याप्त बात नहीं करते हैं – लेकिन मुझे उम्मीद है तुम जानते होगे – मुझे अफ़सोस है – यह बकवास है – जो उनके साथ हुआ – जो तुम्हारे साथ हुआ।

स्कॉर्पियस

धन्यवाद।

एल्बस

मेरे डैडी ने कहा था – कहा था कि तुम मेरे आस–पास के काले बादल हो। मेरे डैडी सोचने लगे – और मैं बस जानता था कि मुझे दूर रहना है और अगर मैं नहीं रहा, तो डैडी ने कहा कि वे –

स्कॉर्पियस

तुम्हारे डैडी भी अफ़वाहों को सच मानते हैं – कि मैं वोल्डेमॉर्ट का बेटा हूँ?

एल्बस *(सिर हिलाते हुए)*

उनका विभाग इस वक़्त इसकी जाँच कर रहा है।

स्कॉर्पियस

अच्छी बात है। उन्हें करने दो। कई बार – कई बार तो मेरे मन में आता है – कहीं यह बात सच न हो।

एल्बस

नहीं। ये बातें सच नहीं हैं। और मैं तुम्हें बता दूँ क्यों। क्योंकि मैं नहीं सोचता कि वोल्डेमॉर्ट इतना अच्छा और दयालु बेटा पैदा कर सकता था – और तुम अच्छे हो, स्कॉर्पियस। अपने दिल की गहराई तक, अपनी अँगुलियों के कोनों तक। मुझे पूरा यक़ीन है कि वोल्डेमॉर्ट – वोल्डेमॉर्ट को तुम जैसी संतान नहीं हो सकती।

अंतराल। यह बात स्कॉर्पियस के दिल को छू जाती है।

स्कॉर्पियस

बहुत बढ़िया – तुमने बड़ी अच्छी बात कही।

एल्बस

और यह बात मुझे बहुत पहले कह देनी चाहिए थी। और तुम मुझे पीछे रोककर नहीं रखते हो – नहीं रख सकते हो – तुम तो मुझे ज़्यादा शक्तिशाली बनाते हो – और जब डैडी ने हमें अलग रहने पर मजबूर किया – तो तुम्हारे बिना –

स्कॉर्पियस

तुम्हारे बिना मुझे भी अपनी ज़िंदगी ज़रा भी रास नहीं आई।

एल्बस

और मैं जानता हूँ कि मैं हमेशा हैरी पॉटर का बेटा रहूँगा – और मैं इसे अपने दिमाग़ में सुलझा लूँगा – और मैं जानता हूँ कि तुम्हारी तुलना में मेरी ज़िंदगी दरअसल काफ़ी अच्छी है और वे तथा मैं तुलनात्मक रूप से सौभाग्यशाली हैं और –

स्कॉर्पियस *(बीच में बोलते हुए)*

एल्बस, जहाँ तक माफ़ी का सवाल है, यह आश्चर्यजनक रूप से बहुत ज़्यादा है, लेकिन एक बार फिर तुम मेरे बजाय अपने बारे में बात करने लगे हो, तो बेहतर होगा कि जब तुम आगे हो, तभी इसे छोड़ दो।

एल्बस मुस्कुराता है और एक हाथ आगे बढ़ाता है।

एल्बस

दोस्त?

स्कॉर्पियस

हमेशा के लिए।

स्कॉर्पियस अपना हाथ बढ़ाता है। एल्बस स्कॉर्पियस को खींचकर गले लगा लेता है।

यह दूसरी बार है, जब तुमने ऐसा किया है।

दोनों लड़के अलग हो जाते हैं और मुस्कुराते हैं।

एल्बस

लेकिन मुझे ख़ुशी है कि हमारे बीच यह बहस हुई, क्योंकि इससे मेरे दिमाग़ में एक बहुत ही अच्छा विचार आया है।

स्कॉर्पियस

किस बारे में?

एल्बस

दूसरे काम के बारे में। और अपमान के बारे में।

स्कॉर्पियस

तुम अब भी समय में पीछे लौटने की बात कर रहे हो? क्या हम वही बातचीत कर रहे हैं?

एल्बस

तुम सही हो – हम पराजित होने वाले लोग हैं। हम हारने में माहिर हैं और इसलिए हमें यहाँ अपने ख़ुद के ज्ञान का इस्तेमाल करना चाहिए। अपनी ख़ुद की शक्तियों का। पराजित लोगों को पराजित बनना सिखाया जाता है। और पराजित को सिखाने का केवल एक ही तरीक़ा है – और हम इसे किसी से भी बेहतर जानते हैं – अपमान। हमें उसे अपमानित करने की ज़रूरत है। इसलिए दूसरे काम में हम यही करेंगे।

स्कॉर्पियस सोचता है – लंबे समय तक – और फिर मुस्कुराता है।

स्कॉर्पियस

यह बहुत अच्छी रणनीति है।

एल्बस

मैं जानता हूँ।

स्कॉर्पियस

मेरा मतलब है, काफ़ी शानदार। सेडरिक को बचाने के लिए सेडरिक को अपमानित करो। चतुराई भरी। और रोज़?

एल्बस

उसे मैं एक ज़ोरदार आश्चर्य के रूप में बचा रहा हूँ। मैं इसे तुम्हारे बिना कर *सकता* हूँ – लेकिन मैं *चाहता* हूँ कि तुम वहाँ रहो। क्योंकि मैं चाहता हूँ कि हम यह काम इकट्ठे करें। चीज़ों को इकट्ठे सही करें। इसलिए... क्या तुम आओगे?

स्कॉर्पियस

एक मिनट तो रुको। देखो, दूसरा काम झील में हुआ है – हुआ था और तुम्हें तो स्कूल से बाहर जाने की भी इजाज़त नहीं है!

एल्बस *मुस्कुराता है।*

एल्बस

हाँ। उसका भी तोड़ है... हमें पहली मंज़िल पर लड़कियों के बाथरूम में चलना होगा।

अंक दो दृश्य सत्रह

हॉगवर्ट्स, सीढ़ियाँ

रॉन सीढ़ी उतर रहा है, खोया हुआ। फिर वह हर्माइनी को देखता है और उसके चेहरे का पूरा भाव बदल जाता है।

रॉन

प्रोफ़ेसर ग्रेंजर।

हर्माइनी उसे देखती है, उसका दिल थोड़ा उछल जाता है (हालाँकि वह इसे स्वीकार नहीं करेगी)।

हर्माइनी

रॉन। तुम यहाँ क्या कर रहे हो?

रॉन

काढ़े की क्लास में पंजू थोड़ी मुश्किल में पड़ गया था। ज़ाहिर है, शान झाड़ रहा था और उसने ग़लत चीज़ में ग़लत चीज़ मिला दी, और अब उसकी भौंहें नहीं हैं और थोड़ी ज़्यादा बड़ी मूँछ आ गई है। जो उस पर अच्छी नहीं लगती है। मैं तो आना नहीं चाहता था, लेकिन पद्मा ने कहा कि जब चेहरे की बात आती है, तो बेटों को अपने पिता की ज़रूरत होती है। क्या तुमने अपने बालों के साथ कुछ किया है?

हर्माइनी

मुझे लगता है, बस बाल सँवारे हैं।

रॉन

देखो... बाल सँवारना तुम पर बहुत अच्छा लगता है।

हर्माइनी रॉन *को थोड़े अजीब ढंग से देखती है।*

हर्माइनी

रॉन, मेरी तरफ़ ऐसे मत देखो!

रॉन *(आत्मविश्वास जुटाते हुए)*

जानती हो, हैरी का बेटा एल्बस – मुझसे उस दिन बोल रहा था कि तुम्हारी और मेरी – शादी हो गई है। हा हा। हा। हा। मूर्खतापूर्ण बात, मैं जानता हूँ।

हर्माइनी

बहुत ही मूर्खतापूर्ण।

रॉन

वह तो यह भी कहता था कि हमारी एक बेटी है। यह तो अजीब बात है, है ना?

दोनों की नज़रें मिलती हैं। हर्माइनी *पहले नज़रों का यह संपर्क तोड़ती है।*

हर्माइनी

अजीब से भी अजीब।

रॉन

बिलकुल। हम – दोस्त हैं... बस इतना ही।

हर्माइनी

बिलकुल। सिर्फ़ – दोस्त।

रॉन

सिर्फ़ – दोस्त। अजीब शब्द है – दोस्त। उतना अजीब भी नहीं। दरअसल सिर्फ़ एक शब्द। दोस्त। दोस्त। अजीब दोस्त। तुम, मेरी अजीब दोस्त, मेरी हर्माइनी। नहीं, नहीं – *मेरी* हर्माइनी नहीं, तुम समझती हो – **मेरी** हर्माइनी नहीं – **मेरी** नहीं – पता है, लेकिन...

हर्माइनी

पता है।

एक अंतराल होता है। दोनों में से कोई भी एक इंच भी नहीं हिलता है। हर चीज़ इतनी महत्वपूर्ण लगती है कि हिलने से उस पल के टूटने का ख़तरा महसूस होता है। फिर रॉन खाँसता है।

रॉन

अच्छा। अब चलना चाहिए। पंजू को सही करता हूँ। उसे मूँछ उगाने की सूक्ष्म कला सिखाता हूँ।

वह जाता है, मुड़ता है, हर्माइनी को देखता है। वह पलटकर देखती है, वह एक बार फिर जल्दी से जाता है।

तुम्हारे बाल सचमुच तुम पर बहुत अच्छे लगते हैं।

अंक दो **दृश्य अठारह**

हॉगवर्ट्स, हेडमिस्ट्रेस का ऑफ़िस

प्रोफ़ेसर मैक्गॉनेगल *मंच पर अकेली हैं। वे नक़्शा देखती हैं। उनकी त्योरी चढ़ जाती है। वे इसे अपनी छड़ी से ठोंकती हैं। वे मुस्कुराती हैं, जैसे उन्होंने कोई अच्छा निर्णय ले लिया हो।*

प्रोफ़ेसर मैक्गॉनेगल

उलझन सुलझन।

कोलाहल सुनाई देता है।

पूरा मंच काँपता नज़र आता है।

चिमनी में से जिनी सबसे पहले निकलती है, फिर हैरी आता है।

जिनी

प्रोफ़ेसर, हम ज़्यादा गरिमामय तरीक़े से नहीं आए हैं।

प्रोफ़ेसर मैक्गॉनेगल

पॉटर। तुम लौट आए। और ऐसा लगता है कि आख़िरकार तुमने मेरा गलीचा बर्बाद कर दिया है।

हैरी

मुझे अपने बेटे को खोजना है। हमें खोजना है।

प्रोफ़ेसर मैक्गॉनेगल

हैरी, मैंने इस बारे में सोचा है और इस नतीजे पर पहुँची हूँ कि मैं यह काम नहीं करना चाहती। तुम चाहे जो धमकी दो, मैं –

हैरी

मिनर्वा, मैं यहाँ लड़ने नहीं, शांति स्थापित करने आया हूँ। मुझे आपसे उस तरह नहीं बोलना चाहिए था।

प्रोफ़ेसर मैक्गॉनेगल

मुझे नहीं लगता कि मैं दोस्तों के मामले में हस्तक्षेप कर सकती हूँ और मैं मानती हूँ –

हैरी

मुझे आपसे सॉरी कहना है और एल्बस से सॉरी कहना है। क्या आप मुझे यह मौक़ा देंगी?

ड्रेको *उनके पीछे राख के धमाके के साथ आता है।*

प्रोफ़ेसर मैक्गॉनेगल

ड्रेको?

ड्रेको

उसे अपने बेटे से मिलना है और मुझे अपने बेटे से मिलना है।

हैरी

जैसा मैंने कहा, युद्ध नहीं – शांति।

प्रोफ़ेसर मैक्गॉनेगल हैरी *का चेहरा ग़ौर से देखती हैं। उन्हें सच्चाई की झलक दिख जाती है, जो वे देखना चाहती हैं। वे अपनी जेब से नक़्शा फिर बाहर निकालती हैं। वे उसे खोलती हैं।*

प्रोफ़ेसर मैक्गॉनेगल

अच्छी बात है, निश्चित रूप से मैं शांति का हिस्सा बनने को तैयार हूँ।

वे अपनी छड़ी से नक़्शे को ठोंकती हैं। आह भरती हैं।

मैं क़सम खाती हूँ कि मैं जो भी कहूँगी, झूठ कहूँगी और झूठ के सिवाय कुछ नहीं कहूँगी।

नक़्शे की बत्तियाँ जल जाती हैं।

देखो, वे एक साथ हैं।

ड्रेको

पहली मंज़िल पर लड़कियों के बाथरूम में। पर वे वहाँ क्या कर रहे हैं?

अंक दो **दृश्य उन्नीस**

हॉगवर्ट्स, लड़कियों का बाथरूम

स्कॉर्पियस *और* एल्बस *बाथरूम में दाख़िल होते हैं। इसके बीच में एक बड़ा विक्टोरियन सिंक है।*

स्कॉर्पियस

तो मैं इसे सही समझ लूँ – योजना है वृहदो ...

एल्बस

हाँ। स्कॉर्पियस, ज़रा वह साबुन निकालना...

स्कॉर्पियस *सिंक से साबुन बाहर निकालता है।*

वृहदो!

वह अपनी छड़ी से मंत्र पढ़ता है। साबुन फूलकर चार गुना बड़ा हो जाता है।

स्कॉर्पियस

अच्छा है। मैं प्रभावित हुआ।

एल्बस

दूसरा काम झील में हुआ था। उन्हें कोई ऐसी चीज़ लाना थी, जो उनसे चुरा ली गई थी, जो –

स्कॉर्पियस

– वे लोग थे, जिनसे वे प्रेम करते थे।

एल्बस

सेडरिक ने झील में तैरने के लिए बबल–हेड चार्म यानी बुलबुले–सिर सम्मोहन का इस्तेमाल किया था। हमें तो बस वहाँ

उसके पीछे जाना है और वृहदो मंत्र पढ़कर उसे ज़्यादा बड़ी चीज़ में बदलना है। काल–परिवर्तक हमें ज़्यादा समय नहीं देता है, इसलिए हमें फुर्ती से काम करना होगा। उस तक पहुँचो और वृहदो मंत्र से उसके सिर को बड़ा बना दो और उसे झील से बाहर निकलते हुए देखो – काम से दूर जाते हुए देखो – प्रतिस्पर्धा से दूर जाते हुए देखो...

स्कॉर्पियस

लेकिन – तुमने अब भी मुझे यह नहीं बताया कि हम दरअसल झील तक पहुँचेंगे कैसे...

और अचानक सिंक से पानी की धारा निकलती है। इसके बाद बहुत गीली रोतली मीना *प्रकट होती है।*

रोतली मीना

ओहो। यह अच्छा महसूस होता है। इसमें कभी मज़ा नहीं आता था। लेकिन मेरी उम्र में तो मुझे जो मिल जाए, उसी से काम चलाना होगा...

स्कॉर्पियस

ज़ाहिर है – तुम जीनियस हो – रोतली मीना...

रोतली मीना स्कॉर्पियस *पर झपटती है।*

रोतली मीना

तुमने मुझे क्या कहा? क्या मैं रोतली हूँ? क्या मैं इस समय रो रही हूँ? *क्या मैं? क्या मैं?*

स्कॉर्पियस

नहीं।

रोतली मीना

मेरा क्या नाम है?

स्कॉर्पियस

मीना

रोतली मीना

सही कहा – मीना। एलिज़ाबेथ वॉरेन मीना – एक सुंदर नाम – मेरा नाम। रोतली की ज़रूरत नहीं है।

(वह खी–खी करती है)

काफ़ी अरसा हो गया है। लड़कों। मेरे बाथरूम में। लड़कियों के *मेरे* बाथरूम में। देखो, यह सही नहीं है... लेकिन क्या करूँ, मेरे मन में पॉटर नाम वालों के लिए हमेशा नर्म कोना रहा है। और मैंने मैल्फ़ॉय के साथ भी थोड़ा पक्षपात किया था। अब बताओ, मैं तुम दोनों की क्या मदद कर सकती हूँ?

एल्बस

तुम वहाँ थीं मीना – झील में। यह पुस्तकों में लिखा हुआ था। इन पाइपों से बाहर जाने का कोई न कोई तरीक़ा तो होगा।

रोतली मीना

मैं हर जगह रह चुकी हूँ। लेकिन यह तो बताओ कि तुम किस जगह के बारे में सोच रहे हो?

एल्बस

दूसरा काम। झील वाला काम। त्रिकोणीय जादूगरी टूर्नामेंट में। पच्चीस साल पहले। हैरी और सेडरिक।

रोतली मीना

कितने अफ़सोस की बात है कि उस सुंदर लड़के को मरना पड़ा। ऐसी बात नहीं है कि तुम्हारे डैडी आकर्षक नहीं हैं – लेकिन सेडरिक डिगोरी – तुम्हें तो भरोसा भी नहीं होगा कि इसी बाथरूम में मैंने कितनी सारी लड़कियों को उसकी ख़ातिर प्रेम मंत्र पढ़ते सुना है... और उसके मरने के बाद रोते हुए देखा है।

एल्बस

हमारी मदद करो मीना, उसी झील में पहुँचाने में हमारी मदद करो।

रोतली मीना

तुम्हें क्या लगता है, मैं अतीत में जाने में तुम्हारी मदद कर सकती हूँ?

एल्बस

हम चाहते हैं कि तुम हमारी एक बात को राज़ रखो।

रोतली मीना

मुझे राज़ बहुत अच्छे लगते हैं। मैं किसी को भी नहीं बताऊँगी। वरना मेरा दिल दो टुकड़े हो जाए और मैं मर जाऊँ। या – भूतों के मामले में, इसी जैसा कुछ। तुम समझते हो ना।

एल्बस स्कॉर्पियस की तरफ़ सिर हिलाता है, जो काल–परिवर्तक को निकाल लेता है।

एल्बस

हम समय में यात्रा कर सकते हैं। तुम तो बस पाइपों में यात्रा करने में हमारी मदद कर दो। हम सेडरिक डिगोरी को बचाने जा रहे हैं।

रोतली मीना *(खी–खी करती है)*

अरे, यह तो मज़ेदार लगता है।

एल्बस

और हमारे पास खोने के लिए समय नहीं है।

रोतली मीना

यही सिंक तो है। यही सिंक सीधे जाकर झील में ख़ाली होता है। यह हर क़ानून को तोड़ता है, लेकिन यह स्कूल हमेशा से प्राचीन रहा है। इसके अंदर गोता लगाओ और तुम पाइपों से होते हुए सीधे झील में पहुँच जाओगे।

एल्बस सिंक में पहुँचता है, ऐसा करते समय अपना चोगा गिरा देता है। स्कॉर्पियस भी उसकी नक़ल करता है।

एल्बस स्कॉर्पियस को एक बैग में थोड़ी हरी पत्तियाँ देता है।

एल्बस

कुछ मेरे लिए और कुछ तुम्हारे लिए।

स्कॉर्पियस

जिलीवीड? हम जिलीवीड का इस्तेमाल करने वाले हैं? पानी के नीचे साँस लेने के लिए?

एल्बस

जैसा मेरे डैडी ने किया था। अब क्या तुम तैयार हो?

स्कॉर्पियस

याद रखो, इस बार हमें घड़ी नहीं हरा सकती...

एल्बस

पाँच मिनट, बस हम इतना ही समय लेंगे, क्योंकि इसके बाद हमें वर्तमान में खींच लिया जाएगा।

स्कॉर्पियस

एक बार कहो कि यह सब ठीक हो जाएगा।

एल्बस *(मुस्कुराते हुए)*

यह सब ठीक हो जाएगा। पूरी तरह। क्या तुम तैयार हो?

एल्बस जिलीवीड लेता है और नीचे जाकर ग़ायब हो जाता है।

स्कॉर्पियस

नहीं, एल्बस – एल्बस –

वह ऊपर देखता है, वह और रोतली मीना अकेले हैं।

रोतली मीना

मैं बहादुर लड़कों को पसंद करती हूँ।

स्कॉर्पियस *(थोड़ा घबराया हुआ, थोड़ा बहादुर)*

तो फिर मैं पूरी तरह तैयार हूँ। चाहे जो हो।

वह जिलीवीड लेता है और नीचे ग़ायब हो जाता है।

रोतली मीना मंच पर अकेली रह जाती है।
रोशनी का एक दैत्याकार झोंका दिखता है और आवाज़ का धमाका होता है। और समय थम जाता है। और फिर यह उलटता है, थोड़ा सोचता है और फिर तेज़ी से पीछे जाने लगता है...
लड़के जा चुके हैं।
हैरी दौड़ता हुआ नज़र आता है, उसके माथे पर गहरी त्योरी है, उसके पीछे ड्रेको, जिनी और प्रोफ़ेसर मैक्गॉनेगल हैं।

हैरी

एल्बस... एल्बस...

जिनी

वह जा चुका है।

उन्हें लड़कों के चोगे ज़मीन पर पड़े दिखते हैं।

प्रोफ़ेसर मैक्गॉनेगल *(नक़्शे को देखते हुए)*

वह ग़ायब हो चुका है। नहीं, वह हॉगवर्ट्स के मैदानों के नीचे यात्रा कर रहा है, नहीं, वह ग़ायब हो चुका है –

ड्रेको

वह ऐसा कैसे कर रहा है?

रोतली मीना

वह एक काफ़ी सुंदर यंत्र का इस्तेमाल कर रहा है।

हैरी

मीना!

रोतली मीना

ऊह, तुमने मुझे पकड़ लिया। और मैं छिपने की कितनी ज़्यादा कोशिश कर रही थी। हलो हैरी।

हलो ड्रेको। क्या तुम एक बार फिर गंदे लड़के बनकर आए हो?

हैरी

वह किस यंत्र का इस्तेमाल कर रहा है?

रोतली मीना

मुझे लगता है कि यह उसका राज़ था, लेकिन हैरी, मैं तुमसे कभी कुछ नहीं छिपा सकती। ऐसा कैसे है कि तुम्हारी उम्र बढ़ने के साथ–साथ तुम और भी ज़्यादा आकर्षक हो गए हो?

हैरी

मेरा बेटा ख़तरे में है। मुझे तुम्हारी मदद चाहिए। वे क्या कर रहे हैं, मीना?

रोतली मीना

वे एक सुंदर लड़के को बचाने की कोशिश कर रहे हैं। सेडरिक डिगोरी को।

हैरी को तुरंत अहसास हो जाता है कि क्या हुआ है, और वह दहशत में आ जाता है।

प्रोफ़ेसर मैक्गॉनेगल

लेकिन सेडरिक डिगोरी तो बरसों पहले मर गया था...

रोतली मीना

उसे बहुत विश्वास था कि वह इस समस्या से निबट लेगा। हैरी, वह भी बहुत आत्मविश्वासी है, बिलकुल तुम्हारी तरह।

हैरी

उसने मुझे बात करते सुना – एमॉस डिगोरी से... क्या उसके पास... मंत्रालय का काल–परिवर्तक। नहीं, यह असंभव है।

प्रोफ़ेसर मैक्गॉनेगल

मंत्रालय के पास काल–परिवर्तक है? मैंने तो सोचा था कि वे सभी नष्ट हो चुके हैं?

रोतली मीना

हर व्यक्ति इतना शरारती क्यों होता है?

ड्रेको

क्या कोई मेहरबानी करके समझाएगा कि हो क्या रहा है?

हैरी

एल्बस और स्कॉर्पियस ग़ायब और दोबारा प्रकट नहीं हो रहे हैं – वे यात्रा कर रहे हैं। वे समय में यात्रा कर रहे हैं।

अंक दो **दृश्य बीस**

त्रिकोणीय जादूगरी टूर्नामेंट, झील, 1995

लूडो बैगमैन

देवियो और सज्जनो, लड़को और लड़कियो, मैं आप सभी को – सबसे महान – शानदार – एक – और एकमात्र **त्रिकोणीय जादूगरी टूर्नामेंट** दे रहा हूँ! अगर आप हॉगवर्ट्स के हैं। तो मेरे लिए तालियाँ बजाएँ।

ज़ोरदार हर्षध्वनि होती है।

और अब एल्बस और स्कॉर्पियस झील में तैर रहे हैं। आकर्षक आसानी से वे पानी में नीचे उतरते हैं।

अगर आप डर्मस्ट्रैंग के हैं – तो मेरे लिए तालियाँ बजाएँ।

ज़ोरदार हर्षध्वनि होती है।

और अगर आप बाबैटन्स के हैं, तो मेरे लिए तालियाँ बजाएँ।

थोड़ी कमज़ोर हर्षध्वनि होती है।

फ्रांसीसियों की तरफ़ से थोड़ी कमज़ोर हर्षध्वनि।

और वे चल दिए... विक्टर एक शार्क है, वाक़ई है। फ्लर कमाल की दिख रही है। हमेशा साहसी हैरी जिलीवीड का इस्तेमाल कर रहा है, चतुर हैरी, बहुत चतुर हैरी – और सेडरिक – सेडरिक को देखना कितना बढ़िया है। देवियो और सज्जनो, सेडरिक झील में तैरने के लिए बुलबुले सम्मोहन का इस्तेमाल कर रहा है।

सेडरिक डिगोरी *पानी में उनके पास आता है, उसके सिर के ऊपर एक बुलबुला है।* एल्बस *और* स्कॉर्पियस *एक साथ अपनी छड़ियाँ उठाते हैं और पानी के भीतर ही वृहदीकरण मंत्र मार देते हैं।*

वह मुड़ता है और दुविधा में उनकी ओर देखता है। और फिर यह मंत्र उससे टकराता है। और उसके आस–पास का पानी सुनहरा हो जाता है।

और फिर सेडरिक फूलने लगता है – और फूलता है – थोड़ा और फूलता है।

वह अपने चारों ओर देखता है – पूरी तरह दहशत में। और लड़के देखते हैं, जब सेडरिक पानी में से असहाय तरीक़े से ऊपर उठता है।

लेकिन नहीं, यह क्या हुआ... सेडरिक डिगोरी पानी से बाहर निकल रहा है और लगता है कि वह प्रतिस्पर्धा से बाहर हो गया है। ओह, देवियो और सज्जनो, हमें विजेता खिलाड़ी का तो पता नहीं चल पाया है, लेकिन निश्चित रूप से पराजित खिलाड़ी का पता चल गया है। सेडरिक डिगोरी एक गुब्बारे में बदल रहा है और यह गुब्बारा उड़ना चाहता है। उड़ना, देवियो और सज्जनो, उड़ना। प्रतिस्पर्धा से उड़कर बाहर जाओ और टूर्नामेंट से उड़कर बाहर हो जाओ – ओह हो, यह भी क्या ख़ूब है। सेडरिक के चारों ओर पटाखे फूट रहे हैं, जिनमें से आवाज़ आ रही है – 'रॉन हर्माइनी से प्यार करता है' – और भीड़ को यह पसंद आ रहा है – ओह, देवियो और सज्जनो, सेडरिक के चेहरे का भाव। यह काफ़ी प्रभावी तस्वीर है, काफ़ी प्रभावी दृश्य, काफ़ी बड़ा हादसा। यह घोर अपमान है। इसके लिए कोई दूसरा शब्द नहीं है।

और एल्बस खुलकर मुस्कुराता है और पानी में स्कॉर्पियस के हाथ पर ताली मारता है।

और एल्बस ऊपर की तरफ़ इशारा करता है और स्कॉर्पियस सिर हिलाता है और वे ऊपर की तरफ़ तैरने लगते हैं। और जब सेडरिक उठता है, तो लोग हँसने लगते हैं और हर चीज़ बदल जाती है।

संसार ज़्यादा स्याह हो गया है। संसार दरअसल लगभग काला हो गया है।

और एक कौंध होती है। और एक धमाका। और काल–परिवर्तक रुक जाता है। और हम वर्तमान में पहुँच जाते हैं।

स्कॉर्पियस अचानक बाहर निकलता है, पानी को चीरता हुआ। और उसके चेहरे पर विजयी भाव है।

स्कॉर्पियस

वूऽऽऽऽऽ – हूऽऽऽऽ!

वह चारों तरफ़ देखता है, हैरानी में। एल्बस कहाँ रह गया? वह अपने हाथ हवा में खड़े करता है।

हमने यह कर दिया!

वह एक और पल इंतज़ार करता है।

एल्बस?

एल्बस अब भी नहीं निकलता है। स्कॉर्पियस पानी पर चलता है, वह सोचता है और फिर से पानी में डुबकी लगाता है।

वह दोबारा उसमें से निकलता है। अब पूरी तरह से दहशत में। वह चारों तरफ़ देखता है।

एल्बस... **एल्बस... एल्बस।**

और सर्पभाषा में एक फुसफुसाहट सुनाई देती है। जो दर्शकों तक तेज़ी से पहुँचती है। वह आ रहा है। वह आ रहा है। वह आ रहा है।

डोलोरेस अंबरिज

स्कॉर्पियस मैल्फ़ॉय। झील से बाहर निकलो। झील से बाहर निकलो। इसी समय।

वे उसे पानी से बाहर खींचती हैं।

स्कॉर्पियस

मिस। मुझे मदद चाहिए। प्लीज़, मिस।

डोलोरेस अंबरिज

मिस? मैं कोई मिस–विस नहीं हूँ। मैं प्रोफ़ेसर अंबरिज हूँ, तुम्हारे स्कूल की हेडमिस्ट्रेस।

स्कॉर्पियस

आप हेडमिस्ट्रेस हैं? लेकिन मैं...

डोलोरेस अंबरिज

मैं हेडमिस्ट्रेस हूँ और तुम्हारा परिवार चाहे कितना भी महत्वपूर्ण हो – इससे तुम्हें ऊटपटाँग बातें करने की छूट नहीं मिल जाती है, गड़बड़ करने का बहाना नहीं मिल जाता है।

स्कॉर्पियस

इस झील में एक लड़का है। आपको मदद बुलाना चाहिए। मैं अपने दोस्त को खोज रहा हूँ, मिस। प्रोफ़ेसर। हेडमास्टर। हॉगवर्ट्स का एक विद्यार्थी, मिस। मैं एल्बस पॉटर को खोज रहा हूँ।

डोलोरेस अंबरिज

पॉटर? एल्बस पॉटर? ऐसा कोई विद्यार्थी यहाँ नहीं पढ़ता है। दरअसल बरसों से हॉगवर्ट्स में कोई पॉटर आया ही नहीं है – और बरसों पहले जो आया था, उसका अंत भी अच्छा नहीं हुआ। हैरी पॉटर, वह चिर शांति में नहीं, बल्कि अनंत निराशा में विश्राम कर रहा होगा। बहुत मुश्किलें पैदा की थीं उसने।

स्कॉर्पियस

हैरी पॉटर मर गया?

अचानक ऑडिटोरियम के चारों ओर हवा का झोंका महसूस होता है। लोगों के चारों ओर कुछ काले चोगे उठते हैं। काले चोगे, जो काला आकार ले लेते हैं। जो दमपिशाच बन जाते हैं।

ऑडिटोरियम में दमपिशाच उड़ते हैं। काले घातक आकार, काली घातक शक्तियाँ। उनसे डरना लाज़िमी है। और वे कमरे में भरे उत्साह को चूस लेते हैं।

हवा चलती रहती है। यह नरक है। और फिर कमरे के ठीक पीछे से और हर एक के चारों ओर फुसफुसाटें होती है। शब्द एक ऐसी आवाज़ में कहे जाते हैं, जिसे समझने में ग़लती नहीं हो सकती। वोल्डेमॉर्ट *की आवाज़...*

हैऽऽऽरी पॉऽऽऽटर...

हैरी *का सपना सच हो गया है।*

डोलोरेस अंबरिज

क्या तुमने वहाँ कोई अजीब चीज़ निगल ली है? हममें से किसी को बताए बिना मगलू बन गए? हैरी पॉटर को मरे बीस साल से ज़्यादा समय हो चुका है। वह स्कूल में हुए एक असफल विद्रोह का हिस्सा था – वह डम्बलडोर के आतंकवादियों में से एक था, जिन्हें हमने हॉगवर्ट्स के युद्ध में बहादुरी से पराजित किया था। अब चलो – मैं नहीं जानती कि तुम कौन सा खेल खेल रहे हो, लेकिन तुम्हारी वजह से दमपिशाच विचलित हो रहे हैं और वोल्डेमॉर्ट दिवस पूरी तरह से बर्बाद हो रहा है।

सर्पभाषा की फुसफुसाहटें ज़्यादा तेज़ और तेज़ होती हैं। बहुत शैतानी ढंग से तेज़ हो जाती हैं। और मंच पर दैत्याकार बैनर नीचे आते हैं, जिन पर सर्प के प्रतीक बने हुए हैं।

और इस सबके बीच में स्कॉर्पियस दहशत में खड़ा है।

स्कॉर्पियस

वोल्डेमॉर्ट दिवस?

पर्दा गिर जाता है। अंधकार।

खंड एक का अंत

खंड दो

खंड दो

अंक तीन

अंक तीन दृश्य एक

हॉगवर्ट्स, हेडमिस्ट्रेस का ऑफ़िस

और अब हम दृढ़ता से एक नए संसार में हैं।

और यह अंधकार का संसार है।

पृथ्वी पर राख की परत है – जो इसे अनिश्चितता और दहशत का धुँधलापन देती है।

यह मंचन में – संगीत में – झलकता है, लेकिन सबसे बढ़कर उन विकल्पों में, जिन्हें हम चुनते हैं।

हैरी मर चुका है। वोल्डेमॉर्ट ज़िंदा है और राज करता है। कोई चीज़ वैसी नहीं है, जैसी होनी चाहिए।

स्कॉर्पियस डोलोरेस अंबरिज के ऑफ़िस में दाख़िल होता है। वह ज़्यादा गहरे, ज़्यादा काले चोगे पहने है। उसके चेहरे पर विचारमग्न भाव है। उसे सभी तरफ़ से ख़तरों का अंदेशा है, इसलिए वह पूरे समय तनावपूर्ण व चौकस बना रहता है।

डोलोरेस अंबरिज

स्कॉर्पियस। मुझसे मिलने आने के लिए बहुत–बहुत धन्यवाद।

स्कॉर्पियस

हेडमिस्ट्रेस।

डोलोरेस अंबरिज

स्कॉर्पियस, जैसा तुम जानते हो, मैं काफ़ी समय से सोच रही हूँ कि तुममें हेड बॉय बनने की क्षमता है। शुद्ध–रक्त, नैसर्गिक नायक, अद्भुत खिलाड़ी...

स्कॉर्पियस

खिलाड़ी?

डोलोरेस अंबरिज

संकोच करने की कोई ज़रूरत नहीं है, स्कॉर्पियस। मैंने तुम्हें क्विडिच की पिच पर देखा है। शायद ही कोई सुनहरी गेंद होती है, जिसे तुम नहीं पकड़ पाते। तुम बहुत ही महत्वपूर्ण विद्यार्थी हो। शिक्षक तुम्हें महत्व देते हैं। मैं ख़ास तौर पर महत्व देती हूँ। भविष्यपक्षी यानी ऑगरी को भेजी जानकारी में मैंने तुम्हारी भूरि–भूरि प्रशंसा की है। हमने मिलकर जो काम किया है यानी अधकचरे विद्यार्थियों को साफ़ कर दिया है, उससे यह स्कूल ज़्यादा सुरक्षित – ज़्यादा शुद्ध – हो गया है।

स्कॉर्पियस

क्या सचमुच?

दूर से एक चीख़ की आवाज़ सुनाई देती है। स्कॉर्पियस उसकी ओर मुड़ता है। लेकिन वह इस विचार को ख़ारिज कर देता है। उसे ख़ुद पर क़ाबू रखना होगा।

डोलोरेस अंबरिज

लेकिन वोल्डेमॉर्ट दिवस पर जब से तुम मुझे झील में मिले हो, तुम ... काफ़ी अजीब हो गए हो – ख़ास तौर पर, तुममें हैरी पॉटर के बारे में अचानक जुनून जाग गया है...

स्कॉर्पियस

नहीं तो...

डोलोरेस अंबरिज

हर किसी से हॉगवट्र्स के युद्ध के बारे में सवाल पूछ रहे हो। पॉटर कैसे मरा। पॉटर क्यों मरा। और सेडरिक डिगोरी के बारे में भी पागलपन भरी जिज्ञासा। स्कॉर्पियस – हमने जाँच की है कि कहीं तुम पर जादुई मंत्रों और शापों का असर तो नहीं है – हमें उनमें कुछ नहीं मिला – इसलिए मैं तुमसे पूछ रही हूँ कि क्या मैं तुम्हारे लिए कुछ कर सकती हूँ – तुम्हें तुम्हारे पुराने स्वरूप में लाने के लिए, जैसे तुम थे...

स्कॉर्पियस

नहीं। नहीं। मुझे दोबारा वैसा ही समझें। अस्थायी भटकाव। बस इतना ही।

डोलोरेस अंबरिज

तो हम मिलकर अपना काम जारी रख सकते हैं?

स्कॉर्पियस

बिलकुल।

वे अपना हाथ अपने दिल पर रखती हैं और अपनी कलाइयों को साथ लाती हैं।

डोलोरेस अंबरिज

वोल्डेमॉर्ट और वीरता के लिए।

स्कॉर्पियस *(नक़ल करते हुए)*

हाँ – उसके लिए – हाँ।

अंक तीन **दृश्य दो**

हॉगवर्ट्स, मैदान

मंच घूमने लगता है और इसके साथ स्कॉर्पियस भी घूमता है, वह किसी चीज़ – किसी भी चीज़ – की तलाश कर रहा है, जो उसे उस झमेले से बचने का रास्ता बनाए, जिसमें वह इस समय है। कार्ल *और* यैन *उत्साह व जोश से भरे हुए हैं। वे तेज़ी से* स्कॉर्पियस *के पास आते हैं।*

कार्ल जेंकिन्स

सुनो स्कॉर्पियन किंग।

> स्कॉर्पियस *के हाथ पर हाथ मारा जाता है। यह दर्द भरा है, लेकिन वह इसे झेल लेता है।*

यैन फ्रेडरिक्स

हम तैयार हैं, कल रात को?

कार्ल जेंकिन्स

क्योंकि हम कुछ मगलुओं का पेट चीरने के लिए बेताब हैं।

> *वे चले जाते हैं।*

पॉली चैपमैन

स्कॉर्पियस।

> पॉली चैपमैन *सीढ़ियों पर खड़ी है,* स्कॉर्पियस *उसकी ओर घूमता है।*

स्कॉर्पियस

पॉली चैपमैन?

पॉली चैपमैन

तो हम बात कर लें? मैं जानती हूँ कि हर कोई यह जानने के लिए बेताब है कि तुम किससे पूछने वाले हो, क्योंकि देखो, तुम्हें किसी से तो पूछना है और मुझसे अब तक तीन लोग पूछ चुके हैं और मैं जानती हूँ कि उन्हें इंकार करने वाली मैं अकेली नहीं हूँ। वैसे देखो, तुम्हें मुझसे पूछना था।

स्कॉर्पियस

ठीक है।

पॉली चैपमैन

जो बेहतरीन होगा। अगर तुम्हारी रुचि हो। जैसी कि अफ़वाह है – कि तुम्हारी रुचि है। और मैं – इसी पल – बस यह स्पष्ट करना चाहती हूँ कि मेरी भी रुचि है। और यह अफ़वाह नहीं है। यह एक – स–च्–चा–ई – सच्चाई है।

स्कॉर्पियस

यह अह – बेहतरीन है, लेकिन – हम किस बारे में बात कर रहे हैं?

पॉली चैपमैन

ब्लड बॉल की, ज़ाहिर है – कि तुम – स्कॉर्पियन किंग ब्लड बॉल में किसे ले जा रहे हो।

स्कॉर्पियस

पॉली चैपमैन – तुम चाहती हो कि मैं तुम्हें – बॉल में लेकर चलूँ?

पीछे से चीख़ने की आवाज़ आती है।

यह चीख़ कैसी है?

पॉली चैपमैन

मगलू हैं, और क्या? कालकोठरी में। तुम्हारा ही विचार था, है ना? तुम्हें हो क्या रहा है? अरे पॉटर का बेड़ा गर्क हो, मेरे जूतों पर फिर ख़ून लग गया...

वह झुकती है और अपने जूतों पर लगे ख़ून को सावधानी से साफ़ करती है।

जैसा ऑगरी ज़ोर देकर कहती है – भविष्य बनाना हमारे हाथ में है – इसलिए मैं यहाँ पर हूँ – भविष्य बनाने के लिए – तुम्हारे साथ। वोल्डेमॉर्ट और वीरता के नाम पर।

स्कॉर्पियस

वोल्डेमॉर्ट के नाम पर।

पॉली चली जाती है, स्कॉर्पियस दुखी होकर उसे देखता रहता है। यह कैसा संसार है – और इसके भीतर वह किस भूमिका में है?

वह घूमता है...

अंक तीन दृश्य तीन

जादू मंत्रालय, जादुई क़ानून अनुपालन विभाग के प्रमुख का ऑफ़िस

ड्रेको इतना प्रभावशाली दिख रहा है, जितना पहले कभी नहीं दिखा है। उसमें शक्ति का अहसास नज़र आ रहा है और वह सत्ताधारी के रूप में अच्छा दिखता है। कमरे के दोनों तरफ़ ऑगरी *के झंडे फहरा रहे हैं – पक्षी फ़ासीवादी अंदाज़ में अलंकृत है।*

ड्रेको

तुम्हें देर हो गई।

स्कॉर्पियस

यह आपका ऑफ़िस है?

ड्रेको

तुम्हें देर हो गई और तुमने इसके लिए माफ़ी भी नहीं माँगी। शायद तुम समस्या को कई गुना बढ़ाने पर तुले हो।

स्कॉर्पियस

आप जादुई क़ानून अनुपालन विभाग के मुखिया हो?

ड्रेको

तुम्हारी यह जुर्रत! तुम्हारी यह जुर्रत कि तुम मुझे नीचा दिखाओ और मुझसे इंतज़ार कराओ और फिर इसके लिए माफ़ी भी न माँगो!

स्कॉर्पियस

सॉरी।

ड्रेको

सर।

स्कॉर्पियस ऊपर देखता है, यह सोचने लगता है कि उसके डैडी के दिमाग़ में क्या चल रहा है।

स्कॉर्पियस

सॉरी, सर।

ड्रेको

स्कॉर्पियस, मैंने तुम्हें घटिया बनने के लिए नहीं पाला था। मैंने तुम्हें इसलिए नहीं पाला था कि तुम हॉगवर्ट्स में मेरा अपमान करो।

स्कॉर्पियस

आपका अपमान, सर?

ड्रेको

हैरी पॉटर, सबसे शर्म की बात, हैरी पॉटर के बारे में सवाल पूछना। तुमने मैल्फ़ॉय नाम को बदनाम करने की जुर्रत कैसे की?

स्कॉर्पियस के दिमाग़ में एक स्याह विचार कौंधता है।

स्कॉर्पियस

ओह नहीं। क्या आप ज़िम्मेदार हैं? नहीं। नहीं। आप नहीं हो सकते।

ड्रेको

स्कॉर्पियस...

स्कॉर्पियस

आज के *दैनिक जादूगर* में – तीन जादूगरों ने पुल उड़ाए। वे यह देखना चाहते थे कि एक विस्फोट से वे कितने मगलुओं को मार सकते हैं – क्या यह आपका काम है?

ड्रेको

बहुत सावधान रहो।

स्कॉर्पियस अपने डैडी की ओर क़दम बढ़ाता है, हर क़दम के साथ उन पर आरोप लगाते हुए।

स्कॉर्पियस

'मगलू' मृत्यु शिविर, यातना, विरोध करने वालों को ज़िंदा जलाना। इसमें आपका कितना हाथ है? मम्मी ने हमेशा मुझे बताया था कि मैं आपको जैसा मानता हूँ, आप उससे बेहतर इंसान हैं, लेकिन दरअसल आप तो वही निकले, है ना? एक हत्यारे, एक आततायी, एक –

ड्रेको *उठता है और* स्कॉर्पियस *को टेबल पर कसकर खींचता है। हिंसा आश्चर्यजनक और घातक है।*

ड्रेको

उसका नाम व्यर्थ में मत लो, स्कॉर्पियस। इस तरह जीतने की कोशिश मत करो। वह इससे बेहतर की हक़दार है।

स्कॉर्पियस *कुछ नहीं कहता है। वह दहशत में है और डर गया है।* ड्रेको *इसे समझ लेता है। वह* स्कॉर्पियस *का सिर छोड़ देता है। वह अपने बेटे को चोट नहीं पहुँचाना चाहता है।*

और नहीं, मूर्खों ने विस्फोट करके मगलुओं को उड़ाया है, वह मेरा काम नहीं है, हालाँकि ऑगरी मुझसे ही कहेगी कि मगलू प्रधानमंत्री को रिश्वत में सोना दूँ... क्या तुम्हारी माँ ने वाक़ई मेरे बारे में यह कहा था?

स्कॉर्पियस

उन्होंने कहा था कि दादाजी उन्हें ज़्यादा पसंद नहीं करते थे – वे शादी का विरोध कर रहे थे – सोचते थे कि वे ज़रूरत से ज़्यादा मगलू–प्रेमी थीं – कुछ ज़्यादा ही कमज़ोर थीं – कि आपने उनकी ख़ातिर दादाजी से बगावत की थी। मम्मी ने कहा था कि इतनी ज़्यादा बहादुरी उन्होंने कभी नहीं देखी।

ड्रेको

तुम्हारी मम्मी की ख़ातिर बहादुर बनना बहुत आसान था।

स्कॉर्पियस

लेकिन तब – तब आप अलग थे।

वह अपने डैडी को देखता है, जो त्योरी चढ़ाकर उसे देखते हैं।

मैंने बुरे काम किए हैं और आपने तो उससे भी बुरे काम किए हैं। हम क्या बन गए हैं, डैडी?

ड्रेको

हम कुछ नहीं बने हैं – हम जैसे थे, वैसे ही हैं।

स्कॉर्पियस

मैल्फ़ॉय परिवार। वह परिवार, जिस पर आप भरोसा कर सकते हैं कि यह संसार को ज़्यादा स्याह जगह बना देगा।

यह बात ड्रेको के दिल को छू जाती है, वह सावधानी से स्कॉर्पियस *को देखता है।*

ड्रेको

स्कूल में यह गोरखधंधा – इस सबको किसने प्रेरित किया है?

स्कॉर्पियस

मैं जो हूँ, वह नहीं बनना चाहता।

ड्रेको

इसकी वजह?

स्कॉर्पियस *अपनी बात कहने के तरीक़े की बुरी तरह तलाश करता है।*

स्कॉर्पियस

मैंने ख़ुद को एक अलग तरीक़े से देखा है।

ड्रेको

तुम जानते हो, मुझे तुम्हारी माँ में सबसे ज़्यादा पसंद क्या था? वह हमेशा अँधेरे में उजाला ढूँढ़ने में मेरी मदद करती थी। वह संसार को – कम से कम मेरे संसार को – तुमने किस शब्द का इस्तेमाल किया था – कम 'स्याह' बना देती थी।

स्कॉर्पियस

क्या सचमुच?

ड्रेको *अपने बेटे का चेहरा पढ़ता है।*

ड्रेको

मैंने जितना सोचा था, तुममें अपनी माँ का उससे ज़्यादा अंश है।

अंतराल। वह सतर्क होकर स्कॉर्पियस को देखता है।

तुम जो भी कर रहे हो – सावधानी से करना। मैं तुम्हें भी नहीं खोना चाहता।

स्कॉर्पियस

जी। सर।

ड्रेको अपने बेटे को आख़िरी बार देखता है – उसके दिमाग़ को समझने की कोशिश करते हुए।

वह अपना हाथ अपनी कलाइयों पर अब परिचित अंदाज़ में फेरता है।

ड्रेको

वोल्डेमॉर्ट और वीरता के नाम पर।

स्कॉर्पियस उनकी ओर देखता है और कमरे से बाहर निकल जाता है।

स्कॉर्पियस

वोल्डेमॉर्ट और वीरता के नाम पर।

अंक तीन **दृश्य चार**

हॉगवर्ट्स, लाइब्रेरी

स्कॉर्पियस *लाइब्रेरी में आता है और बदहवासी में पुस्तकें देखने लगता है। उसे इतिहास की एक पुस्तक मिल जाती है।*

स्कॉर्पियस

सेडरिक प्राणभक्षी कैसे बना? मुझसे क्या चूक हो गई? मुझे अँधेरे में – थोड़ा उजाला तो दिखाओ।

क्रेग बाउकर जूनियर

आप यहाँ क्यों आए?

स्कॉर्पियस *मुड़कर थोड़े हक्के–बक्के दिख रहे क्रेग को देखता है।*

स्कॉर्पियस

मैं यहाँ क्यों नहीं आ सकता?

क्रेग बाउकर जूनियर

यह अभी तैयार नहीं हुआ। मैं जितनी तेज़ी से कर सकता हूँ, उतनी तेज़ी से काम कर रहा हूँ। लेकिन प्रोफ़ेसर स्नेप ने बहुत ज़्यादा काम दिया है और निबंध को दो अलग–अलग तरीक़ों से लिखना है। मेरा मतलब है, मैं शिकायत नहीं कर रहा हूँ... सॉरी।

स्कॉर्पियस

दोबारा बताओ। शुरुआत से। क्या तैयार नहीं है?

क्रेग बाउकर जूनियर

आपके काढ़ों का होमवर्क। और मैं ख़ुशी–ख़ुशी यह काम करता हूँ – यहाँ तक कि मैं कृतज्ञ भी हूँ। मैं जानता हूँ कि आपको होमवर्क तथा पुस्तकों से नफ़रत है और आप जानते हैं कि मैं आपको कभी निराश नहीं करूँगा।

स्कॉर्पियस

– होमवर्क – से – नफ़रत?

क्रेग बाउकर जूनियर

आप स्कॉर्पियन किंग हो। ज़ाहिर है, आपको होमवर्क से नफ़रत है। आपके हाथों में *जादू का इतिहास* पुस्तक क्या कर रही है? मैं उसका होमवर्क भी कर सकता हूँ?

अंतराल। स्कॉर्पियस *पल भर के लिए* क्रेग *को देखता है और फिर इतिहास की पुस्तक उसकी ओर फेंक देता है।* क्रेग *चला जाता है, पुस्तक को जकड़े हुए।*

एक पल बाद स्कॉर्पियस *की त्योरी चढ़ जाती है, जब उसके मन में एक विचार आता है।*

स्कॉर्पियस

उसने क्या नाम लिया था? स्नेप?

अंक तीन **दृश्य पाँच**

हॉगवर्ट्स, काढ़ों का क्लासरूम

स्कॉर्पियस *काढ़ों के क्लासरूम में दौड़ता है। दरवाज़ा धड़ाम से बंद करता है।* सीवियरस स्नेप *उसे देखते हैं।*

स्नेप

लड़के, क्या किसी ने तुम्हें दरवाज़े पर दस्तक देना नहीं सिखाया?

स्कॉर्पियस स्नेप *को देखता है, थोड़ा हाँफता हुआ, थोड़ा अनिश्चित, थोड़ा उल्लासमय।*

स्कॉर्पियस

सीवियरस स्नेप। यह एक सम्मान है।

स्नेप

प्रोफ़ेसर स्नेप अच्छा रहेगा। मैल्फ़ॉय, तुम भले ही ख़ुद को इस स्कूल का राजा मानते हो, लेकिन इससे हम सभी तुम्हारे गुलाम नहीं बन जाते।

स्कॉर्पियस

लेकिन आप ही तो जवाब हैं...

स्नेप *उतने ही कटु बने हुए हैं, जितने हमेशा थे*

स्नेप

कितनी सुखद बात है। अगर तुम्हे कुछ कहना है लड़के, तो मेहरबानी करके कह दो... अगर नहीं कहना है, तो बाहर निकलते वक़्त दरवाज़ा बंद कर जाना।

स्कॉर्पियस

मुझे आपकी मदद चाहिए।

स्नेप

मेरा तो जीवन ही सेवा करने के लिए है।

स्कॉर्पियस

मैं बस यह नहीं जानता कि मुझे क्या मदद – चाहिए। क्या आप अब भी छिपे हुए हैं? क्या आप अब भी डम्बलडोर के लिए छिपकर काम कर रहे हैं?

स्नेप

डम्बलडोर? डम्बलडोर मर चुके हैं। और उनके लिए मैं जो काम करता था, वह सार्वजनिक था – मैं उनके स्कूल में पढ़ाता था।

स्कॉर्पियस

नहीं। आपने सिर्फ़ इतना ही नहीं किया था। आपने उनकी ख़ातिर प्राणभक्षियों पर निगाह रखी थी। आपने उन्हें सलाह दी थी। हर कोई यही सोचता था कि आपने उनकी हत्या की है – लेकिन हक़ीक़त तो यह थी कि आप उनका समर्थन कर रहे थे। आपने संसार को बचाया था।

स्नेप *डर और आवेश में गुर्राते हैं।*

स्नेप

ये बहुत ख़तरनाक आरोप हैं, लड़के। और यह मत सोचना कि मैल्फ़ॉय नाम तुम्हें सज़ा से बचा लेगा।

स्कॉर्पियस

क्या हो, अगर मैं आपको बताऊँ कि एक और संसार था – एक अलग संसार जिसमें वोल्डेमॉर्ट हॉगवर्ट्स के युद्ध में पराजित हो गया था, जिसमें हैरी पॉटर और डम्बलडोर की सेना जीत गई थी, तो आप कैसा महसूस करेंगे...

स्नेप

मैं कहूँगा कि यह अफ़वाह सही है कि हॉगवर्ट्स के प्रिय स्कॉर्पियन किंग का दिमाग़ी संतुलन खो गया है।

स्कॉर्पियस

एक काल–परिवर्तक चोरी हुआ था। मैंने एक काल–परिवर्तक चुराया था। एल्बस के साथ। हमने सेडरिक डिगोरी को ज़िंदा करने की कोशिश की थी, जबकि वह मर चुका था। हमने उसे त्रिकोणीय जादूगरी टूर्नामेंट जीतने से रोकने की कोशिश की। लेकिन ऐसा करके हमने उसे एक बिलकुल अलग व्यक्ति में बदल दिया।

स्नेप

वह त्रिकोणीय जादूगरी टूर्नामेंट हैरी पॉटर जीता था।

स्कॉर्पियस

उसे यह टूर्नामेंट अकेले नहीं जीतना था। सेडरिक को भी उसके साथ जीतना था। लेकिन हमने सेडरिक को अपमानित करके टूर्नामेंट से बाहर कर दिया। और उस अपमान के फलस्वरूप वह प्राणभक्षी बन गया। मैं यह नहीं जानता कि उसने हॉगवर्ट्स के युद्ध में क्या किया – उसने किसी को मारा या नहीं – लेकिन उसने कुछ किया और इससे हर चीज़ बदल गई।

स्नेप

सेडरिक डिगोरी ने सिर्फ़ एक ही जादूगर को मारा था और वह भी ज़्यादा महत्वपूर्ण नहीं – नेविल लॉंगबॉटम।

स्कॉर्पियस

ओह, ज़ाहिर है, वही तो! प्रोफ़ेसर लॉंगबॉटम ने वोल्डेमॉर्ट की साँप नागिनी को मारा था। नागिनी के मरने के बाद ही वोल्डेमॉर्ट मर सकता था। यही बात है! आपने इसे सुलझा दिया! हमने सेडरिक को तबाह कर दिया, उसने नेविल को मार डाला, इसलिए वोल्डेमॉर्ट युद्ध जीत गया। क्या आप देख सकते हैं? क्या आप इसे देख सकते हैं?

स्नेप

मैं देख सकता हूँ कि यह मैल्फ़ॉय का एक खेल है। बाहर चले जाओ, इससे पहले कि मैं तुम्हारे डैडी को चेतावनी दूँ और तुम्हें ज़्यादा मुश्किल में धकेलूँ।

स्कॉर्पियस *सोचता है और फिर अपना आख़िरी, हताशा भरा पत्ता खोलता है।*

स्कॉर्पियस

आप हैरी की माँ से प्रेम करते थे। मुझे हर चीज़ याद नहीं है। मैं जानता हूँ कि आप उनकी माँ से प्रेम करते थे। हैरी की माँ से। लिली। मैं जानता हूँ कि आप बरसों तक छिपकर काम कर रहे थे। मैं जानता हूँ कि आपके बिना युद्ध कभी नहीं जीता जा सकता था। अगर मैंने दूसरा संसार न देखा होता, तो मुझे यह सब कैसे पता चलता...?

स्नेप *कुछ नहीं कहते हैं, भावविव्हल।*

सिर्फ़ डम्बलडोर जानते थे, सही है? और जब आपने उन्हें खो दिया, तो आपने बहुत अकेलापन महसूस किया होगा। मैं जानता हूँ कि आप एक अच्छे इंसान हैं। हैरी पॉटर ने अपने बेटे को बताया था कि आप एक महान इंसान हैं।

स्नेप स्कॉर्पियस *को देखते हैं, जो हो रहा है उसके बारे में वे अनिश्चय में हैं। क्या यह एक चाल है? वे सचमुच असमंजस में हैं।*

स्नेप

हैरी पॉटर मर चुका है।

स्कॉर्पियस

मेरे संसार में नहीं। उन्होंने कहा था कि आप सबसे बहादुर इंसान हैं, जिससे वे कभी मिले थे। वे जानते थे, देखिए – वे आपका रहस्य जानते थे – कि आपने डम्बलडोर की ख़ातिर क्या किया। और वे इसके लिए आपकी प्रशंसा करते थे – बहुत ज़्यादा। और इसीलिए उन्होंने अपने बेटे – मेरे सबसे अच्छे दोस्त – का नाम आप दोनों के नाम पर रखा था। एल्बस सीवियरस पॉटर।

स्नेप *रुक जाते हैं। वे बहुत द्रवित हैं।*

मेहरबानी करें, लिली की ख़ातिर, संसार की ख़ातिर, मेरी मदद करें।

स्नेप *सोचते हैं और फिर* स्कॉर्पियस *के पास तक चलकर जाते हैं। इसके साथ ही वे अपनी छड़ी बाहर निकालते हैं।* स्कॉर्पियस *डरकर पीछे क़दम रखता है।* स्नेप *अपनी छड़ी से दरवाज़े पर मंत्र मारते हैं।*

स्नेप

तालाबंद!

एक अदृश्य ताला लग जाता है। स्नेप क्लासरूम के पीछे की साँकल खोलते हैं।

तो चलो, चलते हैं...

स्कॉर्पियस

बस एक सवाल, हम जा कहाँ रहे हैं?

स्नेप

हमें कई बार जगह बदलनी पड़ी है। उन्होंने हमारी हर चुनी हुई जगह को नष्ट कर दिया। यह हमें लड़ाकू पेड़ की जड़ों में छुपे हुए एक कमरे तक ले जाएगा।

स्कॉर्पियस

ठीक है, हमारी यानी।

स्नेप

ओह। तुम ख़ुद ही देख लेना।

अंक तीन **दृश्य छह**

अभियान कक्ष

भूमिगत। ज़मीन, धूल और निराशा भरे (लेकिन आवश्यक) प्रयत्न का माहौल।

काफ़ी उग्र दिख रही हर्माइनी *ने* स्कॉर्पियस *को टेबल पर दबोच दिया है।* हर्माइनी *के कपड़े भले ही फीके हैं, लेकिन उसकी आँखें धधक रही हैं, वह अब पूर्ण योद्धा बन चुकी है और यह उस पर फबता भी है।*

हर्माइनी

तुमने एक भी हरकत की, तो तुम्हारा दिमाग़ मेंढक बन जाएगा और हाथ रबड़ बन जाएँगे।

स्नेप स्कॉर्पियस *के बाद कमरे में दाख़िल होते हैं।*

स्नेप

सुरक्षित। वह सुरक्षित है। *(अंतराल।)* जानती हो, तुम कभी सुन नहीं सकती हो। तुम बड़ी बोर विद्यार्थी थीं और आज भी भयंकर बोर हो।

हर्माइनी

मैं बेहतरीन विद्यार्थी थी।

स्नेप

तुम सामान्य या औसत थीं। वह हमारी तरफ़ है!

स्कॉर्पियस

मैं हूँ, हर्माइनी।

हर्माइनी स्कॉर्पियस *को देखती है, अब भी बहुत अविश्वास से।*

हर्माइनी

ज़्यादातर लोग मुझे ग्रेंजर नाम से जानते हैं। और मैल्फ़ॉय, मुझे तुम्हारे कहे एक भी शब्द पर यक़ीन नहीं है।

स्कॉर्पियस

यह सब मेरी ग़लती है। मेरी ग़लती। और एल्बस की।

हर्माइनी

एल्बस? एल्बस डम्बलडोर? एल्बस डम्बलडोर का इससे क्या लेना–देना है?

स्नेप

उसका मतलब डम्बलडोर से नहीं है। तुम्हें बैठ जाना चाहिए।

रॉन दौड़ता हुआ अंदर आता है। उसके बाल कीलों की तरह खड़े हैं। कपड़े मैले–कुचैले हैं। वह बग़ावती तेवर में हर्माइनी से कम अच्छा दिखता है।

रॉन

स्नेप, एक शाही आगमन – *(वह स्कॉर्पियस को देखता है, और तुरंत दहशत में आ जाता है)* वह यहाँ क्या कर रहा है?

वह अपनी छड़ी निकालने में फूहड़ता दिखाता है।

मैं हथियारबंद हूँ – बहुत ख़तरनाक हूँ और गंभीर चेतावनी देता हूँ –

उसे महसूस होता है कि उसकी छड़ी ग़लत दिशा में है, वह उसे घूमाकर सही करता है।

–कि तुम बहुत सावधान रहना–

स्नेप

वह सुरक्षित है, रॉन।

रॉन हर्माइनी *की तरफ़ देखता है, जो सिर हिलाती है।*

रॉन

इसके लिए डम्बलडोर को धन्यवाद।

अंक तीन दृश्य सात

अभियान कक्ष

हर्माइनी *बैठकर काल–परिवर्तक को ग़ौर से देख रही है, उधर* रॉन *इस सबको पचाने की कोशिश कर रहा है।*

रॉन

तो तुम मुझे यह बता रही हो कि सारा इतिहास... नेविल लॉंगबॉटम पर निर्भर करता है? यह काफ़ी अजीब बात है।

हर्माइनी

यह सच है, रॉन।

रॉन

सही। और तुम्हें इसलिए यक़ीन है, क्योंकि...

हर्माइनी

जो वह स्नेप के बारे में – और हम सबके बारे में – जानता है। वह किसी दूसरे तरीक़े से यह नहीं जान सकता...

रॉन

शायद वह तुक्का लगाने में माहिर होगा?

स्कॉर्पियस

मैं नहीं हूँ। क्या आप मदद कर सकते हैं?

रॉन

हम ही हैं, जो मदद कर सकते हैं। डम्बलडोर की सेना अपने शिखर से काफ़ी कम हो गई है। वास्तव में –

वह एक पल का समय लेता है, जो उसके लिए दर्दनाक है।

रॉन

हम लोग ही हैं जो सेना में बचे हैं, लेकिन हमने लड़ाई जारी रखी है। खुलेआम छिप रहे हैं। उनकी नाक के बालों में गुदगुदी करने की पूरी कोशिश कर रहे हैं। ग्रेंजर वांछित महिला है, जिसकी क़ानून को तलाश है। मैं वांछित पुरुष हूँ।

स्नेप *(शुष्कता से)*

तुम कम–वांछित–हो।

हर्माइनी

साफ़–साफ़ बताओ : इस दूसरे संसार में... तुम्हारे दखलंदाज़ी करने से पहले स्थिति क्या थी?

स्कॉर्पियस

वोल्डेमॉर्ट मारा जाता है। हॉगवट्र्स के युद्ध में मारा जाता है। हैरी जादुई क़ानून अनुपालन विभाग के प्रमुख हैं। आप जादू मंत्री हैं।

हर्माइनी *रुक जाती है, वह इस बात पर हैरान है, मुस्कान के साथ ऊपर देखती है।*

हर्माइनी

मैं जादू मंत्री हूँ?

रॉन *(आनंद में शामिल होने की इच्छा से)*

बेहतरीन। मैं क्या करता हूँ?

स्कॉर्पियस

आप वीज़्लीज़ विज़ार्ड व्हीज़ेस नाम की जोक शॉप चलाते हैं।

रॉन *का चेहरा लटक जाता है।*

रॉन

ठीक है, तो वह जादू मंत्री है और मैं एक जोक शॉप चलाता हूँ?

स्कॉर्पियस रॉन *के आहत चेहरे को देखता है।*

स्कॉर्पियस

आपका ज़्यादातर ध्यान अपने बच्चों को पालने पर केंद्रित रहता है।

रॉन

बेहतरीन। मैं उम्मीद करता हूँ कि उनकी माँ कमाल की होगी।

स्कॉर्पियस *(शर्माते हुए)*

देखिए... उह... यह इस बात पर निर्भर करता है कि आप क्या सोचते हैं... बात यह है कि आप दोनों, आप दोनों के बच्चे हैं – एक साथ। एक बेटी और एक बेटा।

दोनों ऊपर देखते हैं, हैरान।

विवाहित। प्रेम में। हर चीज़। आप उस बार भी सदमे में आ गई थीं। जब आप गुप्त कलाओं से रक्षा की टीचर थीं और रॉन की शादी पद्मा से हुई थी। आप यह सुनकर *लगातार* हैरान होती हैं।

हर्माइनी *और* रॉन *एक–दूसरे को देखते हैं और फिर दूर देखने लगते हैं। फिर* रॉन *पलटकर देखता है।* रॉन *अपना गला बार–बार साफ़ करता है। हर बार कम विश्वास से।*

हर्माइनी

वीज़्ली, जब तुम मेरी तरफ़ देखो, तो अपना मुँह बंद रखा करो।

रॉन *मुँह बंद कर लेता है। हालाँकि वह परेशान रहता है।*

और – स्नेप? स्नेप इस दूसरे संसार में क्या करते हैं?

स्नेप

शायद मैं मर गया हूँ।

वे स्कॉर्पियस *की तरफ़ देखते हैं, जो सच्चाई न बताने की बेतहाशा कोशिश करता है, लेकिन इसके बावजूद उसके चेहरे पर सच्चाई झलक जाती है।* स्नेप *के चेहरे पर पतली मुस्कान आ जाती है।*

तुम मुझे देखकर थोड़े ज़्यादा ही हैरान हुए थे। कैसे?

स्कॉर्पियस

बहादुरी से।

स्नेप

कौन?

स्कॉर्पियस

वोल्डेमॉर्ट।

स्नेप

कितनी चिढ़ की बात है।

ख़ामोशी रहती है, जब स्नेप इसे पचाते हैं।

फिर भी मुझे लगता है कि ख़ुद शैतानी शहंशाह के हाथों पराजित होने में गौरव है।

हर्माइनी

मुझे अफ़सोस है, सीवियरस।

स्नेप उसकी तरफ़ देखते हैं और फिर दर्द को गटक लेते हैं। वे अपना सिर हिलाकर रॉन *की तरफ़ इशारा करते हैं।*

स्नेप

चलो, कम से कम मेरी उससे तो शादी नहीं हुई।

हर्माइनी

तुमने किन मंत्रों का इस्तेमाल किया था?

स्कॉर्पियस

पहले काम में निरस्त्र भव और दूसरे में वृहदो का।

रॉन

आसान सुरक्षा मंत्रों से ये दोनों सही हो जाएँगे।

स्नेप

और फिर तुम चले आए?

स्कॉर्पियस

काल–परिवर्तक हमें वापस ले आया, हाँ। यही तो बात है – यह काल–परिवर्तक, आपको अतीत में सिर्फ़ पाँच मिनट मिलते हैं।

हर्माइनी

और क्या हम अब भी समय में ही चल सकते हैं, दूरी में नहीं?

स्कॉर्पियस

हाँ, हाँ, यानी – उह – आप उसी जगह पर लौटते हैं, जहाँ आप शुरू में खड़े रहते हैं–

हर्माइनी

दिलचस्प।

स्नेप और हर्माइनी दोनों ही जानते हैं कि इसका क्या मतलब है।

स्नेप

तो बस मैं और लड़का ही जाएँगे।

हर्माइनी

बुरा मत मानना, स्नेप, लेकिन मैं इसके लिए किसी पर भरोसा नहीं कर रही हूँ... यह बहुत ज़्यादा महत्वपूर्ण है।

स्नेप

हर्माइनी, जादूगरी के संसार में तुम्हारी तलाश जितनी तेज़ी से हो रही है, उतनी किसी दूसरे की नहीं हो रही है। यह करने के लिए तुम्हें बाहर जाना होगा। आख़िरी बार तुम कब बाहर गई थीं?

हर्माइनी

लंबे समय से तो नहीं लेकिन –

स्नेप

अगर तुम बाहर मिल गईं, तो दमपिशाच तुम्हें चूम लेंगे – वे तुम्हारी आत्मा चूस लेंगे...

हर्माइनी

सीवियरस, मैं टुकड़ों पर जीते–जीते उकता चुकी हूँ, बगावत की असफल कोशिशों से तंग आ चुकी हूँ, यह संसार को दोबारा बनाने का हमारा मौक़ा है।

वह रॉन की तरफ़ सिर हिलाती है, जो एक नक़्शा बाहर निकालता है।

टूर्नामेंट का पहला काम अँधेरे जंगल के किनारे पर होता है। हम यहाँ समय घुमा देते हैं, टूर्नामेंट तक पहुँचते हैं – मंत्र को रोक देते हैं और फिर सुरक्षित लौट आते हैं। सटीकता से करें – तो यह किया जा सकता है और इसमें हमें अपने समय में चेहरा बाहर दिखाने की ज़रूरत भी नहीं होगी। फिर हम दोबारा समय को घुमाएँगे, झील तक रास्ता तय करेंगे और दूसरा काम उलट देंगे।

स्नेप

तुम हर चीज़ का जोखिम ले रही हो –

हर्माइनी

अगर हम यह सही कर देते हैं, तो हैरी ज़िंदा हो जाएगा, वोल्डेमॉर्ट मर जाएगा और ऑगरी ग़ायब हो जाएगी। इसके लिए कोई भी जोखिम बड़ा नहीं है। हालाँकि मुझे अफ़सोस है कि आपको इसकी कितनी बड़ी क़ीमत चुकानी होगी।

स्नेप

कई बार क़ीमत चुकाए बिना काम नहीं चलता है।

दोनों एक–दूसरे की तरफ़ देखते हैं। स्नेप *सिर हिलाते हैं।* हर्माइनी *पलटकर सिर हिलाती है।*

मैंने अभी–अभी डम्बलडोर की कही बात तो नहीं दोहराई है?

हर्माइनी *(मुस्कान के साथ)*

नहीं, मुझे पूरा यक़ीन है कि ये सीवियरस स्नेप के ही लफ़्ज़ हैं।

वह स्कॉर्पियस की ओर मुड़ती है और काल–परिवर्तक की तरफ़ इशारा करती है।

मैल्फ़ॉय।

स्कॉर्पियस *उसे काल–परिवर्तक दे देता है। वह इसकी तरफ़ देखकर मुस्कुराती है, काल–परिवर्तक का दोबारा इस्तेमाल करने पर रोमांचित है, अपने मक़सद को लेकर रोमांचित है।*

उम्मीद है कि यह काम करेगा।

वह काल–परिवर्तक चलाती है, यह कंपन करने लगता है, और फिर गतिविधि के तूफ़ान का विस्फोट हो जाता है।

और रोशनी का एक दैत्याकार झोंका आता है। और शोर का धमाका होता है।

और समय रुक जाता है। और फिर यह पलटता है, थोड़ा सोचता है और फिर पीछे की तरफ़ खिसकने लगता है, पहलेपहल धीरे–धीरे...

फिर एक धमाका और कौंध होती है और हमारा समूह ग़ायब हो जाता है।

अंक तीन दृश्य आठ

अँधेरे जंगल का कोना, 1994

और हम खंड एक के हमारे दृश्य को दोबारा दोहराते देखते हैं, लेकिन मंच के आगे के बजाय पीछे की ओर। हम एल्बस *और* स्कॉर्पियस *को डर्मस्ट्रैंग के चोगों में पहचान लेते हैं। और इस सबके बीच हम* लूडो बैगमैन *के 'शानदार' शब्द को सुनते हैं।*

स्कॉर्पियस, हर्माइनी, रॉन *और* स्नेप *चिंता से देखते हैं।*

लूडो बैगमैन

और सेडरिक डिगोरी मंच पर दाख़िल हो चुका है। और वह तैयार नज़र आता है। डरा हुआ लेकिन तैयार। वह इस तरफ़ बचता है। वह उस तरफ़ बचता है। जब वह सुरक्षा के लिए इध ार–उधर होता है, तो लड़कियाँ आहें भरती हैं। वे एक सुर में चिल्लाती हैं, ड्रैगन महोदय हमारे डिगोरी को नुक़सान मत पहुँचाना। और सेडरिक बाईं तरफ़ बचता है और दाईं तरफ़ गोता लगाता है – और वह अपनी छड़ी तैयार करता है –

स्नेप

इसमें कुछ ज़्यादा ही समय लग रहा है। काल–परिवर्तक घूम रहा है।

लूडो बैगमैन

इस युवा, बहादुर, सुंदर लड़के की कमान में कौन सा तीर है –

जब एल्बस सेडरिक *की छड़ी निरस्त्र करने की कोशिश करता है, तो* हर्माइनी *उसके मंत्र को रोक देती है। वह*

असंतोष से अपनी छड़ी को देखता है, उसे पता नहीं है कि यह क्यों कारगर नहीं रही।

और फिर काल–परिवर्तक घूमता है और वे इसकी ओर देखते हैं और दहशत में आ जाते हैं, जब उन्हें इसमें खींच लिया जाता है।

एक कुत्ता – उसने एक पत्थर को कुत्ते में बदल दिया है – कुत्ता–उत्पादक सेडरिक डिगोरी – तुम ज़बर्दस्त हो।

अंक तीन **दृश्य नौ**

अँधेरे जंगल का किनारा

वे वर्तमान समय में लौट आते हैं, जंगल के कोने पर। रॉन काफ़ी दर्द में है। स्नेप चारों ओर देखते हैं, तुरंत उस झमेले के बारे में जागरूक हो जाते हैं, जिसमें वे हैं।

रॉन

आउ। आउ। आउउउउउ।

हर्माइनी

रॉन... रॉन... इसने तुम्हारे साथ क्या कर दिया?

स्नेप

ओह नहीं, मैं यह जानता था।

स्कॉर्पियस

काल–परिवर्तक ने एल्बस के साथ भी यही किया था। जब हम पहली बार समय में पीछे गए थे।

रॉन

तुमने – यह – बात – आउ – बहुत – जल्दी – बता दी।

स्नेप

हम ज़मीन के ऊपर हैं। हमें चलने की ज़रूरत है। अभी।

हर्माइनी

रॉन, इस हाल में भी तुम चल सकते हो, चलो...

रॉन खड़ा होता है, दर्द में चिल्लाता है। स्नेप अपनी छड़ी उठाते हैं।

स्कॉर्पियस

क्या यह कारगर रहा?

हर्माइनी

हमने मंत्र को रोक दिया। सेडरिक की छड़ी उसके पास रही। हाँ। यह कारगर रहा।

स्नेप

लेकिन हम ग़लत जगह पर लौट आए – हम बाहर हैं। तुम बाहर हो।

रॉन

हमें एक बार फिर काल–परिवर्तक का इस्तेमाल करना है – यहाँ से चलो –

स्नेप

हमें सुरक्षित जगह पर पहुँचना चाहिए। हम बहुत बुरी तरह असुरक्षित हैं।

अचानक ऑडिटोरियम में चारों तरफ़ से बर्फ़ीली हवा का अहसास होता है।

लोगों के चारों ओर कुछ काले चोगे उठते हैं। काले चोगे, जो काले आकार बन जाते हैं। जो दमपिशाच बन जाते हैं।

हर्माइनी

बहुत देर हो गई।

स्नेप

यह तो तबाही है।

हर्माइनी *(उसे अहसास हो जाता है कि उसे क्या करना है)*

वे तुममें से किसी के नहीं, मेरे पीछे हैं।
रॉन। मैं तुमसे प्यार करती हूँ और हमेशा से करती हूँ। लेकिन तुम तीनों को भागना चाहिए। जाओ। अभी।

रॉन

क्या?

स्कॉर्पियस

क्या?

रॉन

क्या हम प्यार वाले मुद्दे पर पहले बात कर सकते हैं?

हर्माइनी

यह अब भी वोल्डेमॉर्ट का संसार है। और मेरा खेल ख़त्म हो चुका है। अगले काम को उलटने से हर चीज़ बदल जाएगी।

स्कॉर्पियस

लेकिन वे तुम्हें चूम लेंगे। वे तुम्हारी आत्मा को चूस लेंगे।

हर्माइनी

और फिर आप अतीत को बदल देंगे। और फिर वे नहीं चूमेंगे, न ही चूसेंगे। जाओ। अभी।

दमपिशाचों को उनका अहसास हो जाता है। सभी तरफ़ से चीख़ने वाले आकार उतर आते हैं।

स्नेप

चलो! हम चलते हैं।

स्नेप स्कॉर्पियस *का हाथ खींचते हैं।* स्कॉर्पियस *अनिच्छा से उनके साथ जाता है।*

हर्माइनी रॉन *को देखती है, जो हिला भी नहीं है।*

हर्माइनी

तुम्हें भी उनके साथ जाना है।

रॉन

देखो, वे मेरे भी थोड़ा सा पीछे पड़े हैं और मैं दरअसल बहुत दर्द में हूँ। और तुम जानती हो, मैं यहाँ रहना पसंद करूँगा। पितृदेव–

जब वह मंत्र पढ़ने की कोशिश करता है, तो हर्माइनी *उसका हाथ पकड़ लेती है।*

हर्माइनी

हम उन्हें यहीं रोके रखते हैं और लड़के को वह सबसे अच्छा मौक़ा देते हैं, जो हम दे सकते हैं।

रॉन *उसकी तरफ़ देखता है और फिर दुख से सिर हिला देता है।*

हर्माइनी

एक बेटी और एक बेटा।

वह उसकी तरफ़ हल्के से मुस्कुराता है, उनका प्रेम सच्चा और पूर्ण है।

रॉन

मुझे भी यह विचार पसंद आया।

वह चारों तरफ़ देखता है – वह अपनी तक़दीर जानता है।

मुझे डर लग रहा है।

हर्माइनी

मुझे चूम लो।

रॉन सोचता है और फिर यह कर देता है। और फिर दमपिशाच उतर आते हैं और उन दोनों को अलग–अलग कर दिया जाता है। उन्हें ज़मीन पर लिटा दिया जाता है और फिर हवा में खींचा जाता है। हम देखते हैं, जब उनके शरीर से एक सुनहरी–सफ़ेद धुँध को बाहर निकाला जाता है। उनकी आत्माएँ चूस ली गई हैं। और यह दहशत भरा है।

स्कॉर्पियस और स्नेप मंच के पीछे दोबारा दाख़िल होते हैं, यह जानते हैं कि अभी–अभी क्या खोया गया है।

स्नेप

चलो पानी तक चलते हैं। चलो। दौड़ना मत।

स्नेप स्कॉर्पियस को देखते हैं।

शांत रहो, स्कॉर्पियस। वे अंधे ज़रूर हैं, लेकिन उन्हें तुम्हारे डर का अहसास हो सकता है।

स्कॉर्पियस

उन्होंने अभी–अभी उनकी आत्माएँ चूस ली हैं।

एक दमपिशाच उनके ऊपर मँडराता है और स्कॉर्पियस के सामने आ जाता है।

स्नेप

किसी दूसरी चीज़ के बारे में सोचो, स्कॉर्पियस। अपने विचारों को बदलो।

लेकिन स्कॉर्पियस अपने विचारों को नहीं बदल पाता।

स्कॉर्पियस

मुझे ठंड महसूस हो रही है। मैं देख नहीं पा रहा हूँ। मेरे भीतर – मेरे चारों ओर – कोहरा है।

स्नेप

तुम स्कॉर्पियन किंग हो और मैं प्रोफ़ेसर हूँ। वे तभी हमला करेंगे, जब उसका अच्छा कारण होगा। उन लोगों के बारे में सोचो, जिनसे तुम प्रेम करते हो, इस बारे में सोचो कि तुम यह क्यों कर रहे हो।

स्कॉर्पियस *(पूरी तरह से डूबा हुआ)*

मैं अपनी माँ की आवाज़ सुन सकता हूँ। वे चाहती हैं कि मैं – मदद करूँ, लेकिन वे जानती हैं कि मैं – मदद नहीं कर सकता।

स्नेप

मेरी बात सुनो, स्कॉर्पियस। एल्बस के बारे में सोचो। तुम अपना साम्राज्य एल्बस की ख़ातिर कुर्बान कर रहे हो, ठीक है?

स्कॉर्पियस *असहाय है। वह दमपिशाच की वजह से उत्पन्न भावनाओं से आंदोलित है और* स्नेप *जानते हैं कि उसे ख़ुद को बचाने के लिए अपने दिल का दरवाज़ा खोलने की ज़रूरत है।*

स्नेप

एक इंसान। बस एक इंसान की ज़रूरत होती है। मैं लिली की ख़ातिर हैरी को नहीं बचा पाया। इसलिए अब मैं उस उद्‌देश्य के प्रति अपनी पूरी निष्ठा देता हूँ, जिसमें लिली को विश्वास था। और यह संभव है – कि रास्ते में कहीं मैं ख़ुद भी इस पर विश्वास करने लगा।

स्कॉर्पियस *निर्णायक रूप से दमपिशाच से दूर क़दम रखता है।*

स्कॉर्पियस

संसार बदलता है और हम इसके साथ बदलते हैं। मैं इस संसार में बेहतर हूँ। लेकिन संसार बेहतर नहीं है। और मैं यह नहीं चाहता।

अचानक डोलोरेस अंबरिज *उनके पीछे प्रकट होती हैं।*

डोलोरेस अंबरिज

प्रोफ़ेसर स्नेप!

स्नेप

प्रोफ़ेसर अंबरिज।

डोलोरेस अंबरिज

क्या आपने ख़बर सुनी? हमने उस गद्दार मगलू हर्माइनी ग्रेंजर को पकड़ लिया। वह अभी–अभी यहाँ थी।

स्नेप

यह तो – बेहतरीन है।

डोलोरेस स्नेप *को घूरती हैं। वे नज़रें मिलाते हैं।*

डोलोरेस अंबरिज

आपके साथ। ग्रेंजर आपके साथ थी।

स्नेप

मेरे साथ? आपसे ग़लती हुई है।

डोलोरेस अंबरिज

आपके और स्कॉर्पियस मैल्फ़ॉय के साथ। एक ऐसा विद्यार्थी, जिसके बारे में मेरी चिंता बढ़ती जा रही है।

स्कॉर्पियस

देखिए...

स्नेप

डोलोरेस, हमें क्लास के लिए देर हो रही है, इसलिए अगर आप हमें इजाज़त दें...

डोलोरेस अंबरिज

अगर आपको क्लास के लिए देर हो रही है, तो आप स्कूल की तरफ़ क्यों नहीं जा रहे हैं? आप झील की तरफ़ क्यों जा रहे हैं?

पूरी ख़ामोशी का एक पल रहता है। और फिर स्नेप *एक ऐसी चीज़ करते हैं, जो बहुत ही असाधारण है – वे मुस्कुराते हैं।*

स्नेप

आपको कितने समय से शक है?

डोलोरेस अंबरिज ज़मीन से ऊपर उठती हैं। वे काले जादू से भरे अपने हाथ चौड़े खोलती हैं। वे अपनी छड़ी बाहर निकालती हैं।

डोलोरेस अंबरिज

बरसों से। और मुझे इस पर बहुत पहले कार्यवाही करनी चाहिए थी।

स्नेप *अपनी छड़ी निकालने में ज़्यादा तेज़ हैं।*

स्नेप

प्रहारो!

डोलोरेस *को हवा में पीछे की तरफ़ धकेल दिया जाता है।*

वे हमेशा इतनी नाटकीय थीं कि उनके लिए अच्छा नहीं था। अब पीछे पलटने का कोई सवाल नहीं है।

आसमान उनके चारों ओर पहले से ज़्यादा स्याह हो जाता है।

पितृदेव संरक्षणम्!

स्नेप एक पितृदेव को आगे पहुँचाते हैं और यह सुंदर सफ़ेद हिरणी है।

स्कॉर्पियस

हिरणी? लिली का पितृदेव।

स्नेप

अजीब है, है ना? जो अंदर से आता है।

दमपिशाच उनके चारों ओर प्रकट होने लगते हैं। स्नेप *जानते हैं कि इसका क्या मतलब है।*

तुम्हें दौड़ना चाहिए। मैं जितनी देर उन्हें रोक सकता हूँ, रोकूँगा।

स्कॉर्पियस

अँधेरे में मेरा उजाला बनने के लिए धन्यवाद।

स्नेप *साहसी नायक के अंदाज़ में उसे देखते हैं, वे नरमी से मुस्कुराते हैं।*

स्नेप

एल्बस से कहना – एल्बस सीवियरस से कहना – मुझे गर्व है कि उसका नाम मेरे नाम पर रखा गया है। अब जाओ। **जाओ**!

हिरणी स्नेप को देखती है – जो इसकी तरफ़ सिर हिला देते हैं – फिर यह स्कॉर्पियस को देखती है और इसके बाद यह दौड़ने लगती है। स्कॉर्पियस सोचता है और फिर हिरणी के पीछे दौड़ता है और उसके आस–पास का संसार ज़्यादा डरावना हो जाता है। एक तरफ़ दिल दहलाने वाली चीख़ सुनाई देती है। वह झील को देखता है और फिर अंदर छलाँग लगा देता है।

स्नेप ख़ुद को तैयार करते हैं।

दमपिशाच नीचे उतरते हैं और स्नेप को ज़मीन पर कसकर खींचा जाता है और फिर हवा में ऊँचा उछाला जाता है, जब उनकी आत्मा उनसे निकाली जाती है। चीख़ें बहुगुणित होती नज़र आती हैं।

हिरणी उनकी ओर मुड़ती है, सुंदर आँखों से देखती है और ग़ायब हो जाती है।

एक कौंध और धमाका होता है। और फिर ख़ामोशी। और फिर और ज़्यादा ख़ामोशी।

यह बहुत शांत है, यह पूरी तरह शांत है।

और फिर स्कॉर्पियस सतह पर ऊपर उठता है। गहरी साँस लेते हुए। वह अपने चारों तरफ़ देखता है। गहरी साँस लेते हुए, दहशत भरी साँसें। वह आसमान को देखता है। आसमान निश्चित रूप से – पहले से ज़्यादा नीला दिखता है।

पूरी शांति का एक पल रहता है।

और फिर एल्बस स्कॉर्पियस के पीछे ऊपर आता है। एक ख़ामोशी रहती है। स्कॉर्पियस बस एल्बस को देखता है, अविश्वास में। दोनों लड़के साँस अंदर–बाहर करते हैं।

एल्बस

वाह!

स्कॉर्पियस के चेहरे पर एक अभेद्य मुस्कान फैल जाती है।

स्कॉर्पियस

एल्बस!

एल्बस

यह क़रीबी मामला था! क्या तुमने उस नर जलमानुष को देखा? वह आदमी जिसके – और फिर वह चीज़ जिसके – वाह!

स्कॉर्पियस

यह तुम हो!

एल्बस

यह अजीब था वैसे – मैंने सोचा कि मैंने सेडरिक को फूलते देखा – लेकिन फिर वह सिकुड़ने लगा – फिर मैंने तुम्हारी तरफ़ देखा और तुम्हारी छड़ी बाहर निकली हुई थी...

स्कॉर्पियस

तुम्हें पता नहीं है कि तुम्हें दोबारा देखना कितना अच्छा लगा।

एल्बस

तुमने मुझे अभी दो मिनट पहले ही तो देखा था।

स्कॉर्पियस *पानी में* एल्बस *को गले लगाता है, एक मुश्किल काम।*

स्कॉर्पियस

तब से बहुत कुछ हो चुका है।

एल्बस

सावधान। तुम मुझे डुबा रहे हो। तुम यह क्या पहने हो?

स्कॉर्पियस

मैं क्या पहने हूँ? *(वह अपना चोगा उतारता है।)* तुम क्या पहने हो? हाँ! तुम नागशक्ति में हो।

एल्बस

क्या यह कारगर रहा? क्या हम कुछ कर पाए?

स्कॉर्पियस

नहीं। और यह शानदार रहा।

एल्बस *उसकी तरफ़ देखता है – अविश्वास से।*

एल्बस

क्या? हम नाकाम रहे।

स्कॉर्पियस

हाँ। **हाँ। और यह अद्‌भुत है।**

वह पानी में जमकर छपछप करता है। एल्बस ख़ुद को किनारे पर बाहर खींचता है।

एल्बस

स्कॉर्पियस। क्या तुम फिर से बहुत ज़्यादा टॉफ़ियाँ खा रहे हो?

स्कॉर्पियस

वही सब फिर से शुरू हो गया – शुष्क हास्य, बिलकुल एल्बस जैसा। मैं इससे प्रेम करता हूँ!

एल्बस

अब मुझे चिंता होने लगी है...

हैरी दाख़िल होता है और पानी के कोने तक दौड़ता है। उसके पीछे ड्रेको, जिनी और प्रोफ़ेसर मैक्गॉनेगल जल्दी से आते हैं।

हैरी

एल्बस। एल्बस। तुम ठीक हो?

स्कॉर्पियस *(बहुत ख़ुशी के साथ)*

हैरी! हैरी पॉटर! और जिनी। और प्रोफ़ेसर मैक्गॉनेगल। और डैडी। मेरे डैडी। हाय। डैडी।

ड्रेको

हलो, स्कॉर्पियस।

एल्बस

आप सब यहाँ हैं।

जिनी

और मीना ने हमें सब कुछ बता दिया था।

एल्बस

हो क्या रहा है?

प्रोफ़ेसर मैक्गॉनेगल

तुम हो, जो अभी–अभी समय से लौटे हो। तुम हमें कुछ क्यों नहीं बताते?

स्कॉर्पियस *तुरंत समझ जाता है कि वे कितना कुछ जानते हैं।*

स्कॉर्पियस

ओह नहीं। ओह बदनसीबी। यह कहाँ है?

एल्बस

अभी–अभी कहाँ से लौटे हैं?

स्कॉर्पियस

मुझसे यह खो गया! मुझसे काल–परिवर्तक खो गया।

एल्बस (स्कॉर्पियस *को देखते हुए, बुरी तरह चिढ़कर)*

तुमसे क्या खो गया?

हैरी

अब नाटक छोड़ने का वक़्त आ चुका है, एल्बस।

प्रोफ़ेसर मैक्गॉनेगल

मैं सोचती हूँ कि तुम्हें बहुत सी बातें बतानी हैं।

अंक तीन दृश्य दस

हॉगवर्ट्स, हेडमिस्ट्रेस का ऑफ़िस

ड्रेको, जिनी *और* हैरी *पश्चाताप से भरे* स्कॉर्पियस *और* एल्बस *के पीछे खड़े हैं।* प्रोफ़ेसर मैक्गॉनेगल *आगबबूला हैं।*

प्रोफ़ेसर मैक्गॉनेगल

तो स्पष्ट बात यह है – तुम ग़ैर–क़ानूनी ढंग से हॉगवर्ट्स एक्सप्रेस से कूदे, तुमने जादू मंत्रालय में ग़ैर–क़ानूनी ढंग से घुसकर चोरी की, तुमने समय बदलने की ग़लती की, जिसकी वजह से दो लोग ग़ायब हो गए –

एल्बस

मैं मानता हूँ कि यह अच्छी बात नहीं थी।

प्रोफ़ेसर मैक्गॉनेगल

और ह्यूगो और रोज़ ग्रेंजर–वीज़्ली के ग़ायब होने पर तुम्हारी प्रतिक्रिया यह थी कि तुम दोबारा समय में पीछे जाओ – और इस बार – दो लोगों को गँवाने के बजाय तुमने बहुत सारे लोगों को गँवा दिया और अपने पिता को मार डाला – और इस चक्कर में तुमने संसार में आज तक हुए सबसे बुरे जादूगर को दोबारा ज़िंदा कर दिया और तुमने काले जादू के एक नए युग का सूत्रपात किया। *(शुष्क।)* मि. पॉटर, तुम सही हो, यह सही नहीं लगता है, है ना? क्या तुम जानते हो कि तुमने कितनी बड़ी मूर्खता की है?

स्कॉर्पियस

हाँ, प्रोफ़ेसर।

एल्बस *पल भर को झिझकता है। वह* हैरी *को* देखता *है।*

एल्बस

हाँ।

हैरी

प्रोफ़ेसर, मैं कुछ –

प्रोफ़ेसर मैक्गॉनेगल *(तीखे स्वर में)*

नहीं। माता–पिता के रूप में आप लोग क्या करने का फ़ैसला करते हैं, यह आपका मामला है, लेकिन यह मेरा स्कूल है और ये मेरे विद्यार्थी हैं, इसलिए यह मैं ही चुनूँगी कि इन्हें क्या सज़ा मिलेगी।

ड्रेको

सही बात है।

हैरी जिनी *को देखता है, जो अपना सिर हिलाती है।*

प्रोफ़ेसर मैक्गॉनेगल

मुझे तुम्हें स्कूल से निकाल देना चाहिए (हैरी *पर नज़र डालकर),* लेकिन सारी चीज़ों को ध्यान में रखते हुए – मैं सोचती हूँ कि तुम्हें मेरी परवाह में रखना ज़्यादा सुरक्षित हो सकता है। तुम डिटेंशन में हो – देखो, तुम बाक़ी बचे साल में ख़ुद को बंदिश में मान सकते हो। क्रिसमस तुम्हारे लिए रद्द किया जाता है। तुम दोबारा हॉग्समीड जाने की बात भूल सकते हो। और यह सिर्फ़ शुरुआत है...

अचानक हर्माइनी *अंदर दाख़िल होती है। कर्म और संकल्प से ओत–प्रोत।*

हर्माइनी

मुझसे क्या छूट गया?

प्रोफ़ेसर मैक्गॉनेगल *(खूँख़ार)*

किसी कमरे में दाख़िल होते समय खटखटाना विनम्रता माना जाता है, हर्माइनी ग्रेंजर, शायद आपसे यह छूट गया।

हर्माइनी *(अहसास करते हुए कि उससे चूक हो गई)*

आह।

प्रोफ़ेसर मैक्गॉनेगल

मंत्री महोदया, अगर मैं आपको क़ैद दे सकती, तो दे देती। काल–परिवर्तक को रखना कितनी बड़ी मूर्खता थी!

हर्माइनी

अपनी रक्षा में –

प्रोफ़ेसर मैक्गॉनेगल

और वह भी किताब की अलमारी में। तुमने इसे किताब की अलमारी में रखा! यह तो हँसने वाली बात है।

हर्माइनी

मिनर्वा *(साँस अंदर खींचे जाने की आवाज़ आती है, जब हर्माइनी को अपनी ग़लती का अहसास होता है)* प्रोफ़ेसर मैक्गॉनेगल –

प्रोफ़ेसर मैक्गॉनेगल

तुम्हारे बच्चों का अस्तित्व ही नहीं था!

हर्माइनी *के पास इस बात का कोई जवाब नहीं था।*

यह मेरे स्कूल में हुआ, मेरी निगरानी में हुआ। डम्बलडोर ने जो कुछ किया, उसके बाद मैं ख़ुद को क्या जवाब देती...

हर्माइनी

मैं जानती हूँ।

प्रोफ़ेसर मैक्गॉनेगल *एक पल के लिए ख़ुद को शांत करती हैं।*

वे दृढ़ता से लड़कों की ओर मुड़ती हैं।

प्रोफ़ेसर मैक्गॉनेगल (एल्बस *और* स्कॉर्पियस *से)*

सेडरिक को बचाने के तुम्हारे इरादे सम्मानजनक थे, हालाँकि ग़लत दिशा में थे। और ऐसा लगता है कि तुम बहादुर थे, स्कॉर्पियस और तुम भी एल्बस, लेकिन यह बात तुम्हारे पिता भी कई बार नहीं समझ पाए कि बहादुरी के कारण मूर्खता क्षम्य नहीं हो जाती है। हमेशा सोचो। सोचो कि क्या संभव है। एक ऐसा संसार, जिस पर वोल्डेमॉर्ट की हुकूमत हो –

स्कॉर्पियस

एक भयंकर संसार होगा।

प्रोफ़ेसर मैक्गॉनेगल

तुम इतने छोटे हो। *(वे* हैरी, ड्रेको, जिनी *और* हर्माइनी *को देखती हैं।)* तुम सभी इतने छोटे हो। तुम्हें ज़रा भी नहीं पता है कि जादूगरों के युद्ध कितने भयानक हो सकते हैं। तुम उस संसार के बारे में बहुत – लापरवाह – थे, जिसे बनाने और क़ायम रखने के लिए मेरे और तुम्हारे कुछ बहुत प्रिय मित्रों ने बहुत बड़ी कुर्बानी दी थी।

एल्बस

हाँ, प्रोफ़ेसर।

स्कॉर्पियस

हाँ, प्रोफ़ेसर।

प्रोफ़ेसर मैक्गॉनेगल

चलो। अब जाओ। तुम सभी। और मुझे वह काल–परिवर्तक खोजकर दो।

अंक तीन दृश्य ग्यारह

हॉगवर्ट्स, नागशक्ति का हॉल

एल्बस अपने कमरे में बैठा है। हैरी अंदर आता है और अपने बेटे को देखता है। वह गुस्से से भरा है, लेकिन इसे न दिखाने के बारे में सावधान है।

हैरी

मुझे यहाँ आने देने के लिए धन्यवाद।

एल्बस मुड़ता है, वह अपने डैडी की तरफ़ सिर हिलाता है। वह भी सावधान है।

अब तक तो काल–परिवर्तक खोजने में कामयाबी नहीं मिली। वे लोग झील ख़ाली कराने के लिए जलमानुषों से बातचीत कर रहे हैं।

वह बैठ जाता है, असहजता से।

अच्छा कमरा है।

एल्बस

हरा रंग शांतिदायक होता है, है ना? मेरा मतलब है गरुड़द्वार के कमरे अच्छे हैं, लेकिन लाल के साथ मुश्किल यह है – कहा जाता है कि यह थोड़ा पगला देता है – ऐसी बात नहीं है कि मैं आरोप लगा रहा हूँ...

हैरी

क्या तुम बता सकते हो कि तुमने यह करने की कोशिश क्यों की?

एल्बस

मैंने सोचा कि मैं परिस्थितियों को बदल सकता हूँ – मैंने सोचा कि सेडरिक के साथ जो हुआ – वह अन्यायपूर्ण था।

हैरी

ज़ाहिर है, वह अन्यायपूर्ण था, एल्बस। क्या तुम्हें यह नहीं लगता कि मैं यह जानता हूँ? मैं वहाँ था। मैंने उसे मरते हुए देखा था। लेकिन यह करना... इतनी सारी चीज़ों का जोखिम लेना...

एल्बस

मैं जानता हूँ।

हैरी *(अपने गुस्से पर क़ाबू रखने में असफल होते हुए)*

अगर तुम वह करने की कोशिश कर रहे थे, जो मैंने किया था, तो तुम ग़लत थे। मैंने रोमांच की ख़ातिर अपनी मर्ज़ी से काम नहीं किए थे, मुझे तो इसके लिए मजबूर किया गया था। तुमने सचमुच लापरवाही भरा काम किया था – सचमुच मूर्खतापूर्ण और ख़तरनाक – एक ऐसी चीज़, जो हर चीज़ को नष्ट कर सकती थी –

एल्बस

मैं जानता हूँ। ठीक है, मैं जानता हूँ।

अंतराल। एल्बस *एक आँसू पोंछता है, हैरी उसे देख लेता है और एक साँस लेता है। वह ख़ुद को सँभालता है।*

हैरी

मैं भी ग़लत था – यह सोच रहा था कि स्कॉर्पियस वोल्डेमॉर्ट का बेटा था। वह काला बादल नहीं था।

एल्बस

नहीं।

हैरी

और मैंने नक़्शे को ताले में रखवा दिया है। यह तुम्हें दोबारा नहीं दिखेगा। तुम्हारी मम्मी ने तुम्हारे कमरे को बिलकुल वैसा ही रख छोड़ा है, जैसा यह तब था जब तुम भागे थे – क्या तुम जानते हो? मुझे अंदर ही नहीं जाने दे रही हैं – किसी को भी अंदर

नहीं जाने दे रही हैं। तुमने उन्हें... और मुझे सचमुच डरा दिया था।

एल्बस

सचमुच डरा दिया था?

हैरी

हाँ।

एल्बस

मैं तो सोचता था कि हैरी पॉटर को किसी चीज़ से डर नहीं लगता?

हैरी

क्या मुझे देखकर तुम्हें ऐसा लगता है?

एल्बस *अपने डैडी को देखता है, उन्हें समझने की कोशिश करते हुए।*

एल्बस

मुझे नहीं लगता कि स्कॉर्पियस ने बताया था, लेकिन जब हम पहले काम को ठीक करने में नाकाम रहकर लौटे थे और मैं अचानक गरुड़द्वार में पहुँच गया था, तब भी हमारे बीच कुछ बेहतर नहीं हुआ था – इसलिए मेरा नागशक्ति में होना हमारी समस्याओं का कारण नहीं है। इसका उससे कोई संबंध नहीं है।

हैरी

हाँ। मैं जानता हूँ। इसका इससे कोई संबंध नहीं है।

हैरी एल्बस *को देखता है।*

क्या तुम ठीक हो, एल्बस?

एल्बस

नहीं।

हैरी

नहीं। मैं भी नहीं हूँ।

अंक तीन **दृश्य बारह**

सपना, गॉडरिक्स हॉलो, क़ब्रिस्तान

छोटा हैरी *क़ब्र के पत्थर को खड़े–खड़े देख रहा है, जो फूलों के गुच्छों से ढँका है। उसके हाथ में फूलों का छोटा गुच्छा है।*

पेटूनिया आंटी

चलो, अपने घटिया छोटे फूल रख दो और फिर हम चलते हैं। मुझे पहले से ही इस घटिया छोटे गाँव से नफ़रत है। मैं नहीं जानती कि मैंने ऐसा सोचा भी क्यों – गॉडरिक्स हॉलो तो नरक जैसा लगता है। गंदगी का दड़बा – चलो, गंदे लड़के।

छोटा हैरी *क़ब्र के पास जाता है। वह एक पल ज़्यादा खड़ा रहता है।*

चलो हैरी... मेरे पास ज़्यादा समय नहीं है। डडली को आज रात को जाना है और तुम जानते हो कि देरी से वह कितना चिढ़ जाता है।

छोटा हैरी

पेटूनिया आंटी। हम उनके आख़िरी जीवित रिश्तेदार हैं, है ना?

पेटूनिया आंटी

हाँ। तुम और मैं। हाँ।

छोटा हैरी

और – वे लोकप्रिय नहीं थे? आपने कहा था कि उनका कोई दोस्त नहीं था?

पेटूनिया आंटी

लिली ने कोशिश की थी – भगवान उसकी आत्मा को शांति दे – उसने कोशिश की थी – यह उसकी ग़लती नहीं थी, लेकिन वह लोगों को विकर्षित करके दूर कर देती थी – उसका स्वभाव ही ऐसा था। यह उसकी गहनता थी, यह उसका – अंदाज़ था, यह उसका – तरीक़ा था। और तुम्हारे पिता – अप्रिय इंसान – असाधारण रूप से अप्रिय। कोई दोस्त नहीं। दोनों में से किसी का नहीं।

छोटा हैरी

तो मैं यह पूछना चाहता हूँ – फिर यहाँ इतने सारे फूल क्यों हैं? उनकी क़ब्र फूलों से ढँकी क्यों है?

पेटूनिया आंटी *इधर–उधर देखती हैं, मानो वे पहली बार सारे फूल देख रही हों और इससे वे बहुत द्रवित हो जाती हैं। वे अपनी बहन की क़ब्र के क़रीब जाती हैं और बैठ जाती हैं, अपने मन में उठने वाली भावनाओं से जूझने की कड़ी कोशिश करती हैं, लेकिन फिर उनके आगे झुक जाती हैं।*

पेटूनिया आंटी

ओह। हाँ। मुझे लगता है कि कुछ फूल तो हैं। शायद दूसरी क़ब्रों से उड़कर आ गए होंगे। या किसी ने कोई चाल चली होगी। हाँ, मैं सोचती हूँ कि यही सबसे ज़्यादा संभव है, किसी छोटे बच्चे ने, जिसके पास बहुत ज़्यादा समय होगा, दूसरी कब्रों से फूल चुने होंगे और उन्हें यहाँ डाल दिया होगा –

छोटा हैरी

लेकिन उन पर तो उनका नाम लिखा है... लिली और जेम्स, तुमने जो किया, हम कभी नहीं भूल पाएँगे... लिली और जेम्स, तुम्हारा त्याग –

वोल्डेमॉर्ट

मुझे ग्लानि की बू आती है, हवा में ग्लानि की बू भरी है।

पेटूनिया आंटी (छोटे हैरी *से)*

चलो। यहाँ से दूर चलो।

वे उसे घसीटती हैं। वोल्डेमॉर्ट का हाथ हवा में पॉटर दंपति की क़ब्र के पत्थर के ऊपर उठता है, फिर बाक़ी पूरा शरीर उसके बाद उठता है। हमें उसका चेहरा दिखाई नहीं देता है, लेकिन उसका शरीर एक मुड़े हुए, डरावने आकार में है।

मैं जानती थी। यह जगह ख़तरनाक है। हम जितनी जल्दी गॉडरिक्स हॉलो से चल दें, उतना ही बेहतर है।

छोटे हैरी *को मंच से खींचा जाता है, लेकिन वह* वोल्डेमॉर्ट *का सामना करने के लिए मुड़ता है।*

वोल्डेमॉर्ट

क्या तुम अब भी मेरी आँखों से देखते हो, हैरी पॉटर?

छोटा हैरी *विचलित होकर चल देता है, जब* वोल्डेमॉर्ट *के चोगे के भीतर से* एल्बस *बाहर आता है। वह अपने डैडी की तरफ़ हताशा से हाथ बढ़ाता है।*

एल्बस

डैडी... डैडी...

सर्पभाषा में कुछ शब्द बोले जाते हैं।
वह आ रहा है। वह आ रहा है। वह आ रहा है।
और फिर एक चीख़।
और फिर कमरे के पीछे से और हर एक के चारों ओर फुसफुसाहटें। शब्द एक ऐसी आवाज़ में, जिसे पहचानने में ग़लती नहीं हो सकती। वोल्डेमॉर्ट *की आवाज़...*
हैऽऽऽरी पॉटऽऽऽऽर...

अंक तीन दृश्य तेरह

हैरी और जिनी पॉटर का घर, किचन

हैरी बहुत बुरे हाल में है। उसके सपनों का क्या मतलब है, इस व्याख्या से उसके हाथ–पैर फूल जाते हैं।

जिनी

हैरी? हैरी? क्या हुआ? तुम चीख़ रहे थे...

हैरी

वे नहीं रुके हैं। सपने।

जिनी

उनके तुरंत रुकने की कोई उम्मीद भी नहीं थी। यह तनावपूर्ण दौर है और –

हैरी

लेकिन मैं पेटूनिया के साथ कभी गॉडरिक्स हॉलो गया ही नहीं था। यह तो –

जिनी

हैरी, तुम मुझे सचमुच डरा रहे हो।

हैरी

वह अब भी यहीं है, जिनी।

जिनी

कौन अब भी यहीं है?

हैरी

वोल्डेमॉर्ट। मैंने वोल्डेमॉर्ट और एल्बस को देखा।

जिनी

और एल्बस...?

हैरी

वह बोला – वोल्डेमॉर्ट बोला – 'मुझे ग्लानि की बू आ रही है, हवा में ग्लानि की बू भरी हुई है।' वह मुझसे बात कर रहा था।

हैरी *उसकी ओर देखता है। वह अपने निशान को छूता है। उसका चेहरा उतर जाता है।*

जिनी

हैरी, क्या एल्बस अब भी ख़तरे में है?

हैरी *का चेहरा सफ़ेद पड़ जाता है।*

हैरी

मुझे लगता है कि हम सभी हैं।

अंक तीन **दृश्य चौदह**

हॉगवर्ट्स, नागशक्ति का हॉल

दोनों लड़कों को नींद में होना चाहिए, लेकिन स्कॉर्पियस को नींद नहीं आई। वह बिस्तर से बाहर निकलता है और एल्बस के सिरहाने पर ख़तरनाक तरीक़े से झुकता है।

स्कॉर्पियस

एल्बस... हुर्र... एल्बस।

लेकिन एल्बस *नहीं जागता है, इसलिए* स्कॉर्पियस *तेज़ी से बोलता है।*

एल्बस!

एल्बस *झटके से जागता है।* स्कॉर्पियस *हँसता है।*

एल्बस

बड़ा ही मज़ेदार। यह जागने का बड़ा मज़ेदार तरीक़ा है, डरावना थोड़े ही है।

स्कॉर्पियस

तुम जानते हो कि यह बड़ी अजीब चीज़ है, लेकिन जब से मैं कल्पना की सबसे डरावनी जगह में रहा हूँ, तबसे मैं डर के मामले में काफ़ी अच्छा हो गया हूँ। मैं स्कॉर्पियस बेधड़क बन गया हूँ। मैं मैल्फ़ॉय चिंतारहित बन गया हूँ।

एल्बस

अच्छा है।

स्कॉर्पियस

मेरा मतलब है, हम पर पाबंदियाँ लग गई हैं, हमें लंबी सज़ा मिली है। आम तौर पर इससे मैं बहुत दुखी हो जाता, लेकिन इस वक़्त – वह सबसे बुरी चीज़ क्या है, जो वे कर सकते हैं? शैतानी शहंशाह को वापस बुलाएँगे और उससे मुझे यातना दिलाएँगे? नहीं।

एल्बस

क्या तुम जानते हो, जब तुम अच्छे मूड में होते हो, तो डरावने होते हो?

स्कॉर्पियस

जब रोज़ आज काढ़ों की क्लास में मेरे पास आई और उसने मुझे ब्रेड वाला लड़का कहा, तो मैंने लगभग उसे गले लगा लिया। नहीं, इसके बारे में लगभग जैसी कोई चीज़ नहीं है। मैंने सचमुच उसे गले लगाने की कोशिश की, लेकिन उसने मुझे पिंडली में लात मार दी।

एल्बस

मुझे यक़ीन नहीं है कि बेधड़क होना तुम्हारी सेहत के लिए अच्छा होगा।

स्कॉर्पियस एल्बस *को देखता है; उसका चेहरा ज़्यादा विचारमग्न हो जाता है।*

स्कॉर्पियस

तुम नहीं जानते कि यहाँ वापस लौटना कितना अच्छा है, एल्बस। मैं वहाँ के माहौल से सचमुच नफ़रत करता था।

एल्बस

पॉली चैपमैन के डोरे डालने के सिवा।

स्कॉर्पियस

सेडरिक एक बिलकुल ही अलग इंसान था – स्याह, ख़तरनाक। मेरे डैडी – हर वह चीज़ करते थे, जो वे उनसे कराना चाहते थे। और मैं? तुम जानते हो, मुझे एक और स्कॉर्पियस का पता चला? जो सबको गुलाम समझता था, गुस्सैल, ओछा – लोग मुझसे डरते थे। ऐसा लगता है, जैसे हम सभी का इम्तहान लिया गया था और हम सभी – उसमें नाकाम रहे।

एल्बस

लेकिन तुमने परिस्थितियों को बदल दिया। तुम्हारे पास एक मौक़ा था और तुमने समय को दोबारा बदल दिया। ख़ुद को दोबारा बदल दिया।

स्कॉर्पियस

सिर्फ़ इसलिए, क्योंकि मैं जानता था कि मुझे कैसा होना चाहिए।

एल्बस *इस बात को पचाता है।*

एल्बस

क्या तुम सोचते हो कि मेरा भी इम्तहान लिया गया था? मेरा लिया गया था, है ना?

स्कॉर्पियस

नहीं। अब तक तो नहीं।

एल्बस

तुम ग़लत हो। बेवकूफ़ी एक बार समय में पीछे जाने की नहीं थी – वह ग़लती तो कोई भी कर सकता है – बेवकूफ़ी तो इस अहंकार में थी कि समय में दो बार पीछे जाया जाए।

स्कॉर्पियस

हम दोनों ही दोबारा गए थे, एल्बस।

एल्बस

और मैं यह करने पर आमादा क्यों था? सेडरिक की वजह से? सचमुच? नहीं। मुझे तो कुछ साबित करना था। मेरे डैडी ने सही कहा था – उन्होंने वीरता के कामों के लिए अपनी मर्ज़ी से पहल नहीं की थी – दूसरी तरफ़ मैं, यह, यह सब मेरी ग़लती है – और अगर तुम नहीं होते, तो हर चीज़ अंधकारमय हो जाती।

स्कॉर्पियस

लेकिन हुई तो नहीं। और इसके लिए तुम भी धन्यवाद के उतने ही पात्र हो, जितना कि मैं। जब दमपिशाच – मेरे सिर के भीतर थे – तब सीवियरस स्नेप ने मुझसे कहा कि तुम्हारे बारे में सोचूँ। तुम वहाँ नहीं थे एल्बस, लेकिन तुम लड़ रहे थे – मेरे साथ लड़ रहे थे।

एल्बस *सिर हिलाता है। यह बात उसके दिल को छू जाती है।*

और सेडरिक को बचाना – यह उतना बुरा विचार नहीं था – कम से कम मेरे दिमाग़ में तो नहीं – हालाँकि, तुमने सही कहा – कि हम निश्चित रूप से दोबारा कोशिश नहीं कर सकते।

एल्बस

हाँ। मैं जानता हूँ। मैं यह बात जानता हूँ।

स्कॉर्पियस

अच्छी बात है। तो तुम इसे नष्ट करने में मेरी मदद कर सकते हो।

स्कॉर्पियस *अपने तकिये के नीचे से काल–परिवर्तक निकालता है और आश्चर्यचकित* एल्बस *को दिखाता है।*

एल्बस

मुझे पूरा यक़ीन है कि तुमने सबको यही बताया होगा कि यह झील की तलहटी में है।

स्कॉर्पियस

यानी मैल्फ़ॉय चिंतारहित काफ़ी अच्छा झूठ बोलता है।

एल्बस

स्कॉर्पियस, हमें इस बारे में किसी को बता देना चाहिए...

स्कॉर्पियस

किसे बताएँ? यह पहले भी तो मंत्रालय के पास रखा हुआ था, क्या तुम्हें सचमुच भरोसा है कि वे इसे दोबारा नहीं रखेंगे? सिर्फ़ तुम्हें और मुझे ही यह अनुभव है कि यह कितना ख़तरनाक है। इसका मतलब है कि तुम्हें और मुझे ही इसे नष्ट करना है। एल्बस, हमने जो किया है, वह कोई नहीं कर सकता। कोई नहीं। नहीं, *(महानता के अंदाज़ में)* अब समय आ गया है कि काल–परिवर्तन अतीत की चीज़ बन जाए।

एल्बस *(अपने दोस्त की तरफ़ मुस्कुराते हुए)*

तुम्हें इस वाक्य पर काफ़ी गर्व हो रहा है, है ना?

स्कॉर्पियस *(खीसें निपोरते हुए)*

सारा दिन सोचकर जो बनाया है।

अंक तीन **दृश्य पंद्रह**

हॉगवर्ट्स, नागशक्ति का हॉल

हैरी *और* जिनी *तेज़ी से हॉल में जाते हैं।* क्रेग बाउकर जूनियर *उनके पीछे जाता है।*

क्रेग बाउकर जूनियर

क्या मैं दोबारा दोहरा सकता हूँ? यह नियमों के ख़िलाफ़ है और आधी रात हो चुकी है।

हैरी

मुझे अपने बेटे को खोजना है।

क्रेग बाउकर जूनियर

मि. पॉटर, मैं जानता हूँ कि आप कौन हैं, लेकिन आपको भी समझना चाहिए कि यह स्कूल के नियमों के ख़िलाफ़ है कि कोई माता–पिता या प्रोफ़ेसर बिना उचित अनुमति के किसी हाउस में दाख़िल हों...

प्रोफ़ेसर मैक्गॉनेगल *उनके पीछे तेज़ी से आती हैं।*

प्रोफ़ेसर मैक्गॉनेगल

पकाओ मत, क्रेग।

हैरी

आपको हमारा संदेश मिला? अच्छी बात है।

क्रेग बाउकर जूनियर *(सदमे में)*

हेडमिस्ट्रेस। मैं – मैं तो बस –

हैरी *एक पलंग का पर्दा खोलता है।*

प्रोफ़ेसर मैक्गॉनेगल

वह जा चुका है?

हैरी

हाँ।

प्रोफ़ेसर मैक्गॉनेगल

और स्कॉर्पियस?

जिनी *एक और पर्दा खोलती है।*

जिनी

ओह नहीं। वह भी!

प्रोफ़ेसर मैक्गॉनेगल

तो हम इस स्कूल का चप्पा–चप्पा छान मारते हैं। क्रेग, हमें काम करना है...

जिनी *और* हैरी *पलंग को देखते रह जाते हैं।*

जिनी

क्या हम पहले यहाँ नहीं आए हैं?

हैरी

इस बार कोई चीज़ ज़्यादा बुरी महसूस होती है।

जिनी *अपने पति को देखती है, भयभीत।*

जिनी

तुमने उससे पहले बात की थी?

हैरी

हाँ।

जिनी

तुम उसके हॉल में आए थे और उससे बात की थी?

हैरी

तुम जानती हो, मैंने की थी।

जिनी

हैरी, तुमने हमारे बेटे से क्या कहा था?

हैरी *उसकी आवाज़ में आरोप का पुट समझ जाता है।*

हैरी

मैंने ईमानदार होने की कोशिश की थी, जैसा तुमने कहा था – मैंने कुछ नहीं कहा।

जिनी

और तुमने ख़ुद को क़ाबू में रखा? कितनी गर्मागर्मी हुई थी?

हैरी

... मैं नहीं सोचता कि मैंने... तुम सोचती हो कि वह एक बार फिर मुझसे डर गया है?

जिनी

हैरी, मैं तुम्हारी एक ग़लती माफ़ कर सकती हूँ, शायद दो भी, लेकिन तुम जितनी ज़्यादा ग़लतियाँ करते हो, तुम्हें माफ़ करना उतना ही ज़्यादा मुश्किल होता जाता है।

अंक तीन दृश्य सोलह

हॉगवट्र्स, उल्लूघर

स्कॉर्पियस और एल्बस सफ़ेद रोशनी में नहाई छत पर प्रकट होते हैं। उनके चारों ओर उल्लुओं की धीमी आवाज़ें आती हैं।

स्कॉर्पियस

तो, मैं सोचता हूँ एक आसान नश्वर मंत्र।

एल्बस

निश्चित रूप से नहीं। इस जैसी चीज़ के लिए तुम्हें महाविस्फोटक मंत्र की ज़रूरत है।

स्कॉर्पियस

महाविस्फोटक मंत्र? महाविस्फोटक मंत्र पढ़ेंगे, तो हमें इस उल्लूघर से कई दिनों तक काल–परिवर्तक के टुकड़े साफ़ करने पड़ेंगे।

एल्बस

बमबारी मंत्र?

स्कॉर्पियस

और हॉगवट्र्स में हर एक को जगा दें? शायद स्तब्धीकरण मंत्र। मूलतः उन्हें स्तब्धीकरण मंत्र से ही नष्ट किया गया था...

एल्बस

बिलकुल, यह पहले किया जा चुका है – कुछ नया करते हैं, कुछ मज़ेदार करते हैं।

स्कॉर्पियस

मज़ेदार? देखो, कई जादूगर सही मंत्र चुनने के महत्व को नज़रअंदाज़ कर देते हैं, लेकिन यह सचमुच मायने रखता है। मैं सोचता हूँ कि यह आधुनिक जादूगरी का ऐसा हिस्सा है, जिसे कम महत्व दिया गया है।

डेल्फ़ी

'आधुनिक जादूगरी का ऐसा हिस्सा है, जिसे कम महत्व दिया गया है।' – तुम दोनों सबसे महान हो, तुम जानते हो?

स्कॉर्पियस *ऊपर देखता है, वह यह देखकर हैरान है कि* डेल्फ़ी *उनके पीछे से प्रकट हो गई है।*

स्कॉर्पियस

वाह। तुम... उह ... तुम यहाँ क्या कर रही हो?

एल्बस

मुझे यह इतना महत्वपूर्ण लगा कि मैंने उल्लू भेज दिया – ताकि उसे पता चल जाए कि हम क्या कर रहे हैं – ठीक है ना?

स्कॉर्पियस *अपने मित्र की तरफ़ आरोपी निगाह से देखता है।*

इससे उसका भी तो सरोकार है।

स्कॉर्पियस *सोचता है और फिर सिर हिलाता है, इसे स्वीकार कर लेता है।*

डेल्फ़ी

मुझसे किसका सरोकार है? यह किस बारे में है?

एल्बस *काल–परिवर्तक बाहर निकालता है।*

एल्बस

हमें काल–परिवर्तक को नष्ट करना होगा। दूसरे काम के बाद स्कॉर्पियस ने जो चीज़ें देखी थीं... मुझे बहुत अफ़सोस है। हम दोबारा समय में पीछे नहीं जा सकते। हम तुम्हारे कज़िन को नहीं बचा सकते।

डेल्फ़ी *इसकी तरफ़ देखती है और फिर उन दोनों को देखती है।*

डेल्फ़ी

तुम्हारे उल्लू ने बहुत कम बातें बताई थीं...

एल्बस

सबसे बुरे संभव संसार की कल्पना करो और फिर उस दृश्य को दोगुना कर दो। लोगों को यातना दी जा रही थी – हर जगह दमपिशाच ही दमपिशाच थे – तानाशाह वोल्डेमॉर्ट – मेरे डैडी मर गए थे, मैं कभी पैदा भी नहीं हुआ था, पूरा संसार काले जादू की गिरफ़्त में था। हम बस – हम ऐसा नहीं होने दे सकते।

डेल्फ़ी *झिझकती है। और फिर उसका चेहरा भावमय हो जाता है।*

डेल्फ़ी

वोल्डेमॉर्ट राज्य कर रहे थे? वे ज़िंदा थे?

स्कॉर्पियस

वह हर चीज़ पर राज्य कर रहा था। यह भयंकर था।

डेल्फ़ी

हमने जो किया, उस कारण?

स्कॉर्पियस

सेडरिक को अपमानित करने से वह बहुत नाराज़ हो गया और प्राणभक्षी बन गया – और – यह सब गड़बड़ हो गया। सचमुच गड़बड़।

डेल्फ़ी *सतर्कता से स्कॉर्पियस के चेहरे को देखती है। डेल्फ़ी का चेहरा उतर जाता है।*

डेल्फ़ी

प्राणभक्षी?

स्कॉर्पियस

और हत्यारा। उसने प्रोफ़ेसर लॉंगबॉटम को मार डाला।

डेल्फ़ी

फिर तो – ज़ाहिर है – हमें इसे नष्ट करना होगा।

एल्बस

तुम समझती हो?

डेल्फ़ी

मैं तो इससे आगे तक जाऊँगी – मैं तो कहूँगी कि सेडरिक भी यह बात समझ जाता। हमें इसे मिलकर नष्ट करना होगा और फिर हम मेरे अंकल के पास जाएँगे। उन्हें स्थिति समझा देंगे।

एल्बस

धन्यवाद।

डेल्फ़ी दुखद ढंग से उनकी ओर मुस्कुराती है और फिर काल–परिवर्तक ले लेती है। वह इसकी ओर देखती है और उसके चेहरे का भाव हल्का सा बदल जाता है।

ओह, अच्छा निशान है।

डेल्फ़ी

क्या?

डेल्फ़ी का चोगा ढीला हो गया है। उसकी गर्दन के पीछे ऑगरी का टैटू दिख जाता है।

एल्बस

तुम्हारी पीठ पर। मैंने इसे पहले नहीं देखा था। पंख। क्या यह वही है, जिसे मगलू लोग टैटू कहते हैं?

डेल्फ़ी

ओह। हाँ। देखो, यह ऑगरी यानी भविष्यपक्षी है।

स्कॉर्पियस

भविष्यपक्षी?

डेल्फ़ी

क्या तुमने उन्हें जादुई प्राणियों की देखभाल कक्षा में नहीं देखा? वे ख़तरनाक दिखने वाले काले पक्षी हैं, जो बारिश के आते समय रोते हैं। जादूगरों में मान्यता थी कि भविष्यपक्षी का रुदन मृत्यु की भविष्यवाणी होती है। जब मैं बड़ी हो रही थी, तो मुझे पालने वाली ने एक भविष्यपक्षी को एक पिंजरे में क़ैद कर रखा था।

स्कॉर्पियस

तुम्हें... पालने वाली?

डेल्फ़ी स्कॉर्पियस को देखती है। अब उसके पास काल–परिवर्तक है, इसलिए वह इस खेल का आनंद ले रही है।

डेल्फ़ी

वह कहती थी कि यह पक्षी इसलिए रो रहा है, क्योंकि इसे दिख रहा है कि मेरा अंत ख़राब होने वाला है। वह मुझे ज़्यादा पसंद

नहीं करती थी। यूफ़ीमिया राउले... उसने मुझे सिर्फ़ पैसों की ख़ातिर अपने पास रखा था।

एल्बस

तो फिर तुमने उसके पक्षी का टैटू क्यों लगवाया?

डेल्फ़ी

यह मुझे याद दिलाता है कि अपना भविष्य बनाना मेरे हाथ में है।

एल्बस

शानदार। मैं भी भविष्यपक्षी का टैटू लगवा लूँगा।

स्कॉर्पियस

राउले दंपति बहुत ख़तरनाक प्राणभक्षी थे।

स्कॉर्पियस *के दिमाग़ में हज़ारों विचार मँडराते हैं।*

एल्बस

चलो, इसे नष्ट कर देते हैं... नश्वर मंत्र? स्तब्धो? बमबारी मंत्र? तुम किसका इस्तेमाल करोगी?

स्कॉर्पियस

इसे लौटा दो। काल–परिवर्तक को लौटा दो।

डेल्फ़ी

क्या?

एल्बस

स्कॉर्पियस? तुम क्या कर रहे हो?

स्कॉर्पियस

मुझे यक़ीन नहीं है कि तुम कभी बीमार थीं। तुम हॉगवर्ट्स पढ़ने क्यों नहीं आईं? अब तुम यहां क्यों आई हो?

डेल्फ़ी

मैं अपने कज़िन को दोबारा ज़िंदा करने की कोशिश कर रही हूँ!

स्कॉर्पियस

उन्होंने तुम्हें भविष्यपक्षी कहा था। दूसरे संसार में – उन्होंने तुम्हें भविष्यपक्षी कहा था।

डेल्फ़ी *के चेहरे पर एक धीमी मुस्कान खिल उठती है।*

डेल्फ़ी

भविष्यपक्षी? मुझे यह काफ़ी पसंद आया।

एल्बस

डेल्फ़ी?

वह बहुत तेज़ निकलती है। अपनी छड़ी सीधी करके वह स्कॉर्पियस को रोक देती है। और वह ज़्यादा ताक़तवर भी है – स्कॉर्पियस उसे रोकने की कोशिश करता है, लेकिन वह जल्दी ही उसे पछाड़ देती है।

डेल्फ़ी

बंधनो!

स्कॉर्पियस के हाथ बुरी सी, चमकदार रस्सियों में बँध जाते हैं।

स्कॉर्पियस

एल्बस। भाग जाओ।

एल्बस चारों तरफ़ देखता है, चकराया हुआ। और फिर दौड़ने लगता है।

डेल्फ़ी

बंधनो!

एल्बस ज़मीन पर फिंका जाता है, उसके हाथ भी बेरहम बंधन में बँध जाते हैं।

और यह पहला मंत्र है, जिसका इस्तेमाल मुझे तुम पर करना पड़ा। मैंने सोचा था कि मुझे बहुत से मंत्रों का इस्तेमाल करना पड़ेगा। लेकिन तुम पर क़ाबू करना तो एमॉस से भी ज़्यादा आसान निकला – बच्चे, ख़ास तौर पर लड़के, बहुत आसानी से वश में आ जाते हैं, है ना? अब, इस झमेले को हमेशा–हमेशा के लिए ख़त्म कर देते हैं...

एल्बस

लेकिन क्यों? लेकिन क्या? लेकिन तुम कौन हो?

डेल्फ़ी

एल्बस। मैं नया अतीत हूँ।

वह एल्बस की छड़ी निकालती है और उसे तोड़ देती है।

मैं नया भविष्य हूँ।

वह स्कॉर्पियस की छड़ी निकालती है और उसे तोड़ देती है।

मैं वह जवाब हूँ, जिसकी इस संसार को तलाश है।

अंक तीन **दृश्य सत्रह**

जादू मंत्रालय, हर्माइनी का ऑफ़िस

रॉन हर्माइनी *की डेस्क पर बैठा है; वह कुछ फ़ाइलें पढ़ रही है।*

रॉन

दरअसल मैं इससे उबर नहीं पा रहा हूँ। यह बात मुझे खाए जा रही है कि कुछ वास्तविकताओं में तो हम शादी–शुदा भी नहीं हैं।

हर्माइनी

रॉन, चाहे यह जो भी हो – मेरे पास दस मिनट का समय है और फिर पिशाच ग्रिनगॉट में सुरक्षा संबंधी बातचीत करने के लिए आने वाले हैं –

रॉन

मेरा मतलब है, हम लोग इतने लंबे समय से एक साथ रह रहे हैं – और इतने लंबे समय से शादी–शुदा हैं – मेरा मतलब है, इतना लंबा समय हो गया है –

हर्माइनी

अगर तुम यह कह रहे हो कि मुझसे तलाक़ चाहते हो रॉन, तो मैं साफ़–साफ़ बता देती हूँ कि मैं इस क़लम से तुम्हें भेद दूँगी।

रॉन

चुप रहो। क्या तुम कभी चुप रहोगी? मैं तो विवाह का नवीनीकरण कराना चाहता हूँ, जिसके बारे में मैंने पढ़ा है। विवाह का नवीनीकरण। तुम क्या सोचती हो?

हर्माइनी *(नरम पड़ते हुए)*

तुम मुझसे दोबारा शादी करना चाहते हो?

रॉन

देखो, जब हमने पहली बार शादी की थी, तब हम बहुत छोटे थे और मैंने बहुत शराब पी ली थी और – सच कहूँ, तो मुझे वह ज़्यादा याद नहीं है और... सच्चाई यह है – मैं तुमसे बेइंतहा मोहब्बत करता हूँ, हर्माइनी ग्रेंजर – और समय चाहे जो कहे – मैं बहुत सारे दूसरे लोगों के सामने यह कहने का मौक़ा चाहता हूँ। एक बार फिर। पूरे होशोहवास में।

वह उसकी ओर देखती है, वह मुस्कुराती है, वह उसे अपने क़रीब खींचती है, वह उसे चूमती है।

हर्माइनी

तुम बहुत मीठी बातें करते हो।

रॉन

और तुम्हारे मुँह से टॉफ़ी जैसा स्वाद आ रहा है।

हर्माइनी *हँसती है। जब वे दोबारा चूमने के लिए बढ़ते हैं, तो* हैरी, जिनी *और* ड्रेको *उनके पास आ जाते हैं। वे झटके से दूर–दूर हो जाते हैं।*

हर्माइनी

हैरी, जिनी और – मैं, उह – ड्रेको – तुम्हें देखकर कितना अच्छा लगा –

हैरी

सपने। वे फिर से शुरू हो गए हैं, देखो, वे रुके नहीं हैं।

जिनी

और एल्बस ग़ायब है। एक बार फिर।

ड्रेको

स्कॉर्पियस भी। हमारे कहने पर मैक्गॉनेगल ने पूरे स्कूल की तलाशी ली। वे जा चुके हैं।

हर्माइनी

मैं ऑरर्स को तुरंत बुलाती हूँ, मैं –

रॉन

नहीं, तुम नहीं करोगी, यह सब ठीक है। एल्बस, मैंने उसे कल रात को देखा था। यह सब अच्छा है।

ड्रेको

कहाँ?

वे सभी रॉन की ओर मुड़ते हैं, वह थोड़ा विचलित होता है, लेकिन आगे बोलता जाता है।

रॉन

मैं हॉग्समीड में नेविल के साथ दो फ़ायरव्हिस्की पी रहा था – जैसा तुम कहते हो – संसार को सही कर रहा था – जैसा हम करते हैं – और हम लौट रहे थे – बहुत देर, बहुत देर, और यह पता लगाने की कोशिश कर रहा था कि मैं किस छू नेटवर्क का इस्तेमाल कर सकता हूँ, क्योंकि जब आप पिए होते हैं, तो कई बार आप सँकरे – या घुमावदार – नेटवर्क का इस्तेमाल नहीं करना चाहते –

जिनी

रॉन, अगर तुम सीधे मुद्दे की बात पर नहीं आओगे, तो हम सब तुम्हारा गला दबा देंगे!

रॉन

वह भागा नहीं है – वह तो एक शांत पल बिता रहा है – उसकी ज़्यादा उम्र वाली गर्लफ़्रेंड बन गई है –

हैरी

ज़्यादा उम्र वाली गर्लफ़्रेंड?

रॉन

और वह बेहतरीन दिखती है – शानदार चाँदी जैसे बाल। उन दोनों को इकट्ठे छत पर देखा था, उल्लूघर के पास, जबकि स्कॉर्पियस कबाब में हड्डी बन रहा था। यह देखकर अच्छा लगा कि मेरे प्रेम काढ़े का अच्छा इस्तेमाल हो रहा था, मैंने सोचा।

हैरी के मन में एक विचार आता है। और फिर एक दर्जन दूसरे विचार आ जाते हैं। और उनमें से कोई भी विचार अच्छा नहीं है।

हैरी

उसके बाल – क्या चाँदी जैसे और नीले थे?

रॉन

बिलकुल – चाँदी जैसे, नीले – हाँ।

हैरी

वह डेल्फ़ी डिगोरी की बात कर रहा है। एमॉस डिगोरी की भतीजी।

जिनी

यह एक बार फिर सेडरिक के बारे में है?

हर्माइनी दरवाज़े से बाहर चिल्लाती है।

हर्माइनी

ईथेल। पिशाचों वाली मीटिंग रद्द कर दो।

अंक तीन **दृश्य अठारह**

सेंट ओसवाल्ड्स होम फ़ॉर ओल्ड विचेस एंड विज़ाड्र्स, एमॉस का कमरा

हैरी *अंदर आता है, छड़ी बाहर निकालकर,* ड्रेको *के साथ।*

हैरी

वे कहाँ हैं?

एमॉस

हैरी पॉटर, मैं आपके लिए क्या कर सकता हूँ, सर? और ड्रेको मैल्फ़ॉय। आज तो मैं धन्य हो गया।

हैरी

मैं जानता हूँ कि तुमने किस तरह मेरे बेटे का इस्तेमाल किया है।

एमॉस

मैंने आपके बेटे का इस्तेमाल किया है? नहीं। सर, आपने – आपने मेरे सुंदर बेटे का इस्तेमाल किया था।

ड्रेको

हमें बताओ – अभी – कि एल्बस और स्कॉर्पियस कहाँ हैं, वरना बहुत गंभीर परिणाम होंगे।

एमॉस

लेकिन मुझे कैसे पता होगा कि वे कहाँ हैं?

ड्रेको

हमारे साथ सठियाने का नाटक मत करो, बूढ़े आदमी। हम जानते हैं कि तुम उसे उल्लू भेज रहे हो।

एमॉस

मैंने ऐसा कुछ नहीं किया है।

हैरी

एमॉस, तुम इतने बूढ़े नहीं हो कि तुम्हें अज़्काबान न भेजा जा सके। दोनों लड़के आख़िरी बार तुम्हारी भतीजी के साथ हॉगवर्ट्स के टॉवर पर देखे गए थे, जिसके बाद वे ग़ायब हो गए।

एमॉस

मुझे पता नहीं है कि आप लोग क्या कह... *(वह एक पल रुकता है, दुविधा में।)* मेरी भतीजी?

हैरी

तुम भी कितना नीचे गिर सकते हो, है ना – हाँ, तुम्हारी भतीजी, क्या तुम इस बात से इंकार कर रहे हो कि तुम्हारे स्पष्ट निर्देशों के तहत वह वहाँ थी...

एमॉस

हाँ, मैं इंकार कर रहा हूँ – मेरी कोई भतीजी नहीं है।

इससे हैरी रुक जाता है।

ड्रेको

हाँ, तुम्हारी भतीजी है, एक नर्स, यहाँ काम करती है। तुम्हारी भतीजी... डेल्फ़िनी डिगोरी।

एमॉस

मैं जानता हूँ कि मेरी कोई भतीजी नहीं है, क्योंकि मेरे कोई भाई–बहन थे ही नहीं। और न ही मेरी पत्नी के थे।

हैरी और ड्रेको एक–दूसरे को देखते हैं – दोनों को ही एहसास हो जाता है कि इसका क्या मतलब है।

ड्रेको

हमें यह पता लगाने की ज़रूरत है कि वह लड़की कौन है – *इसी वक़्त।*

अंक तीन **दृश्य उन्नीस**

हॉगवर्ट्स, क्विडिच पिच

हम डेल्फ़ी को देखते हैं, जो अपनी बदली हुई पहचान के हर पल का आनंद ले रही है। जहाँ पहले बेचैनी और असुरक्षा थी, वहाँ अब सिर्फ़ शक्ति है।

एल्बस

हम क्विडिच पिच पर क्या कर रहे हैं?

स्कॉर्पियस *तेज़ी से समझने की कोशिश करता है।*

स्कॉर्पियस

त्रिकोणीय जादूगरी टूर्नामेंट। तीसरा काम। भूलभुलैया। भूलभुलैया यहीं बनी थी। हम एक बार फिर सेडरिक को ज़िंदा करने के लिए पीछे जा रहे हैं।

डेल्फ़ी

हाँ, यह समय है कि दूसरे लोगों को हमेशा के लिए ज़िंदा कर दिया जाए। हम सेडरिक के लिए लौटकर जाएँगे और ऐसा करके हम संसार को दोबारा वैसा बना देंगे, जैसा तुमने देखा था स्कॉर्पियस...

स्कॉर्पियस

नरक। तुम संसार में नरक लाना चाहती हो?

डेल्फ़ी

मैं शुद्ध और शक्तिशाली जादू की वापसी चाहती हूँ। मैं काले जादू का दोबारा जन्म चाहती हूँ।

स्कॉर्पियस

तुम वोल्डेमॉर्ट की वापसी चाहती हो?

डेल्फ़ी

जादूगरी के संसार के एकमात्र सच्चे शासक। वे लौटेंगे।

(अंतराल)

अब तुम्हारे कारण पहले दो काम जादू से थोड़े बाधित हो चुके हैं – दोनों ही में भविष्य से कम से कम दो यात्राएँ हो चुकी हैं, इसलिए मैं पहचाने जाने या भटकने का जोखिम नहीं लूँगी। तीसरा काम साफ़–सुथरा है, इसलिए हम वहाँ शुरू करते हैं, है ना?

एल्बस

हम सेडरिक को नहीं रोकेंगे – चाहे तुम हमें कुछ भी करने के लिए मजबूर करो – हम जानते हैं कि उसे मेरे डैडी के साथ टूर्नामेंट जीतना चाहिए।

डेल्फ़ी

मैं बस यही नहीं चाहती हूँ कि तुम उसे रोको। मैं तो यह भी चाहती हूँ कि तुम उसे अपमानित करो। उसे बैंगनी पंखों वाली झाड़ू पर बैठाकर भूलभुलैया से नंगा बाहर भेजो। अपमान एक बार पहले भी कामयाब हुआ था और यह एक बार फिर कामयाब होगा। और फिर भविष्यवाणी पूरी हो जाएगी।

स्कॉर्पियस

मैं यह नहीं जानता था कि कोई भविष्यवाणी भी थी – कौन सी भविष्यवाणी?

डेल्फ़ी

तुमने ससार को वैसा देखा है, जैसा यह होना चाहिए, स्कॉर्पियस और आज हम इसकी वापसी सुनिश्चित करने जा रहे हैं।

एल्बस

हम नहीं करेंगे। हम तुम्हारा कहना नहीं मानेंगे। तुम जो भी हो। तुम हमसे जो भी कराना चाहती हो।

डेल्फ़ी

ज़ाहिर है, तुम करोगे।

एल्बस

तुम्हें तत्क्षण मृत्यु शाप का इस्तेमाल करना होगा। तुम्हें मुझे मारना होगा।

डेल्फ़ी

नहीं। भविष्यवाणी तुम्हीं से पूरी हो सकती है, तुम्हारे किसी पिट्ठू से नहीं... तुम्हीं को सेडरिक को अपमानित करना है, इसलिए तुम्हें तत्क्षण मृत्यु शाप देने का सवाल नहीं उठता है – मुझे तुम्हें दूसरे तरीक़ों से मजबूर करना होगा।

वह अपनी छड़ी निकालती है। वह इसे एल्बस की तरफ़ तानती है, जो अपनी ठुड्डी बाहर निकाल देता है।

एल्बस

बुरे से बुरा कर लो।

डेल्फ़ी *उसकी तरफ़ देखती है। और फिर अपनी छड़ी* स्कॉर्पियस *की तरफ़ घुमा देती है।*

डेल्फ़ी

मैं ऐसा ही करूँगी।

एल्बस

नहीं!

डेल्फ़ी

हाँ, जैसा मैंने सोचा था – इससे तुम्हें ज़्यादा डर लग रहा है।

स्कॉर्पियस

एल्बस, वह मेरे साथ चाहे जो करे – हम उसे ऐसा नहीं करने देंगे –

डेल्फ़ी

पीड़ितो!

स्कॉर्पियस *दर्द में चिल्लाता है।*

एल्बस

मैं करूँगा...

डेल्फ़ी *(हँसती हुई)*

क्या? तुम क्या सोचते हो कि तुम क्या कर सकते हो? जादूगरों की निराशा? अपने पारिवारिक नाम पर बट्टा? एक औसत

इंसान? तुम चाहते हो कि मैं तुम्हारे एकमात्र मित्र को चोट न पहुँचाऊँ? तो फिर जैसा मैं बोलती हूँ, वैसा ही करो।

वह एल्बस को देखती है। उसकी आँखें प्रतिरोधी बनी रहती हैं।

नहीं? पीड़ितो!

एल्बस

रुको! प्लीज़।

क्रेग *दौड़ता हुआ आता है, ऊर्जा से भरपूर।*

क्रेग बाउकर जूनियर

स्कॉर्पियस? एल्बस? हर कोई तुम्हें ढूँढ़ रहा है –

एल्बस

क्रेग! जल्दी से जाओ। मदद लाओ!

क्रेग बाउकर जूनियर

क्या हो रहा है?

डेल्फ़ी

तत्क्षण मृत्यु!

डेल्फ़ी *हरी रोशनी का झोंका मंच के पार भेजती है।* क्रेग *इसके टकराने से पीछे की तरफ़ गिर जाता है – और तुरंत मर जाता है। ख़ामोशी छा जाती है। ऐसी ख़ामोशी, जो लंबे समय तक रहती है।*

क्या तुम अब भी नहीं समझे? हम यहाँ बच्चों का खेल नहीं खेल रहे हैं। तुम मेरे लिए उपयोगी हो, तुम्हारे मित्र नहीं।

एल्बस *और* स्कॉर्पियस क्रेग *की लाश देखते हैं – उनका मन यंत्रणा में है।*

एल्बस पॉटर, मुझे तुम्हारी कमज़ोरी का पता चलने में बहुत समय लगा। मैंने सोचा था कि यह गर्व है, मैंने सोचा था कि यह तुम्हारे पिता को प्रभावित करने की इच्छा है, लेकिन फिर मुझे अहसास हुआ कि तुम्हारी कमज़ोरी भी वही है, जो तुम्हारे पिता की थी – मित्रता। तुम वही करोगे, जो तुमसे कहा जाएगा, वरना स्कॉर्पियस मर जाएगा, जिस तरह वह *दूसरा* मर गया।

वह उन दोनों को देखती है।

वोल्डेमॉर्ट की वापसी होगी और यह भविष्यपक्षी उसके पास बैठेगी। ठीक वैसे ही, जैसी भविष्यवाणी है। 'जब दूसरे को छोड़ दिया जाएगा, जब समय को घुमा दिया जाएगा, जब अनदेखा बच्चा अपने पिता की हत्या करेगा : तब शैतानी शहंशाह की वापसी होगी।'

वह मुस्कुराती है। वह दुष्टता से स्कॉर्पियस को अपनी ओर खींचती है।

सेडरिक दूसरा है और एल्बस –

वह दुष्टता से एल्बस को अपनी ओर खींचती है।

वह अनदेखा बच्चा, जो समय को दोबारा लिखकर अपने पिता को मारेगा और इस तरह शैतानी शहंशाह की वापसी कराएगा।

काल–परिवर्तक घूमने लगता है। वह उनके हाथ इस पर रखवाती है।

अभी!

प्रकाश का एक दैत्याकार झोंका आता है। शोर का धमाका। और समय ठहर जाता है। और फिर यह मुड़ता है, थोड़ा सोचता है और फिर पीछे की ओर खिसकने लगता है, पहले धीरे–धीरे...

और फिर यह गति पकड़ लेता है।

और फिर एक चूसने की आवाज़ होती है। और एक धमाका।

अंक तीन **दृश्य बीस**

त्रिकोणीय जादूगरी टूर्नामेंट, भूलभुलैया, 1995

भूलभुलैया घुमावदार बागड़ों से बनी है, जो हिलना बंद नहीं करती हैं। डेल्फ़ी संकल्पित भाव से इसमें चलती है। वह एल्बस और स्कॉर्पियस को अपने पीछे घसीटती है। उनके हाथ बँधे हुए हैं, उनके पैर अनिच्छा से चल रहे हैं।

लूडो बैगमैन

देवियो और सज्जनो, लड़को और लड़कियो, मैं आप सभी को – सबसे महान – शानदार – एक – और एकमात्र **त्रिकोणीय जादूगरी टूर्नामेंट** दे रहा हूँ!

एक ज़ोरदार हर्षध्वनि होती है। डेल्फ़ी बाएँ मुड़ती है।

अगर आप हॉगवट्र्स के हैं। तो मेरे लिए तालियाँ बजाएँ।

ज़ोरदार हर्षध्वनि होती है।

अगर आप डर्मस्ट्रैंग के हैं – तो मेरे लिए तालियाँ बजाएँ।

एक ज़ोरदार हर्षध्वनि होती है।

और अगर आप बाबैटन्स के हैं, तो मेरे लिए तालियाँ बजाएँ।

ज़ोरदार हर्षध्वनि होती है।

डेल्फ़ी और लड़के दूर हटने के लिए विवश होते हैं, जब एक बागड़ उन्हें भींचने के लिए क़रीब आती है।

फ़्रांसीसी आख़िरकार हमें दिखा रहे हैं कि वे कितने सक्षम हैं। देवियो और सज्जनो, मैं आपको दे रहा हूँ – त्रिकोणीय जादूगरी

टूर्नामेंट का अंतिम काम। रहस्यों से भरी भूलभुलैया, अनियंत्रित अंधकार का रोग, इस भूलभुलैया के लिए – यह सजीव है। यह सजीव है।

विक्टर क्रम मंच के पार जाता है, भूलभुलैया में चलता है।

और इस जीवित दुःस्वप्न में जोखिम क्यों लेना? क्योंकि इसी भूलभुलैया के अंदर एक कप है – और यह कोई साधारण कप नहीं है – हाँ, इस भूलभुलैया के भीतर त्रिकोणीय जादूगरी टूर्नामेंट की ट्रॉफ़ी रखी हुई है।

डेल्फ़ी

वह कहाँ है? सेडरिक कहाँ है?

एक बागड़ एल्बस और स्कॉर्पियस को अलग–अलग करने को होती है।

स्कॉर्पियस

बागड़ें तो हमें भी मारना चाहती हैं? यह बेहतर और बेहतर होता जा रहा है।

डेल्फ़ी

तुम साथ चलोगे, वरना परिणाम भुगतोगे।

लूडो बैगमैन

ख़तरे बहुत सारे हैं, लेकिन पुरस्कार भी बड़ा है। इसमें से कौन मंज़िल तक जूझेगा? कौन आख़िरी बाधा में गिर जाएगा? हमारे बीच में कौन से हीरो हैं? सिर्फ़ समय बताएगा, देवियो और सज्जनो, सिर्फ़ समय बताएगा।

वे भूलभुलैया में आगे बढ़ते हैं, डेल्फ़ी स्कॉर्पियस और एल्बस को मजबूर कर रही है। जब वह आगे जाती है, तो लड़कों को बात करने का मौक़ा मिल जाता है।

स्कॉर्पियस

एल्बस, हमें कुछ करना होगा।

एल्बस

मैं जानता हूँ, लेकिन क्या? उसने हमारी छड़ियाँ तोड़ दी हैं, हम बँधे हुए हैं और वह तुम्हें मारने की धमकी दे रही है।

स्कॉर्पियस

मैं मरने को तैयार हूँ, अगर इससे वोल्डेमॉर्ट की वापसी रुक जाए।

एल्बस

क्या सचमुच?

स्कॉर्पियस

मेरे जाने के बाद तुम्हें ज़्यादा अफ़सोस करने का मौक़ा नहीं मिलेगा। वह मुझे मारेगी और तुम्हें भी जल्द ही मार डालेगी।

एल्बस *(उतावला)*

काल–परिवर्तक की समस्या, पाँच मिनट का नियम। हम पाँच मिनट पूरे करने के लिए ज़मीन–आसमान एक कर देंगे।

स्कॉर्पियस

यह कारगर नहीं होगा।

जब एक और बागड़ दिशा बदलती है, तो डेल्फ़ी एल्बस *और* स्कॉर्पियस *को अपने पीछे खींच लेती है। वे निराशा की इस भूलभुलैया में चलते रहते हैं।*

लूडो बैगमैन

अब मैं आपको याद दिलाना चाहूँगा कि कौन सा चैंपियन किस स्थान पर है! पहले स्थान पर एक साथ हैं – सेडरिक डिगोरी और हैरी पॉटर। दूसरे स्थान पर – विक्टर क्रम! और तीसरे स्थान पर फ्लर डेलाकोर।

अचानक एल्बस *और* स्कॉर्पियस *एक भूलभुलैया के पीछे से प्रकट होते हैं, वे दौड़ रहे हैं।*

एल्बस

वह कहाँ गई?

स्कॉर्पियस

क्या यह मायने रखता है? तुम्हें क्या लगता है किस रास्ते?

डेल्फ़ी *उनके पीछे हवा में उठती है। वह उड़ रही है, झाडू के बिना।*

डेल्फ़ी

बेचारे।

वह लड़कों को ज़मीन पर गिरा देती है।

तुम सोच रहे थे कि तुम मुझसे बच सकते हो।

एल्बस *(हैरानी से)*

तुम उड़ रही हो, पर तुम्हारे पास तो – झाड़ू भी नहीं है।

डेल्फ़ी

झाड़ू – इतनी बेकार, अनावश्यक चीज़। तीन मिनट बीत चुके हैं। हमारे पास अब सिर्फ़ दो मिनट बचे हैं। और तुम वही करोगे, जो तुमसे कहा जाएगा।

स्कॉर्पियस

नहीं। हम नहीं करेंगे।

डेल्फ़ी

तुम सोचते हो कि तुम मुझसे लड़ सकते हो?

स्कॉर्पियस

नहीं। लेकिन हम तुम्हारी आज्ञा का उल्लंघन कर सकते हैं। बशर्ते हम इसके लिए अपनी जान देने को तैयार हों।

डेल्फ़ी

भविष्यवाणी पूरी होकर रहेगी। हम इसे पूरा करेंगे।

स्कॉर्पियस

भविष्यवाणियाँ ग़लत भी साबित हो सकती हैं।

डेल्फ़ी

तुम ग़लत सोच रहे हो बच्चे, भविष्यवाणियाँ ही भविष्य हैं।

स्कॉर्पियस

लेकिन अगर भविष्यवाणी पूरी होकर ही रहेगी, तो फिर हम यहाँ इसे प्रभावित करने की कोशिश क्यों कर रहे हैं? तुम्हारे काम तुम्हारे विचारों के विपरीत हैं : तुम हमें इस भूलभुलैया में इसलिए घसीट रही हो, क्योंकि तुम मानती हो कि इस भविष्यवाणी को पूरा करने की ज़रूरत है – और, इस तर्क से, भविष्यवाणियाँ ग़लत भी साबित हो सकती हैं – रोकी भी जा सकती हैं।

डेल्फ़ी

तुम बहुत ज़्यादा बोलते हो, बच्चे। पीड़ितो!

स्कॉर्पियस दर्द से दोहरा हो जाता है।

एल्बस

स्कॉर्पियस!

स्कॉर्पियस

तुम एक इम्तहान चाहते थे, एल्बस – यह रहा और हम इसमें कामयाब होने जा रहे हैं।

एल्बस स्कॉर्पियस की तरफ़ देखता है, आख़िरकार उसे यह बोध हो जाता है कि उसे क्या करना है। वह सिर हिलाता है।

डेल्फ़ी

तो तुम मर जाओगे।

एल्बस *(शक्ति से भरपूर)*

हाँ। हम मर जाएँगे। और हम यह काम ख़ुशी से करेंगे, यह जानते हुए कि इससे तुम रुक गई हो।

डेल्फ़ी ऊपर उठती है, आक्रोश से भरी।

डेल्फ़ी

हमारे पास इसके लिए समय नहीं है। पी–

रहस्यमय आवाज़

निरस्त्र भव!

धमाका। डेल्फ़ी की छड़ी उससे दूर चली जाती है। स्कॉर्पियस हैरानी से देखता है।

शरीर बंधन!

और डेल्फ़ी रस्सियों में बँध जाती है। स्कॉर्पियस और एल्बस एक साथ मुड़ते हैं और हैरानी में देखते हैं कि ये मंत्र कहाँ से आ रहे हैं : लगभग सत्रह साल के किशोर, आकर्षक सेडरिक की ओर से।

सेडरिक

आगे मत आना।

स्कॉर्पियस

लेकिन तुम...

सेडरिक

सेडरिक डिगोरी। मुझे चीख़ने की आवाज़ सुनाई दी। मुझे आना पड़ा। अपना नाम बताओ, जानवरो, मैं तुमसे लड़ सकता हूँ।

एल्बस घूमता है, हैरान।

एल्बस

सेडरिक?

स्कॉर्पियस

तुमने हमें बचा लिया।

सेडरिक

क्या तुम भी काम का हिस्सा हो? बाधा हो? बोलो। क्या मुझे तुम्हें भी हराना है?

ख़ामोशी छा जाती है।

स्कॉर्पियस

नहीं। तुम्हें हमें बंधन से मुक्त करना है। यही काम है।

सेडरिक सोचता है, विचार करता है कि क्या यह जाल है, और फिर अपनी छड़ी लहराता है।

सेडरिक

मुक्तो! मुक्तो!

लड़के स्वतंत्र हो जाते हैं।

और अब मैं जा सकता हूँ? भूलभुलैया के काम पूरे कर सकता हूँ?

लड़के सेडरिक की तरफ़ देखते हैं। वे अच्छी तरह जानते हैं कि भूलभुलैया पूरी करने का उसके लिए क्या मतलब है।

एल्बस

तुम्हें भूलभुलैया का काम पूरा करना है।

सेडरिक

तो मैं करता हूँ।

सेडरिक आत्मविश्वास के साथ दूर चला जाता है। एल्बस उसके पीछे देखता रहता है – कुछ कहने के लिए उतावला है, यह पक्का नहीं कर पाता कि क्या कहे।

एल्बस

सेडरिक –

सेडरिक उसकी तरफ़ मुड़ता है।

तुम्हारे डैडी तुमसे बहुत प्यार करते हैं।

सेडरिक की त्योरी चढ़ जाती है, वह हैरान है।

सेडरिक

क्या?

उनके पीछे डेल्फ़ी का शरीर गतिविधि करने लगता है। वह ज़मीन पर रेंगती है।

एल्बस

सोचा कि तुम्हें मालूम होना चाहिए।

सेडरिक *(जो समझ नहीं पा रहा है कि इसे कैसे ले)*

ठीक है। धन्यवाद।

सेडरिक एक पल और एल्बस को देखता है और फिर चला जाता है। वह जैसे ही जाता है, डेल्फ़ी अपने चोगे में से काल–परिवर्तक को बाहर निकालती है और स्कॉर्पियस उसे देख लेता है।

स्कॉर्पियस

एल्बस!

एल्बस

नहीं। इंतज़ार करो...

स्कॉर्पियस

काल–परिवर्तक घूम रहा है... देखो तो सही वह क्या कर रही है... वह हमें पीछे छोड़कर नहीं जा सकती।

एल्बस और स्कॉर्पियस दोनों ही काल–परिवर्तक का हिस्सा पकड़ने की कोशिश करते हैं।

और वहाँ रोशनी का एक दैत्याकार झोंका होता है। शोर का धमाका।

और समय रुक जाता है। और फिर यह घूमता है, थोड़ा सोचता है और फिर पीछे की ओर जाने लगता है, पहले धीमे...

और फिर यह गति पकड़ लेता है।

एल्बस...

एल्बस

हमने क्या किया?

स्कॉर्पियस

हमें काल–परिवर्तक के साथ जाना था, हमें उसे रोकने की कोशिश करनी थी।

डेल्फ़ी

मुझे रोकने की? तुमने कैसे सोच लिया कि तुमने मुझे रोक लिया है? मेरे लिए अब इसका काम ख़त्म हो गया है।

वह काल–परिवर्तक को चकनाचूर कर देती है। इसमें विस्फोट हो जाता है और इसके हज़ार टुकड़े हो जाते हैं।

डेल्फ़ी

हो सकता है कि तुमने सेडरिक के ज़रिये संसार को अंधकारमय बनाने के मेरे अवसरों को नष्ट कर दिया हो, लेकिन शायद तुम्हारी बात सही है स्कॉर्पियस – शायद भविष्यवाणियाँ रोकी जा सकती हैं, शायद भविष्यवाणियाँ ग़लत साबित हो सकती हैं। सच तो यह है कि मैं तुम जैसे चिढ़ाने वाले, अयोग्य लोगों का इस्तेमाल करने से तंग आ चुकी हूँ। अब मैं तुममें से किसी पर भी अपने क़ीमती पल बर्बाद नहीं करूँगी। किसी नई चीज़ को आज़माने का समय है।

डेल्फ़ी *एक बार फिर हवा में ऊपर उठती है। वह आनंद में हँसती है, जब वह तेज़ी से दूर चली जाती है।*

लड़के उसका पीछा करने की कोशिश करते हैं, लेकिन उनके पास ज़रा भी मौक़ा नहीं है। वह उड़ रही है, वे दौड़ रहे हैं।

एल्बस

नहीं... नहीं... तुम ऐसा नहीं कर सकतीं...

स्कॉर्पियस *पीछे पलटता है और काल–परिवर्तक के टुकड़े उठाने की कोशिश करता है।*

काल–परिवर्तक? यह नष्ट हो गया?

स्कॉर्पियस

पूरी तरह। हम यहाँ अटक गए हैं। समय में। हम जिस भी समय में हों। वह जिस भी नई चीज़ की योजना बना रही हो।

एल्बस *आस–पास देखता है और अभी–अभी हुई घटनाओं का मतलब समझने की बुरी तरह कोशिश करता है।*

एल्बस

हॉगवट्र्स वैसा ही दिखता है।

स्कॉर्पियस

हाँ। और हमें यहाँ नहीं देखा जा सकता। हम यहाँ से बाहर चलते हैं, इससे पहले कि हमें पहचान लिया जाए।

एल्बस

हमें उसे रोकना होगा, स्कॉर्पियस।

स्कॉर्पियस

मैं जानता हूँ – लेकिन कैसे?

अंक तीन दृश्य इक्कीस

सेंट ओसवाल्ड्स होम फ़ॉर ओल्ड विचेस एंड विज़ाड्‌र्स, डेल्फ़ी का कमरा

लकड़ी के पटियों वाले सादे कमरे में हैरी, हर्माइनी, रॉन, ड्रेको *और* जिनी *चारों ओर देखते हैं।*

हैरी

उसने एमॉस पर विभ्रम सम्मोहन का इस्तेमाल किया होगा। उसने उन सभी का इस्तेमाल किया। उसने नर्स बनने का नाटक किया, उसने एमॉस की भतीजी होने का नाटक किया।

हर्माइनी

मैंने अभी–अभी मंत्रालय से पता लगाया है – लेकिन उसका कोई रिकॉर्ड नहीं है। वह एक छाया है।

ड्रेको

विशेष प्रकटीकरण!

हर कोई ड्रेको की तरफ़ देखता है। वह शुष्कता से उन्हें देखता है।

देखो, यह मंत्र आज़माने लायक़ था, तुम लोग किसका इंतज़ार कर रहे हो? हम कुछ नहीं जानते, इसलिए बस यह उम्मीद करें कि यह कमरा कोई चीज़ उजागर कर दे।

जिनी

वह कोई चीज़ कहाँ छिपा सकती है? यह तो काफ़ी सादा कमरा है।

रॉन

ये पटिये, इन पटियों में कुछ छिपा होगा।

ड्रेको

या फिर पलंग में।

ड्रेको पलंग की छानबीन करने लगता है, जिनी एक लैंप की, जबकि बाक़ी लोग पटियों की जाँच करते हैं।

रॉन *(चिल्लाते हुए, जब वह दीवारों को ठोंकता है)*

तुमने क्या छिपा रखा है? तुम्हारे पास क्या है?

हर्माइनी

शायद हम सभी को एक पल रुक जाना चाहिए और सोचना चाहिए कि क्या –

जिनी तेल के लैंप से लैंप चिमनी के स्क्रू खोलती है। साँस बाहर निकलने की आवाज़ होती है। और फिर हिस्स के शब्द आते हैं। वे सभी इसकी ओर मुड़ते हैं।

वह क्या है?

हैरी

यह – मुझे शायद समझ में नहीं आना चाहिए – सर्पभाषा है।

हर्माइनी

और यह क्या कह रही है?

हैरी

मैं कैसे...? जब से वोल्डेमॉर्ट मरा है, मैं सर्पभाषा नहीं समझ पाया हूँ।

हर्माइनी

और न ही तुम्हारा निशान दुखा है।

हैरी हर्माइनी *को देखता है।*

हैरी

यह कहती है 'स्वागत भविष्यपक्षी।' मेरे ख़्याल से मुझे इससे कहना होगा कि यह राज़ खोल दे...

ड्रेको

तो यह कर दो।

हैरी अपनी आँखें बंद कर लेता है। वह सर्पभाषा में बोलता है। उनके चारों ओर कमरा रूप बदलता है, ज़्यादा स्याह हो जाता है और ज़्यादा उतावली सभी दीवारों पर सर्पों के चित्रों का उलझा हुआ ढेर उभरता है।

और उन पर, चमकते रंग में एक भविष्यवाणी लिखी होती है।

यह क्या है?

रॉन

'जब दूसरे को छोड़ दिया जाएगा, जब समय को घुमा दिया जाएगा, जब अनदेखा बच्चा अपने पिता की हत्या करेगा : तब शैतानी शहंशाह की वापसी होगी।'

जिनी

एक भविष्यवाणी। एक नई भविष्यवाणी।

हर्माइनी

सेडरिक – सेडरिक को दूसरा कहा गया था।

रॉन

जब समय को घुमा दिया जाएगा – उसके पास काल–परिवर्तक है, है ना?

उनके चेहरे उतर जाते हैं।

हर्माइनी

उसके पास होना ही चाहिए।

रॉन

लेकिन उसे स्कॉर्पियस या एल्बस की ज़रूरत क्यों है?

हैरी

क्योंकि मैं एक पिता हूँ – जिसने अपने बच्चे को नहीं देखा है। अपने बच्चे को नहीं समझा है।

ड्रेको

वह कौन है? जो इस सबके बारे में इतनी जुनूनी है?

जिनी

मुझे लगता है कि मेरे पास इस सवाल का जवाब है।

वे सभी उसकी ओर मुड़ते हैं। वह ऊपर की तरफ़ इशारा करती है... उन सभी के चेहरे और भी उतर जाते हैं और डर से भर जाते हैं।

ऑडिटोरियम की सभी दीवारों पर शब्द प्रकट होते हैं – ख़तरनाक शब्द, भयंकर शब्द।

'मैं अंधकार का दोबारा जन्म कराऊँगी। मैं अपने पिता को वापस लाऊँगी।'

रॉन

नहीं। वह ऐसा नहीं कर सकती...

हर्माइनी

यह किस तरह से – संभव है?

ड्रेको

वोल्डेमॉर्ट की एक बेटी है?

वे आतंकित भाव से देखते हैं। जिनी हैरी *का हाथ थाम लेती है।*

हैरी

नहीं, नहीं, नहीं। यह नहीं। और कुछ चलेगा, लेकिन यह नहीं।
पर्दा गिरता है।

मध्यांतर

खंड दो

अंक चार

अंक चार दृश्य एक

जादू मंत्रालय, भव्य मीटिंग रूम

सभी जगहों के जादूगर और जादूगरनियाँ भव्य मीटिंग रूम में खचाखच भरे हैं, इतने सारे जादूगर हमने पहले कभी नहीं देखे हैं। और उनके चेहरे पर चिंता साफ़ झलक रही है। हर्माइनी *जल्दी में बनाए गए मंच पर* चलकर *आती है। वह ख़ामोश रहने के लिए अपना हाथ उठाती है। सब चुप हो जाते हैं; वे उन जवाबों को जानने के लिए व्याकुल हैं जो वह दे सकती है। वह हैरान है कि इसमें इतनी कम कोशिशों की ज़रूरत पड़ी। वह चारों तरफ़ देखती है।*

हर्माइनी

धन्यवाद। मुझे ख़ुशी है कि आपमें से इतने सारे लोग मेरी – दूसरी – असाधारण बैठक में आए। मुझे कुछ बातें कहनी हैं – मैं कहना चाहूँगी कि सवालों का सिलसिला मेरी बात पूरी होने के बाद शुरू हो – और बहुत से सवाल होंगे।

जैसा आपमें से कई जानते हैं, हॉगवट्र्स में एक लाश पाई गई है। उसका नाम क्रेग बाउकर है। वह एक अच्छा लड़का था। हमारे पास कोई पुख़्ता जानकारी नहीं है कि इस कृत्य के लिए कौन ज़िम्मेदार था, लेकिन कल हमने सेंट ओसवाल्ड्स की तलाशी ली। वहाँ एक कमरे में दो चीज़ें मिलीं, पहली, एक भविष्यवाणी जिसमें वादा किया गया था... अंधकार युग की वापसी का – दूसरी, छत पर लिखी एक घोषणा थी – कि शैतानी शहंशाह – कि वोल्डेमॉर्ट को एक संतान थी।

यह ख़बर पूरे कमरे में गूँजती है।

हम पूरे विवरण नहीं जानते। हम अभी केवल जाँच कर रहे हैं – प्राणभक्षियों से पूछताछ की जा रही है... और अब तक कोई रिकॉर्ड नहीं पाया गया है न तो संतान का, न ही भविष्यवाणी का, लेकिन ऐसा लगता है जैसे इसमें कुछ सच्चाई है। संतान को जादूगरों के संसार से छिपाकर रखा गया था, और अब वह लड़की – देखिए अब वह लड़की –

प्रोफ़ेसर मैक्गॉनेगल

लड़की? बेटी? उसकी एक लड़की थी?

हर्माइनी

हाँ। एक लड़की।

प्रोफ़ेसर मैक्गॉनेगल

और क्या अब वह हिरासत में है?

हैरी

प्रोफ़ेसर, उसने कहा था कोई सवाल नहीं।

हर्माइनी

कोई बात नहीं, हैरी। नहीं प्रोफ़ेसर, यहाँ मामला गड़बड़ा जाता है। मुझे डर है कि हमारे पास उसे हिरासत में लेने का कोई साधन नहीं है। या सच कहें, तो उसके किसी भी काम को रोकने का तरीक़ा नहीं है। वह हमारी पहुँच से बाहर है।

प्रोफ़ेसर मैक्गॉनेगल

क्या हम उसकी – खोज नहीं कर सकते?

अंतराल; इसमें साहस की ज़रूरत है।

हर्माइनी

हमारे पास यह विश्वास करने का अच्छा कारण है कि उसने ख़ुद को – समय में छिपा लिया है।

प्रोफ़ेसर मैक्गॉनेगल *(आक्रोश में)*

लापरवाह मूर्खतापूर्ण बातों की इंतहा, तुमने अब भी काल–परिवर्तक को रख रखा है?

हर्माइनी

प्रोफ़ेसर, मैं आपको विश्वास दिलाती हूँ –

प्रोफ़ेसर मैक्गॉनेगल

हर्माइनी ग्रेंजर, तुम्हें शर्म आनी चाहिए!

हर्माइनी *क्रोध के सामने चिहुँक जाती है।*

हैरी

नहीं, वह इसकी हक़दार नहीं है। आपको नाराज़ होने का अधिकार है। आप सभी को है। लेकिन यह सब हर्माइनी की ग़लती नहीं है। हम नहीं जानते हैं कि उस लड़की को काल–परिवर्तक कैसे मिला। या तो मेरे बेटे ने उसे दिया होगा।

जिनी

या तो हमारे बेटे ने उसे दिया होगा। या फिर उस लड़की ने इसे चुरा लिया होगा।

जिनी हैरी *के पास मंच पर आ जाती है।*

प्रोफ़ेसर मैक्गॉनेगल

तुम्हारी एकता प्रशंसनीय है, लेकिन इससे तुम्हारी लापरवाही क्षम्य नहीं हो जाती है।

ड्रेको

तब तो यह ऐसी लापरवाही है, जिसका सामना मुझे भी करना चाहिए।

ड्रेको *मंच पर ऊपर आता है और* जिनी *के पास खड़ा हो जाता है। यह बहुत ही अद्‌भुत पल है। साँस लेने की आवाज़ें होती हैं।*

हर्माइनी *और* हैरी *ने कुछ भी ग़लत नहीं किया है, बल्कि हम सभी की रक्षा करने की कोशिश की है। अगर वे दोषी हैं, तो मैं भी हूँ।*

हर्माइनी *अपने साथियों की तरफ़ देखती है – भावविव्हल।* रॉन *भी दृढ़ता से मंच पर उनके पास आ जाता है।*

रॉन

बस इतना कहूँगा – मैं इसके बारे में ज़्यादा कुछ नहीं जानता, इसलिए ज़िम्मेदारी नहीं ले सकता – और मुझे पूरा यक़ीन है कि मेरे बच्चों का इससे कोई लेना–देना नहीं है – लेकिन अगर ये लोग यहाँ खड़े हैं, तो मैं भी यहाँ खड़ा हूँ।

जिनी

कोई नहीं जानता कि वे कहाँ हैं – क्या वे साथ–साथ हैं या अलग–अलग। मुझे विश्वास है कि हमारे बेटे वह सब कर रहे होंगे, जो वे उसे रोकने के लिए कर सकते हैं, लेकिन...

हर्माइनी

हमने हार नहीं मानी है। हम दानवों के पास गए हैं। दैत्यों के पास। हर कोई, जो हमें मिल सकता था। ऑरर उड़ रहे हैं, तलाश कर रहे हैं, रहस्य जानने वाले लोगों से बात कर रहे हैं, उन लोगों का पीछा कर रहे हैं, जो रहस्य उजागर नहीं कर रहे हैं।

हैरी

लेकिन एक सच्चाई है, जिससे हम बच नहीं सकते : कि हमारे अतीत में कहीं पर एक जादूगरनी है, जो हर उस चीज़ को दोबारा लिखने की कोशिश कर रही है, जिसे हम जानते हैं – और हम बस इंतज़ार कर सकते हैं – उस पल का इंतज़ार, जब वह अपने इरादे में कामयाब होगी या फिर नाकामयाब होगी।

प्रोफ़ेसर मैक्गॉनेगल

और अगर वह कामयाब हो गई तो?

हर्माइनी

तो – बस चुटकी में – इस कमरे के ज़्यादातर लोग चले जाएँगे, हमारा अस्तित्व नहीं होगा और वोल्डेमॉर्ट दोबारा राज करेगा।

अंक चार दृश्य दो

स्कॉटिश हाइलैंड्स, एवीमूर ट्रेन स्टेशन, 1981

एल्बस *और* स्कॉर्पियस स्टेशन मास्टर *को देख रहे हैं, आशंकित अंदाज़ में।*

एल्बस

हममें से किसी को उससे बात करनी चाहिए, क्या तुम ऐसा नहीं सोचते?

स्कॉर्पियस

हलो, मि. स्टेशन मास्टर। मि. मगलू। सवाल : क्या आपने यहाँ से किसी जादूगरनी को उड़कर जाते हुए देखा है? और वैसे यह कौन सा साल चल रहा है? हम अभी–अभी हॉगवर्ट्स से भागकर आए हैं, क्योंकि हम डर रहे थे कि कहीं परिस्थितियों को गड़बड़ न कर दें, लेकिन यह ठीक है?

एल्बस

तुम जानते हो मुझे सबसे ज़्यादा चिढ़ किस बात से होती है? डैडी सोचेंगे कि हमने यह जान–बूझकर किया है।

स्कॉर्पियस

एल्बस। हद हो गई! मेरा मतलब है वाक़ई हद को गई! हम यहाँ – समय में – फँसे हुए हैं – खो गए हैं – शायद हमेशा के लिए – और तुम्हें बस यही चिंता सता रही है कि तुम्हारे डैडी इस बारे में क्या सोच सकते हैं? मैं तुम दोनों को कभी नहीं समझ पाऊँगा।

एल्बस

समझने को बहुत कुछ है। डैडी काफ़ी जटिल हैं।

स्कॉर्पियस

और तुम नहीं हो? महिलाओं के मामले में तुम्हारी पसंद पर कोई सवाल नहीं कर रहा हूँ, लेकिन तुम उसे काफ़ी... पसंद करते थे...

वे दोनों जानते हैं कि वह किसके बारे में बोल रहा है।

एल्बस

मैं करता था, है ना? मेरा मतलब है उसने क्रेग के साथ जो किया...

स्कॉर्पियस

उस बारे में नहीं सोचते हैं। चलो इस सच्चाई पर ध्यान केंद्रित करते हैं कि हमारे पास छड़ी नहीं है, झाड़ू नहीं है, न ही समय में आगे जाने का कोई तरीक़ा है। हमारे पास केवल अपनी बुद्धि है और – नहीं, बस यही, हमारे पास अपनी बुद्धि ही है – और इसी के सहारे हमें उसे रोकना है।

स्टेशन मास्टर *(बहुत ज़ोरदार स्कॉटिश भाषा में)*

ट्रेन देर से चल रही है, लड़को!

स्कॉर्पियस

माफ़ करें?

स्टेशन मास्टर

अगर तुम ट्रेन का इंतज़ार कर रहे हो, तो तुम्हें पता होना चाहिए कि यह देर से चल रही है। पटरियों पर काम चल रहा है। बदला हुआ टाइमटेबल यह रहा।

वह उनकी ओर देखता है, वे चकराए अंदाज़ में उसे देखते हैं। वह त्योरी चढ़ाता है और उन्हें बदला हुआ टाइमटेबल थमा देता है। वह इसके दाएँ हिस्से की तरफ़ इशारा करता है।

देर से।

एल्बस इसे लेकर पढ़ता है। उसका चेहरा बदल जाता है, जब वह इस भारी–भरकम जानकारी को ग्रहण करता है। स्कॉर्पियस *बस* स्टेशन मास्टर *को घूरता रहता है।*

एल्बस

मैं जानता हूँ कि वह कहाँ है।

स्कॉर्पियस

तुम यह समझ गए?

एल्बस

तारीख़ देखो। टाइमटेबल पर।

स्कॉर्पियस *झुकता है और पढ़ता है।*

स्कॉर्पियस

13 अक्टूबर 1981। हैलोज़ ईव के पहले वाला दिन, 39 साल पहले। लेकिन – वह क्यों? ओह।

स्कॉर्पियस *का चेहरा उतर जाता है, जब उसे अहसास होता है।*

एल्बस

मेरे दादा–दादी की मृत्यु। मेरे डैडी के बचपन में उन पर हमला... वह पल जब वोल्डेमॉर्ट का शाप उस पर पलट गया था। वह अपनी भविष्यवाणी को सच करने की कोशिश नहीं कर रही है – वह बड़ी भविष्यवाणी को रोकने की कोशिश कर रही है।

स्कॉर्पियस

बड़ी भविष्यवाणी?

एल्बस

'जिसमें शैतानी शहंशाह को परास्त करने की शक्ति है...

स्कॉर्पियस *पास आ जाता है।*

स्कॉर्पियस *और* एल्बस

'... वह उन लोगों के यहाँ पैदा होता है, जिन्होंने तीन बार उसकी अवज्ञा की, सातवाँ महीना ख़त्म होने पर पैदा होता है...'

स्कॉर्पियस *का चेहरा हर शब्द पर उतरता जाता है।*

स्कॉर्पियस

यह मेरी ग़लती है। मैंने उसे बताया था कि भविष्यवाणियाँ रोकी जा सकती हैं – मैंने उसे बताया था कि भविष्यवाणियों का पूरा तर्क ही संदिग्ध था–

एल्बस

चौबीस घंटे के भीतर वोल्डेमॉर्ट शिशु हैरी पॉटर को मारने की कोशिश में अपने ही शाप से ख़ुद नष्ट हो जाता है। डेल्फ़ी उस शाप को रोकने की कोशिश कर रही है। वह हैरी को ख़ुद मारने वाली है। हमें गॉडरिक्स हॉलो पहुँचना होगा। अभी।

अंक चार दृश्य तीन

गॉडरिक्स हॉलो, 1981

एल्बस और स्कॉर्पियस गॉडरिक्स हॉलो के बीच में चलते हैं और यह चहल–पहल वाला, सुंदर छोटा गाँव है।

स्कॉर्पियस

देखो, जहाँ तक मैं देख सकता हूँ, हमले के कोई संकेत दिख नहीं रहे हैं...

एल्बस

यह गॉडरिक्स हॉलो है?

स्कॉर्पियस

तुम्हारे डैडी तुम्हें यहाँ कभी नहीं लाए?

एल्बस

नहीं, उन्होंने कई बार कोशिश की थी, लेकिन मैंने ही मना कर दिया था।

स्कॉर्पियस

देखो, घूमने का समय नहीं है – हमारा मुक़ाबला एक हत्यारी जादूगरनी से है, जिससे हमें संसार को बचाना है – लेकिन देखो... चर्च को... सेंट जेरोम्स...

जब वह संकेत करता है, तो एक चर्च दिखने लगता है।

एल्बस

यह शानदार है।

स्कॉर्पियस

और सेंट जेरोम्स का क़ब्रिस्तान भव्य तौर पर भुतहा माना जाता है *(वह दूसरी दिशा में संकेत करता है)*, और वहीं पर हैरी व उसके माता–पिता की प्रतिमा –

एल्बस

मेरे डैडी की प्रतिमा है?

स्कॉर्पियस

ओह। अभी तक तो नहीं। लेकिन भविष्य में। उम्मीद है। और यह वह – वह मकान है, जहाँ बाथिल्डा बैगशॉट रहती थीं, रहती हैं...

एल्बस

बाथिल्डा बैगशॉट? जादू का इतिहास वाली बाथिल्डा बैगशॉट?

स्कॉर्पियस

एकदम वही। हे भगवान, वे रहीं। वाह! मेरा ज्ञान काँप रहा है।

एल्बस

स्कॉर्पियस!

स्कॉर्पियस

और यह रहा –

एल्बस

जेम्स, लिली और हैरी पॉटर का घर...

एक युवा, आकर्षक दंपति एक मकान से बाहर निकलते हैं, एक शिशु को बच्चा गाड़ी में लेकर। एल्बस उनकी ओर बढ़ता है, स्कॉर्पियस उसे पीछे खींच लेता है।

स्कॉर्पियस

एल्बस, तुम उनके सामने नहीं जा सकते। इससे समय को नुक़सान पहुँच सकता है, और हम यह नहीं कर रहे हैं – इस बार नहीं।

एल्बस

लेकिन इसका मतलब है, उसने अब तक... हम कामयाब हो गए हैं... वह अब तक हत्या नहीं...

स्कॉर्पियस

तो अब हम क्या करें? उससे लड़ने की तैयारी करें? क्योंकि वह बहुत... खूँख़ार है।

एल्बस

हाँ। हमने इस बारे में पूरी तरह से नहीं सोचा, है ना? अब हम क्या करें? हम मेरे डैडी की रक्षा कैसे करें?

अंक चार **दृश्य चार**

जादू मंत्रालय, हैरी का ऑफ़िस

हैरी *तेज़ी से क़ागज़ी काम कर रहा है।*

डम्बलडोर

गुड ईवनिंग, हैरी।

अंतराल। हैरी डम्बलडोर *की तस्वीर को देखता है, उसका चेहरा निष्क्रिय है।*

हैरी

प्रोफ़ेसर डम्बलडोर। मेरे ऑफ़िस में। मैं सम्मानित हुआ। मुझे आज रात वहाँ रहना चाहिए, जहाँ काम होना है।

डम्बलडोर

तुम क्या कर रहे हो?

हैरी

क़ागज़ देख रहा हूँ। देख रहा हूँ कि कहीं मुझसे कोई ऐसी चीज़ तो नहीं छूट गई, जो नहीं छूटनी चाहिए थी। हम जिस सीमित तरीक़े से लड़ सकते हैं, उसके लिए शक्तियाँ इकट्ठी कर रहा हूँ। यह जानते हुए कि युद्ध हमसे बहुत दूर होने वाला है। मैं और क्या कर सकता हूँ?

ठहराव। डम्बलडोर *कुछ नहीं कहते हैं।*

आप कहाँ से आ रहे हैं, डम्बलडोर?

डम्बलडोर

मैं इस वक़्त यहाँ हूँ।

हैरी

जब हम युद्ध हारने को हैं। या फिर आप इस बात से इंकार कर रहे हैं कि वोल्डेमॉर्ट वापस आने वाला है?

डम्बलडोर

यह – संभव है।

हैरी

जाएँ। चले जाएँ। मैं नहीं चाहता कि आप यहाँ रहें। मुझे आपकी ज़रूरत नहीं है। हर बार जब भी सचमुच महत्वपूर्ण मौक़ा रहा था, तब आप मेरे पास नहीं थे। मैं आपके बिना तीन बार उससे लड़ा हूँ। अगर ज़रूरत पड़ी, तो मैं एक बार फिर उससे मुक़ाबला करूँगा – अकेले।

डम्बलडोर

हैरी, क्या तुम्हें नहीं लगता कि तुम्हारी तरफ़ से मैं उससे लड़ना चाहता था? अगर मैं ऐसा कर सकता, तो तुम्हें बचा लेता –

इस पर हैरी फट पड़ता है।

हैरी

प्रेम हमें अंधा कर देता है? क्या आप जानते हैं कि इसका क्या मतलब होता है? क्या आप जानते भी हैं कि यह सलाह कितनी ख़राब है? मेरा बेटा – मेरा बेटा हमारी ख़ातिर युद्ध लड़ रहा है, जिस तरह मुझे आपकी ख़ातिर लड़ना पड़ा था। और मैं भी उतना ही ख़राब पिता साबित हुआ हूँ, जितने आप मेरे लिए थे। उसे उन जगहों पर छोड़ना, जहाँ वह यह महसूस करे कि उससे प्रेम नहीं किया जा रहा है – उसमें ऐसे द्वेष भर देना, जिन्हें समझने मे उसे बरसों लगें –

डम्बलडोर

अगर तुम प्रिविट ड्राइव का ज़िक्र कर रहे हो, तो –

हैरी

बरसों – बरसों मैंने वहाँ अकेले गुज़ारे थे, यह जाने बिना कि मैं क्या था या मैं वहाँ क्यों था, यह जाने बिना कि कोई मेरी परवाह करता था!

डम्बलडोर

मैं – नहीं चाहता था कि तुमसे मेरा मोह बढ़े –

हैरी

आप ख़ुद की रक्षा कर रहे थे, तब भी!

डम्बलडोर

नहीं। मैं तुम्हारी रक्षा कर रहा था। मैं तुम्हें चोट नहीं पहुँचाना चाहता था...

डम्बलडोर तस्वीर से हाथ बाहर निकालने की कोशिश करते हैं, लेकिन कर नहीं पाते। वे रोने लगते हैं, लेकिन इसे छुपाने की कोशिश करते हैं।

लेकिन अंततः मुझे तुमसे मिलना पड़ा... जब तुम ग्यारह साल के थे, और बहुत बहादुर थे। बहुत अच्छे। तुम उस रास्ते पर बिना शिकायत किए चलते रहे, जो तुम्हारे क़दमों के सामने रखा गया। ज़ाहिर है, मैं तुमसे प्यार करता था... और मैं जानता था कि यह बार–बार होगा... कि जहाँ मैं प्रेम करूँगा, वहाँ मैं ऐसा नुक़सान पहुँचाऊँगा, जिसे सुधारा न जा सके... मैं प्रेम करने लायक़ इंसान नहीं हूँ... मैंने कभी नुक़सान पहुँचाए बिना प्रेम नहीं किया...

ठहराव।

हैरी

अगर आप मुझे तब यह बता देते, तो मुझे कम चोट पहुँचती।

डम्बलडोर *(अब खुलकर रोते हुए)*

मैं अंधा था। प्रेम यही करता है। मैं यह नहीं समझ पाया कि तुम्हें यह सुनने की ज़रूरत है कि यह बेकार, ख़तरनाक बूढ़ा आदमी... तुमसे प्रेम करता है...

ठहराव। दोनों ही भावना के अतिरेक में हैं।

हैरी

यह सच नहीं है कि मैंने कभी शिकायत नहीं की।

डम्बलडोर

हैरी, इस उलझे हुए, भावनात्मक जगत में कभी कोई आदर्श जवाब नहीं होता। आदर्श स्थिति मानव जाति की पहुँच से परे

है, जादू की पहुँच से परे है। ख़ुशी के हर जगमगाते पल में ज़हर की बूँद घुली हुई है : यह ज्ञान कि दर्द दोबारा आएगा। जो तुमसे प्रेम करते हैं, उनके प्रति सच्चे रहो, उन्हें अपना दर्द दिखाओ। कष्ट उठाना उतना ही मानवीय है, जितना कि साँस लेना।

हैरी

आपने यह मुझसे एक बार पहले भी कहा था।

डम्बलडोर

आज रात तुमसे कहने के लिए मेरे पास इतना ही है।

वे जाने लगते हैं।

हैरी

अभी मत जाइए!

डम्बलडोर

हैरी, जिनसे हम प्रेम करते हैं, वे दरअसल हमें कभी छोड़कर नहीं जाते हैं। ऐसी चीज़ें हैं, जिन्हें मृत्यु छू भी नहीं सकती है। चित्र... और स्मृति... और प्रेम।

हैरी

मैं भी आपसे प्रेम करता था, डम्बलडोर।

डम्बलडोर

मैं जानता हूँ।

वे चले जाते हैं। और हैरी *अकेला रह जाता है।* ड्रेको *दाख़िल होता है।*

ड्रेको

क्या तुग्हें पता होगा कि इरा दूरारी वारतविकता गें जो वास्तविकता स्कॉर्पियस ने देखी थी – मैं जादुई क़ानून अनुपालन विभाग का प्रमुख बन गया था? शायद यह कमरा जल्दी ही मेरा होगा। तुम ठीक तो हो?

हैरी *अपने दुख में डूबा है।*

हैरी

चलो – मैं तुम्हें घुमा देता हूँ।

ड्रेको *कमरे के भीतर हिचकते हुए दाख़िल होता है। वह चारों ओर अप्रिय अंदाज़ में देखता है।*

ड्रेको

यह चीज़ मुश्किल है – मैंने कभी मंत्रालय में काम करने के सपने नहीं देखे। बचपन में भी। मेरे डैडी – वे बस यही चाहते थे – मैं नहीं चाहता था।

हैरी

तुम क्या करना चाहते थे?

ड्रेको

क्विडिच। लेकिन मैं कभी पर्याप्त अच्छा नहीं था। मुख्यतः मैं ख़ुश रहना चाहता था।

हैरी *सिर हिलाता है।* ड्रेको *उसे एक और पल देखता है, उसे पक्का नहीं है कि इसे कैसे करना है।*

माफ़ करना, मैं छुटपुट बातचीत में बहुत अच्छा नहीं हूँ। इसलिए बुरा तो नहीं लगेगा, अगर हम गंभीर काम पर लौटें।

हैरी

ज़ाहिर है। कौन सा – गंभीर – काम?

ठहराव।

ड्रेको

क्या तुम सोचते हो कि थियोडोर नॉट के पास एकमात्र काल–परिवर्तक था?

हैरी

क्या?

ड्रेको

मंत्रालय ने जिस काल–परिवर्तक को ज़ब्त किया था, वह बस नमूना था। सस्ती धातु से बना। निश्चित रूप से इससे काम हो जाता है। लेकिन यह केवल पाँच मिनट तक ही अतीत में रख सकता है – यह एक गंभीर दोष है – यह कोई ऐसी चीज़ नहीं है, जिसे आप काले जादू के सच्चे संग्राहकों को बेच सकें।

हैरी *को अहसास होता है कि* ड्रेको *क्या कह रहा है।*

हैरी

वह तुम्हारे लिए काम कर रहा था?

ड्रेको

नहीं। मेरे डैडी के लिए। वे ऐसी चीज़ों का संग्रह करना पसंद करते थे, जो किसी दूसरे के पास नहीं थीं। मंत्रालय के काल–परिवर्तक – क्रोकर की बदौलत – उनके हिसाब से सजावटी सामान थे। वे एक घंटे से ज़्यादा पीछे तक जाने की क्षमता चाहते थे, वे बरसों पीछे तक यात्रा करने की योग्यता चाहते थे। वे कभी इसका इस्तेमाल नहीं करते; गोपनीय रूप से मैं सोचता हूँ कि वे संसार को वोल्डेमॉर्ट के बिना ज़्यादा पसंद करते थे। लेकिन हाँ, काल–परिवर्तक उनके लिए बनाया गया था।

हैरी

और क्या यह तुम्हारे पास है?

ड्रेको *काल–परिवर्तक को उजागर करता है।*

ड्रेको

पाँच मिनट की कोई समस्या नहीं, और यह सोने की तरह चमकता है, जिस तरह मैल्फ़ॉय परिवार इसे पसंद करता है। तुम मुस्कुरा रहे हो।

हैरी

हर्माइनी ग्रेंजर। इसी वजह से उसने पहले काल–परिवर्तक को रखा था, इस डर से कि दूसरा हो सकता है। यह तुम्हारे पास है, इस जुर्म में तुम्हें अज़्काबान भेजा जा सकता था।

ड्रेको

विकल्प के बारे में सोचो – मान लो अगर लोगों को पता चल जाता कि मैं समय में यात्रा कर सकता था। उस अफ़वाह के बारे में सोचो, जिसे ज़्यादा बल मिलता।

हैरी ड्रेको *को देखता है, पूरी तरह से उसका मतलब समझ जाता है।*

हैरी

स्कॉर्पियस।

ड्रेको

हम बच्चे पैदा करने में सक्षम थे, लेकिन एस्टोरिया कमज़ोर थी। ख़ून की गड़बड़ी वाला शाप, गंभीर वाला। एक पूर्वज को शाप था... यह उसमें प्रकट हो गया। तुम जानते हो कि ये चीज़ें पीढ़ियों बाद कैसे उभर सकती हैं...

हैरी

मुझे अफ़सोस है, ड्रेको।

ड्रेको

मैं उसकी सेहत को जोखिम में नहीं डालना चाहता था। मैंने उससे कहा, इसमें कोई ख़ास बात नहीं है कि मेरे बाद मैल्फ़ॉय वंश ख़त्म हो जाए – चाहे मेरे पिता जो भी कहते रहें। लेकिन एस्टोरिया – वह मैल्फ़ॉय नाम के लिए संतान नहीं चाहती थी, शुद्ध ख़ून या गौरव के लिए नहीं, बल्कि वह हमारे लिए संतान पैदा करना चाहती थी। हमारी संतान पैदा हुई स्कॉर्पियस... यह हम दोनों के जीवन का सबसे अच्छा दिन था, लेकिन इससे एस्टोरिया काफ़ी कमज़ोर हो गई। हम तीनों ही दूर जाकर छिप गए। मैं उसकी शक्ति को सुरक्षित रखना चाहता था... इसलिए अफ़वाहें शुरू हो गईं।

हैरी

मैं कल्पना भी नहीं कर सकता कि वह कैसा माहौल होगा।

ड्रेको

एस्टोरिया हमेशा जानती थी कि वह बुढ़ापे तक ज़िंदा नहीं रहेगी। वह चाहती थी कि उसके जाने के बाद मेरे पास कोई रहे, क्योंकि... ड्रेको मैल्फ़ॉय का यह जीवन बहुत अकेलेपन का जीवन है। मुझ पर हमेशा शक किया जाएगा। अतीत से बचा नहीं जा सकता। वैसे मुझे कभी अहसास नहीं हुआ कि अगर मैं अपने बेटे को इस अफ़वाह फैलाने वाले, आलोचनात्मक संसार से छिपाऊँगा, तो इस वजह से वह मुझसे भी ज़्यादा बुरे शक के दायरे में लिपट जाएगा।

हैरी

प्रेम अंधा कर देता है। हम दोनों ने ही अपने बेटों को वह देने की कोशिश की, जो हम चाहते थे; वह देने की कोशिश नहीं की,

जो वे चाहते थे। हम अपने ही अतीत को दोबारा लिखने की कोशिश में इतने व्यस्त थे कि हमने उनके वर्तमान का नुक़सान कर दिया।

ड्रेको

इसीलिए तुम्हें इसकी ज़रूरत है। मैं इसे सँभाले हुए हूँ, इसका इस्तेमाल करने से ख़ुद को बमुश्किल रोक रहा हूँ, हालाँकि मैं एस्टोरिया के साथ एक और पल बिताने के लिए अपनी आत्मा बेचने को भी तैयार हूँ।

हैरी

ओह, ड्रेको... हम ऐसा नहीं कर सकते। हम इसका इस्तेमाल नहीं कर सकते।

ड्रेको हैरी *को देखता है और पहली बार – इस भयंकर गर्त की तलहटी में – वे एक–दूसरे को मित्र की तरह देखते हैं।*

ड्रेको

हमें उन्हें खोजना है – अगर इसमें सदियाँ लग जाएँ, तो भी हमें अपने बेटों को खोजना है...

हैरी

हमें ज़रा भी पता नहीं है कि वे कहाँ हैं या वे किस वर्ष में हैं। जब आपको यही नहीं पता हो कि किस समय में खोजना है, तब खोज करना मूर्खता होगी। नहीं, मुझे लगता है कि प्रेम यह नहीं कर पाएगा, न ही काल–परिवर्तक कर पाएगा। अब यह हमारे बेटों पर निर्भर करता है – वे ही हैं, जो हमें बचा सकते हैं।

अंक चार **दृश्य पाँच**

गॉडरिक्स हॉलो, जेम्स और लिली पॉटर के घर के बाहर, 1981

एल्बस *और* स्कॉर्पियस *निराशा में चारों ओर देखते हैं, सबसे बड़ी समस्या से ख़ुद को बाहर निकालने के लिए सोचने की कोशिश करते हैं।*

एल्बस

हम दादा–दादी को बता दें?

स्कॉर्पियस

कि वे कभी अपने बेटे को बड़ा होते नहीं देख पाएँगे?

एल्बस

वे काफ़ी मज़बूत हैं – मैं जानता हूँ कि वे हैं – तुमने उन्हें देखा था।

स्कॉर्पियस

वे अद्‌भुत दिखती थीं, एल्बस। और अगर मैं तुम्हारी जगह होता, तो मैं उनसे बात करने को बहुत बेताब होता। लेकिन उन्हें ज़रूरत है कि वे वोल्डेमॉर्ट से हैरी की जान की भीख माँगें, उन्हें यह सोचने की ज़रूरत है कि हैरी मर सकता है और तुम संसार में सबसे बुरे खेल बिगाड़ने वाले रहोगे...

एल्बस

डम्बलडोर। डम्बलडोर तो ज़िंदा हैं। हम डम्बलडोर को बता देते हैं। हम वही करते हैं, जो तुमने स्नेप के साथ किया था –

स्कॉर्पियस

क्या हम उन्हें यह बताने का जोखिम ले सकते हैं कि तुम्हारे डैडी ज़िंदा बच जाते हैं? कि उनके बच्चे भी हैं?

एल्बस

वे डम्बलडोर हैं! वे किसी भी चीज़ से निबट सकते हैं!

स्कॉर्पियस

एल्बस, इस बारे में लगभग सौ पुस्तकें लिखी जा चुकी हैं कि डम्बलडोर क्या जानते थे, वे इसे कैसे जानते थे या उन्होंने जो किया, वह क्यों किया। लेकिन फिर भी यह संदेह है – कि उन्होंने जो किया – उसे करने की ज़रूरत थी – और मैं इसमें कोई जोखिम नहीं लेने वाला हूँ। *(अंतराल, वह अपने मित्र को आग्रह भरी दृष्टि से देखता है।)* मैं मदद इसलिए माँग पाया, क्योंकि मैं एक वैकल्पिक वास्तविकता में था। हम नहीं हैं। हम अतीत में हैं। हम ज़्यादा समस्याएँ उत्पन्न किए बिना समय को नहीं बदल सकते – अगर हमारे अभियानों ने हमें कोई चीज़ सिखाई है, तो यही सिखाई है। किसी से भी बात करने के जोखिम – जिससे समय दूषित हो – बहुत बड़े हैं।

एल्बस

तो हमें – भविष्य में संदेश भेजने की ज़रूरत है। हमें डैडी को संदेश भेजने की ज़रूरत है।

स्कॉर्पियस

लेकिन हमारे पास ऐसा कोई उल्लू नहीं है, जो समय के पार उड़ सके। और उनके पास काल–परिवर्तक नहीं है।

एल्बस

हम डैडी को संदेश भेज देते हैं। वे यहाँ पहुँचने का कोई न कोई तरीक़ा खोज लेंगे। भले ही इसके लिए उन्हें ख़ुद काल–परिवर्तक बनाना पड़े।

स्कॉर्पियस

हम एक स्मृति भेज देते हैं – स्मृति पात्र की तरह – उसके ऊपर खड़े होते हैं और संदेश भेज देते हैं, इस उम्मीद में कि वे सही पल में उस स्मृति तक पहुँच जाएँ। मेरा मतलब है, यह असंभव

लगता है, लेकिन... शिशु के ऊपर खड़े हो जाओ – और बस **मदद। मदद। मदद।** लगातार चिल्लाते रहो। मेरा मतलब है इससे शिशु थोड़ा सदमे में आ सकता है, लेकिन फिर भी।

एल्बस

बस थोड़ा सा।

स्कॉर्पियस

जो हो रहा है, उसकी तुलना में थोड़ा सा सदमा कुछ नहीं है... और शायद जब वे सोचते हैं – बाद में – तो उन्हें हमारे चेहरे याद आ सकते हैं, जब हम – चिल्लाए थे –

एल्बस

मदद।

स्कॉर्पियस एल्बस *को देखता है।*

स्कॉर्पियस

तुम्हारी बात सही है। यह एक ख़राब विचार है।

एल्बस

यह तुम्हारे सबसे ख़राब विचारों में से एक है।

स्कॉर्पियस

समझ गया! हम इसे ख़ुद पहुँचा देते हैं – हम चालीस साल इंतज़ार करते हैं – हम इसे पहुँचा देते हैं–

एल्बस

कोई मौक़ा नहीं – एक बार डेल्फ़ी समय को अपने मनचाहे ढंग से बना लेगी, तो वह सेना भेज देगी, ताकि वे हमें पकड़ लें – मार डालें –

स्कॉर्पियस

तो हम किसी गुफा में छिप जाते हैं?

एल्बस

हालाँकि तुम्हारे साथ किसी गुफा में अगले चालीस साल तक छिपना आनंददायक रहेगा... लेकिन वे हमें खोज लेंगे। और हम मर जाएँगे और समय ग़लत जगह पर अटका रह जाएगा। नहीं। हमें किसी ऐसी चीज़ की ज़रूरत है, जिसे हम नियंत्रित कर सकें,

कोई ऐसी चीज़ जिसके बारे में हम जानते हैं कि वह उन्हें सटीक समय पर मिल जाएगी। हमें किसी चीज़ की ज़रूरत है...

स्कॉर्पियस

ऐसी कोई चीज़ नहीं है। फिर भी, अगर मुझे अनंत अंधकार की वापसी पर किसी साथी को चुनना हो, तो मैं तुम्हें ही चुनूँगा।

एल्बस

बुरा मत मानना, लेकिन मैं किसी बड़े व्यक्ति को चुनूँगा, जो जादू में सचमुच अच्छा हो।

लिली शिशु हैरी *को बच्चागाड़ी में लेकर घर से निकलती हैं, वे सावधानी से उस पर कंबल उड़ाती हैं।*

उनका कंबल। वे उन्हें कंबल में लपेट रही हैं।

स्कॉर्पियस

देखो, आज हल्की ठंड है।

एल्बस

वे हमेशा कहते थे – यह एकमात्र चीज़ है, जो उनकी माँ की निशानी है। देखो तो सही वे कितने प्रेम से कंबल में उन्हें लपेट रही हैं – मैं सोचता हूँ कि वे इसके बारे में जानना पसंद करेंगे – काश मैं उन्हें बता पाता।

स्कॉर्पियस

और काश मैं अपने डैडी को बता सकता – देखो, मुझे पता नहीं है कि क्या। मैं सोचता हूँ कि मैं उन्हें यह बताना पसंद करूँगा कि वे जितना सोचते हैं, मैं कभी–कभार उससे ज़्यादा बहादुरी दिखा सकता हूँ।

एल्बस *के मन में एक विचार आता है।*

एल्बस

स्कॉर्पियस – मेरे डैडी के पास अब भी वह कंबल है।

स्कॉर्पियस

यह काम नहीं करेगा। अगर हम इस पर अभी एक संदेश लिखते हैं, चाहे यह सचमुच छोटा हो, तो दूसरे लोग इसे बहुत जल्दी पढ़ लेंगे। समय का खेल बिगड़ जाएगा।

एल्बस

तुम प्रेम काढ़ों के बारे में क्या जानते हो? उनमें कौन सा तत्व होता है?

स्कॉर्पियस

बाक़ी चीज़ों के अलावा, मोती की धूल होती है।

एल्बस

मोती की धूल तुलनात्मक रूप से दुर्लभ तत्व है, है ना?

स्कॉर्पियस

ख़ास तौर पर इसलिए क्योंकि यह काफ़ी महँगी होती है। इसका क्या मतलब है, एल्बस?

एल्बस

जब मैं स्कूल आ रहा था, उसके एक दिन पहले डैडी और मेरी लड़ाई हो गई थी।

स्कॉर्पियस

मैं जानता हूँ। मुझे यक़ीन है कि एक तरह से उसी की वजह से हम इस झमेले में हैं।

एल्बस

मैंने कंबल को कमरे में फेंक दिया था। वह उस प्रेम काढ़े से टकरा गया था, जो रॉन अंकल ने मुझे मज़ाक़ में दिया था।

काढ़ा फैल गया और कंबल इसमें तर हो गया और मैं यह बात पक्के तौर पर जानता हूँ कि जब से मैं उस कमरे से बाहर निकला हूँ, मम्मी ने डैडी को उस कमरे में घुसने भी नहीं दिया है।

स्कॉर्पियस

तो?

एल्बस

तो हैलोज़ ईव आने वाली है, उनके समय में भी और हमारे समय में भी – और डैडी ने मुझे बताया था कि वे हमेशा उस कंबल के पास रहते हैं, कि उन्हें हैलोज़ ईव पर उस कंबल के साथ रहने की ज़रूरत महसूस होती है – यह वह आख़िरी चीज़ थी, जो उनकी मम्मी ने उन्हें दी थी – इसलिए वे इसके पास जाएँगे और जब यह उन्हें दिखेगा...

स्कॉर्पियस

नहीं। मैं अब भी तुम्हारी बात नहीं समझा।

एल्बस

मोती की धूल के साथ कौन सी चीज़ प्रतिक्रिया करती है?

स्कॉर्पियस

देखो, यह कहा जाता है कि अगर डेमिगाइस का टिंचर और मोती की धूल मिल जाएँ... तो वे जलने लगते हैं।

एल्बस

और क्या *(उसे पक्का नहीं है कि उस शब्द को कैसे कहना है)* डेमिगाइस का टिंचर आँखों से दिखता है?

स्कॉर्पियस

नहीं।

एल्बस

तो अगर हम उस कंबल तक पहुँच जाएँ और उस पर डेमिगाइस के टिंचर से लिख दें, तो...

स्कॉर्पियस *(यूरेका वाली भावना)*

इससे कोई चीज़ तब तक प्रतिक्रिया नहीं करेगी, जब तक कि यह प्रेम काढ़े के संपर्क में न आए। तुम्हारे कमरे में। वर्तमान में। डम्बलडोर की क़सम, मुझे यह पसंद आया।

एल्बस

हमें बस यह पता लगाने की ज़रूरत है कि डेमिगाइस... मिलेगा कहाँ।

स्कॉर्पियस

जानते हो, ऐसी अफ़वाह है कि बाथिल्डा बैगशॉट को कभी इस बात में तुक नज़र नहीं आई कि जादूगर और जादूगरनियाँ अपने दरवाज़ों पर ताला लगाएँ।

दरवाज़ा खुल जाता है।

अफ़वाह सही थी। अब कुछ छड़ियाँ और काढ़े चुराने का वक़्त आ गया है।

अंक चार **दृश्य छह**

हैरी और जिनी पॉटर का घर, एल्बस का कमरा

हैरी एल्बस *के पलंग पर बैठा हुआ है।* जिनी *दाख़िल होती है, वह उसे देखती है।*

जिनी

तुम्हें यहाँ देखकर हैरान हूँ।

हैरी

चिंता मत करो, मैंने कुछ भी नहीं छुआ है। तुम्हारा मंदिर सही–सलामत है। *(वह चिहुँकता है।)* माफ़ करना। ग़लत शब्दों का चुनाव।

जिनी *कुछ नहीं कहती है। हैरी उसकी तरफ़ देखता है।*

जानती हो, मेरी कुछ हैलोज़ ईव बहुत बुरी रही हैं – लेकिन यह निश्चित रूप से कम से कम – दूसरी सबसे बुरी है।

जिनी

मैं ग़लत थी – जो तुम पर दोष मढ़ा – मैं हमेशा तुम पर आरोप लगाती हूँ कि तुम निष्कर्षों पर कूद जाते हो और यह मैं थी जो – एल्बस ग़ायब हो गया और मैंने सोच लिया कि यह तुम्हारी ग़लती थी। मुझे अफ़सोस है कि मैंने ऐसा किया।

हैरी

तुम नहीं सोचतीं कि यह मेरी ग़लती थी?

जिनी

हैरी, एक शक्तिशाली काली जादूगरनी ने उसका अपहरण किया है। इसमें तुम्हारी ग़लती कैसे हो सकती है?

हैरी

मैंने उसे अपने से दूर किया था। मैंने उसे उसके पास भगाया था।

जिनी

क्या हम इसे इस तरह नहीं देख सकते, मानो हम पहले ही जंग हार चुके हैं?

जिनी *सिर हिलाती है।* हैरी *रोने लगता है।*

हैरी

मुझे अफ़सोस है जिनी –

जिनी

क्या तुम मेरी बात सुन नहीं रहे हो? मुझे भी अफ़सोस है।

हैरी

मुझे बचना नहीं चाहिए था – मरना मेरी तक़दीर में था – डम्बलडोर भी यही सोचते थे – लेकिन फिर भी मैं ज़िंदा रहा। मैंने वोल्डेमॉर्ट को हराया। ये सारे लोग – ये सारे लोग – यह क्रेग लड़का, मेरे माता–पिता, फ़्रेड, अनगिनत लोग – और यह मैं था, जो ज़िंदा रहा? यह क्यों हुआ? यह सारा नुक़सान – और यह मेरी ग़लती थी।

जिनी

उन्हें वोल्डेमॉर्ट ने मारा था।

हैरी

लेकिन अगर मैं उसे ज़्यादा जल्दी रोक देता? मेरे हाथों पर इतना सारा ख़ून लगा है। और अब हमारा बेटा भी –

जिनी

वह मरा नहीं है। क्या तुम सुन सकते हो, हैरी? वह मरा नहीं है।

वह हैरी को अपनी बाँहों में लेती है। विशुद्ध दुख से भरा भारी अंतराल रहता है।

हैरी

लड़का जो ज़िंदा रहा। उस लड़के को ज़िंदा बचाने के लिए कितने सारे लोगों को मरना पड़ा?

हैरी एक पल के लिए डगमगाता है, अनिश्चित। फिर वह कंबल पर ग़ौर करता है। वह इसकी तरफ़ चलकर जाता है।

यह कंबल ही मेरे पास है, तुम जानती हो... उस हैलोज़ ईव की निशानी? यही है, जिससे मैं उन्हें याद कर सकूँ। और जब–

वह कंबल उठाता है। उसे पता चलता है कि इसमें छेद हैं। वह इसकी ओर देखता है, निराशा से।

इसमें तो छेद हो गए हैं। रॉन के मूर्खतापूर्ण प्रेम काढ़े ने इसे जला दिया है। इसकी तरफ़ देखो। यह बर्बाद हो गया है। बर्बाद।

वह कंबल को फेंक देता है। जिनी उसे उठाती है और उसकी जाँच करती है।

जिनी

हैरी...

हैरी

क्या?

जिनी

हैरी, इस पर – कुछ – लिखा है –

और चेतावनी के बिना एल्बस *और* स्कॉर्पियस *प्रकट हो जाते* हैं; वे भी मंच पर हैरी और जिनी के साथ रहते हैं, हालाँकि समय के कारण अलग–अलग हैं।

एल्बस

'डैडी...'

स्कॉर्पियस

हम 'डैडी' से शुरू कर रहे हैं?

एल्बस

ताकि वे जान जाएँ कि यह मैं लिख रहा हूँ।

स्कॉर्पियस

उनका नाम हैरी है। हमें 'हैरी' से शुरू करना चाहिए।

एल्बस *(दृढ़ता से)*

हम 'डैडी' से शुरू कर रहे हैं।

हैरी

'डैडी,' क्या इस पर लिखा है 'डैडी?' यह उतना साफ़ नहीं है...

स्कॉर्पियस

'डैडी, **हेल्प**।'

जिनी

'हलो?' क्या इस पर 'हलो' लिखा है? और फिर... 'गुड'...

हैरी

'डैडी हलो गुड हलो?' नहीं। यह एक... अजीब मज़ाक़ है।

एल्बस

'डैडी। हेल्प। गॉडरिक्स हॉलो।'

जिनी

कंबल मुझे दो। मेरी आँखों की रोशनी तुमसे बेहतर है। हाँ। 'डैडी, हलो गुड' – यह 'हलो दोबारा नहीं है – यह 'हलो' या 'हॉलो' है? और फिर कुछ संख्याएँ – ये ज़्यादा साफ़ हैं – '3... 1...1...0...8...1'। क्या यह उन मगलुओं में से किसी का फ़ोन नंबर है? या ग्रिड संदर्भ है या...

हैरी *ऊपर देखता है, कई विचार उसके दिमाग़ में एकदम से उमड़ते–घुमड़ते हैं।*

हैरी

नहीं। यह एक तारीख़ है। 31 अक्टूबर 1981। वह तारीख़ जब मेरे माता–पिता को मारा गया था।

जिनी हैरी *को देखती है, और फिर पलटकर कंबल को।*

जिनी

इसमें 'हलो' नहीं लिखा है। इसमें लिखा है 'हेल्प।'

हैरी

'डैडी। हेल्प। गॉडरिक्स हॉलो। 31/10/1981'। यह एक संदेश है। चतुर लड़के ने मुझे एक संदेश भेजा है।

हैरी जिनी *को कसकर चूमता है।*

जिनी

यह एल्बस ने लिखा है?

हैरी

और उसने मुझे बता दिया है कि वे कहाँ हैं और वे कब हैं और अब जब हम जान गए हैं कि वह लड़की कहाँ है, तो हम जानते हैं कि हम उससे कहाँ लड़ सकते हैं।

वह उसे दोबारा कसकर चूमता है।

जिनी

हमें अभी वे वापस नहीं मिले हैं।

हैरी

मैं हर्माइनी को उल्लू भेजता हूँ। तुम ड्रेको को भेज दो। उनसे कहो कि काल–परिवर्तक के साथ हमसे गॉडरिक्स हॉलो में मिलें।

जिनी

और यह 'हमसे' रहेगा, ठीक है? मेरे बगैर जाने की सोचना भी मत, हैरी।

हैरी *अपनी पत्नी को चूम लेता है – वह कृतज्ञता और प्रेम से लबरेज़ है।*

हैरी

ज़ाहिर है, तुम भी चल रही हो। हमारे पास एक मौक़ा है जिनी, और डम्बलडोर की क़सम – हमें बस एक ही मौक़ा चाहिए।

अंक चार दृश्य सात

गॉडरिक्स हॉलो

रॉन, हर्माइनी, ड्रेको, हैरी *और* जिनी *वर्तमान के गॉडरिक्स हॉलो में पैदल चलते हैं। शहर के बाज़ार में चहल–पहल है (यह इतने बरसों में फैल गया है)।*

हर्माइनी

गॉडरिक्स हॉलो। बीस साल तो हो गए होंगे...

जिनी

क्या सिर्फ़ मैं हूँ या आस–पास और भी मगलू हैं?

हर्माइनी

यह वीकएंड की छुट्टियों के लिए काफ़ी लोकप्रिय हो गया है।

ड्रेको

मैं समझ सकता हूँ क्यों – फूस की छतों को देखो। क्या यह किसानों का बाज़ार है?

हर्माइनी हैरी *के पास आती है, जो अपने चारों तरफ़ देखता है, भावविव्हल।*

हर्माइनी

तुम्हें याद है, जब हम पिछली बार यहाँ आए थे? यह पुराने दिनों जैसा ही महसूस होता है।

रॉन

पुराने दिन, जिसमें बिन बुलाई पोनीटेल जुड़ गई है।

ड्रेको *कटाक्ष समझ जाता है।*

ड्रेको

क्या मैं कह सकता हूँ...

रॉन

मैल्फ़ॉय, तुम्हारी हैरी से भले ही कितनी भी दोस्ती हो गई हो और तुमने तुलनात्मक रूप से भले ही अच्छा लड़का पैदा कर दिया हो, लेकिन तुमने मेरी पत्नी से और उसके बारे में कुछ बहुत अनुचित बातें कही हैं...

हर्माइनी

और तुम्हारी पत्नी को यह ज़रूरत नहीं है कि तुम उसकी तरफ़ से लड़ो।

हर्माइनी रॉन को घूरकर देखती है। रॉन समझ जाता है।

रॉन

अच्छा। लेकिन अगर तुमने उसके या मेरे बारे में एक भी बात कही...

ड्रेको

तो तुम क्या कर लोगे, वीज़्ली?

हर्माइनी

वह तुम्हें गले लगा लेगा। क्योंकि हम सभी एक ही टीम में हैं, है ना रॉन?

रॉन *(उसकी अपलक निगाह के सामने झिझकते हुए)*

ठीक है। मैं, उह, मैं सोचता हूँ कि तुम्हारे बाल सचमुच अच्छे हैं। ड्रेको।

हर्माइनी

धन्यवाद, पति महाशय। यह जगह अच्छी दिखती है। चलो यहीं समय को बदल देते हैं...

ड्रेको काल–परिवर्तक निकालता है – यह तेज़ी से घूमने लगता है, जब दूसरे इसके आस–पास अपनी जगह पर आते हैं।

और फिर रोशनी का एक दैत्याकार झोंका होता है। शोर का धमाका। और समय रुक जाता है और फिर यह घूमता है,

थोड़ा सोचता है और फिर पीछे की तरफ़ खिसकने लगता है, पहलेपहल धीरे–धीरे...

और फिर यह गति पकड़ लेता है।

वे अपने चारों ओर देखते हैं।

रॉन

तो? क्या इसने काम कर दिया?

अंक चार दृश्य आठ

गॉडरिक्स हॉलो, शेड, 1981

एल्बस *हैरानी से* जिनी *और फिर* हैरी *को देखता है और फिर वह बाक़ी ख़ुश समूह को देखता है* (रॉन, ड्रेको *और* हर्माइनी)।

एल्बस

मम्मी?

हैरी

एल्बस सीवियरस पॉटर। हम तुम्हें देखकर बहुत ख़ुश हुए।

एल्बस *दौड़ता है और* जिनी *के गले लग जाता है।* जिनी *आनंद से उसे गले लगाती है।*

एल्बस

आपको हमारा संदेश मिला...?

जिनी

हमें तुम्हारा संदेश मिला।

स्कॉर्पियस *अपने डैडी के पास धीरे-धीरे दौड़ते हुए जाता है।*

ड्रेको

अगर तुम पसंद करो, तो हम भी गले मिल सकते हैं...

स्कॉर्पियस *अपने डैडी को देखता है, एक पल के लिए ठिठकता है। और फिर वे बहुत अजीब अंदाज़ में आधे गले मिलते हैं।* ड्रेको *मुस्कुराता है।*

रॉन

अब यह डेल्फ़ी कहाँ है?

स्कॉर्पियस

आप डेल्फ़ी के बारे में जानते हैं?

एल्बस

वह यहीं है – हम सोचते हैं कि वह आपको मारने की कोशिश कर रही है। इससे पहले कि वोल्डेमॉर्ट शाप दे और वह उस पर उलट जाए। वह आपको मारने वाली है और इस तरह भविष्यवाणी को तोड़ने वाली है और...

हर्माइनी

हाँ, हमने सोचा कि यह हो सकता है। क्या तुम्हें पता है कि वह सटीकता से इस वक़्त कहाँ है?

स्कॉर्पियस

वह ग़ायब हो गई है। आप कैसे – बिना काल–परिवर्तक के आप कैसे...

हैरी *(बीच में बोलते हुए)*

स्कॉर्पियस, यह एक लंबी और जटिल कहानी है। और इसके लिए अभी हमारे पास वक़्त नहीं है।

ड्रेको *कृतज्ञता से* हैरी *की तरफ़ मुस्कुराता है।*

हर्माइनी

हैरी सही कह रहा है। समय ही महत्वपूर्ण है। हमें लोगों को सही जगह पर तैनात करना होगा। देखो, गॉडरिक्स हॉलो कोई बड़ी जगह नहीं है, लेकिन वह किसी भी दिशा से आ सकती है। इसलिए हमें किसी ऐसी जगह की ज़रूरत है, जहाँ से हमें पूरे शहर का ज़्यादातर हिस्सा दिखे – जो बहुत से और साफ़ अवलोकन बिंदु प्रदान करे – और सबसे अहम बात, जो हमें छिपाए रखे, क्योंकि हम दिखने का जोखिम नहीं ले सकते।

वे सभी त्योरी चढ़ाते हैं, सोचते हैं।

मेरा कहना है कि इन सभी बिंदुओं के लिहाज़ से सेंट जेरोम्स चर्च सही है, है ना?

अंक चार दृश्य नौ

गॉडरिक्स हॉलो, चर्च, पूजास्थल, 1981

एल्बस एक बेंच पर सो रहा है। जिनी उसे ग़ौर से देखती है। हैरी सामने वाली खिड़की से बाहर देख रहा है।

हैरी

नहीं। कुछ नहीं। वह यहाँ क्यों नहीं आई?

जिनी

हम साथ–साथ हैं, तुम्हारे मम्मी–डैडी ज़िंदा हैं, हम समय को मोड़ तो सकते हैं हैरी, लेकिन इसकी गति नहीं बढ़ा सकते। वह तब आएगी, जब वह तैयार होगी और हम उसके लिए तैयार होंगे।

वह एल्बस के सोते हुए शरीर को देखती है।

या हममें से कुछ रहेंगे।

हैरी

बेचारा बच्चा सोचता था कि उसे संसार को बचाना है।

जिनी

बेचारे बच्चे ने संसार को बचा लिया है। वह कंबल वाला काम कमाल का था। मेरा मतलब है, उसने संसार को लगभग तबाह भी कर दिया था, लेकिन शायद सबसे अच्छा यह रहेगा कि उस पर ध्यान केंद्रित न किया जाए।

हैरी

तुम सोचती हो, वह ठीक है?

जिनी

वह वहाँ पहुँच रहा है, इसमें उसे थोड़ा समय लग सकता है – और तुम्हें भी थोड़ा समय लग सकता है।

हैरी मुस्कुराता है। वह एल्बस को पलटकर देखती है। हैरी भी देखता है।

जानते हो, जब मैंने रहस्यमय तहख़ाना खोला था – जब वोल्डेमॉर्ट ने उस भयंकर डायरी से मुझे अपने वश में कर लिया था और मैंने लगभग हर चीज़ तबाह कर दी थी –

हैरी

मुझे याद है।

जिनी

जब मैं अस्पताल से बाहर निकली थी – तो हर किसी ने मुझे नज़रअंदाज़ कर दिया, मुझे दूर कर दिया – उस लड़के के अलावा, जिसके पास हर चीज़ थी – जो गरुड़द्वार के हॉल के पार आया और उसने मुझे एक्सप्लोडिंग स्नैप खेलने की चुनौती दी। लोग सोचते हैं कि उन्हें तुम्हारे बारे में सब कुछ मालूम है, लेकिन तुम्हारे सबसे अच्छे अंश दरअसल शांत तरीक़ों में नायक जैसे रहे हैं – हमेशा रहे हैं। मेरा मतलब यह है – जब यह सब ख़त्म हो जाता है, तो यह याद रखना – कि कई बार लोग – लेकिन ख़ास तौर पर बच्चे – बस किसी ऐसे शख़्स को चाहते हैं, जिसके साथ वे एक्सप्लोडिंग स्नैप खेल सकें।

हैरी

तुम सोचती हो कि हमें बस इसी की कमी है – एक्सप्लोडिंग स्नैप?

जिनी

नहीं। लेकिन उस दिन मैंने तुमसे जो प्रेम महसूस किया – मुझे यक़ीन नहीं है कि एल्बस उसे महसूस करता है।

हैरी

मैं उसके लिए कुछ भी कर दूँगा।

जिनी

हैरी, तुम किसी के लिए भी कुछ भी कर दोगे। तुम संसार की ख़ातिर अपनी कुर्बानी देकर बहुत ख़ुश होते हो। मगर उसे ख़ास प्रेम महसूस करने की ज़रूरत है। इससे वह ज़्यादा मज़बूत बनेगा और तुम भी ज़्यादा मज़बूत बनोगे।

हैरी

जानती हो, जब तक हमने यह नहीं सोचा था कि एल्बस जा चुका है, तब तक मैं सचमुच मेरी माँ के किए काम को नहीं समझ पाया था। मंत्र का इतना शक्तिशाली तोड़ कि वह मृत्यु के मंत्र को भी पलट सके।

जिनी

और वह एकमात्र मंत्र जो वोल्डेमॉर्ट नहीं समझ सकता था – प्रेम।

यह शब्द कमरे में एक साथ भारी और सुंदर महसूस होता है।

हैरी

मैं उससे ख़ास प्रेम करता हूँ, जिनी।

जिनी

मैं जानती हूँ, लेकिन उसे यह महसूस करने की ज़रूरत है।

हैरी *अपनी पत्नी की ओर देखकर दुख से मुस्कुराता है, जागरूक होता है कि उसे बदलने की ज़रूरत है।*

हैरी

मैं ख़ुशक़िस्मत हूँ कि मेरे पास तुम हो, है ना?

जिनी

बहुत। और मैं तुमसे किसी दूसरे समय इस बारे में बात करके ख़ुश होऊँगी कि तुम कितने ख़ुशक़िस्मत हो। लेकिन हाल–फ़िलहाल – हमें डेल्फ़ी को रोकने पर ध्यान केंद्रित करना चाहिए।

हैरी

हमारा समय ख़त्म हो रहा है।

जिनी *के मन में एक विचार आता है।*

जिनी

जब तक कि – हैरी, क्या किसी ने सोचा है – डेल्फ़ी ने यही समय क्यों चुना? आज?

हैरी

क्योंकि यही वह दिन है, जब हर चीज़ बदल गई थी...

जिनी

इस समय तुम्हारी उम्र एक साल से ज़्यादा हो चुकी है। क्या मैं ठीक कह रही हूँ?

हैरी

एक साल तीन महीने।

जिनी

यानी इन एक साल और तीन महीनों में वह तुम्हें कभी भी मार सकती थी। अब भी काफ़ी समय हो चुका है। वह चौबीस घंटों से गॉडरिक्स हॉलो में है। वह किस चीज़ का इंतज़ार कर रही है?

हैरी

मैं अब भी पूरी तरह नहीं समझ पाया–

जिनी

देखो, शायद वह तुम्हारा इंतज़ार नहीं कर रही है – शायद वह उसका इंतज़ार कर रही है... ताकि वह उसे रोक सके?

हैरी

क्या?

जिनी

डेल्फ़ी ने आज की रात इसलिए चुनी, क्योंकि वह यहाँ आने वाला है – क्योंकि उसका पिता आ रहा है। वह उससे मिलना चाहती है। उसके साथ रहना चाहती है, उस पिता के साथ जिससे वह प्रेम करती है। वोल्डेमॉर्ट की समस्याएँ तब शुरू हुईं, जब उसने तुम पर हमला किया। अगर वह ऐसा नहीं करता...

हैरी

तो वह और ज़्यादा ताक़तवर बन जाता – तब अँधेरा और गहरा हो जाता।

जिनी

भविष्यवाणी को झुठलाने का सबसे अच्छा तरीक़ा हैरी पॉटर को मारना नहीं है। यह तो वोल्डेमॉर्ट को रोकना है कि वह कुछ भी न करे।

अंक चार दृश्य दस

गॉडरिक्स हॉलो, चर्च, 1981

समूह एकत्रित है और काफ़ी दुविधा है।

रॉन

तो मैं बात को अच्छी तरह समझ लूँ – हम वोल्डेमॉर्ट की रक्षा करने के लिए लड़ रहे हैं?

एल्बस

वोल्डेमॉर्ट मेरे दादा–दादी को मारे, इसके लिए। वोल्डेमॉर्ट मेरे डैडी की जान लेने की कोशिश करे, इसके लिए?

हर्माइनी

ज़ाहिर है, जिनी। डेल्फ़ी हैरी को मारने की कोशिश नहीं कर रही है – वह तो वोल्डेमॉर्ट को रोक रही है कि वह हैरी को मारने की कोशिश न करे। शानदार।

ड्रेको

तो – हम बस इंतज़ार करें? जब तक कि वोल्डेमॉर्ट नहीं आ जाता?

एल्बस

क्या वह जानती है कि वह कब आएगा? क्या वह यहाँ चौबीस घंटे पहले इसलिए नहीं आई है, क्योंकि उसे पक्का नहीं पता कि वह कब आएगा और किस दिशा से आएगा? इतिहास की पुस्तकें – स्कॉर्पियस, अगर मैं ग़लत हूँ, तो बता देना – इस बारे में कुछ नहीं बताती हैं कि वह गॉडरिक्स हॉलो में कब और कैसे आया?

स्कॉर्पियस *और* हर्माइनी

तुम ग़लत नहीं हो।

रॉन

हे भगवान! ये तो दो हो गए!

ड्रेको

तो हम इससे कैसे फ़ायदा उठा सकते हैं?

एल्बस

क्या आप जानते हैं कि मैं सचमुच किस चीज़ में अच्छा हूँ?

हैरी

तुम बहुत सी चीज़ों में अच्छे हो, एल्बस।

एल्बस

भेसबदल काढ़े में। और मुझे लगता है कि बाथिल्डा बैगशॉट के तहख़ाने में भेसबदल के सारे तत्व मौजूद हो सकते हैं। हम भेस बदलकर वोल्डेमॉर्ट बन जाते हैं और उसे अपने पास खींचकर लाते हैं।

रॉन

भेसबदल का इस्तेमाल करने के लिए उस व्यक्ति की किसी चीज़ की ज़रूरत होती है। हमारे पास वोल्डेमॉर्ट की कोई चीज़ नहीं है।

हर्माइनी

लेकिन मुझे विचार पसंद आया, बिल्ली के सामने चूहे का नाटक करना।

हैरी

भेसबदल से हम कितने क़रीब पहुँच सकते हैं?

हर्माइनी

हम जानते हैं कि वह कैसा दिखता है। यहाँ हमारे पास कुछ उत्कृष्ट जादूगर और जादूगरनियाँ हैं।

जिनी

तुम भेस बदलकर वोल्डेमॉर्ट बनना चाहते हो?

एल्बस

यही इकलौता तरीक़ा है।

हर्माइनी

यह है, है ना?

रॉन *बहादुरी से आगे क़दम रखता है।*

रॉन

तो मैं यह बनना पसंद करूँगा – मैं सोचता हूँ कि मुझे उसका भेस बनाना चाहिए। मेरा मतलब है, यह अच्छा नहीं होगा, वोल्डेमॉर्ट बनना दरअसल अच्छा नहीं लगेगा – लेकिन अपनी शान झाड़े बिना बताना चाहूँगा – मैं शायद तुम सबमें भावहीन इंसान हूँ... इसलिए शायद उसका भेस धारण करना – शैतानी शहंशाह बनना मेरे लिए – तुम ज़्यादा – भावुक – लोगों – से कम नुक़सानदेह होगा।

हैरी *दूर क़दम रखता है, मन ही मन सोचते हुए।*

हर्माइनी

तुम भावुक किसे कह रहे हो?

ड्रेको

मैं भी यह करना चाहूँगा। मैं सोचता हूँ कि वोल्डेमॉर्ट को सटीकता की ज़रूरत है... बुरा मत मानना, रॉन... और काले जादू के ज्ञान की, और –

हर्माइनी

और मैं भी यह करना चाहूँगी। जादू मंत्री के रूप में मैं सोचती हूँ कि यह मेरी ज़िम्मेदारी और मेरा अधिकार है।

स्कॉर्पियस

शायद हम लोगों को पर्ची डालनी चाहिए–

ड्रेको

तुम पहल नहीं कर रहे हो, स्कॉर्पियस।

एल्बस

दरअसल –

जिनी

नहीं, किसी तरीक़े से नहीं। मैं सोचती हूँ कि तुम सब पगला गए हो। मैं जानती हूँ कि दिमाग़ के भीतर वह आवाज़ कैसी होती है। मैं उसे दोबारा कभी मेरे दिमाग़ के भीतर नहीं चाहूँगी –

हैरी

और वैसे भी – उसका भेस तो मुझे ही रखना होगा।

हर कोई हैरी की तरफ़ मुड़ता है।

ड्रेको

क्या?

हैरी

यह योजना तभी कामयाब होगी, जब उस लड़की को यह विश्वास हो जाएगा कि वह सचमुच वोल्डेमॉर्ट है, बिना किसी झिझक के। वह सर्पभाषा का इस्तेमाल करेगी – और मैं *जानता था* कि कोई कारण तो है कि मेरे पास वह योग्यता अब भी क्यों है। लेकिन उससे भी बढ़कर, मैं – जानता हूँ कि उसके जैसा – महसूस करना कैसा होता है। मैं जानता हूँ कि वह *बनना* क्या होता है। यह मुझे ही बनना होगा।

रॉन

बकवास। शब्द सुंदर हैं, लेकिन सुंदर बकवास। तुम यह काम किसी तरह से नहीं –

हर्माइनी

मुझे लगता है तुम सही कह रहे हो, मेरे पुराने दोस्त।

रॉन

हर्माइनी, तुम ग़लत हो। वोल्डेमॉर्ट बनना कोई हँसी–मज़ाक़ – हैरी को यह नहीं बनना –

जिनी

और मुझे अपने भाई की बात से सहमत होने में बड़ा अफ़सोस है, लेकिन...

रॉन

वह हमेशा के लिए – वोल्डेमॉर्ट के भेस में – अटका रह सकता है।

हर्माइनी

तुम्हारी चिंताएँ सही हैं, लेकिन...

हैरी

रुको, हर्माइनी। जिनी।

जिनी और हैरी आँख मिलाते हैं।

अगर तुम चाहती हो कि मैं यह न करूँ, तो मैं यह नहीं करूँगा। लेकिन ऐसा महसूस होता है कि यही एकमात्र तरीक़ा है। क्या मैं ग़लत हूँ?

जिनी एक पल के लिए सोचती है और फिर धीरे से सिर झुका देती है। हैरी का चेहरा सख़्त हो जाता है।

जिनी

तुम सही हो।

हैरी

तो चलो यह कर देते हैं।

ड्रेको

क्या हम यह बातचीत नहीं करेंगे कि तुम किस रास्ते से आने वाले हो –

हैरी

वह उसका इंतज़ार कर रही होगी। वह मेरे पास ख़ुद आ जाएगी।

ड्रेको

और फिर क्या होगा? जब वह तुम्हारे साथ रहेगी? मैं तुम्हें याद दिला दूँ कि कि वह बहुत ताक़तवर जादूगरनी है।

रॉन

आसान है। वह उसे यहाँ लेकर आएगा और फिर हम मिलकर उसे 'दबोच' लेंगे।

ड्रेको

उसे 'दबोच' लेंगे?

हर्माइनी *कमरे में चारों ओर देखती है।*

हर्माइनी

हम इन दरवाज़ों के पीछे छिप जाएँगे। हैरी, अगर तुम इस बिंदु तक उसे ला सको *(वह उस बिंदु की तरफ़ इशारा करती है, जहाँ चर्च की रोज़ विंडो से प्रकाश फ़र्श पर पड़ता है)*, तो हम बाहर निकलकर यह सुनिश्चित कर सकते हैं कि उसके पास बचने का कोई मौक़ा न रहे।

रॉन *(ड्रेको पर नज़र डालते हुए)*

और फिर हम उसे *दबोच* लेंगे।

हर्माइनी

हैरी, आख़िरी बार, क्या तुम्हें यक़ीन है कि तुम यह कर सकते हो?

हैरी

हाँ, मैं यह कर सकता हूँ।

ड्रेको

नहीं, बहुत सारे अगर–मगर हैं – बहुत सारी चीज़ें हैं जो गड़बड़ हो सकती हैं – भेसबदल ज़्यादा समय तक क़ायम नहीं रह सकता, हो सकता है कि वह असलियत भाँप ले – अगर वह हमसे इस वक़्त बच गई, तो पता नहीं कितना विनाश कर सकती है – हमें इसकी सही योजना बनाने के लिए समय चाहिए –

एल्बस

ड्रेको, मेरे डैडी पर भरोसा करो। वे हमें निराश नहीं करेंगे।

हैरी एल्बस को देखता है – *भावविव्हल।*

हर्माइनी

छड़ियाँ।

हर एक अपनी छड़ियाँ बाहर निकालता है। हैरी अपनी छड़ी पकड़ लेता है।

एक प्रकाश उभरता है – जो हावी हो जाता है। रूपांतरण धीमा और भयंकर होता है।

और हैरी में से वोल्डेमॉर्ट का आकार प्रकट होता है। और यह भीषण है। वह मुड़ता है। वह अपने मित्रों और परिवार पर नज़र डालता है। वे पलटकर देखते हैं – भयाक्रांत।

रॉन

बेड़ा गर्क हो।

हैरी/वोल्डेमॉर्ट

यानी, यह कारगर रहा?

जिनी *(गंभीरता से)*

हाँ। यह कारगर रहा।

अंक चार दृश्य ग्यारह

गॉडरिक्स हॉलो, चर्च, 1981

रॉन, हर्माइनी, ड्रेको, स्कॉर्पियस *और* एल्बस *खिड़की पर खड़े होते हैं, बाहर देख रहे हैं।* जिनी *बाहर नहीं देख सकती। वह पीछे दूर बैठी है।*

एल्बस *ग़ौर करता है कि उसकी मम्मी अलग बैठी हैं। वह उनके पास चलकर जाता है।*

एल्बस

सब ठीक हो जाएगा, मम्मी?

जिनी

मैं जानती हूँ। या मैं उम्मीद करती हूँ। मैं तो बस – मैं तो बस उन्हें इस रूप में नहीं देखना चाहती। मैं जिस शख़्स से प्यार करती हूँ, उसे उस आदमी में बदलते हुए नहीं देखना चाहती, जिससे मैं नफ़रत करती हूँ।

एल्बस *अपनी माँ के पास बैठ जाता है।*

एल्बस

मैं उसे पसंद करता था, मम्मी। आप जानती हो? मैं सचमुच उसे पसंद करता था। डेल्फ़ी को। और वह क्या थी – वोल्डेमॉर्ट की बेटी?

जिनी

एल्बस, वे लोग इसमें बहुत निपुण होते हैं – मासूमों को अपने जाल में फँसाने में।

एल्बस

यह सब मेरी ग़लती है।

जिनी एल्बस को अपनी बाँहों में भर लेती है।

जिनी

कितनी अजीब बात है। तुम्हारे डैडी सोचते हैं कि सारी ग़लती उनकी है। तुम दोनों की जोड़ी अजीब है।

स्कॉर्पियस उनकी बात में बाधा डालते हुए दरवाज़े से फुसफुसाता है।

स्कॉर्पियस

वह रही। वह रही। उसने देख लिया।

हर्माइनी

अपनी जगह पर। हर कोई। और याद रखना, बाहर मत निकलना, जब तक कि हैरी उसे रोशनी में न ले आए। हमारे पास बस एक मौक़ा है, हम नहीं चाहते कि इसमें कोई गड़बड़ हो।

वे सभी तेज़ी से हिलते हैं।

ड्रेको

हर्माइनी ग्रेंजर, मुझ पर हर्माइनी ग्रेंजर हुक्म चला रही है। *(वह उसकी ओर मुड़ती है, वह मुस्कुराता है।)* और मैं इसका हल्का–हल्का आनंद लेने लगा हूँ।

स्कॉर्पियस

डैडी...

वे बिखर जाते हैं। वे दो बड़े दरवाज़ों के पीछे छिपते हैं।

हैरी/वोल्डेमॉर्ट चर्च में दोबारा दाख़िल होता है। वह कुछ क़दम चलता है और फिर मुड़ता है।

हैरी/वोल्डेमॉर्ट

जो भी जादूगर या जादूगरनी मेरे पीछे है, मैं तुम्हें चेतावनी देता हूँ, तुम्हें इस बात पर अफ़सोस होगा।

डेल्फ़ी उसके पीछे से प्रकट होती है। वह उसके प्रति खिंचाव महसूस करती है। वह उसका पिता है और यही वह पल है, जिसका इंतज़ार वह ज़िंदगी भर से कर रही थी।

डेल्फ़ी

लॉर्ड वोल्डेमॉर्ट। यह मैं हूँ। मैं आपका पीछा कर रही थी।

हैरी/वोल्डेमॉर्ट

मैं तुम्हें नहीं जानता। चली जाओ।

वह गहरी साँस लेती है।

डेल्फ़ी

मैं आपकी बेटी हूँ।

हैरी/वोल्डेमॉर्ट

अगर तुम मेरी बेटी होतीं, तो मुझे तुम्हारे बारे में पता होता।

डेल्फ़ी *अनुनय भाव से उसकी ओर देखती है।*

डेल्फ़ी

मैं भविष्य से आई हूँ। बेलाट्रिक्स लेस्ट्रेंज और आपकी संतान। मैं हॉगवर्ट्स के युद्ध से पहले मैल्फ़ॉय महल में पैदा हुई थी। एक ऐसा युद्ध, जिसमें आप हारने वाले हैं। मैं आपको बचाने आई हूँ।

हैरी/वोल्डेमॉर्ट *मुड़ता है। वह उससे नज़रें मिलाती है।*

बेलाट्रिक्स के वफादार पति रोडोल्फ़स लेस्ट्रेंज ने अज़्काबान से लौटने के बाद मुझे बताया कि मैं कौन हूँ और वह भविष्यवाणी भी बताई, जो उनके हिसाब से मैं पूरी करने वाली हूँ। मैं आपकी बेटी हूँ, महोदय।

हैरी/वोल्डेमॉर्ट

मैं बेलाट्रिक्स को जानता हूँ और तुम्हारे चेहरे में कुछ समानताएँ हैं – हालाँकि तुम्हें उसके सर्वश्रेष्ठ पहलू विरासत में नहीं मिले हैं। लेकिन बिना प्रमाण के...

डेल्फ़ी *सर्पभाषा में उत्सुक अंदाज़ में बोलती है।*

हैरी/वोल्डेमॉर्ट *दुष्टतापूर्ण ढंग से हँसता है।*

यह तुम्हारा सबूत है?

डेल्फ़ी *बिना कोशिश के हवा में उठती है।* हैरी/वोल्डेमॉर्ट *पीछे हट जाता है – चकित।*

डेल्फ़ी

मैं आप जैसे शैतानी शहंशाह की भविष्यपक्षी हूँ और आपकी सेवा करने के लिए अपना सर्वस्व न्योछावर करने को तैयार हूँ।

हैरी/वोल्डेमॉर्ट *(अपने सदमे को न छिपाने की कोशिश करते हुए)*

तुमने मुझसे – उड़ना – सीखा?

डेल्फ़ी

मैंने आपके पदचिह्नों पर चलने की कोशिश की है।

हैरी/वोल्डेमॉर्ट

मैं पहले किसी ऐसे जादूगर या जादूगरनी से नहीं मिला, जिसने मेरे बराबर बनने की कोशिश की हो।

डेल्फ़ी

मुझे ग़लत न समझें – मैं आपके बराबर बनने का दावा नहीं कर रही हूँ, मालिक। लेकिन मैंने अपनी ज़िंदगी ऐसी बेटी बनने में लगा दी है, जिस पर आप गर्व कर सकें।

हैरी/वोल्डेमॉर्ट *(बात काटते हुए)*

मैं देख रहा हूँ कि तुम क्या हो और मैं यह भी देख रहा हूँ कि तुम क्या हो सकती हो। बेटी।

वह उसकी तरफ़ देखती है, बहुत ज़्यादा भावविव्हल।

डेल्फ़ी

डैडी?

हैरी/वोल्डेमॉर्ट

मिलकर हम कितनी शक्ति के मालिक हो सकते हैं।

डेल्फ़ी

डैडी...

हैरी/वोल्डेमॉर्ट

यहाँ रोशनी में आओ, ताकि मैं ग़ौर से तो देख लूँ कि मेरे ख़ून से क्या बना है।

डेल्फ़ी

आप जो करने जा रहे हैं, वह एक ग़लती है। हैरी पॉटर पर हमला करना एक ग़लती है। वह आपको नष्ट कर देगा।

हैरी/वोल्डेमॉर्ट का हाथ हैरी के हाथ में बदल जाता है। वह इसकी ओर आश्चर्य व निराशा के भाव से देखता है और फिर उसे तेज़ी से आस्तीन के भीतर खींच लेता है।

हैरी/वोल्डेमॉर्ट

वह अभी बच्चा है।

डेल्फ़ी

उसके पास उसकी माँ का प्यार है, आपका मंत्र पलट जाएगा, आपको नष्ट कर देगा और उसे बहुत शक्तिशाली तथा आपको बहुत कमज़ोर कर देगा। आप उबर आएँगे और अगले सत्रह साल उससे लड़ने में बिताएँगे – एक ऐसा युद्ध, जिसमें आप अंततः हार जाएँगे।

हैरी/वोल्डेमॉर्ट के बाल निकलने लगते हैं, वह इसे महसूस करता है, वह उन्हें ढँकने की कोशिश करता है। वह अपने सिर पर अपना कनटोपा खींच लेता है।

हैरी/वोल्डेमॉर्ट

तो फिर मैं उस पर हमला नहीं करूँगा। तुम सही कह रही हो।

डेल्फ़ी

डैडी?

हैरी/वोल्डेमॉर्ट सिकुड़ जाता है – अब वह वोल्डेमॉर्ट के बजाय हैरी जैसा ज़्यादा है। वह डेल्फ़ी की तरफ़ पीठ कर लेता है।

डैडी?

हैरी (*वोल्डेमॉर्ट जैसी आवाज़ में बोलने की बेतहाशा कोशिश करते हुए*)

तुम्हारी योजना अच्छी है। लड़ाई रद्द। तुमने मेरी अच्छी सेवा की है, अब यहाँ रोशनी में आओ, ताकि मैं तुम्हें ग़ौर से देख सकूँ।

डेल्फ़ी एक दरवाज़े को थोड़ा खुलते और फिर तेज़ी से बंद होते देखती है। उसकी त्योरी चढ़ जाती है, वह तेज़ी से सोचती है, उसकी शंका बढ़ जाती है।

डेल्फ़ी

डैडी...

वह उसके चेहरे की दोबारा एक झलक देखने की कोशिश करती है, लगभग एक तरह का नृत्य शुरू हो जाता है।

आप लॉर्ड वोल्डेमॉर्ट नहीं हो।

डेल्फ़ी अपने हाथ से एक मंत्र निकालती है। हैरी उसे टक्कर देता है।

प्रज्वलो!

हैरी

प्रज्वलो!

दोनों मंत्र कमरे के बीच में एक सुंदर विस्फोट में मिलते हैं।

और अपने दूसरे हाथ से डेल्फ़ी दोनों दरवाज़ों को तालाबंद कर देती है, जबकि दूसरे उन्हें खोलने की कोशिश करते हैं।

डेल्फ़ी

पॉटर। तालाबंद!

हैरी दरवाज़ों की तरफ़ देखता है, निराशा से।

जिनी *(दूर से)*

उसने तुम्हारी तरफ़ से दरवाज़े बंद कर दिए हैं।

डेल्फ़ी

क्या? सोच रहे थे कि तुम्हारे दोस्त तुम्हारा साथ देने वाले हैं, है ना?

हर्माइनी *(दूर से)*

हैरी... हैरी...

हैरी

अच्छा। मैं तुमसे अकेला ही निबटूँगा।

वह उस पर दोबारा हमला करने के लिए हिलता है। लेकिन डेल्फ़ी ज़्यादा शक्तिशाली है। हैरी की छड़ी डेल्फ़ी की ओर तेज़ी से आ जाती है। वह निहत्था है। वह असहाय है।

तुमने कैसे...? तुम कौन हो?

डेल्फ़ी

हैरी पॉटर, मैंने तुम्हारे बारे में बहुत जानकारी हासिल की है। मैं तुम्हें अपने पिता से ज़्यादा अच्छी तरह जानती हूँ।

हैरी

तुम सोचती हो कि तुम्हें मेरी कमज़ोरियाँ पता चल गई हैं?

डेल्फ़ी

मैंने उनके लायक़ बनने के लिए अध्ययन किया है! हाँ, हालाँकि वे अब तक के महानतम जादूगर हैं, लेकिन उन्हें मुझ पर गर्व होगा। प्रहारो!

हैरी लुढ़कता है और फ़र्श पर पीछे विस्फोट होता है। वह चर्च की एक बेंच के नीचे व्यग्र अंदाज़ में रेंगता है और यह सोचता है कि वह उससे कैसे लड़ सकता है।

क्या तुम रेंगकर मुझसे दूर जा रहे हो? हैरी पॉटर। जादूगरों के संसार का नायक। किसी चूहे की तरह रेंग रहा है। उत्तिष्ठ भव!

चर्च की बेंच हवा में उठ जाती है।

सवाल यह है कि क्या मुझे तुम्हें मारने में अपना समय बर्बाद करना चाहिए, क्योंकि मैं जानती हूँ कि जैसे ही मैं अपने पिता को रोकूँगी, तुम्हारा विनाश अपने आप हो जाएगा। यह निर्णय कैसे करूँ? ओह, मैं बोर हो चुकी हूँ, मैं तुम्हें मार ही डालती हूँ।

वह बेंच को उसकी तरफ़ कसकर फेंकती है। धमाका होता है, जब हैरी वहशी अंदाज़ में दूर लुढ़कता है।

एल्बस फ़र्श की अँगीठी से प्रकट होता है, लेकिन दोनों में से किसी का ध्यान उसकी तरफ़• नहीं जाता है।

तत्क्षण–

एल्बस

डैडी...

हैरी

एल्बस! नहीं!

एल्बस हैरी की तरफ़ एक छड़ी उछालता है, हैरी इसे पकड़ लेता है, वह बहुत चकित है कि उसके बेटे ने कितना बड़ा जोखिम लिया।

डेल्फ़ी

तुम दोनों? विकल्प, विकल्प। मैं सोचती हूँ कि मैं पहले लड़के को मार दूँ। तत्क्षण मृत्यु!

वह एल्बस पर मारक शाप दागती है – लेकिन हैरी उसे रास्ते से दूर धकेल देता है। शाप ज़•मीन से टकराता है। वह पलटकर एक शाप दागता है।

तुम सोचते हो कि तुम मुझसे ज़्यादा ताकतवर हो?

हैरी

नहीं। मैं नहीं हूँ।

वे एक–दूसरे पर निर्ममता से प्रहार करते रहते हैं, फिर एल्बस तेज़ी से दूर लुढ़कता है और एक दरवाज़े में और फिर दूसरे दरवाज़े में मंत्र पढ़कर उन्हें खोलता है।

एल्बस

अलोहोमोरा!

हैरी

लेकिन हम हैं...

एल्बस

अलोहोमोरा!

हैरी

देखा, मैं कभी अकेले नहीं लड़ा हूँ। और कभी लडूँगा भी नहीं।

हर्माइनी, रॉन, जिनी व ड्रेको दरवाज़ों से प्रकट होते हैं और डेल्फ़ी पर अपने मंत्र दागते हैं, जो खीझ में चीख़ती है। यह असाधारण है। लेकिन वह उन सबसे नहीं लड़ सकती।

एक के बाद एक धमाके होते हैं – और फिर, पूरी तरह परास्त और तबाह डेल्फ़ी फ़र्श पर लुढ़क जाती है।

डेल्फ़ी

नहीं... नहीं...

हर्माइनी

शरीरबंधन!

डेल्फ़ी का पूरा शरीर बँध जाता है।

हैरी डेल्फ़ी की तरफ़ बढ़ता है। वह उससे नज़रें नहीं हटाता है। बाक़ी सब पीछे रुकते हैं।

हैरी

एल्बस, क्या तुम ठीक हो?

एल्बस

हाँ डैडी, मैं ठीक हूँ।

हैरी *अब भी अपनी निगाह* डेल्फ़ी *से नहीं हटाता है। वह अब भी उससे घबरा रहा है।*

हैरी

जिनी, कहीं वह घायल तो नहीं हुआ? मुझे पूरी तसल्ली चाहिए कि वह सुरक्षित है...

जिनी

उसी ने इस बात पर ज़ोर दिया था। सिर्फ़ वही इतना छोटा था कि अँगीठी में से रेंगकर जा सके। मैंने उसे रोकने की कोशिश की थी।

हैरी

मुझे बस इतना बता दो कि वह ठीक है।

एल्बस

मैं ठीक हूँ, डैडी। पक्का वादा।

हैरी डेल्फ़ी *की तरफ़ आगे बढ़ता है।*

हैरी

बहुत से लोगों ने मुझे नुक़सान पहुँचाने की कोशिश की है – लेकिन मेरे बेटे को! तुमने मेरे बेटे को नुक़सान पहुँचाने की जुर्रत की!

डेल्फ़ी

मैं तो बस अपने डैडी से मिलना चाहती थी।

ये शब्द हैरी *को हैरान कर देते हैं।*

हैरी

तुम अपना जीवन दोबारा नहीं बना सकतीं। तुम हमेशा अनाथ रहोगी। यही तुम्हारा नसीब है।

डेल्फ़ी

बस मुझे – उन्हें देख लेने दो।

हैरी

मैं न तो यह कर सकता हूँ, न ही करूँगा।

डेल्फ़ी *(सचमुच करुण स्वर में)*

तो फिर मुझे मार डालो।

हैरी *पल भर को सोचता है।*

हैरी

मैं यह भी नहीं कर सकता...

एल्बस

क्या? डैडी? वह ख़तरनाक है।

हैरी

नहीं, एल्बस...

एल्बस

लेकिन वह हत्यारी है – मैंने उसे हत्या करते हुए देखा है –

हैरी *मुड़ता है और अपने बेटे और फिर* जिनी *की तरफ़ देखता है।*

हैरी

हाँ। एल्बस, वह हत्यारी है, लेकिन हम नहीं हैं।

हर्माइनी

हमें उनसे बेहतर होना चाहिए।

रॉन

हाँ, यह चिढ़ाने वाली बात है, लेकिन हमने यही सीखा है।

डेल्फ़ी

मेरा दिमाग़ छीन लो। मेरी स्मृति छीन लो। मेरे दिल से यह मिटा दो कि मैं कौन हूँ।

रॉन

नहीं। हम तुम्हें वापस हमारे समय में ले चलेंगे।

हर्माइनी

और तुम अज़्काबान जाओगी। जैसे तुम्हारी माँ गई थी।

ड्रेको

जहाँ तुम सड़ोगी।

हैरी *एक आवाज़ सुनता है। हिस्स की आवाज़।*

और फिर मौत जैसी आवाज़ होती है – एक ऐसी आवाज़, जैसी हमने अब तक नहीं सुनी है।

हैऽऽऽऽरी पॉऽऽऽटऽऽर...

स्कॉर्पियस

यह क्या है?

हैरी

नहीं। नहीं। अभी नहीं।

एल्बस

क्या?

रॉन

वोल्डेमॉर्ट।

डेल्फ़ी

डैडी?

हर्माइनी

अभी? यहीं?

डेल्फ़ी

डैडी!

ड्रेको

चुप्पो! (डेल्फ़ी *का मुँह बंद हो जाता है)*। उत्तिष्ठ भव! *(उसे ऊपर की तरफ़ दूर भेज दिया जाता है।)*

हैरी

वह आ रहा है। वह इसी समय आ रहा है।

वोल्डेमॉर्ट मंच के पीछे से आता है और इसके पार जाता है और ऑडिटोरियम में आ जाता है। और हवा उस नफ़रत तथा डर से भर जाती है, जो वह फैलाता है। उसके साथ मौत चल रही है। और हर कोई यह जानता है।

अंक चार **दृश्य बारह**

गॉडरिक्स हॉलो, 1981

हैरी *असहाय होकर* वोल्डेमॉर्ट *के पीछे देखता है।*

हैरी

वोल्डेमॉर्ट मेरे मम्मी–डैडी को मारने वाला है और मैं उसे रोकने के लिए कुछ नहीं कर सकता।

ड्रेको

यह सच नहीं है।

स्कॉर्पियस

डैडी, अभी समय नहीं है...

एल्बस

कुछ है जो आप – उसे रोकने के लिए – कर सकते हैं। लेकिन आप करेंगे नहीं।

ड्रेको

यह वीरतापूर्ण है।

जिनी हैरी *का हाथ थाम लेती है।*

जिनी

तुम्हारा देखना ज़रूरी नहीं है, हैरी। हम घर चल सकते हैं।

हैरी

मैं इसे होने दे रहा हूँ... ज़ाहिर है मुझे देखना है।

हर्माइनी

तो फिर हम सभी इसे देखेंगे।

रॉन

हम सभी देखेंगे।

हमें अपरिचित आवाज़ें सुनाई देती हैं...

जेम्स *(दूर से)*

'लिली, हैरी को लेकर चली जाओ! वह आ गया है! जाओ! भागो! मैं उसे सँभालता हूँ ...

एक धमाका होता है और फिर एक हँसी।

तुम दूर रहो, समझे – तुम दूर रहो।

वोल्डेमॉर्ट *(दूर से)*

तत्क्षण मृत्यु!

हैरी चिहुँक जाता है, जब ऑडिटोरियम में चारों ओर हरी रोशनी चमकती है।

एल्बस उसका हाथ थाम लेता है। हैरी इसे कसकर पकड़ लेता है। उसे इसकी ज़रूरत है।

एल्बस

उन्होंने वह हर चीज़ की, जो वे कर सकते थे।

जिनी हैरी के बग़ल में उठती है और उसका दूसरा हाथ थाम लेती है। वह उन पर टिक जाता है, अब वे उसे थामे हुए हैं।

हैरी

वो मेरी मम्मी हैं, खिड़की पर। मैं अपनी मम्मी को देख सकता हूँ, वे सुंदर दिखती हैं।

धमाकों की आवाज़ आती है, जब दरवाज़े उखाड़े जाते हैं।

लिली *(दूर से)*

हैरी को नहीं, हैरी को नहीं, मेहरबानी करके हैरी को नहीं...

वोल्डेमॉर्ट *(दूर से)*

दूर हटो, मूर्ख औरत ... दूर हटो, इसी समय ...

लिली *(दूर से)*

हैरी को नहीं, रहम करो, उसकी जगह मुझे ले लो, उसके बदले मुझे मार डालो ...

वोल्डेमॉर्ट *(दूर से)*

यह मेरी आख़िरी चेतावनी है–

लिली *(दूर से)*

'हैरी को नहीं! मेहरबानी... रहम करो ... रहम करो ... मेरे बेटे को नहीं! मेहरबानी करके – मैं कुछ भी करने को तैयार हूँ।

वोल्डेमॉर्ट *(दूर से)*

तत्क्षण मृत्यु!

और हैरी के शरीर से जैसे बिजली कौंध जाती है। वह फ़र्श पर गिर जाता है, दुख की जीती–जागती मूर्ति।

और एक दबी हुई चीख़ जैसी आवाज़ हमारे चारों ओर उतरती–चढ़ती है।

और हम बस देखते हैं।

और धीरे–धीरे, जो वहाँ था, अब नहीं रहता है।

और मंच रूप बदलता है तथा घूमता है।

और हैरी और उसका परिवार तथा मित्र घूमते हुए दूर चले जाते हैं।

अंक चार दृश्य तेरह

गॉडरिक्स हॉलो, जेम्स और लिली पॉटर का घर, 1981

हम एक टूटे–फूटे मकान के जलते हुए अवशेषों में हैं। वह मकान जिस पर ख़तरनाक हमला हुआ है।

हैग्रिड इसमें प्रकट होता है और अवशेषों में चलता है।

हैग्रिड

जेम्स?

वह चारों तरफ़ देखता है।

लिली?

वह धीरे–धीरे चलता है, बहुत जल्दी बहुत ज़्यादा देखना नहीं चाहता। वह पूरी तरह से भावविव्हल है।

और फिर वह उन्हें देख लेता है और वह रुक जाता है, और वह कुछ नहीं कहता।

और हम देखते हैं, जब दर्द उसके चेहरे पर बढ़ता है।

ओह। ओह। यह नहीं – यह नहीं – हम नहीं... उन्होंने हमें बताया था, लेकिन – हम तो उम्मीद कर रहे थे कि हालात बेहतर होंगे...

वह उन्हें देखता है, जैसे यह विश्वास न करना चाहता हो कि यह सच है, और फिर अपना सिर झुका लेता है। वह कुछ शब्द बुदबुदाता है और अपनी गहरी जेबों से कुछ कुचले हुए फूल लेता है और उन्हें फ़र्श पर रख देता है।

हमें अफ़सोस है, उन्होंने हमें बताया था, डम्बलडोर ने हमें बताया था, हम तुम्हारे साथ इंतज़ार नहीं कर सकते। वे मगलू आ रहे हैं, अपनी साइरन वाली बत्तियाँ लेकर और वे हम जैसे भीमकाय आदमी को पसंद नहीं करेंगे, है ना?

वह सुबकी छोड़ता है।

तुम्हें छोड़ना मुश्किल है। हम चाहते हैं कि तुम यह जान लो – तुम्हें भुलाया नहीं जाएगा – न हमारे द्वारा – न ही किसी के द्वारा।

और फिर वह एक आवाज़ सुनता है – एक शिशु की नाक की सुड़सुड़ की आवाज। हैग्रिड उसकी ओर मुड़ता है, अब ज़्यादा तेज़ी से चलते हुए।

वह नीचे देखता है और बच्चे के पालने के ऊपर खड़ा होता है, जिसमें से रोशनी निकलती दिखती है।

ओह। हलो। तुम शायद हैरी हो। हलो, हैरी पॉटर। हम रूबियस हैग्रिड हैं। और हम तुम्हारे दोस्त बनेंगे, चाहे तुम्हें यह पसंद हो या न हो। क्योंकि तुम पर मुसीबत आई है, वैसे तुम्हें अभी यह मालूम नहीं है। और तुम्हें दोस्तों की ज़रूरत होगी। अब बेहतर यही होगा कि तुम हमारे साथ चलो, क्या तुम ऐसा नहीं सोचते?

जब चौंधियाती नीली रोशनियाँ कमरे को भर देती हैं और इसे लगभग अलौकिक चमक प्रदान करती हैं, तो वह हैरी को हौले से अपनी बाँहों में उठाता है।

और फिर – बिना पीछे देखे – वह मकान से दूर तेज़ी से चल देता है।

और हम हल्के अंधकार में डूब जाते हैं।

अंक चार **दृश्य चौदह**

हॉगवर्ट्स, क्लासरूम

स्कॉर्पियस *और* एल्बस *एक कमरे में दौड़ते हैं, रोमांच से भरे। वे अपने पीछे दरवाज़े को धड़ाम से बंद कर देते हैं।*

स्कॉर्पियस

मुझे यक़ीन नहीं हो रहा है कि मैंने यह किया।

एल्बस

मैं भी यक़ीन नहीं कर सकता कि तुमने यह किया।

स्कॉर्पियस

रोज़ ग्रेंजर–वीज़्ली। मैंने रोज़ ग्रेंजर–वीज़्ली से डेटिंग के लिए पूछा।

एल्बस

और उसने नहीं कह दिया।

स्कॉर्पियस

लेकिन मैंने उससे पूछा तो सही। मैंने बीज बो दिया है। वह बीज, जो अंततः हमारी शादी में बदल जाएगा।

एल्बस

तुम जानते हो, तुम बहुत सपने देखते हो।

स्कॉर्पियस

तुम्हारी बात सही है – सिर्फ़ पॉली चैपमैन ने मुझसे स्कूल बॉल में चलने को पूछा था...

एल्बस

एक वैकल्पिक वास्तविकता में जहाँ तुम महत्वपूर्ण रूप से – सचमुच महत्वपूर्ण रूप से, ज़्यादा लोकप्रिय थे – एक अलग लड़की ने तुमसे चलने को पूछा – और इसका मतलब है –

स्कॉर्पियस

और हाँ, तर्क की बात तो यह है कि मुझे पॉली का पीछा करना चाहिए – या उसे अपना पीछा करने देना चाहिए – आख़िर वह कुख्यात सुंदरी है – लेकिन रोज़ तो रोज़ है।

एल्बस

तुम जानते हो, तर्क की बात तो यह भी है कि तुम सिरफिरे हो? रोज़ तुमसे नफ़रत करती है।

स्कॉर्पियस

सुधार करना चाहूँगा, वह मुझसे नफ़रत करती थी, लेकिन जब मैंने उससे पूछा, तो तुमने उसकी आँखों का भाव देखा? यह नफ़रत नहीं, तरस था।

एल्बस

और तरस अच्छा होता है?

स्कॉर्पियस

तरस तो शुरुआत है मेरे दोस्त, एक नींव है जिस पर महल बनाना है – प्यार का महल।

एल्बस

मैंने ईमानदारी से सोचा था कि हम दोनों में गर्लफ्रेंड मुझे पहले मिलेगी।

स्कॉर्पियस

ओह, तुम्हें मिल जाएगी, बेशक, शायद वह नई धुएँदार आँखों वाली काढ़े की प्रोफ़ेसर – वह तुम्हारे लिए पर्याप्त बड़ी है, है ना?

एल्बस

ज़्यादा बड़ी औरतों में मेरी कोई रुचि नहीं है!

स्कॉर्पियस

और तुम्हारे पास उसे बहकाने के लिए समय है – बहुत सा समय है। क्योंकि रोज़ को राज़ी करने में मुझे बरसों लग जाएँगे।

एल्बस

मैं तुम्हारे आत्मविश्वास की दाद देता हूँ।

रोज़ सीढ़ियों पर उनके पास आती है, वह उन दोनों को देखती है।

रोज़

हाय।

किसी लड़के को नहीं पता कि कैसे जवाब दें – वह स्कॉर्पियस को देखती है।

रोज़

यह अजीब तभी होगा, अगर तुम इसे अजीब होने दोगे।

स्कॉर्पियस

सुना और पूरी तरह से समझ लिया।

रोज़

ठीक है। 'स्कॉर्पियन किंग।'

वह चेहरे पर मुस्कान के साथ दूर जाती है। स्कॉर्पियस और एल्बस एक–दूसरे को देखते हैं। एल्बस मुस्कुराता है और स्कॉर्पियस की बाँह पर मुक्का मारता है।

एल्बस

शायद तुम सही हो – तरस एक शुरुआत है।

स्कॉर्पियस

क्या तुम क्विडिच देखने जा रहे हो? नागशक्ति का मैच मेहनतकश से हो रहा है – यह बड़ा मैच है –

एल्बस

मैं तो सोचता था कि हम क्विडिच से नफ़रत करते थे?

स्कॉर्पियस

लोग बदल सकते हैं। इसके अलावा, मैं अभ्यास कर रहा हूँ। मैं सोचता हूँ कि मैं इस साल टीम में शामिल हो सकता हूँ। चलो।

एल्बस

मैं नहीं चल सकता। मेरे डैडी आने वाले हैं –

स्कॉर्पियस

वे मंत्रालय का काम छोड़कर आ रहे हैं?

एल्बस

वे पैदल घूमना चाहते हैं – मुझे कुछ दिखाना चाहते हैं – मुझे कुछ बताना चाहते हैं।

स्कॉर्पियस

पैदल सैर?

एल्बस

मैं जानता हूँ, मैं सोचता हूँ कि यह बंधन जोड़ने वाली या ऐसी ही कोई बुरी चीज़ है। लेकिन देखो, मैं सोचता हूँ कि मैं जाऊँगा।

स्कॉर्पियस *बढ़ता है और* एल्बस *को गले लगा लेता है।*

यह क्या है? मेरे ख़्याल से हमने निर्णय लिया था कि हम गले नहीं मिलेंगे।

स्कॉर्पियस

मुझे पक्का नहीं था। कि क्या हमें गले मिलना चाहिए। हमारे इस नए संस्करण में, जो मेरे दिमाग़ में था।

एल्बस

बेहतर होगा, रोज़ से पूछ लो कि क्या यह करना सही है।

स्कॉर्पियस

हा! हाँ। सही कहा।

दोनों लड़के अलग होते हैं और एक–दूसरे की तरफ़ देखकर मुस्कुराते हैं।

एल्बस

तुमसे डिनर पर मिलता हूँ।

अंक चार दृश्य पंद्रह

सुंदर पहाड़ी

हैरी *और एल्बस गर्मी के सुंदर दिन एक पहाड़ी पर चढ़ते हैं।*

वे कुछ नहीं कहते हैं, बस चढ़ते समय अपने चेहरे पर पड़ रही धूप का आनंद लेते हैं।

हैरी

तो क्या तुम तैयार हो?

एल्बस

किसके लिए?

हैरी

देखो, चौथे साल की परीक्षाएँ हैं – और फिर पाँचवाँ साल – बड़ा साल – मेरे पाँचवें साल में मैंने क्या–क्या किया था –

वह एल्बस को देखता है। वह मुस्कुराता है। वह तेज़ी से बोलता है।

मैंने बहुत कुछ किया था। इसमें से कुछ अच्छा था। कुछ बुरा था। बहुत सारा काफ़ी दुविधापूर्ण था।

एल्बस

जानकर अच्छा लगा।

हैरी *मुस्कुराता है।*

मुझे उन्हें देखने का मौक़ा मिला – आप जानते हो – थोड़ी देर के लिए – आपके मम्मी–डैडी को। वे – आप लोग मिलकर ख़ुश थे। आपके डैडी आपके साथ धुएँ के छल्ले वाली चीज़ करना

पसंद करते थे, जहाँ आप... देखिए, आप खिलखिलाना नहीं रोक पाते थे।

हैरी

अच्छा?

एल्बस

मैं सोचता हूँ कि आप उन्हें पसंद करते। और मैं सोचता हूँ कि मैं भी उन्हें पसंद करता।

हैरी *सिर हिलाता है। थोड़ी असहज ख़ामोशी रहती है। दोनों एक–दूसरे के क़रीब पहुँचने की कोशिश कर रहे हैं, लेकिन दोनों नाकाम हो रहे हैं।*

हैरी

तुम जानते हो, मैंने सोचा था कि मैं उससे आज़ाद हो गया हूँ – वोल्डेमॉर्ट से – मैंने सोचा था कि मैं उससे आज़ाद हो गया हूँ – लेकिन फिर मेरा निशान दोबारा दुखने लगा और मुझे उसके सपने आने लगे और मैं एक बार फिर सर्पभाषा बोल सकता था और मुझे यह महसूस हुआ मानो मैं ज़रा भी नहीं बदला था – कि वह मुझ पर अपनी पकड़ कभी ढीली नहीं करेगा –

एल्बस

और क्या ऐसा हुआ?

हैरी

मेरा जो हिस्सा वोल्डेमॉर्ट था, वह बहुत समय पहले मर गया था, लेकिन उससे सिर्फ़ शारीरिक दृष्टि से छुटकारा पाना ही काफ़ी नहीं था – मुझे उससे मानसिक दृष्टि से भी छुटकारा पाना था। और – चालीस साल के आदमी के लिए यह सीखना बहुत मुश्किल होता है।

वह एल्बस को देखता है।

मैंने तुमसे जो कहा था – वह अक्षम्य था और मैं तुमसे यह नहीं कह सकता कि तुम इसे भूल जाओ, लेकिन मैं आशा कर सकता हूँ कि हम इससे आगे बढ़ जाएँगे।
मैं तुम्हारा बेहतर डैडी होने की कोशिश करूँगा, एल्बस। मैं कोशिश करने वाला हूँ – तुम्हारे साथ ईमानदार बनूँगा और...

एल्बस

डैडी, आपको ज़रूरत नहीं है –

हैरी

तुमने मुझसे कहा था कि तुम यह नहीं सोचते कि मुझे किसी चीज़ से डर लगता है और – मेरा मतलब है मुझे हर चीज़ से डर लगता है। मेरा मतलब है, मुझे अँधेरे से डर लगता है, क्या तुम्हें यह बात पता थी?

एल्बस

हैरी पॉटर को अँधेरे से डर लगता है?

हैरी

मुझे छोटी जगहें भी पसंद नहीं हैं और – मैंने यह कभी किसी को नहीं बताया, लेकिन मैं – *(वह इसे कहने से पहले झिझकता है)* कबूतरों को ज़्यादा पसंद नहीं करता हूँ।

एल्बस

आप कबूतरों को पसंद नहीं करते?

हैरी *(वह अपने चेहरे को सिकोड़ता है)*

घटिया, चोंच मारने वाले, गंदे पक्षी। उनसे मेरे रोंगटे खड़े हो जाते हैं।

एल्बस

लेकिन कबूतर तो हानिरहित होते हैं!

हैरी

मैं जानता हूँ। लेकिन एल्बस सीवियरस पॉटर, जिस चीज़ से मुझे सबसे ज़्यादा डर लगता है, वह है तुम्हारा डैडी होना। क्योंकि यहाँ मैं बगैर किसी नींव के काम कर रहा हूँ। ज़्यादातर लोगों के पास कम से कम एक डैडी होता है, जिसके आधार पर वे काम कर सकते हैं – और जिसके जैसा बनने या न बनने की वे कोशिश कर सकते हैं। मेरे पास कुछ नहीं है – या बहुत कम है। इसलिए मैं सीख रहा हूँ, ठीक है? और मैं अपनी पूरी ताक़त से कोशिश करने वाला हूँ – ताकि तुम्हारा अच्छा डैडी बन सकूँ।

एल्बस

और मैं बेहतर बेटा बनने की कोशिश करूँगा। मैं जेम्स नहीं हूँ डैडी, और मैं आप दोनों जैसा कभी नहीं बन पाऊँगा –

हैरी

जेम्स मेरे जैसा कतई नहीं है।

एल्बस

ऐसा क्या?

हैरी

जेम्स के पास हर चीज़ आसानी से आ जाती है। मेरा बचपन एक निरंतर संघर्ष था।

एल्बस

मेरा भी। तो आप यह कह रहे हैं कि – क्या मैं – आपके जैसा हूँ?

हैरी एल्बस *की तरफ़ देखकर मुस्कुराता है।*

हैरी

दरअसल तुम अपनी माँ जैसे ज़्यादा हो – बहादुर, खूँख़ार, मज़ेदार – जिसे मैं पसंद करता हूँ – जिससे मैं सोचता हूँ कि तुम बेहतरीन बेटे बन जाते हो।

एल्बस

मैंने संसार को लगभग नष्ट कर दिया था।

हैरी

डेल्फ़ी कहीं नहीं जा रही थी, एल्बस – तुम उसे बाहर निकालकर रोशनी में लाए और तुमने एक ऐसा तरीक़ा खोजा, जिससे हम उससे लड़ सके। हो सकता है कि तुम इसे अभी न देख पाओ, लेकिन तुमने हमें बचा लिया।

एल्बस

लेकिन क्या मुझे बेहतर नहीं करना चाहिए था?

हैरी

तुम नहीं सोचते कि यही सवाल मैं ख़ुद से पूछता हूँ?

एल्बस *(उसका दिल और डूब जाता है, वह जानता है कि उसके डैडी यह कभी नहीं करते)*

और फिर – जब हमने उसे पकड़ा – मैं उसे जान से मारना चाहता था।

हैरी

तुमने उसे क्रेग की हत्या करते देखा था, तुम नाराज़ थे एल्बस, और यह ठीक है। लेकिन तुम ऐसा नहीं करते।

एल्बस

आप यह कैसे जानते हैं? शायद यह मेरा नागशक्ति वाला पहलू है। शायद चुनने वाली टोपी ने मुझमें यही देखा था।

हैरी

मैं तुम्हारे दिमाग़ को नहीं समझता हूँ, एल्बस – दरअसल तुम एक किशोर हो, मुझे तुम्हारा दिमाग़ समझ में आना भी नहीं चाहिए, लेकिन मैं तुम्हारे दिल को समझता हूँ। मैं – लंबे समय से – नहीं जानता था – लेकिन इस 'कारनामे' को धन्यवाद – मैं जान गया हूँ कि तुम्हारे पास वहाँ क्या है। नागशक्ति, गरुड़द्वार, तुम्हें चाहे जो ठप्पा दिया गया है – मैं जानता हूँ – जानता हूँ – कि तुम्हारा दिल अच्छा है – हाँ, तुम इसे चाहे पसंद करो या न करो, तुम एक बेहतरीन जादूगर बनने की राह पर हो।

एल्बस

ओह, मैं जादूगर बनने की राह पर नहीं जा रहा हूँ, मैं तो कबूतर दौड़ में जा रहा हूँ। मैं इस बारे में बहुत रोमांचित हूँ।

हैरी *मुस्कुराता है।*

हैरी

तुम्हारे जो नाम हैं – वे बोझ नहीं होने चाहिए। तुम जानते हो, एल्बस डम्बलडोर की भी अपनी मुश्किलें थीं – और सीवियरस स्नेप, तुम उनके बारे में सब कुछ जानते हो –

एल्बस

वे अच्छे इंसान थे।

हैरी

वे महान इंसान थे, जिनमें भारी दोष थे और तुम जानते हो – उन दोषों की बदौलत वे ज़्यादा महान बने।

एल्बस *अपने आस–पास देखता है।*

एल्बस

डैडी? हम यहाँ क्यों आए हैं?

हैरी

मैं यहाँ अक्सर आता हूँ।

एल्बस

लेकिन यह तो क़ब्रिस्तान है...

हैरी

और यह सेडरिक की क़ब्र है...

एल्बस

डैडी?

हैरी

वह लड़का जो मारा गया – क्रेग बाउकर – तुम उसे कितनी अच्छी तरह जानते थे?

एल्बस

ज़्यादा अच्छी तरह नहीं।

हैरी

मैं भी सेडरिक को ज़्यादा अच्छी तरह नहीं जानता था। वह इंग्लैंड के लिए क्विडिच खेल सकता था। या होनहार ऑरर बन सकता था। वह कुछ भी बन सकता था। और एमॉस ने सही कहा था – उसे चुरा लिया गया। इसलिए मैं यहाँ आता हूँ। बस सॉरी कहने के लिए। जब भी मैं कर सकता हूँ।

एल्बस

यह – एक अच्छी चीज़ है।

एल्बस सेडरिक *की क़ब्र के सामने अपने डैडी के क़रीब आता है। हैरी अपने बेटे को देखकर मुस्कुराता है और फिर आसमान की तरफ़ देखता है।*

हैरी

मैं सोचता हूँ कि यह अच्छा दिन होने वाला है।

वह अपने बेटे का कंधा छूता है। और वे दोनों – बस ज़रा सा – पिघलकर एक हो जाते हैं।

एल्बस *(मुस्कुराता है)*

मैं भी ऐसा ही सोचता हूँ।

THE END

हैरी पॉटर एंड द कर्स्ड चाइल्ड पार्ट्स वन एंड टू को पहली बार सोनिया फ़्राइडमैन प्रॉडक्शन्स, कॉलिन कैलेंडर और हैरी पॉटर थिएट्रिकल प्रॉडक्शन्स ने पेश किया। इसका प्रीमियर 30 जुलाई 2006 को पैलेस थिएटर, लंदन में हुआ।

लंदन के मूल पात्र, वर्णमाला के क्रम में

क्रेग बाउकर जूनियर	जेरेमी एंग जोन्स
मायूस मीना, लिली पॉटर सीनियर	अन्नाबेल बाल्डविन
वरनॉन अंकल, सीवियरस स्नेप, लॉर्ड वोल्डेमॉर्ट	पॉल बेंटाल
स्कॉर्पियस मैल्फ़ॉय	एंथनी बॉइल
एल्बस पॉटर	सैम क्लेमेट
हर्माइनी ग्रेंजर	नोमा ड्यूमेज़वेनी
पॉली चैपमैन	क्लॉडिया ग्रांट
हैग्रिड, चुनने वाली टोपी	क्रिस जारमैन
यैन फ़्रेडरिक्स	जेम्स ले लाश्योर
पेटूनिया आंटी, मैडम हूच, डोलोरेस अंबरिज	हेलेना लिम्बरी
एमॉस डिगोरी, एल्बस डम्बलडोर	बैरी मैकार्थी
ट्रॉली वाली जादूगरनी, प्रोफ़ेसर मैक्गॉनेगल	सैंडी मैक्डेड
स्टेशन मास्टर	एडम मैक्नमारा

जिनी पॉटर	पॉपी मिलर
सेडरिक डिगोरी, जेम्स पॉटर जूनियर, जेम्स पॉटर सीनियर	टॉम मिलिगन
डडली डर्स्ली, कार्ल जेंकिन्स, विक्टर क्रम	जैक नॉर्थ
हैरी पॉटर	जैमी पार्कर
ड्रेको मैल्फ़ॉय	अलेक्स प्राइस
बेन	नूनो सिल्वा
रोज़ ग्रेंजर–वीज़्ली, छोटी हर्माइनी	शेरेल स्कीट
डेल्फ़ी डिगोरी	ईस्थर स्मिथ
रॉन वीज़्ली	पॉल थॉर्नली
छोटा हैरी पॉटर	रूडी गुडमैन अल्फ़्रेड जोन्स बिनी कियॉफ़ इवान रदरफ़ोर्ड नैथेनियल स्मिथ डाइलैन स्टैंडेन
लिली पॉटर जूनियर	ज़ो ब्रो क्रिस्टीना फ़्रे क्रिस्टीना हचिंग्स

अन्य भूमिकाएँ इन्होंने अभिनीत कीं

निकोला अलेक्सिस, जेरेमी एंग जोन्स, रोज़मेरी अन्नाबेला, अन्नाबेल बाल्डविन, जैक बेनेट, पॉल बेंटाल, क्लॉडिया ग्रांट, जेम्स हॉवर्ड, लॉरी जेम्स, क्रिस जारमैन, मार्टिन जॉन्स्टन, जेम्स ले लेश्योर, हेलेना लिम्बरी, बैरी मैकार्दी, एंड्रयू मैक्डोनाल्ड, एडम मैक्नमारा, टॉम मिलिगन, जैक नॉर्थ, स्ट्अर्ट रैमसे, नूनो सिल्वा, शेरेल स्कीट

स्विंग्स

हेलेन अलूको, मैथ्यू बैंक्रॉफ्ट, मोराग क्रॉस, चाइपो कुरेया, टॉम मैकली, जोशुआ व्याट

नूनो सिल्वा	रेजिडेंट मूवमेंट डायरेक्टर
जैक नॉर्थ	असिस्टेंट मूवमेंट कैप्टेन
मोराग क्रॉस	वॉइस कैप्टेन

क्रिएटिव एंड प्रॉडक्शन टीम, 2017

मूल कहानी	जे.के. रोलिंग, जॉन टिफ़ैनी, जैक थॉर्न
नाटककार	जैक थॉर्न
निर्देशक	जॉन टिफ़ैनी
मूवमेंट डायरेक्टर	स्टीवन होगेट
सेट डिज़ाइनर	क्रिस्टिन जोन्स
कॉस्ट्यूम डिज़ाइनर	कैटरीना लिंडसे
कम्पोज़र और अरेंजर	इमोजेन हीप
लाइटिंग डिज़ाइनर	नील ऑस्टिन
साउंड डिज़ाइनर	गैरेथ फ़्राई
इल्यूज़न्स एंड मैजिक	जैमी हैरिसन
म्यूज़िक सुपरवाइज़र एंड अरेंजर	मार्टिन लोव
कास्टिंग डायरेक्टर	जूलिया होरन सीडीजी
प्रॉडक्शन मैनेजर	गैरी बीस्टोन
प्रॉडक्शन स्टेज मैनेजर	सैम हंटर
एसोसिएट डायरेक्टर	डेस कैनेडी
एसोसिएट मूवमेंट डायरेक्टर	नील बेटल्स
एसोसिएट सेट डिज़ाइनर	ब्रेट जे. बनाकिस
एसोसिएट साउंड डिज़ाइनर	पीट मैल्किन
इल्यूजन्स एंड मैजिक एसोसिएट	क्रिस फ़िशर
कास्टिंग एसोसिएट	लॉट्टे हाइन्स

असिस्टेंट लाइटिंग डिज़ाइनर	एडम किंग
कॉस्ट्यूम डिज़ाइन सुपरवाइज़र	सेबाइन लेमैट्रे
हेयर, विग्स एंड मेक—अप	कैरोल हैनकॉक
प्रॉप्स सुपरवाइज़र्स	लीसा बकली, मैरी हैलिडे
म्यूज़िक एडिटर	फ़िज़ एडम्स
म्यूज़िक प्रॉडक्शन	इमोजेन हीप
स्पेशल इफ़ेक्ट्स	जेरेमी चेरनिक
वीडियो डिज़ाइन	फ़िन रॉस, ऐश वुडवर्ड
डायलेक्ट कोच	डेनियल लाइडन
वॉइस कोच	रिचर्ड राइडर
रेज़िडेंट डायरेक्टर	पिप मिनीथॉर्प
कंपनी स्टेज मैनेजर	रिचर्ड क्लेटन
स्टेज मैनेजर	जॉर्डन नोबल—डेवीज़
डिप्टी स्टेज मैनेजर	जेनेफ़र टेट
असिस्टेंट स्टेज मैनेजर	ऑलिवर बैगवेल प्योरफ़ॉय, टॉम गिल्डिंग, सैली इंच, बेन शैरेट
हेड ऑफ़ वार्डरोब	एमी गिलॉट
डिप्टी हेड ऑफ वार्डरोब	लॉरा वाटकिन्स
वार्डरोब असिस्टेंट	केट एंडरसन, लीन हायर्ड
ड्रेसर	जॉर्ज एमियल, मेलिसा कुक, रॉसी एथरिज, जॉन ओवेंडेन, एमिली स्विफ्ट
डेटाइम वार्डरोब असिस्टेंट	मेलिसा हैडली
हेड ऑफ़ हेयर, विग्स एंड मेकअप	नीना वैन हाउटन
डिप्टी हेड ऑफ़ हेयर, विग्स एंड मेकअप	एलिस टाउन्स

हेयर, विग्स एंड मेकअप असिस्टेंट	जैकब फ़ेसी, कैसी मर्फ़ी, रोआना सिम
हेड ऑफ़ साउंड	क्रिस रीड
डिप्टी हेड ऑफ़ साउंड	रोवेना एडवर्ड्स
साउंड नं. 3	लॉरा हेड
एसएफ़एक्स ऑपरेटर	कैलम डोनाल्डसन
हेड ऑफ़ ऑटोमेशन	जॉश पीटर्स
डिप्टी हेड ऑफ़ ऑटोमेशन	जैमी लॉरेंस
ऑटोमेशन नं. 3	जैमी रॉबसन
शो चीफ़ एलएक्स	डेविड ट्रीनर
डिप्टी शो चीफ़ एलएक्स	पॅडी मॅगी
परफ़ॉरमर फ्लाइंग टेक्निशियन	पॉल गर्नी
चेपरॉन्स	डेविड रसेल, एलीनॉर डाउलिंग
जनरल मैनेजमेंट	सोनिया फ़ाइडमैन प्रॉडक्शन्स
एक्ज़ीक्यूटिव डायरेक्टर	डियान बेंजामिन
एक्ज़ीक्यूटिव प्रोड्यूसर	पैम स्किनर
एसोसिएट प्रोड्यूसर	फियोना स्टीवर्ट
एसोसिएट प्रोड्यूसर	बेन कैनिंग
असिस्टेंट जनरल मैनेजर	मैक्स बिटिल्स्टन
प्रॉडक्शन असिस्टेंट	इमोजेन क्लेयर वुड
मार्केटिंग मैनेजर	मेग मैसी
हेड ऑफ़ सेल्स एंड रेवेन्यू	मार्क पेन
एसोसिएट प्रोड्यूसर (डेवलपमेंट)	लूसी लोवाट
लिटरेरी एसोसिएट	जैक ब्रैडली
हाउस सीट्स असिस्टेंट	टोबियस जोन्स

मूल कहानी टीम की जीवनियाँ

जे.के. रोलिंग

मूल कहानी

जे.के. रोलिंग अनेक पुरस्कार प्राप्त करने वाले और रिकार्ड–तोड़ हैरी पॉटर उपन्यासों की लेखिका हैं। दुनियाभर के प्रशंसकों से प्यार पाने वाली इस उपन्यास शृंखला की 5000 लाख से ज़्यादा कॉपीज़ बिक चुकी हैं, 80 से अधिक भाषाओं में इस शृंखला का अनुवाद किया गया है, और उसपर आठ ब्लॉकबस्टर फिल्में बनी हैं। रोलिंग ने सहाय्यक निधी के लिए हैरी पॉटर से जुड़ी तीन किताबें लिखी हैं: *क्विडिच थ्रू द एजेस, फैंटैस्टिक बीस्ट्स ऐंड़ वेअर टू फाईंड देम* (कॉमिक रिलिफ तथा ल्युमोस की सहायता के लिए), और *टेल्स ऑफ द बीडल द बार्ड* (ल्युमोस की सहायता के लिए)। इसके साथ उन्होंने *फैंटैस्टिक बीस्ट्स ऐंड़ वेअर टू फाईंड देम* से प्रेरित स्क्रीनप्ले भी लिखा है। उनके द्वारा लिखे जाने वाले पांच फिल्म सीरीज की शुरुआत इस स्क्रीन प्ले से हुई है। *हैरी पॉटर ऐंड़ द कसर्ड चाईल्ड भाग एक और दो* के नाटकीय रूपांतर में भी उनका योगदान रहा है। इस नाटक की शुरुआत 2016 की गर्मियों में लंदन के वेस्ट एंड में हूई थी। 2012 में जे.के. रोलिंग की पॉटरगोअर नामक डिजिटल कंपनी की शूरूआत की गयी। वहां सभी प्रशंसक खबरें, फीचर्स तथा आर्टिकल्स और साथ ही जे.के.रोलिंग द्वारा किए गए नये लेखन का आनंद प्राप्त कर सकते हैं। उन्होंने वयस्कों के लिए द *कैज्युअल वेकेंसी* नामक उपन्यास और रॉबर्ट गैलब्रेथ इस उपनाम से स्ट्राईक क्राईम शृंखला का लेखन भी किया है। उन्हें ओबीई और कंपैनियन ऑफ ऑनर, फ्रांस का लिगियन डि ऑनियर और हैंस ख्रिश्चन ऐंडरसन अवार्ड के साथ कई पुरस्कार और सम्मान प्राप्त हुए हैं।

जॉन टिफ़ैनी
मूल कथा और निर्देशक

जॉन टिफैनी ने वन्स का निर्देशन किया था, जिसके लिए उन्हें ब्रॉड़वे, वेस्ट एंड और अंतरराष्ट्रीय स्तर पर कई पुरस्कार मिले। उनकी हाल की कृतियों मे नैशनल थिएटर के लिए *पिनोकियो*, ब्रॉड़वे, ईआईएफ तथा वेस्ट एंड में ए.आर.टी.पर द *ग्लास मीनेजरी* और बीएएम के लिए *द एंबेसेडर* शामिल हैं। रॉयल कोर्ट के सह–निर्देशक के तौर पर उनके काम में *द ट्विट्स, होप और द पास* शामिल हैं। स्कॉटलैंड के नैशनल थिएटर के लिए उन्होंने लेट द राइट इन वन का निर्देशन किया, जिसका प्रदर्शन रॉयल कोर्ट, वेस्ट एंड, सेंट एन्स वेयरहाउस में हुआ तथा अंतरराष्ट्रीय दौरे में भी मंचन हुआ। स्कॉटलैंड के नेशनल थिएटर में उनके अन्य कामों में मैकबेथ (लिंकन सेंटर और ब्रॉड़वे में भी), *एन्क्वायरर, द मिसिंग, पीट पैन, द हाउस ऑफ बरनार्डा अल्बा, ट्रांसफॉर्म कैथनेस : हंटर, बी नियर मी, नोबडी विल एवर फॉरगिव अस, द बैके* (लिंकन सेंटर में भी) एलिज़ाबेथ गॉर्डन क्विन, होमः ग्लासगो और ब्लैक वॉच शामिल हैं, जिसका अंतरराष्ट्रीय दौरों में मंचन हुआ और जिसके लिए उन्होंने ऑलिवियर और क्रिटिक्स सर्कल पुरस्कार जीते। वे 1996 से 2001 तक ट्रावर्स थिएटर, 2001 से 2005 तक पेन्स प्लाऊ और 2005 से 2012 तक नैशनल थिएटर ऑफ स्कॉटलैंड के सहयोगी एसोसिएट डाइरेक्टर थे। 2010–2011 शैक्षणिक वर्ष में वे हारवर्ड यूनिवर्सिटी में रैडक्लिफ फेलो रहे। *हैरी पॉटर एंड कर्सड चाईल्ड* पर उनके द्वारा किए गए काम के लिए उन्हें ऑलिवियर एवार्ड फॉर बेस्ट डिरेक्टर पुरस्कार मिला, जो उस नाटक को मिले रिकार्ड तोड़ नौ ओलिवियर्स पुरस्कारों में से एक था।

जैक थॉर्न

मूल कथा और नाटककार

जैक थॉर्न थिएटर, फिल्म, टेलीविजन और रेडियो के लिए लिखते हैं। थिएटर में उनकी कृतियों में *होप और लेट द राइट वन इन* शामिल हैं, जिनका निर्देशन जॉन टिफैनी ने किया था। उन्होंने ओल्ड विक के लिए ख्रिसमस *कैरोल* और *वॉयज़ेक* लिखा। उन्होंने *जंकयार्ड* भी लिखा, जो हेड़लॉंग, रोज़ थिएटर किंग्स्टन, ब्रिस्टल ओल्ड विक और थिएटर क्लाईड़ का सह–प्रॉडक्शन था। इसके अलावा उन्होंने ग्रे थिएटर कंपनी और नैशनल थिएटर के लिए द *सॉलिड़ लाईफ ऑफ शुगर वॉटर*, नोबाकॉव/यूके टूर के लिए *बन्नी*, ट्रॉन, अरकोला और ट्राफैलगार स्टुडियोज़ के लिए *स्टेसी* और बुश के लिए 2 मे 1997 तथा *व्हेन यू क्युअर* मी भी लिखा। उनके रूपांतरणों में डॉनमर वेयरहाउस के लिए द *फिजीसिस्ट्स* तथा हाई टाईड़ के लिए *स्टुअर्टः अ लाइफ बैकवड़र्स* शामिल हैं। फिल्मों में उनकी कृतियों में *वंड़र, वॉर बुक, अ लॉंग वे डाऊन* और द *स्काउटिंग बुक फॉर बॉयज़* शामिल हैं। टेलीविजन के लिए उनकी कृतियों में *इलेक्ट्रिक ड्रिम्स* का एपिसोड़ *किरी, द लास्ट पैंथर्स, डोन्ट टेक माई बेबी, दिस इज़ इंग्लैंड, द फेड़स, ग्लू, कास्ट–ऑफ्स* और *नैशनल ट्रेजर* शामिल हैं। 2017 में उन्हें बेस्ट मिनी सिरीज के लिए बाफ्टा और आरटीएस टेलिविजन पुरस्कार मिले। उन्होंने बेस्ट मिनी–सिरीज (*दिस इज़ इंग्लैंड 90*) और बेस्ट सिंगल ड्रामा (*ड्रोन्ट टेक माई बेबी*) के लिए 2016 के बाफ्टा पुरस्कार जीते तथा 2012 में वेस्ट ड्रामा सीरीज़ (द *फेड़स*) और बेस्ट मिनी–सीरीज़ (*दिस इज़ इंग्लैंड 88*) के लिए बाफ्टा पुरस्कार जीते।

आभार

कर्स्ड चाइल्ड वर्कशॉप्स के सभी अभिनेताओं/अभिनेत्रियों, मेल केनयन, रैशेल टेलर, अलेक्ज़ेंड्रिया हॉर्टन, इमोजेन क्लेयर–वुड, फ्लोरेंस रीस, जेनेफ़र टेट, डेविड नॉक, रैशेल मैसन, कॉलिन, नील, सोनिया, एसएफ़पी और द ब्लेयर पार्टनरशिप में से प्रत्येक, जेकेआर पीआर की रेबेका साल्ट, पैलेस थिएटर की नीका बर्न्स और सारे स्टाफ़ को और ज़ाहिर है, हमारे अविश्वसनीय पात्रों को, जिन्होंने हर शब्द को साकार करने में मदद की।

हैरी पॉटर
वंशवृक्ष

*पॉटर का प्राचीन जादूगर वंशवृक्ष बारहवीं सदी तक जाता है।
तब से परिवार कई जादूगर और मगलू परिवारों में
फैल चुका है: पेवरेल, वीज़्ली और डर्स्ली भी।*

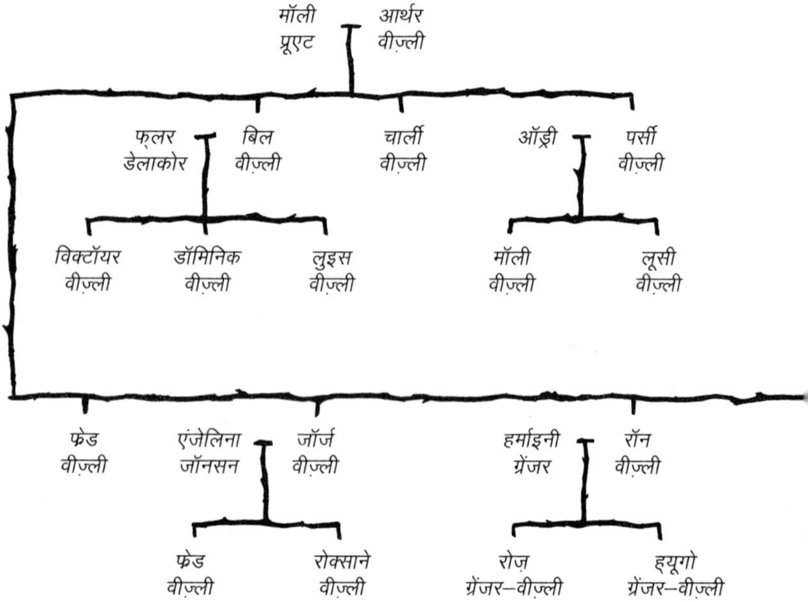

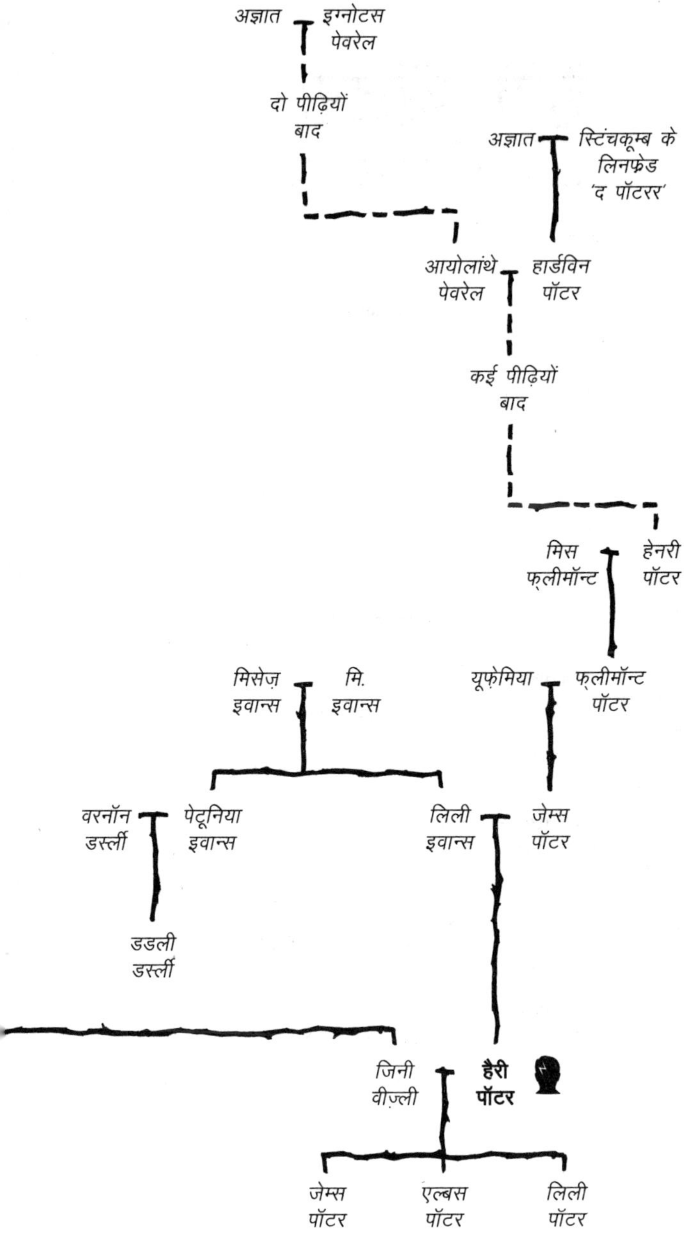
अज्ञात
इग्नोटस पेवरेल
दो पीढ़ियों बाद
अज्ञात
स्टिंचकूम्ब के लिनफ्रेड 'द पॉटरर'
आयोलांथे पेवरेल
हार्डविन पॉटर
कई पीढ़ियों बाद
मिस फ्लीमॉन्ट
हेनरी पॉटर
मिसेज़ इवान्स
मि. इवान्स
यूफ़ेमिया
फ्लीमॉन्ट पॉटर
वरनॉन डर्स्ली
पेटूनिया इवान्स
लिली इवान्स
जेम्स पॉटर
डडली डर्स्ली
जिनी वीज़्ली
हैरी पॉटर
जेम्स पॉटर
एल्बस पॉटर
लिली पॉटर

हैरी पॉटरः टाइमलाइन

31 जुलाई 1980
हैरी पॉटर गॉडरिक हॉलो, इंग्लैंड में जन्म लेता है।

31 अक्टूबर 1981
लॉर्ड वोल्डेमॉर्ट हैरी के माता–पिता लिली और जेम्स पॉटर के घर जाकर उनकी हत्या कर देता है। अनाथ हैरी वोल्डेमॉर्ट के मारक शाप से बच जाता है, लेकिन यह पलट जाता है, जिससे उसके माथे पर बिजली गिरने जैसा निशान पड़ जाता है।

1 नवंबर 1981
हैग्रिड हैरी को बचाकर उसके मगलू रिश्तेदारों यानी डर्स्ली परिवार के घर छोड़ आता है, जो हैरी के माता–पिता के जादूगर होने की बात छिपा लेते हैं।

दस साल बाद...

पारस पत्थर

31 जुलाई 1991
हैग्रिड हैरी को हॉगवर्ट्स का पत्र देता है और बताता है – 'हैरी – तुम एक जादूगर हो।'

1 सितंबर 1991
हॉगवर्ट्स जादूगरी और तंत्र विद्यालय जाते समय हैरी हॉगवर्ट्स एक्सप्रेस में बैठता है और उसमें रॉन वीज़्ली और हर्माइनी ग्रेंजर से पहली बार मिलता है।

जून 1992
प्रोफ़ेसर क्विरिल पारस पत्थर चुराने की फ़िराक में रहते हैं, लेकिन हैरी उनके इरादों को नाकाम करता है और वोल्डेमॉर्ट से दूसरी बार बच जाता है।

रहस्यमयी तहख़ाना

31 अक्टूबर 1992
रहस्यमयी तहख़ाना खुल जाता है और नागशक्ति का वहशी जानवर हमले करने लगता है।

25 दिसंबर 1992
हैरी, रॉन और हर्माइनी पहली बार भेसबदल काढ़ा पीते हैं।

मई 1993
हैरी और रॉन मायूस मीना के बाथरूम से होकर रहस्यमयी तहख़ाने में दाख़िल होते हैं। तहख़ाने के भीतर पहुँचकर हैरी कालदृष्टि को मार डालता है और टॉम रिडल की डायरी को नष्ट कर देता है, जिसने जिनी वीज़्ली पर क़ाबू कर लिया था। हैरी जिनी की जान बचा लेता है।

अज़्काबान का क़ैदी

अगस्त 1993

हैरी दैनिक जादूगर अख़बार में भगोड़े अपराधी सिरियस ब्लैक के बारे में पढ़ता है – 'शायद अज़्काबान की जेल का सबसे ख़तरनाक क़ैदी!'

1 सितंबर 1993

हॉगवर्ट्स एक्सप्रेस को दमपिशाच रोक लेते है।

6 जून 1994

हैरी को अहसास होता है कि सिरियस बेगुनाह है – उस पर झूठा आरोप लगाया गया है और असली अपराधी पीटर पेटिग्रू है।

हैरी और हर्माइनी काल–परिवर्तक का इस्तेमाल करके सिरियस को बचाते हैं और अपराधी पेटिग्रू दूसरी बार बच निकलता है।

आग का प्याला

अगस्त 1994

क्विडिच वर्ल्ड कप में मौत का निशान दिखाई देता है, जो वोल्डेमॉर्ट के उत्थान और शक्तिशाली होने का प्रतीक है।

सितंबर–अक्टूबर 1994

प्रोफ़ेसर डम्बलडोर घोषणा करते हैं कि एक सदी से भी ज़्यादा समय बाद त्रिकोणीय टूर्नामेंट पहली बार होगा। जैसी किसी को उम्मीद नहीं थी, आग का प्याला कम उम्र वाले हैरी को हिस्सा लेने के लिए चुन लेता है और इस तरह हॉगवर्ट्स के दो चैंपियन टूर्नामेंट के लिए चुने जाते हैं : हैरी पॉटर और सेडरिक डिगोरी।

24 नवंबर 1994

त्रिकोणीय टूर्नामेंट के पहले काम में हैरी को आग उगलने वाले हंगेरियन हॉर्नटेल ड्रैगन की पहरेदारी के बावजूद सुनहरा अंडा हासिल करना है और इस काम के लिए वह उड़ने की अपनी क़ाबिलियत का इस्तेमाल करता है।

दिसंबर 1994

डर्मस्ट्रैंग का चैंपियन विक्टर क्रम हर्माइनी को अपने साथ यूल डांस के लिए आमंत्रित करता है। हैरी और रॉन पार्वती तथा पद्मा पाटिल के साथ जाते हैं।

24 फरवरी 1995

त्रिकोणीय टूर्नामेंट के दूसरे काम में हैरी जिलीवीड का इस्तेमाल करके बड़ी झील से रॉन तथा गैब्रील डेलाकोर को बचाता है; उसकी वीरता के बारे में निर्णायकों के बीच मतभेद होता है।

24 जून 1995

त्रिकोणीय टूर्नामेंट का आख़िरी काम ख़तरनाक जानवरों और बाधाओं से भरी एक भूलभुलैया में होता है। हैरी और सेडरिक संयुक्त विजेता बनते हैं, लेकिन ट्रॉफ़ी दरअसल आवागमन–कुंजी है, जो उन्हें एक क़ब्रिस्तान में ले जाती है, जहाँ वोल्डेमॉर्ट और उसके प्राणभक्षी इंतज़ार कर रहे हैं। सेडरिक को मार दिया जाता है और दुख में डूबा हैरी सेडरिक की लाश लेकर हॉगवर्ट्स लौटता है – और वोल्डेमॉर्ट के शक्तिशाली होने की ख़बर देता है।

मायापंछी का समूह

सितंबर 1995
जादू मंत्री कॉर्नेलियस फ़ज यह मानने से इंकार कर देते हैं कि वोल्डेमॉर्ट लौट आया है। वे दुष्ट डोलोरेस अंबरिज को गुप्त कलाओं से रक्षा की शिक्षक के रूप में नियुक्त कर देते हैं, जो डम्बलडोर की विरोधी है।

अक्टूबर 1995
हैरी डम्बलडोर की सेना बनाता है। यह विद्यार्थियों का समूह है, जो अंबरिज के ख़िलाफ़ बग़ावत करके छुपकर मिलते हैं और वे योग्यताएँ सीखते हैं, जो वह उन्हें नहीं सिखाती है।

जून 1996
पूरे साल वोल्डेमॉर्ट के सपने देखने के बाद हैरी सपने में सिरियस को ख़तरे में देखता है। वह अपने सबसे करीबी मित्रों के साथ जादू मंत्रालय में जाता है और एक बार फिर वोल्डेमॉर्ट से लड़ता है।

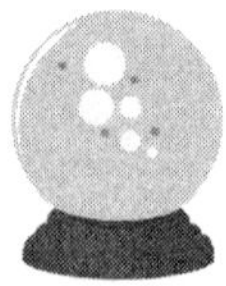

जादू मंत्रालय
हैरी को एक महत्वपूर्ण भविष्यवाणी का पता चलता है, जिससे वोल्डेमॉर्ट के साथ उसका भाग्य और ज़्यादा जुड़ जाता है।

जादू मंत्रालय
प्राणभक्षी बेलाट्रिक्स लेस्ट्रेंज सिरियस को मार डालती है और रहस्य विभाग के युद्ध में रखे सारे काल–परिवर्तक नष्ट हो जाते हैं।

हाफ़–ब्लड प्रिंस

जनवरी 1997
वोल्डेमॉर्ट को हराने की मुहिम के तहत डम्बलडोर हैरी को शैतानी शहंशाह के अतीत की जानकारी देने लगते हैं।

मई 1997
गरुड़द्वार के क्विडिच कप जीतने के बाद हैरी आख़िरकार जिनी को चूम लेता है।

जून 1997
हॉगवर्ट्स में प्राणभक्षी घुस आते हैं। जब वोल्डेमॉर्ट के कहने पर ड्रेको मैल्फ़ॉय डम्बलडोर की हत्या करने में नाकाम रहता है, तो सीवियरस स्नेप डम्बलडोर को मार डालते हैं।

मौत के तोहफ़े

अगस्त 1997
मंत्रालय हार जाता है और वोल्डेमॉर्ट सत्ता में आ जाता है। हैरी, रॉन और हर्माइनी छिपकर अज्ञातवास में चले जाते हैं और शैतानी शहंशाह को परास्त करने की कोशिश में बचे हुए होरक्रक्स की तलाश करते हैं।

दिसंबर 1997
हैरी, रॉन और हर्माइनी को मौत के तोहफ़ों का पता चलता है – तीन वस्तुएँ, जिन्हें अगर मिला दिया जाए, तो उनका स्वामी मृत्यु का स्वामी बन जाएगा।

मई 1998
हैरी, रॉन और हर्माइनी बचे हुए होरक्रक्स खोजने के लिए हॉगवर्ट्स लौटते हैं और हॉगवर्ट्स का युद्ध शुरू होता है।

हॉगवर्ट्स का युद्ध
वोल्डेमॉर्ट मौत के तोहफ़ों को एक करने की फ़िराक में है और वह एल्डर वैंड पाने के लिए स्नेप को मार डालता है। हैरी को पता चलता है कि स्नेप उसकी माँ लिली से प्रेम करते थे; स्नेप की निष्ठा कभी शैतानी शहंशाह के प्रति नहीं थी, बल्कि हमेशा डम्बलडोर और उस महिला के प्रति थी, जिससे उन्हें प्रेम था।

हॉगवर्ट्स का युद्ध
हैरी को यह अहसास होता है कि वह ख़ुद एक होरक्रक्स है, इसलिए हैरी जादूगर संसार को बचाने के लिए वोल्डेमॉर्ट के सामने अपनी बलि चढ़ा देता है।

हॉगवर्ट्स का युद्ध
नेविल लॉन्गबॉटम नागिनी को मार डालता है और हैरी के बदले में आख़िरी होरक्रक्स को नष्ट कर देता है।

हॉगवर्ट्स का युद्ध
हैरी वोल्डेमॉर्ट के आख़िरी हमले से बच जाता है और अंततः उसे हरा देता है।

उन्नीस साल बाद...

1 सितंबर 2017
हैरी (जो अब 37 साल का हो चुका है) और जिनी शादी–शुदा हैं और उनकी तीन संतानें हैं। वे किंग्स क्रॉस स्टेशन के प्लेटफ़ॉर्म नंबर पौने दस पर रॉन तथा हर्माइनी ग्रेंजर–वीज़्ली से मिलते हैं। उनकी संतानें एल्बस पॉटर और रोज़ ग्रेंजर–वीज़्ली फ़र्स्ट इयर में पढ़ने के लिए हॉगवर्ट्स जा रहे हैं। एल्बस को डर है कि कहीं उसे नागशक्ति में न भेज दिया जाए। उसे तसल्ली देता है : 'एल्बस सीवियरस, तुम्हारा नाम हॉगवर्ट्स के दो हेडमास्टरों के नाम पर रखा गया था। उनमें से एक नागशक्ति में थे और वे शायद सबसे बहादुर इंसान थे, जिन्हें मैं जानता हूँ।' सीटी बजती है और एल्बस तथा रोज़ की यात्रा शुरू होती है।

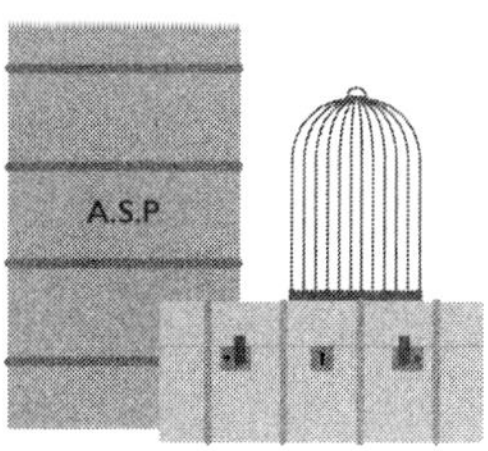